玫瑰予兀鹫

Rose to Vulture

著—— 风晓樱寒

FENG XIAO
YING HAN

西安出版社

图书在版编目（ＣＩＰ）数据

玫瑰予秃鹫 / 风晓樱寒著. — 西安 ： 西安出版社，
2022.6
　　ISBN　978-7-5541-6060-2

　　Ⅰ.①玫… Ⅱ.①风… Ⅲ.①长篇小说－中国－当代
Ⅳ.①I247.5

中国版本图书馆CIP数据核字（2022）第069775号

玫瑰予秃鹫
MEIGUI YU TUJIU

作　　　者	风晓樱寒	
责任编辑	徐　妹	
特约编辑	王雯藜　邓珍珍	
策划编辑	咸鱼酱	
封面设计	吴思龙@4666	
内文排版	梁　霞	
出版发行	西安出版社	
社　　　址	西安市曲江新区雁南五路1868号影视演艺大厦11层	
电　　　话	（029）85253740	
邮政编码	710061	
印　　　刷	天津丰富彩艺印刷有限公司	
开　　　本	880mm×1230mm　1/32	
印　　　张	10	
字　　　数	290千	
版　　　次	2022年6月第1版	
印　　　次	2022年6月第1次印刷	
书　　　号	ISBN 978-7-5541-6060-2	
定　　　价	45.00元	

目 录

第一章　秃鹫

秃鹫①向谷中发出贪婪的叫声，

它梦想着枯木桩上的腐尸。

……

①秃鹫：鹰科，属大型的褐色鹫，以吃腐尸而生。它们常盘旋在高空，一旦发现猎物，便俯冲而下，瞬间将其分食干净。

恼人的手机铃声再次响起。江菱合上手中的诗集，拿起桌上的手机。来电显示的名字是"江绍钧"。在屏幕上方的通知栏，已经有七通未接来电的提示。江菱没有理会。手机持续地响，直到第五十八秒，她才按下接听键。

"江菱，为什么现在才接电话？"江绍钧刻意压低的声音隐含怒火。

江菱略略挑眉，没有应声。她打开免提，随意把手机放到一旁，转而抱起桌上的香槟玫瑰。

江绍钧继续训斥："看看你惹出的乱子，江家的脸面都要被你丢尽了！"

他停顿几秒，话锋一转，放缓了语气："菱菱，爸也不是责怪你。但这回闹得满城风雨，你就算不为家里着想，也得为你自己想想。赵

1

家已经答应了，只要你同意订婚，就帮你解决网上那堆破事。听爸的，别拉什么小提琴了，赶紧退出比赛……"

"爸，你说什么？"江菱缓缓开口，指尖漫不经心地抚过花瓣，"这里的信号不好，半决赛马上就要开始了。等比赛结束，我再联系你。"

"你——"

江菱挂断电话，顺手将手机调到飞行模式。

通知栏里，躺了数条未来得及处理的 APP 推送消息："选手曝光'曦光杯'全国小提琴比赛黑幕""江氏总裁宣布将与 BJM 集团联姻"……

江菱按灭锁屏。

通话结束的同时，休息间的门被推开。沈忆鸥快步进来，声音里带着几分喘意："菱菱，外面来了很多记者，他们……"

"沈姐，别着急。"江菱站起身，随手把手上的香槟玫瑰递了过去，"不必理会他们，眼下比赛更要紧，伴奏音频交过去了吗？"

沈忆鸥下意识接过去："已经交过去了。"她低头看了眼手上的花束，微愣了下，"这花……"

"这花啊，"江菱笑了下，语气玩味，"是一个不诚实的追求者送的。"

沈忆鸥问："那我替你处理掉？"

"帮我找个花瓶插起来吧。"

江菱拿起小提琴盒，转过身："我们走吧。"

沈忆鸥抬头："啊……好。"

"曦光杯"全国小提琴大赛是国内权威的音乐比赛，作为本次大赛的冠军热门人选，江菱自然受到各界的瞩目。

大赛已经进展到半决赛阶段，可是近日网络上有营销号发布了一篇文章，揭露"曦光杯"存在潜规则的现象，冠军早已被内定，暗指江菱为了冠军，接受了赞助商的潜规则。

文章的表述含糊其词，虽然没有指名道姓，但明眼人一下子就能猜出话题中另一位主角的身份——周氏集团的掌权人，周予言。

盛传周予言双腿残疾，性情阴鸷。江菱却为了大赛冠军，接受潜规则，令人哗然。这事刚传开，就在网上掀起了轩然大波。

江菱刚走出休息间，蹲守在外的记者立刻蜂拥而上，闪光灯和快门声接连不断。

"江小姐，五天前，你是否夜会周氏集团的 CEO 周予言？"

"你和周总是不是存在不正当的关系？"

"江菱小姐，网上传言说你为了赢得这次比赛，接受了周总的潜规则，这件事是真的吗？"

记者们的问题一个比一个尖锐。

江菱不失礼貌地笑笑："抱歉，比赛快要开始了，有什么疑问，各位可以在比赛后再提问。"

沈忆鸥艰难地破开了一条路，护着江菱走出记者的重重包围。终于不见记者的身影，忽然，一声讥笑传入耳中。

"真不愧是我们'最热门的冠军人选'，江菱，果然也就只有你，才能拥有这么大的阵仗。"

江菱抬头看去，一个穿着银色鱼尾长裙的年轻女人向她走来。

苏丛溪，同样是本次大赛冠军的热门人选。

江菱看向她，声音温柔得体："苏小姐，你在这里正好，我刚好有事想找你谈。"

"谈什么？"苏丛溪微抬下巴，姿态傲慢。

江菱没有说话，拿出一支录音笔，按下播放键。间歇的沉寂被打破。

"你这样做，不怕被江家报复吗？"

"为什么要怕？是江家主动联系我，让我出手对付江菱。他们还许诺我，事成之后，就让斯特利斯教授收我做徒弟。"

"既然找你合作，那就让她退赛好了，为什么要让媒体发布那些……万一让周氏那边的人知道……"

"怕什么？就算周氏那边要找人算账，也只会想到江菱。"录音里，苏丛溪冷笑了声，"谁让江菱抢了我的风头，我就要她身败名裂！等到那时候——"

苏丛溪瞬间变了脸色，下意识伸手要去夺。江菱先一步关了录音笔，收了起来。

"江菱！"苏丛溪死死盯着她的手，眼里满是不可置信，"你，你怎么会有这个录音！"

3

她又抬头，瞪向江菱："你到底想怎样？"

江菱微笑着说："苏小姐，我也不想为难你，只要你能澄清网上那些不实传言，这段录音就永远不会公开。"

苏丛溪几番咬唇，最终说："我知道怎么做了。"

沈忆鸥走上前，目光从苏丛溪身上收回："菱菱，为什么不向记者公开这段录音？"

江菱看着她狼狈离开的身影，语气带着点意味深长："你不觉得，在澄清谣言和得罪江绍钧之间进行选择，会更让她为难吗？"

为了逼她答应联姻，江绍钧还真是费尽心思，只可惜……

苏丛溪魂不守舍地登上舞台，直到被光束包围，她才回过神来。她下意识抬眼，看向台下的江菱。昏暗的光线里，她红裙似火，格外明艳动人。这枝在荆棘丛中生长的红玫瑰，正在黑暗中肆意绽放。迎着江菱仿佛隐含深意的眼神，苏丛溪握着弓，钝滞地拉响琴弦。直到结束，她仍处于混混沌沌的状态。

转眼间，比赛结束。江菱刚回到后台，就被一众等候在外的记者包围起来。

"江小姐，现在可以回答我们的问题了吗？"

"关于网上的传言，你有什么看法？"

"潜规则的事情，是真的吗？"

问题一个接一个地抛了出来。

面对镜头，江菱从容不迫地回答："网上的传言，纯属子虚乌有。"

沈忆鸥适时地站了出来："没错，我们打算起诉在网络上散布谣言的相关人员，各位记者朋友如果有线索，欢迎提供给我们。"

"那么，网上流传的照片又怎么解释？既然江小姐否认跟周总有不正当关系，那周总为什么会给江小姐送花？"一个女记者问。

江菱看向她："这位记者朋友，请问你有被追求过的经历吗？"

"当然……"女记者一愣，差点脱口而出。她反应迅速，及时改口，"这跟问题有什么关系吗？"

"送花就一定是有不正当的关系了吗？"江菱反问，"各位被追求的时候，难道不会收到追求者送的花吗？"

4

女记者敏锐地听出她的弦外音，顿时眼睛发亮："所以，江小姐的意思是，周总正在追求你？"

这个猜测不亚于一枚浅水炸弹，人群中响起一片窃窃私语。

江菱只是笑笑，没有回答。

又有记者问："那苏丛溪选手在个人微博上发文，暗示大赛存在不公的现象，江小姐对此又有什么看法？"

江菱从缝隙间瞥见一道熟悉的身影，笑着说："关于苏丛溪选手发文的事情，我想询问当事人，会得到更加清晰的答案。"

"苏丛溪选手出来了！"人群中，不知道谁喊了声。记者们从江菱这里挖不出有价值的消息，纷纷转向了苏丛溪。江菱轻扯唇角，悄然无息地转身离开。

回到休息间，正要推门，耳边忽然响起一道冷淡的男声："江小姐，你故意误导记者，捏造虚假事实，就不怕周总知道后会生气？"

江菱一顿，回头看向声音的主人。男人停在半米之外。得体的白色衬衫，黑色西装长裤，深沉的黑眸仿佛一团化不开的浓墨，正似笑非笑地看着她。没有到达眼底的笑意，冷漠又玩味。

江菱弯起唇角，笑得温柔："会吗？如果是这样，那周总为什么要在比赛前夕给我送花？"

"言彧先生？"

言彧冷眼看着她，极轻地哂笑一声："江小姐大概是误会了。"

江菱推门的动作停下："哦？"

"周总也有关注本次赛事，他只是单纯欣赏江小姐的演奏水平，送花不过是对江小姐的肯定和鼓励，没想到，"言彧目光从她脸上掠过，语气寡淡，"会让江小姐产生误会。"

"肯定和鼓励？"江菱重复他的话，似是琢磨，过了会儿，她笑着说，"那的确是我误会了。毕竟，我还是第一次收到代表鼓励的玫瑰花。"

顿了顿，她用格外真诚的语气问："既然是误会，那言助理能否安排让我见周总一面？我想亲自向他道歉。"

言彧拒绝："抱歉，恐怕不方便，周总现在不想见你。"干脆利落，又毫不留情。

江菱迎着他的视线，似是不解："言先生还没请示过周总呢，怎么就知道周总一定会拒绝？"

言彧："我的回答，代表的就是周总的决定。"

她略略挑眉："那言先生是以什么身份代替周总做出决定的？周总的助理吗？"

一年前，周予言遭遇车祸，双腿受伤，自此退居幕后，鲜少出现在人前。那时候，言彧是以周予言助理的身份出现的。周予言双腿受伤后，言彧便成了他对外的代言人。

言彧没说话。

江菱并未在这个话题上多作纠缠，继续问："既然周总不想见我，那为什么要给我送花？言先生？"

没等他接话，她又说："好了，我知道了，那只是对我的'肯定和鼓励'。"

言彧挑眉，停了几秒，才说："江小姐能明白就好。"

江菱与他对视着，眼里笑意不减："那就请言助理替我转告周总，谢谢他送的花，我很喜欢。"

"我会的。"言彧应下。

江菱接着道："另外，还想冒昧问一句，什么时候才方便见我一面？"

言彧抬了下眼："江小姐为什么非要见周总？"

江菱也不避讳："我记得，上次就已经跟言先生说过了，我想跟周总谈一笔交易。"

言彧看她的眼神带上几分探究："周总从来不做没有价值的交易，江小姐觉得自己手上有什么有价值的东西，值得周总跟你合作？"

江菱浅笑了下，落落大方地回答："凭我对周总一往情深，也不够吗？"

"一往情深？"

言彧轻嘲："江小姐说笑了，对一个素未谋面的人一往情深？"

"这是我的个人隐私。"

江菱弯了下唇，抬眼看着他，不避不让："倒是言先生，我很好奇，你是周总的代理人，帮周总处理一切事务，那么就连周总的感情

6

生活也要代为处理吗？"

言或不置可否。

两人对视数秒，他转过身，态度冷淡下来："江小姐的要求，我会一一向周总转达的。"

江菱笑着回："那就辛苦言先生了。"

"对了，言先生。"

她又喊住他。

言或顿步，回过头："江小姐还有事？"

江菱说："麻烦言先生帮我将回礼交给周总。"

言或问："什么回礼？"

江菱走上前，指腹划过唇瓣，将沾有口红的手指按到了言或的脸上。

言或眼神微深。

"好了……"

江菱伸出的手还没来得及撤回，就被握住。

她抬眼："言先生？"

过道光线昏暗，看不清他此时的表情。

言或垂眼看着她，眼中流淌着晦暗不明的情绪："这就是，江小姐所谓的'回礼'？"

"有问题吗？"江菱故作不解。

言或语气稍冷："江小姐对每个人都会给予这样的回礼吗？"

江菱却反问："那周总……不，言先生希望得到什么样的答案呢？"

言或盯着她看了几秒，扬起的唇角溢出一声讥讽的笑："这样的回礼，江小姐不觉得太过敷衍了吗？"

江菱不紧不慢："那言先生觉得，什么样的回礼才不敷……"

拐角处忽然有脚步声传来。江菱似有察觉，及时止住了话题，看向声音的来源。言或往走道尽头瞥了眼，松开了手。

"抱歉，失陪了。"他对江菱略略点头，大步离开。

余光瞥见沈忆鸥的身影，江菱收回目光，推开休息间的门。

跟言或迎面相遇时，沈忆鸥依稀看见他雪白的衬衫上有几道褶皱，脸上还有一道不明显的口红印。她皱了下眉，下意识放慢了脚步。等回过神来时，江菱已经进入了休息间。沈忆鸥快步跟上。

"菱菱，刚刚周氏集团的人来找你做什么？那人没对你做什么吧？"门关上，她回过头，警戒地问。

江菱说："沈姐，放心吧，言先生只是跟我谈了些这次比赛相关的事情。"

"比赛的事情？但刚刚我好像看见……"沈忆鸥皱了皱眉，最终还是没有将心中的疑惑问出口。

江菱沿着沙发边坐下，缓缓开口："沈姐，我打算退出音乐界了。"

"为什么？"沈忆鸥一愣，顿时如临大敌，"是不是刚才那个男人威胁你了？周氏集团？还是你爸那边又——"

江菱摇摇头，说："都不是，这是我自己的决定。"

沈忆鸥张了张嘴："你为什么突然……"

江菱走到窗前，说："我打算回江氏集团。"

沈忆鸥的目光跟随着她，有些着急："可是，你好不容易才取得今天的成就。就这么放弃，不觉得很可惜吗？"

江菱看着窗外的景色，眸色既深且重："我已经考虑好了。因为只有这样，我才能保护重要的人和东西。"

沈忆鸥沉默片刻，叹气道："好吧，什么时候？"

江菱回过头："等这次大赛结束就对外宣布吧。"

沈忆鸥说："好，我明白了。"

顿了顿，她又说："我知道，你一向有自己的主意。无论你的决定是什么，我都会支持你的。不过这件事，我希望你再好好考虑一下，不是回江氏集团，就非得放弃你现在的事业。我去给你倒杯热茶。"

江菱露出笑容："嗯，谢谢沈姐。"

脚步声渐渐消失。江菱打开未读完的诗集，上次阅读到的那一页，有一片玫瑰花瓣夹在其中。指尖轻轻在唇间摩挲，她嘴角浮现出极淡的笑意。

言彧，周予言，只要能达成目的，是什么身份，那又有什么关系呢？

傍晚时分，天空飘下了零星小雨，直到半决赛结束，这场雨仍然

8

没有停歇的迹象。华灯初上，夜色一点点变深，路灯氤氲出一层模糊的光晕，流光散在雨幕中，仿佛也沾染上夜的凉意。

江菱撑着伞站在路边，拿着手机跟沈忆鸥通话。

"抱歉啊菱菱，我没想到我女儿突然发高烧，不能陪你到最后。你那边还顺利吗？"

江菱温声道："没关系的，沈姐，家里人的事比较重要。我这边一切顺利，我正要打车回去。"

沈忆鸥说："那你回去的路上注意安全，有事联系我。"

"好，我会的。"

结束了通话，江菱抬头看向前方。来宾陆续离场，不时有车辆从身旁经过。夜风裹挟着细雨，带来丝丝凉意。江菱呼出一口气，默默裹紧了身上的薄纱外套，但显然无济于事。就在这时，她的手机响了。江菱低头看向亮起的屏幕，正打算接听，余光瞥见一个熟悉的车牌号码，眼神微动。手指一划，她挂断了这个电话。

不远处停了一辆黑色的迈巴赫。江菱快步走上前，敲了敲驾驶座的车窗。几秒后，车窗降下。她看着车里的人，笑盈盈地问："言先生，方便载我一程吗？"

言或抬眼，偏头看了过来。

江菱接着说："我的裙子不知道被什么东西勾破了，腿侧的位置开了一大片……打车回去不方便。"她举了举手上的礼服布料。

"你的经纪人呢？"言或淡声问。

江菱面不改色道："经纪人家里有点事，先回去了。"

然而下一秒，却见他慢条斯理地开始解衣扣。

江菱："？"

言或脱下西装外套，从车窗里扔出，刚好罩住了江菱的脸。

她僵了一瞬，赶紧伸手将外套拿下，不解地问："言先生，你这是……"

言或理了理衣袖，好整以暇："给你披上，现在安全了，江小姐可以打车回去了。"

江菱脚下一顿，险些把高跟鞋的鞋跟踩断。她深呼吸一口气，仍保持微笑："言先生真是一个，"她故意顿了下，咬重字音，"好人。"

9

言或似笑非笑，不置可否。那眼神，仿佛早已看穿她的目的。

江菱若无其事般问："那之后，我要怎样把外套还给言先生。"

言或收回目光，声音冷淡："不需要了，就扔掉吧。"

扔下这句话，车窗便升上去，这场对话被迫结束。

车子启动。江菱下意识往后退了一步。路面不平，面前刚好积了一个小水洼。车轮碾过时，积水飞溅，就站在一旁的江菱不免被殃及。

迈巴赫扬长而去，甚至嚣张地亮了亮尾灯。

江菱僵滞地站在原地，紧攥着礼裙的一角，努力深呼吸平复心情。

啊啊啊啊啊，好生气哦，但还是要保持微笑！

雨刮轻摇，车子开出一段距离。言或侧目看向后视镜。江菱披着他的外套，孤零零地站在路边，她眼睑微垂，一手提着小提琴盒，另一只手紧紧地攥着裙角和他的外套，像是一朵蔫巴巴的小玫瑰。

他略略挑眉，嘴角往上提了下。到了前方的路上，他打转方向掉头，绕回刚才的地方。迈巴赫在江菱面前缓缓停下。

江菱怔了怔。

车窗再次降下。

"言先生？"江菱惊讶。

"上车。"言或只简短地说了两个字。

沉默数秒，江菱敛眸，不再迟疑。她拉开车门，坐上副驾驶。

言或问："要去哪里？"

江菱轻声道："星沙湾，谢谢。"

等她系好安全带，车子启动，很快进入雨中，与夜色融为一体。

江菱压下嘴角弯起的弧度，侧头看向身侧的人："言先生为什么突然改变主意了？"

言或盯着前面的路况，没什么情绪地说："刚刚有记者出来了，我不想让记者拍到，因为这么点小事，影响到周总和周氏集团的声誉。"

江菱"噢"了一声，若有所思般："言先生也会在意这种事情吗？"

言或意有所指："我只是不希望江小姐再在记者面前污蔑周总的清誉。"

江菱笑得温柔可人："怎么会？我在言先生眼里就是这样的人吗？"

言或瞥她一眼，几不可闻地冷笑了声。

突兀的手机铃声在车厢内响起，打断了两人的谈话。

江菱看向手机屏幕，来电人依然是江绍钧。

"抱歉，我接个电话。"她对言或道了声抱歉，接起电话。

电话刚接通，江绍钧气急败坏的声音便传了出来："江菱，为什么不接我的电话？"

车内空间狭窄，所有声音在这里都无所遁形。她没有开免提，江绍钧的声音却分外清晰。

江菱深吸了口气："爸，我……"

江绍钧训道："连我的话你都不听，你眼里还有我这个爸吗？"

"不是的爸，我刚刚在比赛，不方便听电话，而且——"她看言或一眼，似是为难，小声说，"爸，我现在不方便，等会儿再打给你可以吗？"

"不方便？呵，不方便，我是你爸！有什么不方便的？"江绍钧更生气了，声音再度抬高一个分贝。

"现在真的不方便，爸，现在还有别人，如果让人听见……半个小时后，你再打来好吗？"江菱恳求。

江绍钧为人最好面子，江菱的话，似乎捏住了他的命门。他冷哼了声，挂了电话。江菱握着手机的手紧了紧，她抬手擦了擦眼角，收起手机，掩饰地将最近的物品抓在手里。

"抱歉，让言先生见笑了。"

言或没说话，余光隐约瞥见她手上拿着一本诗集。

"江小姐喜欢尼采的诗？"车开出一段距离，他冷不丁地开口。

江菱微微一怔，侧头看向他："谈不上喜欢，只是欣赏其中的一首诗。"

言或问："哦？哪一首？"

江菱说："《忧郁颂》。"

言或抬眉梢："忧郁？"

"这首诗里提到的一种动物，我很感兴趣。"江菱微笑着说，"言先生知道秃鹫吗？"

言或脸上的表情没什么变化："秃鹫？不过是以啄食腐尸而生的飞

11

禽而已，江小姐为什么会感兴趣？"

江菱却说："我并不这样认为。"

言彧顿了顿，问："那江小姐对秃鹫的印象是什么？"

江菱笑着说："感觉是一种很凶猛的动物。"

"是吗？"言彧不置可否。

"对了。"江菱收起诗集，再次翻出手机。

"言先生，方便加个微信吗？"

言彧动作稍顿，语气平淡道："为什么？"

"言先生不是说，有什么事情联系周总，联系你就可以了。"

江菱顿了顿："可是，我连你的联系方式也没有。"

言彧沉默了会儿，报出一串数字。

"哎？"江菱一时没反应过来。

"我的电话号码，和微信同号。不是要加好友吗？"言彧面无表情地反问。

"好。"江菱低头，输入这串号码，发送了好友申请。

她抬头朝言彧笑了下："好了，言先生回去记得通过我的好友申请。"

言彧没理睬她。

两人再也没有说话。车子没入车流，不时有光影掠过车厢。江菱侧头看向言彧，车内光线昏暗，借着这么点光线，也看不出他此时的情绪。她很快收回视线。

半小时后，车子到了目的地。星沙湾是封闭式小区，对外来车辆审查严格。车在小区外停下。

江菱弯了弯唇角，转头向言彧道谢："言先生，谢谢你的外套，我洗干净后还你。"

言彧没接话。

江菱也不在意，解开安全带，伸手去开车门，但很快发现车门仍然锁着。

她又回过头，略有不解："言先生？"

言彧直视着前方，漫不经心地开口："江小姐觉得，裙子破损了，坐别人的车不安全，坐我的车就会安全了吗？"

江菱稍稍一怔，没流露出半分异样情绪："言先生这话是什么意思？"

言彧侧目，迎上她询问的视线："只是想告诉江小姐，随便上陌生男人的车，可不是什么好习惯。"

"我们是陌生人吗？"江菱反问，"我和言先生也见过好几面了，难道不是朋友？"

"朋友？"言彧发出一声哂笑，对她下的定义嗤之以鼻。

"你对朋友就是这样的定义？朋友会对你做这种事情吗？"

"那么，言先生打算对我做什么事情？"江菱抬起食指，压到自己的唇上。

她语气轻缓："我相信，言先生是正人君子，对不对？"

言彧轻嗤了声。就在同时，轻微的声音响起，车门的锁打开了。

江菱微笑："言先生，今天的事情谢谢了，改天请你吃饭。"

不过是客气的话，她也没指望得到他的回答。

打开车门时，身后却响起一道声音："好。"

江菱回头惊讶看他一眼，很快收回视线，转身下了车。

言彧看着江菱渐行渐远的背影，眸色暗沉。

车窗缓缓升上。有一点，江菱说错了。秃鹫的特点并不是凶猛，它对待猎物，从来都有着足够的耐心。秃鹫是典型的机会主义者。它会一直躲藏在暗处，等待合适的狩猎时机。

言彧淡笑了下。被秃鹫盯上的猎物，从来没有逃脱的可能。

江菱走出一段距离，回过头，目送着黑色的迈巴赫离开。她扔下手中的布料，放下裙子，礼裙完好无缺。

刚转身，江绍钧的电话便再一次打了进来。半个小时，还真是准时。江菱只扫了眼来电显示，便接了起来。不等他说话，她主动说："爸，我好像得罪了周总。"

"你——"江绍钧卡顿了下，回味过来后，反应异常激烈，"你，你说什么？你怎么会得罪周总？"

江菱边走边慢悠悠地说："今天，周总的助理特意找到我，对我警告了一番。"

"这，这怎么回事？"

江菱勾了勾唇："如果不是网上的谣言，周总也不会注意到我。"

"这……"

江菱接着说："因为网上的那些谣言，周总觉得我是不怀好意地接近他，损害他的名誉。"

她又义愤填膺地说："爸，都怪那些恶意造谣的人，你一定要帮我起诉他们。"

"这，这……"江绍钧的语气有些慌乱，"关那些造谣的人什么事！如果你堂堂正正，怕什么造谣？你跟周总解释解释，他一定会理解……"

江菱说："我解释过了，但听周总助理的意思，好像要封杀我。爸，要是让他知道我是你的女儿……"

江绍钧生气地打断："这都是你的错！你赶紧回来，跟赵二公子订……"

江菱手指绕了一圈头发，悠然道："爸，你觉得，如果我得罪了周氏集团，赵家还会愿意跟我订婚吗？"

江绍钧似乎也意识到这个问题，一下子乱了方寸："这，这可怎么办？江菱，都是你惹出来的乱子。"

他想了想，又命令道："你，你明天，赶紧的，亲自去周氏集团，去跟周总道歉赔礼！"

江菱为难地说："可是爸，我现在的身份，不方便跟周总接触。而且，如果我贸然去找周总，媒体那边也会继续乱写，如果让周总继续误会我怎么办？这只会让我们的境地雪上加霜。"

江绍钧心急如焚："那怎么办……"

江菱等了片刻，才说："我有一个办法。"

"什么办法？"江绍钧赶快追问。

江菱说："让我进江氏集团。"

"你说什么？！"

江菱解释说："如果有业务上来往，我就能顺利接近周总，借此跟他道歉。有这层身份，媒体也不会乱写，还能保存你的颜面。"

她缓了缓，又劝说："爸，我的提议也是为了江家和集团好。这是

14

最好的办法了。你让我进集团，什么职位都可以，只要能有跟周总接触的机会，那事情就有回转的余地。"

江绍钧沉默了好一会儿，语气勉强："好了，我知道了，我明天会跟董事们商量。"

"那我等你的好消息，爸，晚——"

她话未说完，只听"嘟"一声，电话已经挂断。

江菱轻笑了声。

手机响起微信的提示音。江菱回神，点开跳出来的微信提示，是好友申请验证通过的消息。

言或的微信名字十分正经，"总裁助理言或"，典型的职位加姓名。签名甚至写着："有事请留言，无事勿扰，谢谢合作。"头像则是周氏集团的logo。江菱翻了翻，他的朋友圈是对外开放的，但只有一条——"周总没有约见行程，不要再问了。"

江菱紧握着手机，嘴角微勾。

真是敷衍。但是，联系方式，要到了呢。

第二章 备 注

　　回到自己家里，也不用再受礼仪的拘束。江菱踢下高跟鞋，到冰箱拿了罐牛奶，随意地往沙发上一坐。

　　星沙湾这套公寓，是刚成年那会儿，江绍钧送给她的生日礼物。那时候，他们之间的塑料亲情还未被打破，她也还是江绍钧眼中的好女儿，加上她在国际赛事获了大奖，给他大大挣了面子。江氏集团开发的楼盘星沙湾刚好建成，江绍钧便大手一挥，直接送了她一套。这也算是他对这个女儿难得大方的时刻了。

　　刚打开牛奶瓶盖，手机就响了起来。江菱看了眼来电显示，接起电话。自己一个人在家，无须维持优雅知性的人设。她双腿交叠，靠在沙发上，问："到 M 国了？"

　　电话那边，周韵宁说："姐妹，我刚下飞机，就看到苏丛溪又在网上抹黑你，啊啊啊，她那些白莲花语录，看着就让人生气！"

　　江菱不甚在意："随她吧，我又不是什么公众人物。"

　　周韵宁是周予言的堂妹。身为周氏集团的大小姐，周韵宁在圈子里是出了名的骄横跋扈。

　　江菱和周韵宁是在国外一场赛事里认识的。那会儿，周大小姐还在国外念大学，她被追求者纠缠，江菱主动上前帮她解了围。一来二去，两人成了朋友。跟周韵宁相处下来，江菱发现她的为人其实很不错。

"你就不生气吗？"周韵宁问。

没等江菱接话，她又疑惑道："不对，苏丛溪怎么突然道歉了？"

江菱喝了口牛奶，笑笑："可能是她良心发现吧。"

"你们今天半决赛对吧？难道……"周韵宁顿了顿，不知想到了什么，突然问，"你今天见到我堂……哥身边那个助理了吗？"

江菱不知想到了什么，淡笑了下："你说言先生吗？见到了，挺有趣的一个人。"

"有趣？"周韵宁有点懵，"等等，你说的那个人是言或吗？"

江菱笑着说："嗯，他人也蛮好的，见我衣服破了，还把外套借给我。"

"什么？你说他……把外套借给你？"周韵宁紧张地问，"他，他，他没对你做什么吧？"

没等江菱接话，她又说："那一定是假象！菱菱，你千万别被他骗了，他那个人才没这么好心，还借你外套，完了完了，他一定是对你不怀好意！"

江菱问："韵宁，你好像很怕言助理？"

周韵宁像被踩到尾巴的猫咪，反应激烈："怕，怕什么？他有什么好怕的，我为什么要怕他？不过就是大魔头的助理……哼，我，我才不怕他！"

她否认得迅速，倒有几分欲盖弥彰的意味。

江菱不知想到了什么有趣的事，无声地笑了下。

周韵又压低声音："反正菱菱，你一定要小心他，那个言或就是一个讨人厌的家伙！下次见到他，一定要离他远点。"

听她语气严肃，江菱也不再逗她："好，我知道了。"

听江菱应下，周韵宁这才放下心："好了，先不聊了，等会儿还有个时装展，我得去赶场。"

江菱："好，等你回国，一起吃饭。"

"嗯嗯，回见。"

结束通话，江菱打开搜索引擎，边喝牛奶边用手机搜索周予言的

17

相关信息。

周予言自上任以来，从未在公众媒体露过脸，媒体对他的报道也是少之又少。甚至在周氏集团官网上，对他的介绍也是寥寥只字，没有照片。搜索他的名字，跳转出来的结果，只有几篇用只言片语提到他名字的报道，没什么值得关注的消息。外界对他的长相多有揣测，认为他其貌不扬。而且，盛传他落下腿疾后，性情更加阴鸷。

江菱没有搜到什么有用的信息，倒是在新闻网站，刷到了今天比赛的相关报道《苏丛溪含泪宣布退出"曦光杯"全国小提琴大赛》。

里面是一段视频加几张照片。江菱点开视频。视频里，苏丛溪面对一众记者，红着眼眶，声泪俱下："各位，很抱歉，我先前也是被网上的传言误导，所以误以为比赛存在不公平的现象，一时冲动，在网上发布了一些不实的言论。"

"在这里，我向被我误伤到的参赛选手道歉。另外，因为某些原因，我决定退出本次大赛。"

"苏小姐为什么突然决定退出大赛和改口，你是不是有什么难言之隐？"

"苏丛溪小姐，你提到的那位'参赛选手'是指江菱选手吗？这和你决定退出大赛有关吗？"

咔嚓咔嚓，快门声此起彼伏。

"这，当然不是，也，也没有什么难言之隐。"苏丛溪刻意闪躲镜头，神色勉强，"很抱歉，这件事，我不方便再透露任何信息。"

"至于退出比赛，是我突然意识到，我的演奏水平还达不到我理想的目标。因此我决定沉淀一段时间，到国外进修……"

江菱轻嗤了声，关掉视频。放下手上的牛奶瓶，她打开微信，目光停在她和言彧的聊天界面上。

江菱的微信头像，是妹妹江荨给她画的 Q 版人物半身像。和言彧一本正经的头像并在一起，显得格外违和。聊天界面只有她发送过去的验证消息，和言彧通过她的好友申请的系统提示。除此之外，他什么也没有说。江菱支着下巴思索片刻。想到他的微信签名，她郑重地发过去一条消息。

江菱："在吗？"

没有任何回应。十几秒后，她撤回消息。

江菱："抱歉，刚刚发错了。"

她接着发过去一个笑脸表情包。

但表情包这条消息刚发出，对话框旁边立刻出现了一个大红的感叹号。

消息发送失败了？江菱又重新发了一遍，得到的仍然是一个红色的大感叹号。

"这是，被拉黑了？"江菱有些难以置信，等缓过神，又试探地发了一个问号。然而这次，消息倒是顺利发出去了。连着之前那两个表情包，也被系统自动送出。

言或的消息姗姗来迟。

总裁助理言或："抱歉，拉错了。"

江菱："……"

江菱似乎明白了什么，不由轻笑了下。

总裁助理言或："江小姐还有事？"

江菱点进他的资料，将他的备注修改成"小助理"，然后佯作无事地回复："我到了。"

江菱："谢谢言先生今天送我回家。"

小助理："不用客气。"

江菱："言先生，总决赛的时候，周总会来吗？"

小助理："江小姐大晚上给我发消息，就是为了打听周总的消息？"

江菱发了个微笑表情："言先生给我工作号，难道不是让我找你谈工作的事情吗？"

小助理："抱歉，工作以外的时间，不谈工作。"

江菱："周总一个月给言先生开多少工资？"

小助理："？"

江菱："转账 2000。"

江菱："一小时的加班费，够吗？"

言或却把转账退了回来。

这在江菱的意料之中。

江菱转移话题："既然不聊工作，那我们聊点别的？"

不等他回复，江菱又接着问："总决赛那天，言或先生会来吗？"

小助理："……"

江菱："我只是想在那天把外套还你。"

江菱："言先生，这不算是工作话题吧？"

小助理："加班中，勿扰。"

江菱挑了挑眉。

她接着打字："那晚安……"

似是想到什么，她打字的手顿了下，接着删去对话框的文字。

江菱按住语音，声音带笑："那言先生，晚安。"

发送。

两天过去了，江菱一直没有接到江绍钧的回复。

这也在意料之中。

江菱度过了一个愉快的周末，周一早上九点，她准点踏进江氏集团。

她直接来到前台，说明来意："你好，我找江绍钧。"

前台问："请问有预约吗？"

江菱说："你直接告诉他，是江菱来找他。"

"这位小姐，请问您是江总的……"前台犹豫地打量着她，目光探究。

江绍钧的风流韵事在集团内部流传甚广，前台一瞬间有了怀疑。

江菱取下墨镜，拿出早已准备好的户口本："我和你们江总是这种关系。"

前台一愣，余光瞄到户口本上的名字，眼神和语气一下子就变了："江小姐，江总的办公室在 32 层，您从那边的电梯直接上去就可以了。"

"谢谢。"

江菱朝她点点头，走向直通总裁办的专用电梯。

电梯门刚关合上，前台立刻拿过手机，在集团总部的大群里传递消息。

"大小姐来了！"

不过是电梯升降的工夫，集团总部上下都知道了大小姐光临的消息。

江绍钧接到消息时，正在会议室召开高层例会。

等会议结束，他匆忙赶回办公室，一进门，便责怪道："江菱，你怎么能随便告诉别人我们的关系？"

江菱挑眉，似是不解："爸，反正是自家公司，为什么要藏着掖着？"

"你——"江绍钧哑口无言，胸膛几番起伏后，不耐烦道："好了，你跟我来。"

江菱跟着江绍钧进了旁边的休息区。

江绍钧吩咐秘书去倒茶水，转头看向江菱，语气有所缓和："你过来公司，怎么也不提前告诉爸一声？"

江菱开门见山："爸，我上周的提议，你考虑得怎么样？"

江绍钧顿了顿，移开视线："这件事……我已经跟几位董事商量过了，他们都认为这不是很合适。"

话锋一转，他语重心长地劝说道："菱菱啊，这事，我再想想办法吧，道歉不一定非要进集团。你一个女孩子，在家里安安心心当个大小姐不好吗？"

江菱说："爸，我进集团也是为了尽快解决周氏集团的事。而且，我也想为你减轻些负担。毕竟家里只有我和妹妹，难道爸要一辈子养着我们？"

"这，"江绍钧语气微妙，"养着就养着，爸又不是养不起你们。"

江菱走上前，挽过他的手臂："可是我不想让爸太辛苦。"她又似是不经意般地问，"对了，爸，你最近是不是在争取星湖湾的项目？"

江绍钧一愣，回头看向她，皱眉道："你怎么知道的？"

"是在半决赛的时候，无意中听人提到过的。这个项目，周氏集团好像也有参与。"江菱言语含糊。

江绍钧追问："你还听到他们说了什么？"

"那时候我离得远，没听到太多内容。"

江绍钧皱起眉头。

21

没等他说话，江菱又说："但是，爸，如果我有办法帮你拿下这个项目呢？"

江绍钧倏地抬头："你说什么？"

"你能有什么办法？"他显然不相信。

"爸，我明白的，你不让我进集团，是担心我能力不足。"江菱以进为退，"但是，总要给我一个机会，对吗？"

她停了停，又说："而且爸，你是江氏集团的总裁，难道安排一个微不足道的职位，还要受到其他人的牵制吗？这也太不合理了。"

江绍钧迟疑了："让我想想……"

将双手背在身后，踱步了一个来回，他停下脚步，迟缓地开口："你要进集团可以，但我有一个要求。"

他直视江菱："入职之后，你得搬回江家。"

江菱扬眉，应了下来："好。"

江绍钧顿了顿，又说："还有，就算你是我的女儿，我也不能给你任何优待，不然其他高层会有意见。"

江菱从善如流："我当然明白，爸你放心。"

"我暂时给你安排一个助理的职位，你就跟着……"

江绍钧唤来秘书："童秘书。"

"江总，有什么吩咐吗？"

江绍钧看向江菱，介绍道："这是童佳瑶秘书，你以后就跟着她学习吧。"

是刚才那位准备茶水的秘书。

江菱不动声色地收回打量的目光，笑着说："童秘书，你好，请多指教。"

童佳瑶朝她点点头："江小姐，你好。"

打完招呼，江菱又回头看向江绍钧："那爸，我今天先回去搬家，明天再来办理入职手续。"

江绍钧漫不经心地点点头："去吧。"

离开总裁办公室，等门关上，江菱转过身，叫住了即将离去的童佳瑶。

"童秘书。"

童佳瑶顿步，回头礼貌道："江小姐，还有别的事情吗？"

江菱说："我以后要跟在童秘书手下学习，童秘书不需要这么客气的，就像对待其他人一样对我就可以了。"

不等童佳瑶接话，她又说："也快中午了，有空一起吃个饭吗？我想跟童秘书聊聊。"

童佳瑶一愣。

江氏集团附近的西式餐厅。舒缓低回的轻音乐萦绕在耳畔，但童佳瑶始终静不下心。

"江小姐，你想跟我聊什么？"她冷静地问。

江菱搅拌着杯中奶茶，抬头看向面前的年轻女人："童秘书，你跟着我爸有几年了？"

童佳瑶怔了下，说："我在江氏集团工作，已经五年了。"

"是吗？五年了，那挺久了。"

江菱又笑着说："那你在我爸身边干了这么多年，我爸一定很信任你吧？"

童佳瑶顿了顿："江总对员工一直很亲切。"

"童秘书，你是出身农村的，对吧？"

江菱缓缓道："毕业于 A 大商学院，家里只有母亲和弟弟，弟弟还在上高中，你一个人在大都市打拼，还要供家里日用和弟弟读书，很不容易吧？"

童佳瑶握了握面前的玻璃杯，与她对视着："江小姐这么说，是什么意思？"

江菱调整了坐姿，姿态闲适："你跟着我爸这么多年，应该也多少了解我们家里的情况。"

"我爸除了我和妹妹，其实还有一个私生子。"

"而你都跟着他这么多年了，到现在依然只是一个秘书。"江菱意有所指，"就算你再怎么努力，也不可能坐到那个位置上。"

童佳瑶脸色一变："江小姐，我不明白你的意思，失陪了。"

她站起身，就要离开。

江菱叫住他："童秘书，无论我爸承诺过你什么，但是以你对我爸的多年了解，我爸对他的两个女儿都这样，你觉得他真的会对你大方吗？"

童佳瑶停下脚步，回头看她。

江菱迎着她的视线，说："青春能有多少年？像我爸那样的男人，都是喜新厌旧的。"

她顿了顿："以你的能力，何必将一辈子蹉跎在一个老男人的身上。"

童佳瑶与她对视片刻，平静地问："所以，江小姐你找我的目的是什么？"

明明年纪比她要大，但在她的面前，气势却低了不止一截。

江菱笑了声："真敏锐。"

她说出目的："我身边需要像童秘书这样有能力的人，江绍钧不能给你的东西，你可以从我这里得到，凭你自己的能力和本事。"

童佳瑶喃喃："自己的能力和本事……"

江菱适时地拿出一张卡片，递了过去："这是我的私人号码，如果想清楚了，可以随时联系我。"

"当然，你也可以把今天的话原封不动告诉我爸。但是……"

停顿几秒，江菱直接起身离座。路过柜台时，她顺手结了账，推门走出西餐厅，童佳瑶依然站在原来位置上，看着手中的卡片出神。

江菱淡笑了下，收回视线。

江家人对感情专一，在上一辈，却偏生出了江绍钧这样一个风流种子。她的父母是典型的商业联姻，他们没有任何感情基础，婚后一直维持着表面夫妻的状态，私底下是各玩各的。但没想到，荒唐的是，江绍钧竟然还有一个年纪和妹妹江荨差不多大的私生子。

她很早以前就知道，江绍钧重男轻女。江氏集团，他一直都打算留给他那个私生子，而她和妹妹只是用来联姻巩固家族地位的工具。以她对江绍钧的了解，他一早就安排好剧本。不公开她的身份，让她隐瞒身份进入集团，美其名曰"锻炼"。江绍钧想以此让她知难而退。她又岂会如他所愿？她轻扯下唇角，戴上墨镜，向路边走去。

解决了江氏集团的问题，是该前往下一个目的地了。江菱拉开一辆出租车的门，坐进后座。上车后，司机问："小姐，请问要去哪里？"

"去周氏集团，谢谢。"

到达周氏集团时，刚好是下午两点。

进入一楼大堂，江菱直接跟前台说明来意："你好，我找言彧先生，你们周总的助理。"

前台问："请问小姐有预约吗？"

江菱笑笑："没有，不过……他的衣服落在我这里，我是来还给他的。"

前台稍稍一怔，打量江菱的目光多了几分了然："请稍等下，我问问。"

说着，立刻往总裁办拨了个内线电话。

很快，她回复说："小姐你好，总裁办那边的人说，言助理现在不在办公室，不过他很快会回来的。如果你方便，可以先在待客区稍等一下。"

"好，谢谢。"江菱朝她点点头，前往待客区等候。

等待的时光总是漫长且无聊，江菱拿出手机，打开新闻APP，浏览最近的资讯。

不知过了多久，她听见前台的声音传来："言助理，你女朋友来找你了。"

女朋友？江菱动作一顿，下意识抬头，毫不意外地撞上言彧的视线。言彧脚步稍顿，微微有些诧异。但那抹诧异之色转瞬即逝，而眼神中多了几分探究。

今天言彧穿着白衬衫，黑色西装裤，领带打着温莎结，臂弯搭着一件西装外套，模样正经。

江菱起身，对他微微一笑："言先生。"显得若无其事。

"跟我来。"言彧淡声扔下一句，便抬步走向电梯间。

江菱赶紧跟上。

等电梯门关闭，江菱看着言彧按下通往顶层的按钮。这台电梯似乎是专属电梯，里面没有其他人。无人说话的瞬间，安静得针落地可闻。江菱这才有空打量起周围的环境。

言或侧头看向她：“江小姐对这里似乎很好奇？”

江菱笑笑，说：“第一次坐这里的电梯，自然有些好奇。”

“那江小姐对我们集团有什么高见吗？”

江菱面不改色：“挺不错的，大堂宽阔气派，楼层也要比江氏集团总部的楼层要高。”

“是吗？”

言或缓缓开口：“说起来，江小姐什么时候成了我女朋友，我怎么不知道？”

江菱笑了下，声音温和：“我也很意外，大概是他们误会了。”

言或轻飘飘看她一眼。

“误会？”他重复这两字，轻哂，“所以，江小姐今天到这里的目的是什么？”

江菱迎上他的目光，递过手上的纸袋，落落大方地回应：“我来还你外套。”

清洗干净的西装外套整齐地叠放在纸袋里。言或伸手去接，但江菱并不松手，言或的指尖不可避免地触碰到她的手。两人的视线撞在一起，江菱才若无其事地松开纸袋，移开视线。

言或收回手，同样看向前方：“江小姐不是说到总决赛那天再还给我吗？”

江菱侧头看了他一眼，说：“言先生在微信上没有回答我的问题，我也不确定那天言先生会不会出席，所以就自作主张过来找你了。”

不等他接话，她又说：“我来还你衣服，顺便想请你吃个饭，能赏脸吗？”

言或没有说话。电梯还在上行，此时有片刻的安静。

江菱没有得到答案，也不在意：“既然言先生不乐意，那我也不勉强了。”

她抬头看向 LED 屏上跳动变化的数字，岔开话题：“言先生现在是要带我去见周总吗？”

言或似是才回过神来，淡声说：“江小姐，我记得昨天已经跟你说过，周总最近没有约见的时间。”

江菱问：“那周总什么时候才有时间？”

言彧的回答十分官方："周总的私事，我们无权干涉。"

"就连言先生也不知道吗？"江菱挑了下眉，"言先生刚刚让我跟上，我还以为是有什么急事。既然没什么事，那我先回去了。"

"至于刚刚的误会，我会跟前台澄清的。"

她伸出手，作势要按下按钮。

言彧不紧不慢地开口："我请江小姐过来，其实还有一件事。"

江菱动作顿住，收回手。她看向言彧："哦，什么事？"

言彧缓慢地道："'曦光杯'半决赛那天晚上，江小姐故意撕毁自己裙子的事。"

江菱迎着他仿佛能洞悉人心的目光，不慌不忙："有这回事吗？我怎么不知道。"

言彧说："那天江小姐说自己的裙子在比赛场地里不知道被什么东西勾破了。这件事让我非常在意。"

"曦光杯"全国小提琴大赛半决赛，是在周氏集团旗下的度假酒店举行的。

"作为比赛场地的提供方，我们集团绝对不允许场地存在这种隐患。所以回来后，我特意让人查了那天监控，对存在危险隐患的区域进行排查。"他顿了顿，薄唇稍翘，似笑非笑地看着她，"但是没想到，我并没有在当天的监控里找到勾破江小姐裙子的东西，却发现了一件有趣的事情。"

"是吗？"江菱毫不在意，轻笑一声，"那又怎样？"

言彧压低声音："江小姐就不怕我将那晚的事情说出去？"

江菱反问："那言先生要怎么样，才不会把这件事说出去？"

言彧挑眉："那就要看江小姐的诚意了。"

"哦？"

江菱倾身向前，凑近他，指腹从他的唇角轻抚而过，她靠得更近，几乎要贴上他的唇角。

两人的气息相互交缠。

"诚意吗？"她压低声音，"所以，言先生是想要封口费吗？"

言彧的眼神在一瞬间变得晦暗不明。他垂眼看着她，声音压低，嗓音莫名带上几分暗哑的质感："你知道，你现在在做什么吗？"

江菱感觉到言彧的身体微僵了下，也清晰地看见他眼中的神色在那一刻起的变化。余光瞥了眼电梯顶端的监控，她收回目光，笑得愉悦："知道啊。"

言彧沉默几秒，突然发出一声嗤笑。他按住她的肩膀，毫不犹豫地将她推开一小段距离。

江菱似是不解："言先生？"

言彧缓缓抬眸，对上她的目光，嘴角带着些讥诮："这就是江小姐所谓的，对周总一往情深？"

几秒的回味，她反应过来他话中的意思。江菱挑眉，没再说话。

言彧眸色暗沉："还是说，江小姐将我当成了周总的代餐？"

"言先生也知道'代餐'这个词吗？"江菱稍稍意外，似是好奇。

言彧说："江小姐接受过九年义务教育吗？"

江菱问："言先生这话是什么意思？"

言彧瞥她一眼，声音凉凉："凡是接受过九年义务教育的人，应该都知道这个词语的意思。"

江菱："……"呵。江菱仍是面不改色。

她笑着说："为什么我每次提起周总，言先生的反应都这么大？"

"言先生这是……"她又凑近，用只有两人能听见的声音问，"吃醋了吗？"

言彧没受她的蛊惑，直截了当地问："江小姐，你还没回答我的问题。"

"言先生一定要得到这个答案吗？"江菱扬眉。

言彧没说话。

江菱笑了下："既然这样，那我就直说了。"

"我对周总是一往情深不假。"她话锋一转，"但是，我对言先生……"顿了顿，她故意放缓了语速，"可是图谋不轨。"

她的声音不大，但每一个字都清晰地落入了言彧的耳中。

"江小姐。"数秒的沉默后，言彧突然开口。

江菱："嗯？"

"下次请不要再开这样的玩笑。"言彧的声音不带半点情绪，"否则……"

江菱问："否则什么？"

言或说："我会当真。"

僵持数秒，江菱后退数步。

站定后，她歉然地对言或笑了下："抱歉，我以后不会再跟言先生开这样的玩笑。"

没等言或回应，江菱便转头看向头顶的数字，不再说话。

叮——

半分钟过去，电梯到达顶层，门打开。

总裁办公室就在这一层。从电梯出来，脚下便是地毯，浅灰色的地毯延伸到每一个角落。顶层的布局鲜明，外面是助理区域，开放式的办公区，右边是待客室和会议室，总裁办公室在最里面。数名助理正在办公区忙碌。见到言或，纷纷放下手上的工作，起身跟他打招呼："言助理。"

言或点了下头，径直向总裁办公室走去。江菱不动声色地观察着在场每一个人的表情和反应。态度恭敬，和言或的态度形成了鲜明的对比。不时有打量和探究的视线投来，江菱不着痕迹地藏好眼底的情绪，仿若无事地跟着他进入办公室。

偌大的总裁办公室里，空无一人，安静得针落地可闻。办公室整体是灰色的格调，装修风格简洁利落，最里面是一面宽敞透亮的落地玻璃窗，此时拉上了窗帘，暂时看不到外面的景象。

"这里就是周总的办公室？"江菱打量几眼，又看向言或，略有些不解，"周总不见我，那言先生带我上来做什么？"

言或回头看向她，缓声说："不是说，要请我吃饭吗？"说完，转身走向办公桌。

江菱稍怔了下，弯了弯唇角，跟上他的脚步。

她来到办公桌前，看着言或问："但周总不在，你把我带来这里，合适吗？"

言或解开领带，连着外套一起随手扔到一旁的沙发上，声音淡淡："周总不在的这段时间，一切事务由我代为处理，其中也包括办公室的使用权。"

"是吗？"江菱挑了挑眉，"所以，言先生，你不会是想让我在这里等到你下班，然后再请你吃饭吧？"

言彧迎上她询问的目光，反问道："不然呢？"

江菱曲起手指敲了敲桌面，有些不满："言先生，我的时间也是很宝贵的。"

言彧慢条斯理道："就当是保密的条件，江小姐觉得怎样？"

"好。"江菱与他对视着，一场无声的博弈后，她答应下来。

言彧在办公桌后坐下，开始办公。江菱也不再理会他，转头继续打量这间办公室。她的目光在办公室里转了一圈，落在办公桌旁的书架上："我可以看书架上的书吗？"

言彧抬眸扫她一眼，说："请自便。"

江菱走到书架前，目光搜索一圈，从里面抽出一本英文原著小说。她拿着书坐到旁边的沙发上，认真地阅读起来。办公室一时变得很安静，偶尔有纸张翻动的声音。两人之间就像划出了一条楚河汉界，互不干涉，谁也没有打扰谁。不知过了多久，言彧抬头看向江菱，她安安静静地坐在沙发上，真的在认真看书。

今天的江菱穿了条波西米亚风的吊带长裙，吊带细长，许是看书太过入迷，翻页时，一侧的吊带从她的肩上自然滑落。言彧眸色渐沉。他站起身，刚拿起椅背后的外套，办公室外突然传来敲门的声音。他向门外走去，途径沙发时，随手将外套扔到江菱身上。

江菱："？！"

猝不及防被盖了一身，江菱抓着身上的外套，不解地抬起头，看见的却是言彧的背影。

"进来。"

有人推门而入。

"周……"来人进门后，似是发现办公室里的江菱，错愕一瞬，但反应迅速，"周总刚刚来电，明天 A 市的商业会议，让您务必赴约。"

言彧说："我知道了。"

江菱扫了一眼两人，手握住外套边缘，忽然想明白了什么，将外套盖到身上，继续低头阅读。

言彧回头看了江菱一眼，用眼神示意男助理。男助理会意，赶紧退了出去。不一会儿，他去而复返，送来茶水和点心。

"谢谢。"江菱礼貌道谢。

等男助理离开，言彧又返回办公桌后工作。办公室再次变得安静。江菱却有点不在状态了。她看了几页书后，合上手中的小说，走向办公桌。言彧闻声抬头，向她投去询问的眼神。

她问："我突然想起一件事。言先生，我上次的回礼，周总还满意吗？"

言彧握笔的手一顿，没有说话。

"言先生？"

言彧眯了眯眼，一字一顿地说："周总说，他很不满意。"

"噢。"江菱若有所思地站在原地，并没有离开。

言彧问："江小姐还有事？"

江菱用感兴趣的目光打量着言彧："我在想，要怎么样才能将言先生从周总这里挖走。"

言彧挑眉。

江菱接着问："言先生，有没有兴趣来当我的助理？"

"当江小姐的助理？"言彧停了停，不由轻哂了声，"我怕江小姐请不起我。"

江菱说："会吗？如果言先生愿意来给我当助理，我可以给言先生出双倍工资。言先生，你觉得呢？"

"很抱歉，我暂时没有更换工作的打算。"言彧拒绝得干脆。

江菱轻笑了声："没想到言先生对周总这么忠心，我对言先生更感兴趣了呢。"

言彧挑眉："哪方面的兴趣？"

"当然是言先生的工作能力。"江菱翘起一侧唇角，反问道，"不然还有什么？"

言彧盯着她看了几秒，说："我对江小姐也很感兴趣。"

"哦？"

言彧说："我们集团旗下正好有影视公司，如果江小姐有转战演艺圈的打算，我可以为你牵个线。"

"言先生说笑了，我没有转战演艺圈的打算。"假装没有听出他话里的嘲讽，江菱说，"那我先不打扰你工作了。"

她正要回去看书，这时候，言彧桌上的手机响了。言彧只扫了一眼，便按了挂断。

江菱下意识问了句："怎么不接电话？"

"是骚扰电话。"言彧将手机调到静音状态，随手扔进抽屉里。

江菱也没细想，返回沙发坐下，继续阅读那本小说。

十分钟后，办公室的门再次被敲响。进来的仍然是刚才的男助理。他看了里面的人一眼，迟疑地开口："言助理，那边的会议要开始了，您这边……"

言彧抬头："会议？"

男助理低下头："是，是突然召开的临时会议。"

言彧站起身，对江菱说："我去去就回，不要乱跑。"

江菱挑了挑眉："言先生，我又不是小孩子。"

言彧跟着男助理离开办公室。

停在无人处，言彧问："怎么回事？"

男助理赶紧递上手机，垂着眼说："周总，是周韵宁小姐，她非得让你接电话。"

言彧看他一眼，接过手机，冷声问："什么事？"

"周予言！"一个气急败坏的女声从手机传出，"你为什么挂我的电话！"

言彧语气冷淡："我说过，工作时间不要给我打电话。"

"是不是你让我爸冻结了我的卡！"

言彧淡声说："你的卡被冻结，不找你爸，找我做什么？"

周韵宁更生气了："肯定是你使得坏！不然我爸怎么会突然冻结我的卡！还有，你是不是知道我跟江菱姐认识，所以故意接近她？"

第三章　目　的

言或没作声。

周韵宁当他默认了，登时暴跳如雷："我就知道，我就知道！你接近江菱姐肯定是别有目的，你肯定是图谋不轨！周予言，你多大了，还搞这种幼稚的把戏？我们俩不对付，是我们之间的事情，为什么要拖无辜的人下水？"

言或勾着唇冷笑了下："只有幼稚的人，才会有这么幼稚想法。"

"不是因为我，那是因为什么？"周韵宁明显不相信，"我警告你，你离江菱姐远点！"

"周韵宁，看来这些天，你还没反省够。"言或的语气平静无波，却有种不怒自威的压迫感，"那你就留在 M 国，什么时候认识到自己的错误，什么时候再回来。"

"周予言，你就只会威——"

言或直接按了挂断。

他将手机扔回给助理，轻描淡写道："刘助理，以后周韵宁打来的电话，都按正常流程处理，不用再通知我。"

刘助理垂着眼，大气也不敢出："我明白了。"

别有目的？图谋不轨？言或在心底冷笑了下，又下意识朝办公室的方向看去，眸色转暗。

他不动声色地收回目光，又吩咐："去通知各部门负责人，十分钟后，到 32A 会议室开会。"

"好的，我马上去。"刘助理转过身，在心中默叹。

又有人要倒霉了。

十多分钟过去，言或还没回来。江菱慵懒而随意地靠在沙发上，有些无聊地翻看着手上的小说。说实话，这本外国小说的情节其实很无趣。言或不在，她也没必要再维持人设。这时，微信进来新的消息。江菱回神，拿起手机，点开消息。一个举着咸鱼的猫咪头像出现在最顶端，旁边是红色未读消息提示。对方的 ID 是"酱酱爱吃糖"——是妹妹江荨。

江菱眉目舒展，眼神也变得柔和。她点开对话框。江荨发了一张自制的动态表情包，一只猫咪从纸箱里冒出头，猫咪的头顶上有一排字。

酱酱爱吃糖："你的小可爱出现了！"

酱酱爱吃糖："姐姐！"

江菱沿着沙发边沿坐下，回复到："还没睡？"

江菱："现在方便视频通话吗？"

酱酱爱吃糖："嗯嗯。"

得到肯定的答案，江菱发去视频通话邀请。

视频接通后，江菱问："怎么这么晚还没睡？"

江荨说："刚完成课程的论文，有点睡不着。"

江荨目前在 M 国留学，念的是传媒学。

江菱问："在那边过得还习惯吗？"

"挺不错的。"似是想到了什么，江荨撇了撇嘴，"除了这边的食物，虽然吃了好几年，但还是有点吃不惯，特别是讨厌的火鸡。"

听着她小声嘟囔，江菱不由失笑："那就好。"

"钱够花吗？"

"够的。"

江荨连忙点头，又补充说："姐姐你不用担心，我……刚到 M 国

34

的时候，不是找了一份兼职工作，每小时有 31 刀，现在还有积蓄的。那活挺轻松的，也不会耽误学习。"

两姐妹说了会儿悄悄话。江荨突然想起重要的事，赶紧说："对了，姐姐，我最近忙着写论文，刚刚才看到网上营销号发的那些文章，那是怎么回事？你没事吧？"

江菱说："别担心，我没事，网上的那些事已经告一段落了。"

江荨并不放心道："那爸宣布跟 BJM 集团联姻又是怎么回事？你答应跟赵二订婚了？"

江菱："没有。"

"没有？"江荨大吃一惊，"那是爸自作主张宣布的？他怎么能这样？他这是要逼着你跟赵家联姻吗？那你——"

江菱："放心，我是不会跟赵家订婚的。"

听她肯定的回答，江荨才稍微放下心："嗯。"

江菱接着说："这件事我会处理好的，你不要担心。"

"好。"江荨点点头，刚要接着说话，忽然发现江菱身后的背景看起来有些陌生，顿时好奇，"姐姐，你现在是在江氏集团吗？"

"不是。"江菱稍怔了下，回头看了眼身后的办公桌，说，"这是……一个朋友的公司。我只是过来谈业务。"

"原来是这样。"江荨深信不疑。

"那姐姐——"

"荨荨。"江菱突然唤她的名字。

江荨回神："嗯，姐姐，怎么了？"

江菱顿了顿，又改变了主意："算了，这件事下次再告诉你。你先睡吧，很晚了，不要熬夜，对身体不好。"

江荨乖巧地点头："好，我知道了。下次决赛，姐姐要加油，晚安。"

想到什么，她又改口："啊，不对，你那边还是下午。"

"晚安。"

江菱笑着说："快去睡吧。"

江荨："嗯嗯，那我挂啦。"

视频通话结束，江荨又发来一个晚安的表情包，江菱弯了弯嘴角。

退出微信时，她顺便看了眼时间。大半个小时过去，言或依然没回来。江菱将那本英文小说放回书架，换了另一本书。她坐在沙发上，漫不经心地翻着书页。大概是心里装着事，她一个字也没看进去，不知不觉间困意席卷。江菱不断提醒自己不要在陌生的环境里睡着，但在安静的环境下，很容易滋生倦意。

言或回到办公室，一进门，就看见江菱正倚在沙发上，已然睡着。办公室里静悄悄的，江菱睡觉的模样有些不安分。他的西装外套半披在她的身上，圆润的肩膀外露，几缕发丝落到肩上。一只高跟鞋还穿在脚上，另一只却被踢掉，正歪倒在地毯上。

言或顿了顿，关上办公室的门。他不动声色地走到沙发前，垂眸看着江菱。看着她随时有可能倒下的睡姿，他难得动了恻隐之心，打算帮她调整姿势。只是刚坐下，江菱整个人便向着他这一侧慢慢滑过来，竟然就这样枕在了他的肩膀上。

猝不及防。

他没有唤醒她。睡着的江菱卸下了所有的防备，安静而温和，仿佛这才是真实的她。言或侧头，目光停在她的脸上，眸色渐深。他伸手放进了他的肩膀和她的脸之间，打算将她托起轻放下。哪知道，她沿着他的肩膀慢慢滑下，直接枕到了他的大腿上。

"别走……"不知梦到了什么，她皱了皱眉，扯着他的衣角，低声梦呓。

言或："……"

办公室里的空调开得低。言或伸手将西装外套拉高了些，盖住江菱的肩膀，但江菱又不安分地动了动，不一会儿肩膀又从西装底下露出来。他索性把西装外套的两只衣袖打了个结，将她裹成一团粽子。被勒得不舒服，睡梦中的江菱皱了皱眉，终于缓缓转醒过来。

刚醒来时，她的意识仍有些不清晰。她慢慢坐了起来，直到看到身侧的言或，意识才渐渐回笼。

"言先生？"看到身上打结的外套，江菱心中了然，"我刚刚睡着了吗？"

她解开西装上的结，歉然道："抱歉，好像打扰你工作了。"

"没事。"言或的声音很淡，脸上也没什么表情。但他不太像没事的样子，不等她仔细打量，言彧已经站起身，背对着她走向办公桌。

江菱小幅度地勾了勾唇。

言彧拉开抽屉拿出自己的手机，回头说："走吧。"

江菱："哎？"

言彧看向她，慢条斯理道："已经下班了。你不是说，要请我吃饭吗？"

噢，原来是这回事。江菱起身时，低头看了眼手机上的时间。已经过了下午五点半，原来她在他的办公室里睡了这么久。这不是一件好事。江菱敛起思绪，快步跟了上去。

进电梯后，她看着言彧按下通往一楼大堂的按键。

"不去车库吗？"她有些意外。

言彧扫她一眼，淡淡地说道："我的车停在外面的露天停车场。"

"噢。"

专属电梯的好处就是没有其他人的时候，中途不会停下。半分钟后，电梯到达一层。下班时间，大堂人多眼杂。出电梯后，江菱跟在言彧身后，刻意和他保持一段距离。两人一前一后地走着，这样奇怪的"组合"，回头率极高，不时有好奇的目光向他们投来。

走了几步，言彧停了下来，回过头，向身后的江菱投去询问的眼神："江小姐这是在做什么？"

江菱客气地说："言先生不是不想让别人误会我们的关系，我当然要跟你保持距离才行。"

言彧走到她面前停下，眼神颇深："你说，他们误会我们是什么关系？"

"比如说，"江菱佯作听不出他话里的弦外之音，挽上他的手臂，用行动做出回答。她用别有深意的眼神看着他，压低声音，"这样的关系？"

两人之间仿佛流动着莫名的暧昧气息。

言彧瞥了眼，又迎着她的视线，轻嘲道："江小姐刚刚不是还说要帮我澄清吗？所以，你这又在做什么？"他的声音同样很低。

江菱笑："我也说了，我对言先生图谋不轨，既然这样，为什么要澄清？"

言或问："你就不怕你的话被周总听见吗？"

江菱笑着问："言先生会告诉周总吗？"

言或似笑非笑地看着她，反问："那你觉得我会不会？"

"我觉得你不会。"江菱眼神笃定，"但是，我希望你会。"

言或眼睛更显深邃："为什么？"

江菱直言不讳："要是言先生被周总迁怒开除，我也许能捡个漏，得到像言先生这么优秀的助理。"

言或深深地看着她，溢出一声意味不明的轻笑："那恐怕要让江小姐失望了。"

他顿了顿，又问："江小姐的目的不是周总吗？这就放弃了？"

江菱笑了下："可是到目前为止，我还没有见到周总。"

"所以，见不到周总，能挖到言先生这样的得力助手也不亏，不是吗？"她的目光坦然又清明。

言或冷嗤道："江小姐可真会精打细算。"

"言先生确定要继续站在这里聊天？"江菱婉言提醒。

言或微微侧目。从各楼层下来的人越来越多，周围人来人往。两人此时挽着手站在大厅中央，举止亲密，宛如一对恩爱的情侣。他们一时成了人们的目光焦点。见他回神，江菱若无其事地松开手，跟他拉开了距离。言或瞥她一眼，一言不发地抬步往外走。直到上车，两人没再说一句话。

系上安全带，江菱才继续刚才的话题："我在办公室里说的话，并不是开玩笑。"她直视着前方，"言先生可以再考虑一下我的提议，如果有换工作的想法，可以随时联系我。"

言或单手搭在方向盘上，漫不经心道："江小姐不是已经有经纪人了，为什么还需要助理？难道参加比赛和演奏，还得助理协助？"

江菱说："不，不是为了比赛和演奏。"

言或问："那是因为什么？"

江菱语气平静："我打算在这次比赛结束后，就退出音乐界。"

言或动作略略一顿："为什么？你不是很喜欢小提琴吗？"

这一次，他难得没喊她"江小姐"，江菱着实意外。

"言先生也看过我的采访吗？那还真是很荣幸。"

"为什么？"言或追问。

江菱脸上的笑容淡去。她垂下眼睑，说："因为一些不得不放弃的原因。"

短暂的沉默后，言或说："我知道了。"顿了顿，他又说，"抱歉，是我冒昧了。"

车子启动，驶出停车场，缓缓汇入车流。傍晚时分，暮色四合，晚霞自天边流淌而来，暖黄色蔓延了云彩，温柔而缱绻。正值下班高峰期，车流如织。

经过一个路口时，言或的手机响了起来。连着蓝牙耳机，电话自动接听。

不知对面说了什么，言或眉头轻蹙："我知道了，我这就回去。"

江菱将他的表情收入眼底，心里有几分猜测。等通话结束，她说："言先生是要忙工作吗？如果实在忙，就在路边放下我，我们可以下次再约。"

言或揉了揉眉骨："不是，只是要给合作方发送一份文件。"

他又问："江小姐介意我先回一趟住处吗？"

江菱微微一笑："当然不介意。"

车开进地下车库时，外面的天色忽然转暗。等出了电梯，外面已是乌云压顶，几声雷鸣过后，天上突降大雨。玻璃窗啪啪作响，有什么东西不断往上砸。仔细一看，竟然是冰雹。

这场强对流天气来势汹汹。

江菱看向窗外："现在这情况，我们好像出不去了。"

言或往外看了眼："先进屋。"

言或住的地方离周氏集团不远，是一梯一户式的公寓。出了电梯，便是入户花园。和周氏集团的总裁办公室一样，房子内部装修整体呈灰色调，风格简约。这公寓的环境，也挺符合言或首席助理的身份。

这场冰雹看起来一时半会也不会停。已经将近晚上七点，这时叫外卖也不合适。

江菱收回打量的视线，问言或："言先生这里有准备食材吗？"

言或回头问："怎么？"

江菱笑了笑："我突然觉得，请吃饭的话，亲手做似乎更有诚意。"

她又问："我可以借用你的厨房吗？"

言彧沉默了会儿，说："请便。"

江菱朝他点了下头，走向开放式的厨房。冰箱里的食材不多，但勉强够用。江菱刚把需要的食材从冰箱里拿出来，就见言彧挽起衣袖，走了过来，拿过中岛台上的案板。

江菱看向他，略微惊讶："言先生？"

言彧说："我来帮忙。"

江菱顿了顿："不是说我请吃饭吗？"

言彧瞥她一眼："那你下次再请回来。"

江菱弯了下唇，让开点位置："好。"

江菱挑了她擅长的菜式做。厨房很大，即使两个人一起干活，也不显得拥挤。两人各司其职，配合得十分默契。言彧做菜的手法娴熟。看他处理食材，江菱头一回觉得，原来做饭切菜也是一件赏心悦目的事。

"没想到言先生还会做饭。"

言彧抬眸扫她一眼："很意外？"

"有点，我原本觉得，言先生会是那种……"江菱笑笑，一笔带过话题，"言先生是自己一个人住吗？"

"是。"

"怪不得，那言先生以后的女朋友可真幸福。"江菱弯下了唇角。

言彧动作一顿，抬起头，一瞬不瞬地看向她。

"怎么了？"

言彧很轻地笑了下，转身去看锅里的汤。江菱疑惑着，还没等她想明白言彧要表达的意思，言彧已经走开了。

大半个小时后，菜上桌。冰箱里食材有限，他们只做了四道菜：香煎鳕鱼、可乐鸡翅、蒜蓉生菜、紫菜蛋花汤，都是很普通的家常菜色。

吃了七八分饱，江菱放下筷子："今天多谢款待了。"

她看向窗外，冰雹停了，但外面的暴雨还在持续。即使门窗紧闭，依然能听见翻腾的雷鸣声。江菱看了眼手机上的天气提示，已经挂上

40

了黄色暴雨信号。

她看向言彧："言先生可以借我一把雨伞吗？"

言彧猜出她的意图，不由皱眉："这么大的雨，你要回去？"

江菱笑笑："不然呢？我留下来，也不方便吧。"

"算了，这雨看起来今晚都不会停，万一你回去的路上出了什么意外，我可不想背上法律责任。"言彧站起身，看向别处，他稍顿了下，"这里的客房，你可以随便住。"

"那就打扰了。"江菱没再推辞，顿了顿，"不过，我没有可以换的衣服。"

言彧动作一顿，移开目光，声音很淡："你……先穿着这里的衣服，明早我再让人送干净的衣服过来。"

这里的衣服，是指他的衣服。

江菱也不说穿，只是笑着应了下来："好。"

从言彧那拿了换洗的衣服，江菱径直去了浴室。热水冲去一身的疲倦。半小时后，浴室水汽氤氲。江菱洗完澡，没有找到毛巾。她从空着的衣帽架上收回手，套上衬衫，离开浴室。走出房间，她隐隐听到客厅有谈话声传来。言彧在客厅里开视频会议。

江菱故意似的，探出头问："言先生，毛巾在哪里？"

会议声音止住。视频两边，一瞬间皆静默下来。

"稍等。"言彧从视频窗口里看到江菱，不由深呼吸了一口气。他扔下简短的两字，迅速把笔记本合上，然后摘下蓝牙耳机，抓过一旁的西装外套，动作利落地盖到了江菱身上。

江菱迎着他的视线，似是疑惑："嗯？"

"穿上。"他烦躁地抬手，扯了扯领带。

江菱澄亮的眸里满是认真："言先生，我现在不冷，你不用把你的外套给我。"

"你洗完澡，就这样出来了？"

江菱似是不解："有什么不对吗？"

他的衬衫穿在江菱身上，宽大的衬衣几乎到她的膝盖，露出修长的腿，白皙到晃眼。衬衫最上方的纽扣没系上，衣领敞开，精致的锁骨外露，未干的水珠顺着她的脸颊滑落，一直滑到锁骨上。

言或心中情绪翻腾，理智几乎要被淹没。他垂眼看着她，声音异常低哑："江菱，你到底在做什么？"

这还是认识以来，他第一次完完整整地喊出她的名字。

"看不出来吗？我在贿赂你。"江菱唇角染着笑，微偏着头看他，毫不掩饰自己的目的。

"贿赂？"言或一字一顿，眸色愈发暗沉。

"言先生是不是对我有意思？"江菱直视言或，缓慢地说，"我在想，能不能通过贿赂，让言先生给我打开见周总的方便之门。"

言或冷笑了声："江小姐，难道你不知道，随便跟一个男人回家，随便对他说这种话，是一件很危险的事。"

他们的距离在这一刻变得距离很近，只要他稍稍低头，就能压上她的唇。这让江菱觉得，他下一秒就要吻下来。

"比如呢？"江菱伸手环住他的腰，顺着他的身体往上攀爬，直到他的肩上，停了下来："怎么危险？这样吗？"她压低声音问。

言或眸色更暗，眼中的理智寸寸碎裂，黑眸如同幽暗深邃的深渊一样，深不见底。江菱却更加得寸进尺地环住他的脖颈，凑近，直接印到他的唇上。他的唇略微冰凉，就像他本人给她的感觉。言或没有任何反应。

柔和的光线下，她的眼睛好像格外明亮。在江菱即将退开时——像是受到了蛊惑，他鬼使神差地伸手扣住她的腰肢，低头吻了上去。江菱稍征了下，明显意外他的举动。嘴角弧度微弯了下，回应了这个吻。暖黄的走廊灯倾洒到他们身上，这一刻，两人好像都全然失去了理智，相拥，传递着彼此的温度。直至分开，理智才逐渐归位。

"我以为，言先生会不为所动。"江菱仰头看着他，眼睛带笑。

言或低头深深地凝视着她，嗓音像被砂纸磨过，低沉喑哑："那我们现在算是什么？"

江菱攀着他的肩膀，侧头看他，语气调侃："只是贿赂而已，言先生不会是当真了吧？"

言或盯着她看了数秒，突然冷笑了声。他似乎冷静了下来，握住她的肩膀，面无表情地把她推开："所以，江小姐对每个人都这么随便的吗？"

江菱眉梢轻抬，反问："言先生也会随便邀请一个不熟的人到自己家里吗？"她顿了顿，"我以为，言先生邀请我回家，是可以更进一步的意思。"

言或抬手理了理领口，目光嘲讽："江小姐这么快转移目标了吗？"

"当然不是。"江菱否认，眼中笑意不减，"不过，言先生，在周氏集团里，我说的那些话，我不介意你当真。"

言或冷冷道："不要开这样的玩笑。"

真是不解风情。

"言先生的吻技可真糟糕。"

"……"言或沉默。

江菱转过身，背对着他："那今天的事情，出了这间屋子后，就忘了吧。"

身后，言或低沉压抑的声音迟缓地传来："好。"仿佛极力隐忍着什么。

"还有，言先生记得帮我跟周总保密。"江菱回头对他笑了笑。

言或："……"

"晚安，好梦。"

"晚安。"

江菱走进房间，又朝他莞尔一笑，关上房门。

啪咔一声，门一关上，隔绝了里面的所有声音。言或站在原地，看着面前的房门，手不自觉地抬起，触碰下唇，眼神渐渐变得晦暗不明。

江菱拉上窗帘，转头打量起这个房间。房间很大，一米八的床，有人生活过的痕迹。这个房间并不是客房，而是主卧。不过瞬间，她就做出了判定。江菱回头往房门口的方向看了眼，忍不住弯了下唇角。

她关了灯，只留下床头的一盏台灯。江菱打开手机备忘录，在里面记录："9月6日，今天，依然是不坦诚的小助理。"敲下句号，她将手机扔开，躺到床上。

一夜无梦。暴雨持续了一整夜，直到第二天黎明时分，才停了下来。

43

暴雨初歇，天空放晴，阳光透过窗帘的缝隙穿过，落到窗台边上。江菱是被手机铃声唤醒的。半梦半醒中，她抓过床头的手机，看了眼来电显示，意识瞬间回笼。她起身，接起电话。

"江小姐，我是童佳瑶。"童佳瑶的声音从手机那边传出。

她的声音清冷平静，但江菱还是听出了一丝紧张。

江菱笑笑："童秘书，早上好，很高兴能接到你的电话。"

言或醒来时，江菱已经离开了。

房间的书桌上压着一张纸条，是用口红所写的："言先生，多谢昨天的款待。"落款不是名字，而是一个唇印。

言或看着纸条，发出一声轻不可闻的轻嘲。他头一次开始讨厌"周予言"这个身份。他将纸条收了起来，转身离开房间。

既然答应了江绍钧搬回江家，江菱不会食言。从言或的公寓离开，江菱回了自己的住处，收拾了一箱简单的行李。阳光透过高大的落地玻璃窗直射进大堂，早上九点，江菱踩着小高跟，准时踏进江氏集团。乘坐电梯上办公室时，她抽空给言或发了条信息。

江菱："言先生，今天晚上有空吗？"

小助理："？"

江菱："我好像还欠你一顿饭。"

小助理："没空。"

江菱挑眉：这是，生气了吗？但她还没回复，言或很快发来新的消息。

小助理："明天晚上。"

江菱笑了下，回："好。"

出了电梯，童佳瑶早在电梯外等候。见江菱出来，她立刻迎上前。

"江小姐，早上好。"

"童秘书，早上好。"江菱笑着回应。

眼神交汇间，童佳瑶接收了她传递的信息。

她微微低头："江小姐，江总还没回来，我带你去人事部办理入职手续。"

江菱朝她点点头："好，劳烦你了。"

童佳瑶带她到人事部办理了入职手续，接着领着她去熟悉集团的环境，并带她认识各部门的负责人。

"这是技术部，主管人是黄部长；这是财务部，主管的是……"

两人在过道上说着话。身后突然传来一道女声："童秘书？"

江菱和童佳瑶同时转头，看到一个身穿 OL 装的女人迎面走来。她戴着一副金丝眼镜，气质干练。

"这位是？"对方探究的目光落到了江菱身上。

童佳瑶主动上前一步介绍："陈总，这位是江总的千金江菱小姐。"

她又给江菱介绍："这位是陈总。"

江菱礼貌地打招呼："陈总，你好。"

"原来是江总的千金，昨天才听过江小姐的大名，果然很优秀。"陈总看她的眼神似乎别有深意。

江菱谦虚地笑："陈总过奖了。"

"陈总，我还要带江小姐熟悉集团环境，就不打扰你了。"

陈总点点头，返回办公室。

下电梯时，童佳瑶说："陈经理是江总信任的人，她跟江总……"欲言又止。

江菱心领神会，点头道："我记下了。"

童佳瑶顿了顿，又说："如果江小姐还有什么不明白的地方，可以再来问我。"

"好，我知道了，谢谢你，童秘书。"

返回她们的楼层，童佳瑶领着她来到她的工位前。

江绍钧给她的工位就在总裁办公室外的开放办公区里，连单独的办公室也没有，完完全全是普通助理的待遇。

童佳瑶压低声音："抱歉，江小姐，这是江总吩咐的。"

江菱温和地说："没关系的，我也答应过江总，不会搞特殊待遇。"

童佳瑶又递上一份文件，说："另外，这是江总交给你的工作任务，他让你以后专门负责这块的工作。"

"好。"江菱点头，"童秘书，你去忙吧。"

童佳瑶朝她点点头，转身离开。

江菱坐下，翻看童佳瑶交给她的工作任务。江绍钧果然在提防她。他交给她的任务，都是繁杂而枯燥的工作，完全接触不到集团核心的内容，随便拉个实习生也能完成。江菱心底冷笑，但还是认认真真地完成了。

将近十一点，江绍钧终于回到办公室。

"江总。"

听到声音，江菱抬起头，看向办公室的方向。她心里有了主意，合上手上的文件，前去找童佳瑶。

"童秘书，江总最近几天有什么行程？有没有我可以帮忙的地方？"

童佳瑶说："这一周江总暂时没有行程。"

"不过，下午要召开高层会议，江总届时也会出席。"

"好，我知道了，谢谢。"江菱朝她点点头，走向江绍钧的办公室，敲敲门。

"请进。"

江菱推开门，进入办公室："爸。"

江绍钧抬头看向江菱，听到她的称呼，顿时皱眉："不是说了，在集团里，不要叫我爸。"

江菱坦然承认错误："抱歉，江总。"

江绍钧正色，问："找我什么事？"

江菱笑着问："江总，下午的会议，我可以去旁听吗？"

"会议……"江绍钧皱了下眉，这时候，办公桌上的座机响了。

"稍等。"他接起电话，不知聊了什么，他眉眼舒展，"好，好，我一定到。"

挂完电话，他的心情似乎不错，对江菱也变得和颜悦色："旁听会议，当然可以。"

没等她接话，他又说："对了，明晚有个饭局，你和我一起去。"

"饭局？"江菱试探地问，"是和谁？"

江绍钧说："是爸的合作伙伴，爸打算带你去见识见识，这对你以后工作会有很大的帮助。"

"这样吗？谢谢爸。"江菱若有所思。

江绍钧又吩咐："记得打扮得漂亮一点，不要丢我的脸。"

江菱不动声色地点点头："好，那我先去忙了。"

饭局。

捕捉到这个敏感字，江菱回到自己的座位。和谁的饭局？能让江绍钧如此在意的人，只有那几家。似是想起什么，江菱挑了挑眉，拿起手机，打开和言或的对话框。

江菱："言先生，明天晚上临时有约，跟你的约会可能要延期了。"

江菱："有空再约。"

江菱发出这句话，便将手机放到一旁，没再理会。她继续处理江绍钧交给她的那些无聊的任务。一个小时后，她伸了伸懒腰，拿起手机。微信一片安静，没有回复。

江菱："在吗？"

江菱又给他发了好些表情包轰炸，仍然没有回复。

江菱："言先生，在忙吗？"

又等了会儿，还是没有回复。江菱想了想，打开网页，搜索了几张礼裙的图片，一张张给言或发了过去。

江菱："言先生，你觉得哪条裙子更好看？"

很快，手机响起提示音。江菱点开新消息，那边的人似是终于忍耐不住。

小助理："和谁？"

江菱轻轻勾了勾嘴角，把手机搁在一旁。晾了他十多分钟，她才重新拿起手机，慢悠悠地打字。

江菱："言先生，你好像还没有回答我的问题。"

一分钟后，她收到了冷冰冰的四个字回复。

小助理："都不好看。"

江菱："为什么？"

小助理："丑，土气，这到底是破布还是礼裙？"

小助理："颜色太白，穿着像去奔丧。"

小助理："穿着像西红柿。"

小助理："你是打算扮演紫色茄子吗？"

言或将她发过去的图一张张发了回来，并一一作出点评。

47

江菱挑了挑眉，问他："那你觉得我穿什么才合适？"

小助理："这是第二个问题。"

江菱："是我爸的合作伙伴，他明晚要去洽谈合作，所以喊上了我。"

江菱又发了个微笑表情："言先生，该你了。"

过了大概有一分钟，言或真的发来一张图片。

小助理："这件不错。"

她点开图片。言或挑选的，是一条乡村风碎花布连衣裙，大红花配绿叶的组合，每一处细节，都透露着土味的气息。裙子用的布料很足，衣领高出寸许，一直盖到脚踝，就连衣袖也到手肘处，十分严密保守。江菱盯着裙子看了数秒，心情微妙起来。

江菱："原来言先生喜欢这种网红款的衣服？"

江菱："好的，那下次跟你见面的时候，我就穿这件。"

小助理："……"

收到江菱的回复时，言或刚下飞机。今天 A 市有一场商业会议。但受到昨天强对流天气的影响，前往 A 市的航班延误了近一个小时。言或看着收到的回复，无声地笑了下。

正在汇报会议流程安排的刘助理见状，心里一慌，有些紧张地问："周总？"

言或收起手机，继续往外走："没事，你继续。"

"是……"

就在这时，刘助理的手机响了。有电话进来，他赶紧说了声"抱歉"，接起电话。

不知对方说了什么，刘助理的神色变得愈发微妙。等通话结束，他抬头看向言或，迟疑地开口："周总，周韵宁小姐……"

言或瞥他一眼："不是说了，她的事不用再告诉我。"

刘助理迟疑了下："不，我刚刚接到消息，M 国那边的人说，周小姐甩开了随身的保镖，带着行李独自一个人回国了。"

言或稍顿了下，问："她去什么地方了？"

刘助理如实道："周小姐买了回 B 市的机票。"

48

"B市？"

"周小姐在B市名下并没有房产。"刘助理小心翼翼地观察他的反应，婉言提醒。

言或收回目光，不感兴趣道："不用管她。"

刘助理会意，继续跟他汇报下午的行程。似是想起什么，他停顿几秒，又说："周总，明晚你让我预约的餐厅……"

一辆SUV缓缓驶来，停在路边。司机下车拉开后座车门，微微躬身，用手掌挡住车篷上沿。

"取消吧。"言或走上前，面无表情道，顿了顿，"回去后，帮我约BJM集团的张总。"

刘助理稍怔了下："好，我明白了。"

下午，江氏集团召开高层会议，江菱是作为江绍钧的助理参会的。会议开始前，她和另一位助理给每个座位分发会议手册。

"你是新来的助理？"耳边忽地传进一个略低沉的男声。

江菱转过身。一个西装革履的男人走了过来，嘴角勾着些许笑意。他戴着一副金丝边眼镜，眉眼深邃，鼻梁窄挺，下颌线条清晰而深刻。

"这位是投资部的方总。"一同的助理连忙在她身后小声提醒。

江菱也看到了他胸前的工作证——投资部，方嘉铭。

不着痕迹地收回视线，江菱礼貌地朝他点点头："方总，你好，我是江菱，是江总的助理。"

方嘉铭笑笑，了然道："原来是江总的千金。"

"会议要开始了。"助理提醒道。

"方总，我先去忙了。"视线有片刻的交汇，江菱转过身，继续派发会议手册。

会议开始前一分钟，江绍钧姗姗来迟。人都到齐了，会议室的门关上。会议开始后，落在江菱身上探究的目光终于散去。她只是来旁听的，会议桌上没有她的位置。江绍钧有专门负责记录会议的助理。江菱坐在江绍钧身后，低着头，认认真真地做着记录。

本次会议的议题，主要是星湖湾开发项目。高层们各抒己见，会议开始不到几分钟便进入了僵持状态。高层们始终坚持自己的观点，

49

互不相让，甚至有两人争吵得面红耳赤。江绍钧的脸色始终不太好。

江菱抬眼，不动声色地观察在场的每一位高层领导。那个穿 OL 装女人，叫陈颖。她的观点表面听来兼顾了每一个人的意见，但实质上还是赞同江绍钧的观点。应和江绍钧的人，除了她外，还有一个叫王海韬的高层。这王海韬完全是江绍钧的应声虫，唯江绍钧马首是瞻。

看来江氏集团的内部，并没有外界想象中的团结。不过这样，正合她意。将每一个人的表情尽收眼底，江菱不动声色地低下头，继续在纸上记录。

她的目标，是进入董事会。《公司法》第一百零二条规定："单独或合计持有 3% 股份以上的股东有向股东大会推荐董事的权利。"但江氏集团是上市公司，股权结构复杂，为了掌握控制权和管理权，集团采用了"同股不同权"的制度，将股权和表决权分离。因此，流通股股东所占表决权的比例几乎可以忽略不计。她和妹妹江荨各自拥有江氏集团 5% 的表决权，江荨手中的表决权早已授权她代为行使。江绍钧目前拥有 29.6% 的表决权，陈颖拥有 6%，王海韬 2.4%，但是，这两人都是江绍钧的心腹。堂弟江蕤一家拥有 12%，其他高层和普通员工合计是 8%。她查阅过江氏集团的公司章程，要进入董事会，需要经代表二分之一以上表决权的股东通过。就算董事会里已经有她安插的人，再拉拢到其他股东，也难以保证她在股东大会上获得过半的票数。

江菱漫不经心地落笔，在空白的笔记本上画下一条线。最关键的一票，还是在周予言手中，那 16.5% 的表决权。

第四章　收　留

周予言会持有江氏集团的股权，完全是因为江绍钧的错误决策。江绍钧当初为了扩大企业资本，盲目地进行股权融资，导致自身的股权被稀释。而当时的投资方，就是周氏集团。

"既然对手是周氏集团，我认为我们应该主动向对方寻求合作，而不是竞争。"

江菱的思绪被这道声音拉回。听着高层们各抒己见，江绍钧的眉头皱得更深。星湖湾项目是一块大肥肉，不仅是江氏集团，各大集团都对这个项目虎视眈眈，其中就包括周氏集团。

"张总有什么好主意？"有人问，"对方可是周予言，并不是其他什么人。"

周予言年纪虽轻，但在商场上却是出了名的手段狠辣，年纪轻轻便坐稳了周氏集团总裁的位置。在商场上，他被人称为"秃鹫"。典型的机会主义者，在不知不觉间将对手蚕食干净。这是一个令人闻之色变的竞争对手。

张总沉默了会儿，说："我建议以股权投资合作的模式，去换取此次合作的机会。"

这话刚出，立刻遭到其他人的反对："上回江总也做了类似的决策，却差点让集团的大权落入他人手中。还好方总想出了办法，力挽狂澜，才保住了控制权和管理权。"

江绍钧的脸色更不好看了。

"那黄总又有什么高见？"张总冷笑，"我记得上回出售股权，黄总也有份儿，你拍的板，现在倒将责任撇得一干二净。"

黄总气得涨红了脸，但半天说不出个所以然。他立刻转移矛头："既然上次那事是方总想出的解决办法，不如我们再来听听他的意见？"

被点名的方嘉铭不紧不慢地开口："我认为，江总上次的决策并非失误，而是对方过于狡猾，所以才会着了对方的道。但吸取上次的经验教训，这一次的确不适合再进行股权投资合作。"他顿了顿，目光转向江绍钧，"我想，江总也是这么认为的。"

江绍钧的脸色有所缓和。

"是吗？但我怎么觉得江总不是这么想的？"策划部的孙总讥讽出声，句句夹枪带棒。

王海韬立刻反驳："孙总，你这话就不对了，江总他……"

新一轮的争吵又开始了，江绍钧的心情再度变得烦躁，他不耐烦地打断："好了，既然商量不出结果，那这次先到这儿。"

"散会。"他丢下两字，直接起身离座。

"江总！"王海韬立刻追了出去。

童佳瑶和助理也赶紧收拾文件跟上。江菱默不作声地起身，抱着笔记本跟在后方。但来到电梯间前时，只剩下童佳瑶的身影。

"江总呢？"江菱走上前问。

童佳瑶回头，说："江总回办公室了。"

江菱正要接话，耳边便传来了一个男声："江小姐。"

江菱回头看向来人，客气道："方总。"

方嘉铭声音温和清淡："江小姐，刚刚冒昧了。前几天我刚好到外地出差，不知道你入职的事，请见谅。"

江菱笑笑："方总叫我名字可以了，我现在也是普通员工的身份。"

两部电梯同时到达这一层，但一部往上，一部向下。

电梯门缓缓打开。

方嘉铭扫了眼电梯,歉然道:"先失陪了,有机会再请江小姐吃饭。"

"方总客气了。"江菱微笑着朝他点点头,和童佳瑶一起进了另一部电梯。

等电梯门关上,江菱看向童佳瑶,问:"那位方总是什么来历?"

童佳瑶往电梯门的方向看了眼,说:"方总毕业于欧洲知名商学院,曾在大牌投资银行工作,他是江总花了大价钱从国外挖回来的人才。"

江菱若有所思:"看起来挺年轻的,但一上来就坐到这个位置,其他人不会不服吗?"

童佳瑶说:"方总给江总解决过不少麻烦,而且他的工作内容都是江总直接负责对接的。"

"这样吗?"

回到办公室,江菱返回工位,继续完成那些枯燥而无聊的工作任务。

短短半个小时内,江绍钧进出办公室好几回,再一次返回办公室时,直接点她的名字:"江菱,给我泡杯咖啡进来。"

"好的,江总。"江菱笑着应下,顶着其他人疑惑的目光,起身走向茶水间。

泡好咖啡,江菱端着走向江绍钧的办公室,敲了敲门。

"进来。"

江菱推门进入办公室,到江绍钧的办公桌前放下咖啡:"爸,你找我有什么事吗?"

"坐。"江绍钧抬头看她一眼,呼出口气。

停顿几秒,他又问:"你上次说有办法拿下星湖湾的项目,是什么办法?"

江菱似是惊讶:"爸,你一直没提这件事,我还以为你不需要我帮忙了。"

江绍钧稍怔了下,掩饰般说:"怎么会?我只是想让你先熟悉熟悉集团内部的流程,等上手后,再开展其他工作。"

"说起这件事。"江菱似是想起什么，"爸，下周是'曦光杯'的总决赛，我要请两天假。"

"比赛？"江绍钧皱眉，有些不悦道，"我不是让你退出那个比赛吗？你才进集团就要请假，这会让人说闲话的。"

"我知道。"江菱面不改色，"但我打听过了，总决赛那天，周总很可能会去。"

没等他说话，她接着说："爸，你知道吧，昨天我去了周氏集团，但是没有见到周总。周总现在几乎不出现在人前，集团的所有事务都交给他的助理代为处理。"

这些事情，江绍钧当然知道。

"那……"江菱说，"我请假去参加比赛，也是为了星湖湾的项目。"

"原来是这样。"江绍钧眉眼舒展，眯眼笑了，"那你要是见了周总，得好好跟他道歉。"

江菱点头："我会的。"

"嗯……"江绍钧点点头，还要说什么时，内线电话响了起来。

他接起："什么事？"

电话那头的人说："江总，刚刚 BJM 集团的赵总来电，说是明天的饭局临时取消了。"

江绍钧不甚明显地皱皱眉："什么？"

不知对方说了什么，他眉头皱得更深："好了，我知道了。"

挂了电话，江绍钧抬头看向江菱，眉头紧锁："明晚的饭局取消了。"

"取消了？"江菱有些惊讶。

似乎碍着有求于她，江绍钧难得没有发火："嗯，你先好好准备总决赛的事吧，饭局这些，以后还有机会。"不知想到什么，他又有些不放心地叮嘱，"等见到了周总，你记得把我引荐给他。不该说或者不懂的事情，千万不要提。"

江菱顺从地点了点头："爸你放心，我知道怎么做了。"

"那你先出去吧。"

"好。"

转过身，江菱的嘴角向上带起了若有似无的弧度。

应酬，取消了？看来，小助理还真是迅速。

下午的时间一晃而过，转眼间就该下班了。傍晚时分，CBD附近的餐厅排起了长队，白领们三两成群地走出写字楼。江菱独自一人来到附近的简餐厅，点了一份三明治和一杯咖啡。取了餐，她在靠窗边的吧台前坐下。隔着落地玻璃窗，她边用着餐，边看外面人来人往。天色渐暗，路灯光洒进来，为落地玻璃窗蒙上一层虚幻的倒影。玻璃窗上，简餐厅内的装饰、客人、桌椅，和外面步伐匆忙的行人混合在一起，一时分不清里外的真实与虚假。

一道身影从面前的玻璃窗上晃过，有人在跟她相隔一个身位的位置坐下。江菱透过玻璃窗，看向对方映在玻璃墙上的身影。

"方学长。"

方嘉铭将一张叠起来的纸条放在桌上，目光直视前方："江学妹，好久不见。"

江菱捧起纸杯，喝了口咖啡，问："现在进展怎么样了？"

"计划一切顺利，江总现在很信任我。"方嘉铭说，"已经有几位股东表示愿意站在我们这边。"

餐厅内环境嘈杂，他们的谈话声小得几乎可以忽略不计。

他停顿片刻，提醒说："不过，江总似乎在提防你。"

江菱看着自己在玻璃墙上倒影，淡笑了下："他的确在防着我。"

她又喝了口咖啡："不过这样也好，就让他一直怀疑我吧。他的精力都用在提防我上面，那么对其他的人和事情就会放松警惕。"

方嘉铭又问："那接下来，你打算怎么办？"

"先维持现状。"江菱垂眸，"方学长，这些年辛苦你了。"

方嘉铭说："不用客气，当初没有你的资助，我也不会有今天。"

两人没再交流。

江菱慢条斯理地吃完三明治，缓缓起身："好了，我得回去了。绝对不能让别人知道我们认识。"

方嘉铭低声道："我明白。"

江菱拿起咖啡纸杯，客客气气一笑："我好了，先走一步，方总慢用。"

转身时，那张放在桌上的纸条已经被她拿入手中。江菱走出简餐厅，打开手上的纸条，略略扫了一眼，又将纸条捏成一团，握在手中，接着往前走。

　　三年前，她就开始布下这个局。只可惜这种心情，暂时无人能分享。

　　江菱拿出手机，打开微信，点开"小助理"的头像。他们的对话还停留在上次穿什么裙子的讨论。江菱指尖在手机屏幕上停了几秒，给他发去一个语音通话的邀请。原以为会被无情挂断，没想到，语音很快接通。

　　手机那边，一个清冷的声音传出："有事？"

　　江菱敛起眼中的惊讶，笑着说："没事，不小心按错了。"

　　言彧沉默了下："那我挂了。"

　　江菱说："对了，言先生，我的约会取消了，明晚又可以请你吃饭了。"

　　言彧冷淡道："我明晚没空了。"

　　江菱挑眉，但毫不意外："这样啊，那算了。"

　　她顿了顿，又问："不过我想知道，这件事跟你有关系吗？"

　　言彧反问："这跟我有什么关系？"

　　"只有你知道这件事。"

　　"那还真是我的荣幸。"

　　仿佛听不出他话里的讥诮一样，江菱轻笑了下："言先生，我的约会没了，你又放我鸽子，你不打算赔我吗？"

　　电话那头，言彧默了默，清冷的声音带了几分喑哑："赔你。"

　　江菱略微诧异，这个回答倒是出乎了她的意料。但不过瞬间，她已经调整好自己的情绪。她笑着说："那我们总决赛那天见，我会穿着言先生挑的那件礼裙去的。"

　　言彧深呼吸："不用了。"

　　"哎？为什么？"江菱故作不解，"言先生不是很喜欢那条裙子吗？"

　　他没说话，江菱还是从他细微的呼吸声中听出他的情绪变化。她愉悦地弯了弯唇。电话那边突然传来第三人说话的声音："周总……让你过去一趟。"

江菱也听见了这个声音，顿了顿，若无其事般："你还在忙吗？那不打扰你了，总决赛那天再见。"

伴随"嘟"一声，语音通话被挂断。言或看着屏幕上通话已结束的提示，目光缓缓落到一旁的刘助理身上。

"周总，"刘助理会意，立刻开口，"会议主办方安排了晚餐，您要留下参加吗？"

"不了。"言或收起手机，转过身，"回酒店。"

接下来的几天，江菱过得轻松。经过几天的摸索，她熟悉江氏集团的运作流程，和同事相处也算融洽。

在最开始时，江总千金空降办公室，其他员工既紧张又防备，和江菱交流时总是带着拘谨，生怕一不小心就得罪了她。特别是和江菱工位相邻的一个小助理。小助理叫余晓瑜，去年才本科毕业，入职还不到一年，面对和她差不多年纪的江菱，总是不知该如何相处。但她很快发现，这位大小姐不仅长得漂亮，还脾气好，待人和气，从不摆架子。余晓瑜很快放下了成见，将江菱当成朋友，有什么八卦，也会和她一起分享。

周五早上有个集体例会。从会议室出来，余晓瑜边和江菱说起公司里的八卦，边拿出手机打开微博。

"我昨天听人说起……"她随意扫了眼手机，下一秒脚步就被钉在原地。反应过来，她连忙喊，"江菱，你快看，网上……"

"什么？"江菱接过手机看了眼。

"当红小花 M 与富二代别墅内吸毒被警方抓获。富二代、当红小花 M 被抓后痛哭流涕。——B 市警方通报"

热搜榜上，相关事件连占数个词条。

因为涉及当红小花，不到半小时，这几条消息迅速登顶微博热搜，甚至挂上了"爆"的标签。那位警方通报中提及的当红小花 M 也很快被网友们扒出了真实身份——孟小舒，一年前参加女团选秀出道，不久后便凭借一部叫《不期而遇的爱人》的青春偶像剧迅速走红，在荧屏前一直以形象清纯著称。比地下恋情曝光，这种被捕的事在网络上引起的爆炸，不亚于一场 9.8 级的大地震。

余晓瑜看着江菱，惊诧地问："这个赵二，是不是上次江总宣布的跟你的联——"

旁边另一人手疾眼快地握住了她的手臂，疯狂跟她使眼色。余晓瑜反应过来，赶紧收住了话。

江菱把手机还给她，不甚在意地笑笑："没这回事，只是媒体胡乱报道。"

"我去下江总的办公室。"

在四周同事的打量目光中，她快步走向江绍钧的办公室。

"进来。"

敲门后，江菱走进办公室。办公室里，江绍钧正在打电话。余光看见她进来，他挂了电话，抬头说："你来得正好。"

"这周末，赵总一家会到我们家做客。你好好准备，到时候一起吃个饭，顺便商量你们的婚事。"不是询问，是不容置喙的命令。

江菱走上前，不慌不忙道："爸，我刚要找你说这件事，你还没看到微博上的热搜吗？"

"什么热搜？"江绍钧皱了下眉。

江菱没回答，她直接拿出手机，点开热搜页面，将手机递了过去："就是这个。"

江绍钧接过手机，随意扫了眼，但这一眼，却让他目光凝住了。他立刻点开报道，脸色越来越冷："这，这是什么时候的事？赵总怎么会——"

江菱慢条斯理地道："爸，你确定要继续跟赵家联姻？这事要是坐实了，很可能会影响我们集团的股价。"

江绍钧似乎也想到这方面，脸色变了又变。但他来不及细想，办公室的门突然被推开。

"江总，"童佳瑶神色慌张地走进来，声音微喘，"不好了。外面来了一群记者，非要见你。"

江绍钧眉头蹙得更深："记者？记者为什么会来？我可没有答应接受采访，让他们都离开。"

童佳瑶说："我说过了，但是那群记者说见不到你就不走。"

"不走就让保安——"

"爸，"江菱马上劝阻，"现在这种风口浪尖，你让人把记者赶走，很可能会造成负面影响。"

江绍钧被她说服，一时六神无主："那，那这要我怎么办？"

江菱给他出主意："爸，你不用慌。记者说什么，你大方回应就行了。"

"大方回应？"江绍钧瞪着眼睛，"这样的事要怎么回应？"

"你就直接否认，出问题的是赵总，又不是你，你不用慌。"江菱意有所指，"指不定，这是一个很好的澄清机会。"

"你说得对……"江绍钧若有所思，随即招呼，"走，我们出去见记者。"

江菱立刻跟上，转身时，和童佳瑶交换了一个眼神。

"江总出来了！"江绍钧刚走出电梯，就被记者们的长枪短炮围堵了起来。保安和助理连忙上前拦住群潮汹涌的记者，但也抵挡不住他们的热情。

"江总，不久前有江氏集团和 BJM 集团联姻的消息传出，这事是真的吗？赵总出事后，联姻一事还会继续吗？"

江绍钧立刻否认："当然不是，现在都什么年代了，怎么还会有包办婚姻这种事。赵家虽然有意让两个孩子见面接触，但我一向尊重孩子的选择，所以就拒绝了。"

有记者指出疑点："但江总上回明明说过要与 BJM 集团联姻的话——"

"我上回说的话？"江绍钧爽朗地笑了声，"哈哈，这可能是有记者朋友误会了。我的意思，并不是字面上的联姻，我们集团不是跟 BJM 集团有新项目的合作意向吗？达成合作，难道不是集团之间'联姻'吗？至于赵总，我很惋惜。"他叹了口气，又说，"我们是多年的朋友了，没想到他会做出这种违法的事情……"

"那江总的意思是否认联姻了？还是要放弃 BJM 集团，物色新的对象？"记者的问题尖锐。

江绍钧面对着镜头，强调般说道："当然不是，我刚刚也说了，我会尊重孩子们的选择。我永远不会干涉他们的婚姻，只要是孩子喜欢的，我都会祝福。"

就等他这句话了。在记者面前夸下的海口，可不是这么容易就能收回的。江菱敛眸，不过瞬间，眼中的深意已经被藏起。她站在江绍钧的身后，保持着得体的笑容，继续充当一张好看的背景板。

临近下班的时候，江菱接到一个电话。

"你现在在哪里？"

"等等，我马上过来。"

江菱打车回到她的住处。

刚下车，就看到了路边周韵宁。

她抱着膝盖，可怜兮兮地蹲在小区外，眼圈红红地看着地面，身旁还有一只小型行李箱。

江菱快步走上前："韵宁？"

"菱菱！"听到声音，周韵宁迅速抬起头，飞奔上前抱住了她。

听出她声音里的哽咽，江菱低声安抚："发生什么事了？"

周韵宁呜咽说："都怪周予言那个王八蛋！我就偷偷出国看个展，他不但让我爸冻结了我的卡，还不让我回家。呜呜，我差点以为再也看不见你了。"

"你自己一个人回来的？"

周韵宁用力点了点头。

江菱问："那你回来到现在，吃过东西了吗？"

周韵宁红着眼圈看着她，摇了摇头。

江菱接过她的行李箱："走，那回家再说。"

"嗯。"周韵宁乖乖地跟在她身后，进了小区。

冰箱里还有点存货，到家后，江菱下了两碗速冻饺子，给周韵宁那碗是加大的分量。

大概是太饿了，周韵宁狼吞虎咽，完全没了吃相。

"慢点吃，不够还有。"看她这模样，江菱的眼神转为怜爱。

周韵宁是精致女孩，从不允许自己抛弃"优雅"这个词。但是这会儿却像是一只刚被人从路边捡回来的流浪小猫，可怜兮兮的。小助理到底做了什么，看把这孩子都逼成什么样了？

"菱菱，怎么了？"似有察觉，周韵宁抬起头，有些茫然地问。

江菱回神，说："没什么，我只是在想，你那堂哥真不是人。"

这句话立刻引发周韵宁的共鸣："你说得对！没错！他不是人，他就是狗！"

江菱问："他怎么会突然让你爸冻结了你的卡？"

周韵宁顿住，垂着脑袋，有些丧气道："因为，他说周家不养闲人。"

"他说我都毕业快一年了，还在家里无所事事。"

"呜呜呜，我不就是偷跑出去看个展而已，我爸就把我的卡冻结了。"周韵宁越说越伤心，说着说着就哭了起来，"他说我再找不到工作，就永远不要回家了。他是谁啊，又不是亲哥，干吗管得这么宽？"

她哭得打嗝，一时语无伦次："他以为我不想找吗？我的简历投出去，总是还没到面试环节，就被刷掉了。"

"周小姐，很抱歉，像你这样优秀的人才，在我们公司恐怕太屈才了。"——这恐怕是她近来听得最多的一句话。

"就因为我是周予言的堂妹吗？我想进周氏集团，他还不允许。"

周韵宁的大名在圈子中如雷贯耳，小公司，她看不上；大集团，不敢录用她。

"要是没地方能去，那这段时间你先在我这里住着。"说到这，江菱突然想起件事，"我记得，你是纽约大学斯特恩商学院毕业的？"

周韵宁点点头："嗯，怎么了？"

江菱说："要不……你来帮我的忙？"

"哎？"周韵宁一愣，有些惊讶，"来帮你的忙？你的意思是进江氏集团帮忙吗？"

江菱说："不，不是江氏集团，是我的公司。"

"你的公司？"周韵宁更惊讶了，"菱菱，你的不是个人工作室吗？"

"是在国外注册的。"江菱言简意赅。

为了方便演出和参加比赛，她的确在国内注册了一个音乐工作室，但只是为了掩人耳目。她还在国外注册了一家公司，能规避很多麻烦，也能避免江绍钧的查探。

江菱说出自己的计划："既然要放弃演奏事业，我打算近期将国外的公司部分业务转移回国内，并且发展新的业务。目前还在筹备阶段，你有兴趣来帮忙吗？我给你开工资。"

周韵宁眼睛一亮："真的吗？"

她没被喜悦冲昏头脑，冷静下来后，认认真真地做起了规划："那我们的公司规模有多大，有多少员工？"

江菱："国内的公司目前只有我和你两个人，之后估计还会有其他人。"

周韵宁问："还会有谁？"

"我打算把你堂哥——"江菱停顿了下，"身边那个小助理挖过来，帮我管理公司。"

"啊？"周韵宁一瞬间以为自己出现了幻听，反应过来时，直接懵了。她迅速抱住江菱的手，惊慌道，"等等，菱菱，你别冲动！绝，绝，绝对不能挖那个人！"

江菱好像怔了下，似是疑惑："嗯？为什么不能？"

"这是因为，他，他……"周韵宁一时语无伦次。她深呼吸一口气，强迫自己冷静下来，"菱菱，你要不再考虑下，反正我觉得他很不合适。"

江菱问："可我觉得言助理挺有能力的，能将整个周氏集团管理得妥妥当当，当个小助理，实在太屈才了。我认为他的能力，绝对不亚于周总。"

这是当然啊！他就是周总本人！周韵宁在心底咆哮。她赶紧补充解释："不不不，我不是指他的能力。我的意思是，那个言彧，他对我堂哥忠心耿耿，你很可能会在他那里吃闭门羹。"

让堂堂周氏集团的总裁来管理一个只有两个人的公司，周韵宁怎么也想象不了这个画面："万一，万一让周予言知道了你要挖走他的助理，说不定会记恨上你。你知道的，我那个堂哥，小气狭隘，又心狠手辣，简直不是个人！"她有些着急，"所以，你要不再仔细考虑一下？我那堂哥不是什么好人，他身边的人更加不是什么好人。真的，我没骗你，一定要慎重！"

见她急得像热锅上的蚂蚁般，江菱也收起来继续逗她的念头："好，我会再考虑的。"

周韵宁这才松了一口气，但身体还没彻底放松，又听江菱问："不过，韵宁，你怎么这么怕你那位堂哥？"

周韵宁的神经再次绷紧："才，才不是怕！我怎么可能会怕周予言那个家伙，哈哈。"她故作镇定，又干笑了两声。这显然有欲盖弥彰之嫌，她又补充说，"你看，我要是怕他，就不会从 M 国偷跑回来了。"

江菱缓了缓，问："说起来，你留在 M 国能吃好住好，等你爸气够了就能恢复自由，为什么非要现在回来？"还变成了无家可归的小可怜。

说到这，周韵宁眼睛一亮："菱菱，下周不是'曦光杯'小提琴大赛的总决赛吗？就是你参加的那个。"

江菱点点头："怎么了？"

周韵宁说："我打听到，总决赛那天，主办方邀请 DB11 少年团担任飞行嘉宾。为了弟弟，我怎么也要回国！"

"弟弟？"江菱挑眉。

周韵宁："就是 DB11 少年团里的 C 位江蕤！最可爱的那个，他就像邻家弟弟一样，我们瑞士糖都喊他弟弟。"瑞士糖就是江蕤的粉丝名，"之前《元气青春偶像养成》的时候，我就很喜欢他了！菱菱，你知道他吗？"

江蕤啊，她知道，她当然知道。

江菱神色复杂。半年前，周大小姐为了 pick 小偶像出道，不惜一掷千金，成为圈子里茶余饭后的笑谈，这事她也略有耳闻。但没想到，那个"小偶像"就是她的傻狍子堂弟？

"你说那天，我能不能找他签个名？"周韵宁有点忐忑，"他会不会不愿意啊？"

看着她忐忑又期待的模样，江菱只是笑笑，没说话。算了，先不告诉她了。

吃完这顿简单的晚餐，江菱将碗筷收拾进洗碗机。一转头，却发现周韵宁已经躺在沙发上睡着了，她的手里还握着亮着屏幕的手机。

"韵宁，要不要进房间睡？"江菱走上前，小声唤她。

"唔，不要。"周韵宁翻了个身，无意识地回了句。

客厅开着自动恒温，但人待久了还是会冷。

江菱取了张毯子给她盖上。

不知梦到了什么，周韵宁不安分地踢了踢被子，在睡梦中嘟囔："周予言，王八蛋！没有人性的资本家！活该你活了二十多年还是只单身狗！"

江菱听着她的梦呓，不由失笑，给她盖好被子，她关了客厅的灯，悄然无息地回到房间。

接下来的几天，江菱并没有回江家。江绍钧忙着处理 BJM 集团的那堆破事，也无心理会她的去向，江菱乐得清闲。转眼间到了"曦光杯"总决赛的前一天，下午三点，经纪人沈忆鸥的车准时候在了小区外。

"曦光杯"总决赛的地点在西郊的温泉度假村，和上次一样，同样是周氏集团旗下的酒店。本次总决赛三天两夜，为了以最好的精神面貌迎接比赛，参赛选手都会选择提前一天到达比赛地点。

她们到达温泉度假村时，已经是傍晚时分。沈忆鸥替她们办理了入住手续。主办方给参赛选手安排的房间规格也是最好的，是两房一厅的独立套间，还带了小厨房。周韵宁昨天熬夜追剧，直到凌晨三点才睡，今天的精神状态不是很好，从下车到房间的一路都在打呵欠。

到房间放好行李，江菱问："主办方安排了自助晚餐，你不去了吗？"

周韵宁掩唇打了个呵欠："太困了，我不去了。"

江菱说："那你在房间里好好休息，我去餐厅看看，回来给你带点吃的。有什么事就给我或者沈姐打电话。"

"嗯嗯，我知道了。"

沈忆鸥还在楼下帮她办理总决赛相关手续。江菱走在无人的过道，想起正事，打开微信，给言或发了条信息。

江菱："言先生，我到酒店了，你明天会来吗？"

小助理："我到了。"

江菱："能告诉我你的房间号吗？"

64

小助理："？"

江菱："我过来找你，还是你过来找我？"

小助理："……"

小助理："我在楼下。"

江菱回头往房间的方向看了眼，回复："那我过来找你。"

叮——电梯到了。她收起手机，走进电梯，按下要去的楼层按钮。

这一晚到来的不仅仅是参赛选手，还有被邀请前来的各大媒体记者。江菱刚来到酒店大堂，就被守候的记者堵住去路。

"江小姐，你对这次总决赛有信心吗？"

"作为比赛夺冠的热门人选，你有什么感想？会不会有很大的压力？"

"你对其他选手……"

问题一个接一个地抛出，逐渐变得不对劲。

"江小姐，半决赛的时候，你透露周氏集团的周总正在追求你，我想知道，你会答应周总的追求吗？"

江菱余光瞥见一道熟悉的身影，抱歉地笑了笑："我朋友来了。跟总决赛或者演奏相关的事情，可以询问我的经纪人，先失陪了。"

她朝记者们点点头，转身离开。

记者看向那人，顿时惊讶："咦，原来江小姐有男朋友了？"

"那不是周总的助理吗？"不知谁提了一句，一众记者迅速跟上，但没走几步，就被大堂的保安拦下。前面是记者禁止进入的区域。

江菱迎上言或的目光，弯起眉眼："晚上好啊，言先生。"

言或面无表情地看着她："江小姐，谁是你男朋友？"

"我有说'男朋友'吗？"江菱纠正，"我刚刚说的是'朋友'，但记者朋友们似乎误会了我的意思。"

"误会？"言或迎着她的目光，轻哂了声。

江菱反问："难道，我和言先生不是朋友吗？"

言或薄唇勾起，似笑非笑："江小姐干脆改行吧。"

江菱对他对视着，回以微笑："言先生有什么合适的建议吗？"

言或挑眉："口才这么好，比如说，房产中介？"

"谢谢建议，我会考虑的。"江菱笑了下，很自然地带过话题，"言先生吃过晚饭了吗？我现在要去餐厅，要一起吗？"

言或顿了顿，转过身："走吧。"

她勾了下唇，跟上他的脚步。晚餐安排在三楼的西餐厅里。在他们前往电梯间的一路上，不时有路过的男士瞄向江菱。江菱今天穿的是一字肩抹胸裙，肩颈弧度优美，线型流畅，裙子款式简单，却勾勒出她完美的锁骨线条。不是礼裙，却穿出了礼服的感觉。言或眼神略暗，不动声色地脱下身上的西装外套，上前一步，披到她的身上。江菱感到肩上一重，她回头，向他投去询问的眼神。

"冷，披上。"言或言简意赅。

江菱挑了下眉，拿出手机看了眼："今天 B 市的气温是 21 摄氏度，言先生管这叫冷？"

第五章　肆　意

言或收回视线，面不改色道：“我说的是室内气温，酒店里的空调开得低，会冷。”

“是吗？”江菱轻抚着西装外套的边缘，也不说穿。她问，“那言先生觉得我今天穿的裙子怎么样？好看吗？”

“一般。”言或目光下落，看似随意地扫了眼，“没有特色，还不如那条碎花布裙。”

披上西装外套，锁骨若隐若现，回头率好像比刚才更高了。言或皱眉。

江菱轻笑了声，也不在意，径自走进电梯。

这个时间点，自助餐厅里的人不多。舒缓空灵的轻音乐在空气里流淌，灯光温柔，营造出温馨舒适的氛围。有穿着燕尾服的侍者手端放有红酒的托盘，在宾客间来回穿梭。江菱的容貌太过出众，无论走到哪里都是焦点。但言或始终跟在她的身侧，让想过来搭讪的男士望而却步。

取餐后，江菱找了一张就近的餐桌落座。手端托盘的侍者走了过来，礼貌询问：“您好，小姐，请问需要酒水或者果汁吗？”

江菱从侍者的托盘上拿了两杯红酒，递给言或一杯：“言先生，干杯？”

言或接过。两人碰杯。

江菱浅抿了一口红酒，看向对面的人：“这一次，言先生怎么不避嫌了？”

言或抬眼看他：“什么避嫌？”

“被人看见，会影响到周氏集团的声誉。”江菱似笑非笑。

言或轻哂了声，没接话。

江菱也没再说话。她放下酒杯，拿起刀叉，安安静静地切着餐盘里的小牛排。言或却很快察觉，今天这顿晚餐似乎过分安静。

他抬头看向江菱，看出她的状态不对：“江小姐？”

江菱微醺，她撑着脑袋晃了晃：“言先生，你为什么会变成两个？”

言或目光下移，江菱面前的餐盘已空，但手中的红酒才去了小半杯。

他皱眉：“你不会喝酒？”

江菱眨了下眼睛，似是疑惑：“你说什么？”

她的眼睛被酒意晕染，仿佛蒙上了一层迷离的薄纱。

言或皱了下眉：“你醉了，我送你回房间。”

“不，我没醉，我怎么可能会醉？”江菱拒绝承认这个事实。她站起身，身体却摇摇晃晃，一副随时要倒的模样。言或手疾眼快地扶住了她。但下一刻，她的脑袋却枕到了他的肩上，脸颊贴到了他的脖颈上，“言先生，我感觉有点晕，能送我回房间吗？”

言或身形一僵，却还是搂过她的腰，将她整个人带入怀里。他深呼吸了一口气，问：“你的房间号是多少？”

江菱说：“122……1还是2，记不清楚了。”

言或果断换了个问题：“房卡放在哪里？”

江菱：“房卡在我的手袋里，嗯……怎么找不到了？”

言或：“我来吧。”

言或从她的手袋里翻出房卡，看到上面写的房间号：1221。将房卡收好，他带着江菱离开西餐厅，乘坐电梯，将她送回到1221室。

身后传来自动关门的声音，言或侧头看向江菱：“你住哪个房间？"

江菱环着他的腰，没说话。

"明知道自己不会喝酒，为什么还要喝？"言或蹙起眉，冷嘲道，"还是说，江小姐明天不打算参加比赛了？"

江菱缓缓抬头，定定地望着言或。小厅灯光暖黄，她的眼睛像被镀上一层浅淡的琥珀色，看起来更加醉人。

"我还是喜欢言先生不说话时候的模样。"她眼神迷离，突然低低笑了声。

"比如？"言或问。

"比如，像这样。"她一停顿，手抚上他的脸，稍稍踮脚，大胆地印上他的唇。

声音彻底消弭。言或浑身一紧，手却无意识地搂紧了她的腰。但残存的理智迫使他冷静下来，他握住她的肩膀，拉开了他们之间的距离。

他深呼吸，声音冰冷："江菱，你知不知道你现在在做什么吗？"

"唔？怎么？"江菱抬头迎着他的视线，挑衅般问，染着醉意的黑眸盈满水光，更加潋滟动人，"言先生怕了？"

言或的眼神愈发幽深晦暗，他溢出一声冷笑："怕？你觉得我会怕？"

江菱反问："既然不怕，为什么不敢？"

言或："你确定明天清醒后，不会……"

江菱嫌他聒噪，直接以吻封缄。

言或知道，这个时候他应该推开她，但淡淡玫瑰香气和着红酒的味道钻入鼻中，就像是引诱剂一样，激发了他内心压积已久的情绪，理智的弦彻底崩溃。红酒的度数不高，后劲却大。言或借着酒精上头，彻底放开了自己，加深了这个吻。

套间的小厅里也有空调，温度开得低，但室内的气温却节节攀升。江菱背靠着墙壁，攀附着他的肩膀，隔着衣物，就能清晰地感受到彼此的温度。两人忘我地拥吻在一起。不知过了多久，两人气息不匀。

喝醉的江菱比平时更大胆，问出的问题也更加肆无忌惮："言先生，你的吻技比起上次进步了不少，是回去练过了吗？"

69

言或溢出一声轻嘲："你还记得上次的事？不是说出了门之后就忘了吗？"

江菱嘴角上挑，笑容无害："我有说过这样的话吗？"

不等他接话，她又说："可是我现在，更想把言先生占为己有。"

言或眼神阴暗："江菱，你知道自己在说什么吗？"

"知道啊。"江菱轻笑，轻吻他的嘴角，"这不就在履行吗？"

"其实，"言或低声说，"现在也可以。"

"嗯？"江菱搂住他的脖颈，笑了下，"说起来，周总什么时候才愿意见我？"

言或低着头，声音像被磨过一样，低沉沙哑："现在在你面前的是我，你却想着别的男人？嗯？"

江菱似是不解："那有什么区——"

一扇房间的门突然被打开："菱菱，你回来了——"

周韵宁是被外面的动静吵醒的，她迷迷糊糊醒来，凭着意识推门走出房间，没想到一抬头，就对上了言或冷冽的目光。接下来眼前这一幕，让她一度以为自己出现了幻觉。江菱被言或紧扣在怀里，两人衣衫凌乱。江菱双手抵在他身前，脸上染了不正常的红晕，一副被迫承受的模样。

因为她的突然出现，两人被打断。言或余光扫过来，看她的眼神隐含威胁。周韵宁一个激灵清醒过来，残存的睡意瞬间灰飞烟灭。

等等，等等，她看到了什么？完了，完了，破坏了大魔头的好事，她会不会被灭口？现在跑路还来得及吗？周韵宁是这么想的，也这么做了："抱歉抱歉，我什么也没看见！"扔下一句，抢在两人反应之前，她快如疾风冲到房门前，拉开门，落荒而逃。

头也不回地跑出十多米，直到走道拐弯处，她才暗松一口气。好险，好险，还好她跑得快，没被大魔头逮到。

等等——

不对，她为什么要跑？

周韵宁猛然惊醒过来，糟了，江菱还在大魔头的手里。言或在欺负江菱，她没上前阻止就算了，怎么就这样丢下江菱跑路了？会不会害了江菱？怎么办？她得回去救她。她要阻止言或，她一定得把江菱从大魔头手里救出来。周韵宁心急如焚，一转头，就对上了一双警惕的黑眸。

面前不知怎么时候站了一个个子很高的青年，一秒前，他正在鬼鬼祟祟左顾右盼。看到她的时候，明显也吓了一跳。

周韵宁往后退了小半步，看清面前的人，不由一愣。

尽管对方戴着黑色口罩，黑色鸭舌帽，全身遮挡严密，但她还是一眼认出了他："你是……江，江，江蕤？"

被喊出名字，江蕤心头一跳，赶紧做了个嘘声的手势："嘘，小声点！"

"啊，好。"周韵宁后知后觉，赶紧捂住嘴巴，同时用力点头。但她忽然想起什么，连忙小声解释，"你，你，你别误会，我不是私生。"

"我知道。"江蕤心不在焉地应了声，又向另一边过道张望。

"那弟弟，你怎么会在这里？"周韵宁顺着他的目光望了过去，但什么也没看到。她有些疑惑，"你是在躲私生，还是在躲记者？"

话音刚落，她立刻否决了这个猜测。周氏集团旗下的酒店采用的是会员制，出入管理和安保严格，隐私保护这方面也做得很好，她再清楚不过。这次"曦光杯"大赛，主办方避免选手和嘉宾受到打扰，更是对住处进行了严格的划分。一般情况下，私生粉和记者是不能进入这个区域的，但也不排除出现个别情况。

见四下无人，江蕤拉下口罩："不是，我是过来找人的。"

"找人？"

江蕤点点头，声音压得更低："是我姐，江菱，你知道她吗？你住这里，应该也是选手吧？她也这次大赛的参赛选手，刚刚你有没有看见她和——"

他话未说完，周韵宁便惊讶出声："江菱？你姐？咦？菱菱是你姐姐？"

江蕤愣了一下，也惊讶："你和江菱姐认识？"

周韵宁："我就和她住一个房间。"她应了一句，又自言自语，"对哦，弟弟姓江，菱菱也姓江，我怎么没想到呢？不过，菱菱怎么没告诉我这事？"

江蕤眼睛一亮："那太好了，你能帮我一个忙吗？"

71

"可以是可以，不过，"周韵宁点了下头，又疑惑，"你找菱菱，怎么不直接过去找她？"

江蕤稍怔，说："我就是来送个东西，送完就走。"

周韵宁这才注意到，他手里拎着一个盒子，上面的 logo 有些眼熟，似乎是某个网红甜品店的牌子。

一瞬间，她也敏锐地捕捉到江蕤脸上不自然的神色，顿觉微妙。为什么提到江菱的时候，江蕤的反应像极了她面对周予言时的反应？是错觉吗？

江蕤顿了顿，又转移话题："既然你和她住在一起，那刚刚和一个男人一起的人应该不是她吧？"

提起这事，周韵宁猛然回神："糟了！我差点忘了这事！完了完了，要来不及了。"她赶紧招呼江蕤，"快，快，快，快跟我去救菱菱，不然她要被欺负死了。"

江蕤一愣，明显不相信："你说江菱被人欺负？这怎么可能，她不欺负人就算了，怎么可能会被——哎！你等等！别，别，别，我不去！不能让她发现我，她就是个——"

周韵宁已经拉着他冲到了 1221 的房间前。

门被关上后，屋子重归静谧。

对周韵宁的出现又离去，江菱仿若未觉。她捧着言或的脸，在他嘴角轻吻一下："言先生，要继续吗？"

最初的冲动退却后，理智逐渐回归。言或知道，她醉了，醉得彻底。醉意晕染的眼睛格外明亮，这时的她就像一朵肆意盛放的玫瑰，格外妖媚动人，蛊惑人心，轻易让人深陷其中。只是，玫瑰的周边却长满了刺，一不留神，就会被扎得满手鲜血。言或从诱惑中抽回意识，默不作声地握住她的手，缓慢地拉下来。

"嗯？"江菱刚要说话，却感觉身体骤然失重。她被言或抱了起来，双脚失去重心，她下意识搂住他的脖颈。

言或抱着人走进房间，放到床上，然后扯过一旁的被子，直接盖到她身上。

猝不及防被盖得严严密密，她从被窝下抬起头，似有不解："言

72

先生？”

言彧站起身，垂眸看着她，语气平静："你该休息了。"

江菱轻笑："言先生这就怕了？"

言彧瞥她一眼，淡声说："不，我只是不想和神志不清的人说话。"

"我哪里神志不清了？"江菱拉着他的衣角，不依不饶。

"你醉了，好好休息。"言彧握着她的手，强行塞回到被窝里。

江菱仍抓着他的手不放："那你明天早上，等我一起去吃早餐。"

言彧沉默，几秒后："……好，我知道了。"

他妥协了，江菱心满意足地收回手。言彧闭了闭眼，有些烦躁地扯松领带，转身离开了房间。

关上房间的门，一抬眼，就和刚进门的两人视线撞在一起。吵闹的声音像被按下了静止键，周韵宁和江蕤齐齐僵在门口。言彧目光从周韵宁扫过，落到了江蕤身上。

大概是他的眼神太有威慑力，江蕤瞬间绷直了腰板，主动交代自己的来意："我，我，我是来找我姐的！"

言彧挑眉："你姐？"

"就是江菱……"

话说一半，他意识不对，用手肘碰了碰周韵宁，小声问："这位是谁？"

"就是我刚才跟你说的那个——"周韵宁对上言彧的眼神，顿时底气不足，声音渐渐小了下去，"他是周氏集团总裁的……助理。"

江蕤疑惑："助理？"

周韵宁顶着言彧的目光，又介绍说："那个这位是江蕤，江菱姐的堂弟。"

江蕤察觉到气氛不对，但还是硬着头皮问："那个，我姐人呢？"

言彧收回视线，淡声说："她喝醉了，好好照顾她。"便准备离开。

"等等！"周韵宁鼓起勇气，"言彧，你刚刚对菱菱——"

言彧的视线扫过来，周韵宁的声音渐渐听不清了。她默默地往旁边挪了几步，让出一条路。言彧面无表情地看她一眼，大步离开。周韵宁迅速关上门，才松了一口气。

江蕤似是不解："刚才那个男人为什么会从我姐房间里——"

周韵宁张了张嘴，还没说话，房间的门突然打开了。

江菱出现在门口，问："他走了？"

"菱菱！"周韵宁立刻地飞奔上前，浑身上下打量她，"你没事吧？他没对你做什么吧？"

江菱温声说："放心，我没事。"

周韵宁却陷入了自责中："我就说他对你图谋不轨，他刚才还对你做那种事，都是我不好，我要是早一点醒来就好了。"

江菱稍稍抬眼，跟江蕤四目相对。

江蕤愣愣地问："江菱姐，你不是喝醉了吗？"

江菱轻笑，反问："我什么时候喝醉了？"

江蕤一时没反应过来："可刚才那个男人不是说——"他蓦地反应过来，声音戛然而止。完蛋，他好像发现什么不得了秘密，会不会被灭口？

江菱看着不知又乱脑补了什么的堂弟，挑了挑眉："江蕤，你是不是在心里说我坏话？"

"怎，怎么会呢？我怎么可能会说江菱姐坏话？"江蕤立刻摇头否认。

江菱目光跟随着他，似笑非笑："是吗？那你退这么远干吗？我很可怕吗？"

"不，不是。"江蕤赶紧说，"是姐你长得太漂亮了，我怕站得太近了会玷污了小仙女，哈……哈哈……"

周韵宁眨眨眼，看着江菱，又看看笑得谄媚的江蕤，心情有些复杂。咔嚓，脑海里仿佛有什么碎裂的声音响起，是江蕤的偶像滤镜，碎了。

江菱不禁笑了下，但没揭穿他。她和妹妹江荨，还有江蕤三人从小一起长大，江蕤小时候经常和她们一起玩。但不知道为什么，他从小和江荨亲，却很怕她。每次看见她，都像是老鼠看见了猫一样，东躲西藏。

"那个……"周韵宁正要说什么时，她的手机响了起来，是收到新消息的提示音。她拿出手机一看，是一条新短信，上面只有冷冰冰的两个字："出来。"

不必看发件人，她已经知道这条短信是谁发来的。周韵宁迅速收起手机，说："那个，我肚子有点不舒服，出去上个洗手间。"找了个借口，她迅速离开了房间。

门关上，江蕤有些奇怪："这个房间里不是有洗手间吗？"

江菱收回目光，看向他，慢条斯理地开口："你来找我，有事吗？"

"呃，对了。"江蕤回神，举了举手上的盒子，说明来意，"姐姐……就是江荨姐知道我要来当嘉宾，托我过来的时候给你带些点心。"他又补充："这是在你喜欢的那家甜品店里买的，我排了一个小时队才买到的！"

"谢谢。"江菱温和一笑，"辛苦你了，小蕤。"

江蕤连忙说："不辛苦，不辛苦，为姐姐服务。"

说完这话，他又沉默了。

江菱也没有说话，气氛莫名压抑。

"那东西送到了，我……"江蕤站立不安，心里愈发煎熬和不自在。

江菱打量他几眼，总算松口："好了，你回去吧。很晚了，明天还要比赛，我得休息了。"

江蕤明显松了一口气，放下手上的盒子："嗯嗯，那我先回去了，江菱姐晚安。"似是想起什么，他又说，"对了，明天比赛加油，我会为你打气的。"没等江菱接话，江蕤便以比周韵宁更要快的速度离开了房间。

门关上了，小厅再次回归安静。江菱转身回到房间，进浴室洗澡。套间的每个房间都有独立的浴室，设施齐备，还有圆形的大浴缸。江菱放好了水，用手测试了下温度，躺了进去。恰到好处的温度清空了浑身的疲倦。她撕开一包浴球，丢到水里，很快，泡沫混着玫瑰香气蔓延了整个浴缸。江菱惬意地眯了眯眼。

手机震动几下，屏幕亮了起来。她伸手摸过搁在浴缸边缘的手机，划开锁屏，是江荨发来的微信消息。现在是晚上九点，江荨那边正好是早上。

酱酱爱吃糖："姐姐今天见到小蕤了吗？"

75

江菱回复："见到了。"

江菱："胆子还是这么小。"

酱酱爱吃糖："QAQ。"

江菱："不过，点心收到了。"

江荨发来个大笑脸表情："收到那就好。"

酱酱爱吃糖："其实江蕤也挺关心你的。"

酱酱爱吃糖："本来点心我是要叫外送给你送过来的，小蕤听说后，就自告奋勇帮我拿过去了。"

江菱："那我明天见到他，再请他吃饭吧。"

酱酱爱吃糖："好，小蕤知道，一定会很高兴的。"

酱酱爱吃糖："我先去上课了，姐姐明天比赛加油，回聊。"

江菱："好，回聊。"

退出和江荨的对话框，她的目光停在和"小助理"的对话框上。只可惜，现在还不能给他发消息。

江菱勾唇淡笑了下，关掉微信，打开备忘录，写下记录："9 月 21 日，今天依然是口是心非的小助理。"

临近晚上十点，走廊光线昏暗，幽深而空荡，气氛却很凝重。周韵宁硬着头皮走出房间，目光触及言彧视线的那一刻，脚步却陡然僵住。她突然生出了退意，于是悄悄地转过身，企图在神不知鬼不觉间从他的视线底下溜走。

"站住。"短促的两字，让她的脚步钉在原地。

潜逃计划失败了。周韵宁缓慢而僵硬地转过身，努力挤出个比哭还难看的笑容："有，有事吗？"

跟言彧面对面的这一刻，她真的很想理直气壮地告诉他："想不到吧，姐已经找到工作了。是你想得到但是得不到的女人，我已经是她的人了。呵。"但是她不敢。她也就只敢在电话里对他大呼小叫，真正面对他的时候，她却可耻地怂了，连大气也不敢喘一下。

言彧冷声道："一声不吭从 M 国跑回来。周韵宁，你的胆子可真大。"

周韵宁回呛："我已经成年了，连想去哪里的自由都没有吗？"

76

言彧冷冷看他："照你这么说，在你成年后，周家也没有义务再养着你。"

周韵宁心里憋气，迎上他的视线，语气生硬："你就不怕我把你的真实身份告诉菱菱吗，伪装小助理的周先生？"

言彧抬眼，目光扫过她，云淡风轻道："你大可以试试。"语气很淡，却分明是威胁。

周韵宁浑身一凛，低下头："好了，好了，我知道了。"

言彧看她一眼，声音冰冷："要不现在收拾东西回去，要不就永远不要回来了。"

周韵宁说："你不用威胁我，就算我爸冻结了我的卡，我一样能养活自己。"

"所谓的养活自己，就是躲在别人家里，蹭吃蹭喝？"言彧不禁冷笑。

对于言彧对她回国后的行踪一清二楚的事，周韵宁并不感到意外。

"怎么，你嫉妒吗？你嫉妒我能住在菱菱家吗？"她故意激他，"别想了，再想你也住不进她家里。"

言彧："……"

她又抬起下巴，有些骄傲地说："而且，我已经找到工作了，菱菱让我去帮她的忙，我已经答应了。"

"就凭你？"言彧打量她两眼，不屑冷哼。

周韵宁瞪向他，气恼道："对啊，我怎么不行了？"

言彧盯着她看了数秒，突然说："今天的事，就当什么也没发生。"

周韵宁一愣，虽然不明白他为什么会改变主意，但总归不是一件坏事。

她敛眸，哼了声："怎么？周总要跟我谈保密条件吗？"

言彧缓缓道："你从 M 国跑出来这事，我也当没发生。除此之外，我可以允许你继续留在江菱身边。"

周韵宁有些气恼，反驳说："这还用你允许吗？"

言彧瞥她一眼，淡声道："你爸那边，我会帮你解决。"这无疑掐住了她的要害。

周韵宁憋屈道："好，成交！"

77

言或不再废话，转身离开。看着他渐渐走远，周韵宁忍不住冲他的背影做了个鬼脸。呵，男人。

第二天是"曦光杯"总决赛，开幕式在上午九点开始，之后就是决赛的环节。

按照赛程，江菱排在下午，但开幕式总归要参加。早上七点半，江菱准时醒来。收拾好自己，她打算下楼去吃早餐。刚打开房门，就看见言或站在过道边上，神色淡漠地看着窗外，似乎在等什么人。

江菱走上前："言先生？"

言或身形一顿，缓缓回头："醒了？"

江菱有些好奇："你在等人吗？"

言或盯着她看了数秒，声音略冷："我在等谁，江小姐难道不知道吗？"

"嗯？"江菱轻抬眉梢，似是疑惑，"我为什么会知道？"

言或一瞬不瞬看着她，试图从她脸上看出什么端倪："江小姐是忘记自己昨天说过的话了吗？"

江菱眼中疑惑之色更重："我昨天……有说过什么话吗？"她又猜测，"难道，言先生等的人是我？"

言或没有说话。

"抱歉，昨天晚餐之后，我的记忆就断片了。"江菱主动解释，"醒过来的时候已经是早上了，我也不知道是怎么回到房间的。"

她顿了顿，抱歉地笑："昨天，我有给你添麻烦吗？"

言或眸色转深："所以，江小姐对自己做过的事，也忘记得一干二净了？"

江菱很认真得回忆了一番，又十分困惑："昨天我做过什么？"

言或深深地看着她，眼底暗色更重："江小姐这是想不认账吗？"

"可我真的不记得了。"

江菱迎着他的目光，语气格外真诚："言先生可以帮我回忆一下吗？"

"没什么了。"言或沉默数秒，移开视线，轻描淡写道，"昨天江小姐喝醉了，不记得就算了。"

"是吗？"江菱不是很相信，"我昨天，真的没做什么事情吗？"

言或："没有。"

江菱却说："如果没有，那言先生为什么要摆出一副被始乱终弃的模样？"

言或顿步，回头对上江菱的目光。

"始乱终弃？"他一字一顿地重复这四个字，突然笑了，"如果我被始乱终弃，就不是现在这样子。"

"那是什么样子？"江菱迎着他的目光，眼里泛出笑意，"我觉得言先生今天的态度似乎有些奇——"

话未说完，言或突然伸手拉住她，手往她腰上一带，将她拉入怀中。江菱还没来得及反应，言或已经覆下来。这个吻来得快，结束也快。

江菱抬起头，迎着他的目光，不躲也不避："言先生？你这是？"

"江小姐不是说帮你回忆吗？"言或压在她的唇角上，低沉的声音传入耳中。

这一刻，两人距离近得呼吸交缠，江菱忽然轻笑了声。

"不装了？"言或一副看穿她的模样。

江菱不慌不忙道："我没装，我是有些印象，但我不确认昨天那个人是谁。"

"你还想是谁？"放在她腰间的手略略收紧，言或声音略冷。

江菱也不排斥他的举动，反而伸手环住他的脖颈，故作思考道："比如说……周总？"

言或冷嘲道："那恐怕要让江小姐失望了，昨天跟你在一起的人是我。"

"噢。"江菱毫不在意地应了声，又抬眼看他，"那么，言先生现在是以什么身份对我做这种事情？"

虽然是白天，但是酒店过道的光线依旧昏暗。江菱今天穿得很低调，黑色的鱼尾裙，款式简单却好看，裙摆直到脚踝边，收腰的设计和她的腰线完美契合，就像一朵在黑暗中无声绽放的黑蔷薇。

"男朋友？"她仰头，贴近他的脸颊，直望入他的眼中，嘴角带笑，"还是赞助商的潜规则？"

言或轻嘲道："堂堂江氏集团的大小姐，还需要潜规则吗？"

江菱盯着他看了数秒，突然提出："那我们要不要试试？"

言或动作一顿，一瞬间以为自己听岔了："你说什么？"

江菱重复："我说，我们要不要试试？"

言或稍怔，问她："试什么？"

她勾住他的脖子："试试能光明正大做这种事情的关系。"

言或沉默了下，过了好几秒，握着她的肩膀，将她拉开："那周总呢？"他眯眼，"江小姐不是对周总一往情深吗？"

"我的目标从来都没有改变过，一直都是周总。"江菱眼里笑意不减，"不过，这好像没有冲突吧？"

"所以，江小姐是把我当成鱼塘里的鱼吗？"言或轻哂，声音冷而讥诮，"江小姐就不怕你这些话传入周总的耳中？"

"是吗？如果是这样，"江菱愉悦地笑了起来，她抬头，又在他嘴角落下一吻，压低声音说，"那言先生可要小心了。"

"毕竟，"她顿了顿，"我们可是共犯。"

"共犯。"言或重复这个词，发出一声轻不可闻的嗤笑。

他松开了她，神色恢复平静。

"拿着。"言或伸手拿过搁在一旁的香槟玫瑰，塞入她的怀里。

"江小姐不会喝酒，下次就不要勉强自己了，免得又醉酒误事。"他淡声道。

江菱对他的话充耳不闻，她低头看向手上的花束，有些意外："言先生怎么突然给我送花？"

十一朵香槟玫瑰，周围配了绿叶和满天星点缀，里面还夹了张卡片。

她拿起花上的卡片，上面的落款却是——"周予言"。签名笔锋犀利，一气呵成。

江菱抬头，略有些惊讶："周总送的？"收起卡片，她又问，"言先生，周总今天也来了？"

"没有。"言或的回答言简意赅。

江菱似是疑惑："真的吗？那为什么每次比赛，周总都给我送花，却不愿意见我？"

"为什么不见你，"言或瞥她一眼，冷冷道，"江小姐应该心知肚明。"

江菱说："我不明白，言先生可以明说吗？"

言或双手插兜，缓步走向她，没有停下，停在她身侧，淡声道："你的所作所为，周总都看在眼中。"

江菱转头看向他，不甚在意地笑笑："是吗？"

电梯刚好到了楼层，门打开，电梯厢里没有人。言或没接话，径直走进电梯。江菱敛眸，跟着他走进去。按了要去的楼层，电梯门关上。

江菱缓缓开口："那言先生的答案呢？"

"什么答案？"言或余光瞥向她。

江菱问："我刚刚的提议，你觉得怎样？"

言或似是想起什么，收回视线，声音冷淡："等你能够确认你真正需要的是谁的时候，我再给你答案。"

"既然这样，今天的事，言先生就当什么也没发生过吧。"江菱收回目光，看着手中的花束说，同样平静地说，"很抱歉，刚刚我失言了。我们就继续维持现在的关系吧。"

言或眼中情绪难辨，片刻后，他冷冷道："我知道了。"

目光转向电梯屏幕上跳动的数字，他又说："今天比赛，祝江小姐顺利。"

江菱从花束中抬起头，笑着问："那要是我赢了比赛，周总会见我吗？"

言或直视前方，淡声说："看你的表现。"

江菱似有所思："我明白了。"

她低头看向手上的花束，又说："上次周总送的好像也是香槟玫瑰，周总真的不知道香槟玫瑰的花语吗？"

言或睨她一眼，没说话。

江菱轻抚玫瑰的花瓣，笑着说："不过帮我谢谢周总，花我很喜欢。"

"谢谢周总，不谢谢我吗？"言或直直地看向她，"花可是我带来的。"

江菱笑了笑："嗯，也谢谢言先生。"

似是想起什么，她又说："说起来，我好像还欠言先生一顿饭。等比赛结束，我请言先生吃饭。"

言彧收回目光："再说吧。"

刚好电梯到达他们要去的楼层——西餐厅所在的三楼。门缓缓打开，言彧头也不回地走了出去。

看着他远去的背影，江菱低头看向手上的花束，嘴角不着痕迹地弯了下。哎呀，好像不小心把小助理惹生气了，这要怎么补救呢？

九点，"曦光杯"小提琴大赛总决赛开幕式正式开始。开幕式结束后，便进入了比赛环节。选手们按照抽签的顺序，一一登台演奏。观众席的座位划分了区域。言彧坐在第一排的座位，那是赞助商的专属位置。他和江菱坐的座位只隔了一条走道，但两人全程都没有交流。

上午的赛程进展顺利，转眼间便到了下午。江菱的顺序排在下午的第一位。距离下午比赛还有半小时，观众席上已经零零散散地坐了几个人。现场有主办方的工作人员在做准备工作，调试麦克风和设备。

大厅的门突然朝外打开，周韵宁急匆匆跑了进来。她的目光搜索了一圈，又迅速冲向沈忆鸥，着急地问："沈姐，菱菱呢？"

"菱菱刚刚过去后台准备了。"沈忆鸥有些疑惑，"周小姐，发生什么事了吗？"

"快快，快看这个视频！"

周韵宁有些着急，赶紧拿出自己手机，递了过去："苏丛溪那朵白莲又搞事情了！"

视频播放完毕，沈忆鸥脸色就变了："这视频——"

周韵宁简直要气炸了："苏丛溪那朵小白莲居然挑这种关键时候，发抹黑菱菱的视频！她居心——"

"什么视频，给我看看。"一道清冷的声音传来。

"啊……"周韵宁下意识回头。

但她还没反应过来，手机已经被言彧拿走。

视频是由一个娱乐记者发出的，标题名为"苏丛溪秘密采访视频"，视频不长，一共三十多秒。视频发布才不到半小时，评论和转发已经过万。言或点开视频。画面中，苏丛溪坐在沙发上，正在接受记者的采访。

苏丛溪一脸愧疚："对不起，江菱选手被周氏集团潜规则的谣言，其实是从我这里传出去的，江菱选手和周总并没有任何关系。"

记者惊讶："可江菱小姐曾透露过她正在被周总追求，难道说这是假的？"

苏丛溪稍怔了下，似是困惑。她停顿几秒，接着说："我不清楚江菱选手为什么这么说，但潜规则这事的确不是真的，而且江菱选手跟江氏集团的总裁是……"忽地意识到了什么，她及时止住了话。

记者敏锐地追问："苏小姐，江菱选手和江氏集团总裁是什么？"

"没什么没什么，是我口误了。"苏丛溪有些紧张，生硬地岔开话题，又强调，"总之，江菱选手没有接受周总的潜规则。"

记者问："那你中途退出比赛不会感到遗憾吗？"

苏丛溪叹了口气："虽然很遗憾在中途退出了比赛，但我还是想给主办方送上诚挚的祝福。"

她面对镜头，又抱歉地笑："在这里，我也要跟江菱选手说一声对不起。我已经为我冲动的行为付出了代价，祝你前程似锦。"

记者接着问："那苏小姐，你能展开详细说说吗？有传言说，你之所以退赛，是不是有人逼迫？"

苏丛溪语气肯定："没有，绝对不会有这种事，是我主动提出退赛的。"

画面内容到此为止。屏幕黑了，但视频的进度条还在继续，录像的人似乎在继续偷录。漆黑的屏幕中，仍有声音传出。在脚步声和杂音中，夹杂着一声抽泣。

"我不像江菱有那么硬的后台，可不甘心又能怎样？像我这样无权无势的人，除了退赛，还能怎样？"苏丛溪声音失落，"这也是没办法的事。"

苏丛溪语焉不详的一番话，立刻引起了网友们的热议。

"'曦光杯'潜规则事件。"

"苏丛溪被迫退赛。"

"江菱后台。"

紧接着是水军下场，热搜词条也迅速跟上节奏。

"我，"沈忆鸥率先反应过来，立刻去翻包里的手机，"我这就发公告澄清。"

言或看完整个视频，突然问："江菱去后台多久了？"

沈忆鸥愣了下："就，半分钟前才……"

"我记得从这里去后台，会经过一条紧急疏散通道，记者可以从那边上来。"周韵宁忽地想起什么，脸色一变，"这视频发布不到半小时，就算现在澄清，也需要一段时间，苏小白莲就是故意挑这个时间发的！"

"她的目的是引来记者，让记者堵住菱菱，扰乱她的心绪，好让她没法专心比赛。"她抬起头，着急地催促，"快！快去找菱菱。"走了两步，又停下来，"但记者那边……不行，得去拦住他们，不能让菱菱在这时候分神。"

沈忆鸥赶紧点头："那我去——"

"我去。"言或出声打断。他把手机还给周韵宁，"你们去找江菱，记者那边我来解决。"扔下这句，便头也不回去离开了大厅。

沈忆鸥下意识看向周韵宁，犹豫道："周小姐，他是……"

周韵宁看着他的背影，神色有些复杂："放心，让他去吧。"

她回过神，赶紧说："对了，我们赶紧去找菱菱。"

"好。"

言或走出大厅，立刻拨了刘助理的电话。

"周总？"

言或声音阴冷："立刻联系公关部和法务部，发布对'曦光杯'退赛选手苏丛溪的辟谣和追责声明。"

刘助理稍怔，随即应下："好，我马上去。"

言或顿了顿，接着说："另外，帮我办一件事。"

楼梯间有脚步声传来，靠近右侧的应急通道门突然被打开，记者一涌而出。

"江小姐！"

然而下一秒，声音像被按下了静止键，都消失了，等待他们的是

84

一队保安。

保安队长友好地朝他们笑了笑："各位记者朋友，前面的区域请止步。如果要采访，麻烦移步等候区，耐心等待。"

言或来到后台时，刚好迎上了迎面出来的周韵宁。

"江菱呢？"他皱眉。

周韵宁一脸着急："菱菱不在后台。"

她和沈忆鸥匆忙赶到后台，却没有找到江菱。

周韵宁心急如焚："工作人员说她还没过来，那她去哪里了？会不会已经遇到记者了？这可怎么办？"

"你们先回大厅，我去找她。"

言或扔下一句，转身离开。

周韵宁一愣，下意识喊："喂，周——言或！"

"叮"——电梯门打开。言或刚走出大堂，就在电梯间跟江菱相遇。

"江菱！"言或大步走上前，皱眉问，"你去哪里了？"

"言先生？"江菱略微惊讶，"我想起有东西落在房间，就回去拿了，你找我有事吗？"

言或目光很沉，只看着她，一言不发。几秒后，他收回目光，转身说："没什么。"停顿了下，又说，"祝你比赛顺利。"

一抹惊讶在她眼中转瞬即逝，江菱弯起眉眼，对着他的身影笑："谢谢。"

半小时转瞬即逝，下午的赛程即将开始。周韵宁和沈忆鸥在观众席上焦急等待，不时看向入口的方向。距离比赛还有一分钟时，侧门轻轻打开，言或回到场中。

看到他，周韵宁终于放下心来："他回来了，菱菱那边应该没问题了。"

沈忆鸥仍有些担忧，但没说出口，只是往舞台方向张望了眼。

很快，比赛正式开始。主持人登场，说了一段开场白后，便直奔主题："那么，现在有请江菱选手为我们带来精彩的演奏——"

掌声中，江菱从后台缓步走出，提起裙摆，优雅行礼。见江菱顺利登上舞台，沈忆鸥也松了一口气。

灯光熄灭，一束追光打在江菱的身上。她拉动琴弦，美妙柔和的琴声如涓涓溪流，从弓弦之间流淌而出，空灵的曲子如春风拂耳，很快带人沉醉在曲子交织而成的世界里。溪流到尽头时，节奏瞬息间变化，原本缓缓萦回的溪流，顿然变成了奔腾的猛兽，俯冲而出。一曲终了，台下掌声雷动。言或站在入口处，远远看着台上宛如聚光点的江菱，流动的光影隐入浓墨的深处，让他的黑眸显得愈发幽深。

　　玫瑰就应该在荆棘丛中怒放生长，在自由的阳光下，接受别人的仰望，而不是摘下来，剪去利刺，拿在手里赏玩。即使被荆棘扎得鲜血淋漓，也在所不惜。

　　江菱走下舞台，等候不耐的记者们立刻蜂拥而上。

　　"江小姐，苏丛溪选手暗指你逼迫她退赛，请问这件事情是真的吗？"

　　"江小姐，苏丛溪选手指出你和周总并不认识，那你上次为什么会暗示周总在追求你呢？"

　　"难道江小姐背后有金主的传言是真的吗？"

　　记者们的问题无比犀利。

　　江菱弯起唇线微笑，一派淡定。

　　"苏丛溪选手？抱歉，我不是太清楚她的事。不过借这次机会，我也想向各位朋友宣布一个消息。"江菱顿了顿，宣布道，"这次比赛后，我就要告别小提琴界了。"

　　话音刚落，立刻在人群中落下一片哗然。记者也顾不上追问苏丛溪的事情，接连抛出问题。

　　"告别？"

　　"江小姐的意思是再也不从事小提琴演奏了吗？"

　　"为什么突然要告别小提琴界？"

　　江菱说："这是我认真思考以后作出的决定。"

　　记者追问："那江小姐停止演奏事业后有什么打算？"

　　江菱笑："大概是回家继承家业吧。"

　　"继承家业？"记者们你看看我，我看看你，都十分不解。

　　江菱说："我答应了父亲，退出音乐界后接手江氏集团，帮他减轻负担。"

记者愣了："江氏集团？难道江小姐的父亲是——"

江菱面对镜头，微微一笑："没错，就是江氏集团的江绍钧先生。"

记者们再次被震惊。苏丛溪在网上制造的舆论，不攻自破。言或看着她在记者包围圈中应付自如，无声无息地退出了大厅。

言或走出酒店大堂，来到阶梯前看到一个熟悉的身影。酒店外，江蕤坐在阶梯上，手里捧着一只塑料饭盒，愁眉苦脸。

言或走上前："你在这里干什么？"

江蕤闻声回头，瞬间认出了他："啊！你，你是昨天那位大哥！"

言或往他手里的饭盒瞥了一眼，不由皱眉："大中午，你就吃这些？主办方不是安排了午餐。"

江蕤手上的是一盒白米饭，上面铺了几片青瓜，连一块肉也没有。他用筷子戳了戳米饭，有些郁闷地说："我经纪人说午餐已经派完了，就剩下这些了。"

言或在他身边坐下，问："你姐姐就在这里，你没饭吃，怎么不去找她？"

江蕤脸色一僵，连忙摆手："不不不，就这么点小事，我怎么好意思麻烦姐姐。哈哈，这个饭又不是不能吃。"

言或又问："那你的队友呢？"

江蕤眼中有几分尴尬："他们啊……"

言或看破也不说破，只拿出手机，说："我让人送一份餐过来。"

江蕤连忙说："哎，等等，不用麻烦你了，我就吃这个可以了。"

言或说："这是主办方的职责。"

江蕤愣了下："咦，大哥你是主办方的人吗？"

言或："嗯，我是周氏集团总裁……的助理。"

没一会儿，便有人送来一份套餐。看着手里有肉有菜，还有海鲜的高档豪华餐盒，江蕤顿时感激涕零："哇呜呜呜哇，大哥，你真是个好人！"

言或看着他狼吞虎咽，似是不经意地提起："你姐姐比赛，你怎么也不去给她打气？"

江蕤含糊道："这……我相信她的实力，肯定可以的！我就不去凑热闹了，而且我们还得排练节目。"

言或问："你很怕你姐姐吗？"

江蕤僵了僵："大哥，你这都能看出来？"

"我姐她就是——"江蕤警惕地左顾右盼了一番，忍不住跟他吐槽起来，"大哥，看在你是个好人的份儿上，偷偷告诉你一个秘密。"他压低声音，煞有介事地说，"别看我姐表面温温柔柔，她实际上就是一个女魔头。"

"怎么说？"言或不露声色。

江蕤扒了几口饭，将声音压低："你不知道吧，"他夸张地说，"小时候，她做了坏事，总是嫁祸给我。就像有一次，她把青蛙抓起来打吊针，还说是我干的，害我被我爸妈混合吊打。还有，还有，她小时候总是让我打扮成葫芦娃，然后给她提裙子。她就没想过，被葫芦娃提裙子的除了公主，还有可能是蛇精吗？"

言或失笑："听起来，的确是她的风格。"

"对吧，对吧。"江蕤以为得到他的认同，接着说，"反正，我姐就是那种把人卖了，人还得替她数钱的人。"

"你不知道，初高中的时候，男生跟她表白，她拒绝别人，别人被拒绝了也不生气，反而感动得稀里哗啦，甚至觉得是自己配不上她。"

言或顿了顿，问："从小到大追求你姐的人很多吗？"

江蕤没听出他语气里的微妙，下意识答："不多吧，我知道的也就二三十个。"

"二三十个。"言或重复这四个字，眼神略暗。

"不过我姐一个也没答应，从小到大她都没谈过恋爱。也是，一个女魔头谈什么恋爱呢，谁敢要？"江蕤接着说，"反正她在学校里收到的情书都是我帮她处理的，有一次不小心被我妈发现了书包里的情书，她以为我早恋了，又和我爸对我一顿混合双打。"

言或失笑："那你这些年真不容易。"

"唉。"江蕤看着手上的饭盒，又叹了口气，"其实江菱姐这些年也很不容易啦。"

言或看向他："为什么这么说？"

江蕤说："我那个大伯，简直就不是个人！"

"我姐读高三的时候，高考前一个月那会儿，大伯为了谈下一个合作案，逼着我姐跟他一块去酒局应酬。合作方那个老总就是个老色胚，年纪都能当我爷爷了。我姐最后没去，大伯还大发雷霆。你说，他是不是很过分？"江葳义愤填膺道。

"的确，"言或眸色沉了下来，声音略冷，"很过分。"

江葳："对吧！还有更过分的，我就不说了。"

"其实女魔头也不是很糟糕啦。"他停顿了下，又小声说，"虽然她小时候总是欺负我，但是我在学校里被人欺负的时候，她也总会护着我。"

言或附和他："这听来的确对你不错。"

一番交流下来，江葳跟言或推心置腹，简直相见恨晚，就差跟他当场结拜称兄道弟。说到尽兴处，江葳兴冲冲地提议："大哥，我们要不要加个微信，下次有空一起约饭。"

"好。"

双方扫了二维码互相加上好友。江葳突然想起什么："对了，还有件重要的事忘了告诉你，我姐她……"

"我怎么了？"一道温柔的声音从身后传来。

江葳听着这道熟悉的声音，身体像是被施了定身咒一样，瞬间僵住了。握着的手机也从指缝间滑落，掉到地上，发出"啪"的一声响。这声音也惊醒了他。江葳跳了起来，连手机也顾不上捡，一个闪身躲到了言或身后。

他小心翼翼地探出头，看向江菱："姐！你什么时候来的？"

江菱笑盈盈地看着他，声音温柔和蔼："就在你说第一个'女魔头'的时候。"

完蛋，那他刚刚说的话，岂不是全都被听见了？江葳努力忍着把手塞进口中的冲动，努力挤出了一个笑容："哈哈，哈哈……"他尴尬地干笑了两声，企图蒙混过关，"姐你的比赛结束了吗？还顺利吗？"说着，又往言或身后瑟缩了下。

"还好。"江菱言简意赅。

她没再理会江葳，目光转向言或，笑着问："言先生想知道我的事，怎么不直接来问我？"

言或缓缓起身："那我要是问了，江小姐会告诉我吗？"

江蕤抓准时机，往后挪了两步，悄悄退出两人的视线范围："姐，言大哥，我突然想起还有其他事，我先回去了，你们继续聊——"

他拔腿要跑，却被江菱喊住。

"站住。"

江蕤抬起的脚颤了下，被迫收回，艰难地扭过头："姐姐还有事吗？"他看着江菱，笑容狗腿，求生欲爆棚。

江菱目光下移，看向地面，慢声说："你的手机掉了，不要随地乱扔垃圾。"

"啊，对，对。"江蕤赶紧挪了回来，弯腰去捡，但他手忙脚乱，手机又从手上掉了好几回。直到第五次，他才顺利将手机塞进口袋，"那我先回去了，姐姐再见！"扔下一句，江蕤落荒而逃。

言或望着他的背影，笑了下："江小姐的弟弟，还挺有趣的。"

"没想到言先生会跟小蕤聊得这么愉快。"江菱说，"我还以为像言先生这种性格，会受不了小蕤的吵闹。"

言或只淡笑了下，说："刚刚江小姐的演奏我看了，很出色。"

江菱回以微笑："谢谢。"

言或慢慢收起笑意，定定地看着她。

江菱疑惑："言先生？怎么了？"

言或深深看着她："因为要回家继承家业，就必须停止演奏事业吗？"

江菱说："我记得上次也跟言先生提过这事，既然已经对外宣布，那就已经成为既定事实了。"

片刻的沉默。

"我明白了。"言或收回目光，停顿了下，突然问，"那江小姐现在还需要助理吗？"

江菱略有些惊讶："言先生为什么突然这么问？"

言或说："江小姐上次的提议，我仔细考虑过了，我愿意来帮忙。"

江菱敛眸："可是，言先生不是不愿意跳槽吗？"

言或："如果江小姐能够接受，我可以兼职。"

江菱说："可是，我已经找到合适的人选了。"

言或顿了顿，眸色微沉："是周韵宁小姐吗？"

"对。言先生已经知道了？"江菱似是惊讶。

言或脸上情绪不明："江小姐考虑好了？周韵宁小姐没有并任何实践经验，在商业上恐怕给不了江小姐什么帮助。"

江菱："用人不疑，疑人不用。韵宁是周总的妹妹，而且是从知名学校的商学院毕业的，我愿意相信她的能力。"

"虽然我很希望能得到像言先生这样的得力助手，但是有些遗憾。"她缓了缓，似是惋惜，"我只准备了聘请一位助理的预算，可能已经开不出能让言先生满意的工资。"

言或垂眸调整了下情绪，语气淡得听不出任何情绪："是吗？那太可惜了。"

"的确很可惜。"江菱不着痕迹地转移话题，"言先生今天晚上有空吗？"

言或抬眸："江小姐有事吗？"

江菱笑着说："择日不如撞日，我晚上请言先生吃饭吧？"

言或一顿："好。"

江菱笑了下："我记得这里离明珠塔很近，就去明珠塔的旋转餐厅怎么样？"

"江小姐做主就好。"

言或话音刚落，一道声音突然传来。

"菱菱，原来你在这里啊。"周韵宁从电梯出来，快步朝江菱走过来，挽上她的手，"我以为你回房间了，刚刚还跑上去找你。"似是才注意到言或，她又凑近了些，压低声音问，"言或怎么也在这里？"

"我出来透气，刚好碰到言先生。"江菱微笑着解释，"我上次欠了他的人情，正打算请他吃饭。"

周韵宁愣了下："吃饭呀？我能一起去吗？"

江菱看向言或："你问问言先生的意见？"

"言助理，我可以一起去吗？"周韵宁立刻将目光转向言或，笑眯眯地问，"多一个人，你应该不介意吧？"

她的眼神明显带着威胁。言或沉默了。

周韵宁余光瞥见什么，立刻喊住那人："对了，弟弟也一起去吧！"

91

去而复返的江蕤再次被逮住，顿时有些懵。

"啊？哈？"

江菱看向江蕤，问："小蕤，你不是回去了吗？"

江蕤反应过来："不是，我打算出去买点吃的，晚上——"

周韵宁说："不用买啦，我们晚上打算出去吃，你也一起来吧。"

江蕤条件反射，连连摆手摇头："不不不，我就不——"

周韵宁："去嘛，就当提前给菱菱庆祝。"她又笑眯眯地看向言或，暗示地说，"人多热闹，言助理应该不会介意吧？"

江蕤努力寻找借口："你们要去哪里啊？我晚上还要和队友排练，如果太远了……"

江菱说："我们要去明珠塔上的旋转餐厅。"

江蕤一听，脚步顿时挪不开了："等等，那家只接待 VIP 客户的旋转餐厅？"

明珠塔旋转餐厅是 B 市有名的西餐厅，隶属于君泽集团旗下。这家西餐厅只接待拥有贵宾卡的会员，但即使是这样，每天预约的人只多不少。

江蕤有些惊讶："可是这家餐厅不是预约制的吗？"

江菱说："我有一张特殊 VIP 卡，可以免排队预约，是荨荨给我的。"

"弟弟，你要一块去吗？"周韵宁又追问。

江蕤犹豫了。最终抵挡不住美食的诱惑，他一咬牙，点头答应："好吧。"

周韵宁心情愉悦，又看向言或："嗯，那就这么愉快地决定了。言助理，你负责开车，没问题吧？"

言或瞥她一眼："周小姐也有机动车驾驶证，为什么不自己开？"

"你是我堂哥的助理，开个车载我们怎么了？"周韵宁又抬起下巴，挑衅的眼神看着他，"有问题吗？不然我将你这种消极的工作态度告诉我堂哥？"

"当然没问题，周小姐。"言或冷笑。

周韵宁得到满意的答案，骄矜地点点头："算你识相。"

夜幕降临，明珠塔上旋转餐厅内的灯光宛如星光般点缀在玻璃幕墙上，与夜色交织在一起。舒缓低回的轻音乐流淌，江蕤的心情却始终无法放松。四人坐了一桌，谁也没有开口说话，氛围微有些怪异。江蕤一直低头在刷手机微博，试图以此来回避这种严肃又可怕的气氛。

周韵宁探过头去，好奇道："弟弟，你在看什么？"

"啊？"江蕤回神，把手机给她看了眼，"没有，就刷刷微博。"

他随手刷新，微博页面又多了几条新微博。

周韵宁目光一凝："等等，这是……"

周氏集团 V："关于网络上流传的'苏丛溪秘密采访视频'，视频内容严重失实。@娱乐大荔枝 @娱乐小哥小 等营销号的不实言论侵犯本司及 CEO 周予言的合法权利，即日起请删除并停止传播失实内容，否则我司将通过法律途径追究相关人员的法律责任。

另有关苏丛溪选手退赛一事，我司已联系'曦光杯'全国小提琴大赛主办方及组委会进行调查，调查结果即日公布。"

下面是加盖了公章的公函。

吃瓜群众闻风而来，然而这份声明函，却令人有些摸不着头脑。

"姐，你快看这个！"江蕤来不及细看，立刻把手机递了过去。

江菱从菜单上抬头："嗯？什么？"

她扫了一眼微博上的内容，下意识看向言彧。

言彧正慢条斯理地喝着水，仿若无事，丝毫没有受到几人的影响。

"集团官微什么时候发的声明函？"周韵宁迟钝回过神，又去看博文发布的时间。是在半小时前，"呵。"她斜眼看向言彧，阴阳怪气道，"某些人呀，还真不要脸。"

言彧抬眼看她，声音冷沉："你说谁不要脸？"

周韵宁端起杯子喝了口水，看向窗外："啊，我是说苏丛溪那朵小白莲呢。"

江菱笑笑，把手机还给江蕤，继续翻看手上的菜单。言彧也淡定地拿起桌上的餐牌，翻看起来。只有江蕤坐立不安，连手机也不想看了。他挣扎几秒，决定上洗手间躲避风头。他是这么想的，下意识脱口而出："姐姐，姐夫，我……啊不，对不起！"意识到自己说错话，他反应迅速地捂住了嘴巴。但他们这一桌，一瞬间陷入了鸦雀无声的状态。

第六章 礼 物

　　江菱缓缓抬起头，看向江蕤。言或动作稍顿，流光之下，他的眼神分辨不清，意味不明。这一瞬间，江蕤却清晰地感觉到有三道视线笔直地落到他的身上。他伸出的脚更尴尬得无处可放，只恨不得当场挖个洞把自己埋起来。

　　"姐夫？"周韵宁从震惊状态中回神，率先打破沉默，"你喊谁姐夫？"

　　"江菱姐，对不起。"江蕤紧张地道歉，"刚刚在看小说，看到这个称呼，不小心就念出来了。"

　　江菱温和一笑："没关系。"

　　"原来是小说情节。"周韵宁恍然大悟，顿了顿，斜眼看着言或，又语重心长，"不过弟弟啊，你是公众人物，一举一动都备受关注。有些称呼可不能乱喊，万一让某些别有用心的人……和记者听见了，又要利用这事到处造谣了。"

　　"嗯，哈哈，我知道了。"虽然有人帮忙解围，江蕤却总觉得气氛变得更加压抑，周围的温度似乎也冷了几度。

　　言或放下手上的菜单，抬眸看向周韵宁，不徐不疾地开口："周小姐，你的父亲周先生今天才跟我谈起过你。你既然已经回国，就算不回家，也该跟你的父亲报一声平安吧？"

周韵宁心里"咯噔"一下："言或，你明明答应过，我爸那边——"

"我是答应过，但那是在周小姐遵守约定的前提下。"言或不咸不淡地说，声音不带任何温度。

"喂，你——"

江蕤小心翼翼："那个，我去超市买瓶饮料。"

"哎？西餐厅里不是有饮……"周韵宁看着他落荒而逃的身影，突然一个激灵，清醒过来。她再看向言或，一阵危机感漫上心头。

她赶紧站起身说："弟弟，你等等，我跟你一块去。"

刚离开座位，她又想起什么来，回头朝言或伸手："言或，你的车借我用一下。"

言或调整了坐姿，好整以暇地说："周小姐，这就是你求人的态度？"

周韵宁往外面看了一眼，深呼吸一口气："拜托，把你的车借给我。"她停了停，又生硬地补充，"求你了。"

几秒后，言或拿出了车钥匙，放到桌上。周韵宁一把抄起，直接追了出去。

"弟弟，等等我，我跟你一块去！"

江蕤看着言或和周韵宁的互动，只觉得有趣。目送周韵宁离开，她收回视线，看向对面的人："言先生，你和韵宁是在打什么哑谜吗？"

言或重新拿起餐牌，面不改色道："没什么哑谜，江小姐多虑了。"

"是吗？"江蕤拿出手机，打开微博，进入周氏集团的主页，找到江蕤刚才给她看的博文。她晃了晃手机，"那言先生能不能告诉我，你们周氏集团发布的这份声明函是什么意思？"

言或扫了眼手机屏幕，语气平静："不过是例行澄清不实言论而已，周氏集团绝不容忍任何污蔑。"

"哦？"江蕤挑眉。

"可看网络上的舆论，网友们并不是这么想。我也有些不理解，不过是无关要紧的两句话，周总为什么要特意澄清？"

言或迎着她的目光，不紧不慢道："江小姐不要过度脑补，也不要

95

随意揣测周总的意思。那位苏选手的行为，对大赛主办方和赞助商而言，本身就是一种抹黑。"

"这样吗？"江菱问，"那要是换了其他人，周总也会进行澄清吗？"

言或一言不发地看着她。

江菱耐心地等了几秒。

言或轻哂了声："周总的想法，我不敢随便揣测。"

"那我明白了。"江菱笑笑，收起手机，端着水杯喝了口，不着痕迹地转移话题，"小蕤他们还没回来，我们先点餐？"

就在这时，她的手机响了，是江蕤的来电。江菱看了一眼来电显示就接了起来。

"姐，我和周小姐去超市的时候，被狗仔跟踪了。"江蕤的声音略低，带了几分急促，"先回酒店了，你和言大哥不用等我们了。"

江菱："好，那你们注意安全。"

挂了电话，言或问："你弟弟的电话？"

江菱点点头："小蕤说他和韵宁被狗仔跟踪了，先回酒店。"

言或问："要回去看看吗？"

江菱说："不用了，小蕤是成年人，他知道应该怎样处理。"

言或自然没意见。唤来侍应生，两人一起点餐。

江菱点了一份鸡扒，抬头问："言先生，需要红酒吗？"

"不用了。"言或对侍应说，"两杯果汁。"

"好的，两位稍等。"

点完餐，侍应收拾餐牌离开。

江菱问："言先生，为什么不点红酒？"

言或瞥她一眼，言简意赅："江小姐，酒驾违法。"

"可你的车不是借给韵宁了吗？"江菱提醒说，"等会儿，我们估计得要走路或者打车回去了。"

所幸的是，明珠塔距离大赛举行的酒店不远，走路回去不过三十分钟。

言或轻哂一声："不了，我可不想像上次那样，看江小姐醉得不省人事。"

江菱笑笑，没接话。

离开旋转餐厅时，将近晚上九点。从明珠塔离开，必然途经一座广场。夜色深浓，广场里霓虹闪烁。这里靠近郊区，人不是很多。广场里有几个小贩在摆地摊，卖一些小饰品和玩具。小孩踩着发光的滑板鞋，在散步的行人间来来去去。

江菱和言或一前一后地走在路上。正值初秋，夜晚的风带着凉意迎面吹来。江菱出来的时候，还穿着比赛时的礼裙。夜深天冷，她身上的礼裙布料单薄。言或走上前，默不作声地脱下西装外套，披到她的身上。

江菱似是惊讶，回头看向他："言先生？"

言或移开目光："明天还有比赛，当心感冒了。"

"谢谢。"江菱轻声说。

顿了顿，她突然问："大赛结束后，周总有空吗？"

言或动作一顿，看向她，语气讥讽："江小姐眼里就只有周总吗？"

"言先生不是说过，约见周总需要提前预约吗？"江菱反问，"比赛结束后，我就要回去工作了，现在提前预约，有什么不对吗？"

"那见到周总后，江小姐打算怎么做？"言或停下脚步，黑眸暗沉深邃，"无论周总提出什么要求，你都会答应吗？"

"周总会跟我提出什么要求？"江菱似是疑惑，"比如，以身相许吗？"

"以身相许？"言或看她几秒，突然一笑，"周总才不像江小姐这么肤浅。"他的语气除了嘲讽，听不出别的含义。

江菱正要说话，一个卖花的小女孩提着篮子跑了过来："哥哥，买朵花送给姐姐吧。"

言或刚转身，便听江菱说："花我都要了。"

小女孩愣了下，接着眉开眼笑："谢谢姐姐，祝你和哥哥百年好合，长长久久。"

小女孩的花篮里还有十几朵花，但是不贵，三块钱一朵，一篮子才四十多块。江菱直接给了一百，把她的篮子也买了下来。

等小女孩走开，言或目光瞥向江菱手中的花："江小姐买这么多花做什么？"

江菱将手上花篮递了过去："送给你的。"

言或稍怔："送给我？"

江菱笑着说："言先生给我送了这么多回花，我觉得也应该回礼一次。"

言或深深地看她一眼："这还是第一次有人给我送花。"

江菱眼里笑意加深："很荣幸能成为言先生的第一次。"

这句话，似乎饱含深意。言或没说话。他转过身，在旁边卖玩具的地摊上挑了一个十块钱的玩具。付钱后，塞到江菱手上："礼尚往来。"

言或送给她的是一只青蛙玩具。青蛙的背后有一个开关，拧动发条，可以在地上跳动。但青蛙质量很粗糙，颜色上的不均匀，连眼睛也没有。

江菱不解："言先生为什么要送我青蛙？"

"我觉得和江小姐很衬。"言或似笑非笑地看着她，"江小姐不喜欢吗？"

江菱看着手上这只模样丑陋的青蛙玩具，怎么也看不出哪里和她衬。她似是想到什么，微微一笑："言先生这份礼物，我收下了。"

回到酒店，两人在电梯前分别。乘坐电梯返回房间途中，江菱接到了一个电话。同城，陌生的号码，没有备注。江菱毫不犹豫地按了挂断。但不到几秒钟，那个电话又打了过来。江菱没理会，任由手机响着。到了楼层，她走出电梯，刷卡进入房间。铃声响了很久，直到自动挂断。但很快，那个陌生的电话又打了进来。江菱慢悠悠地坐到笔记本电脑前，才按下接听键。

"江菱，你怎么能这样做？！"苏丛溪气急败坏的声音从手机里传出，"你不讲信用！"

江菱略略挑眉，漫不经心说了句："找我有事吗？"

苏丛溪声音怨恨："江菱，我们当初可是签了保密协议的，你这是违约！"

"你到底在说什么？"

苏丛溪气愤道："别装了！那段监控记录，就是你放到网上的吧？"

江菱把玩着手上的青蛙玩具，漫不经心打开网页微博，轻易地在热搜榜上找到苏丛溪所说的东西。

一段监控记录被放到网上。江菱点开视频，是半决赛时临时休息间里的监控。监控里，苏丛溪半倚在沙发上，神态傲慢，正和她的经纪人说着话。

"……让我出手对付江菱。他们还许诺我，事成之后，就让斯特利斯教授收我做徒弟。"

"怕什么？就算周氏那边要找人算账，也只会想到江菱。谁让江菱抢了我的风头，我就要她身败名裂……"

画面一转，是另一个休息间。

"丛溪，你冷静些！"

"冷静？你让我怎么冷静？那个录音是怎么回事？江菱是怎样拿到那个录音？"苏丛溪无所适从，满脸惊慌。

经纪人压低了声音："现在要怎么办？"

苏丛溪沉默地低着头，似是想起什么，猛地抬起头："退赛。你立刻去跟那些记者说，我要退赛。"

"退赛？这的确是一个好办法。"经纪人眼睛一亮，"你这个决定不错，这时候你就该避避风头，等这阵子过了——"

苏丛溪冷笑了声："避什么风头？这不是个好机会吗？江菱以为有录音，我就会妥协了吗？我正好可以利用这次机会，跟记者暗示是江菱逼迫我退赛的。"

经纪人愣住了："丛溪，你——"

这份视频的内容和江菱手上持有的录音大同小异，只不过是高清图像版，后面还多赠送了一个小彩蛋。放视频的不是什么野鸡娱乐营销号，而是由大赛组委会放出来的，正正经经的认证官微。

"曦光杯"组委会 V："有关选手苏丛溪退赛一事，经大赛组委会及主办方调查，确认苏丛溪退赛纯属选手个人行为，与他人无关，本次大赛公平、公正、公开，不存在任何受人逼迫的事实。网络并非法外之地，组委会及主办方绝不容忍任何抹黑的行为，关于网上流传的和大赛相关的不实言论，已交由律师处理。"

江菱看完整个视频，莫名有种以牙还牙的快感。

"苏小姐，说违反约定，先钻漏洞的人不是你吗？"

苏丛溪狡辩："你让我澄清，我澄清了。你让我道歉，我也照办了。后面的采访，分明是记者偷录和乱写的，跟我有什么关系？"

江菱随手关掉网页，合上笔记本，反问："那组委会放的监控录像跟我又有什么关系？"

"你——"苏丛溪像是气疯了，"那你等着收法院的传票吧！"

"随你。"江菱毫不在意，"不过，苏小姐，再容我提醒你一下，当初我们的保密协议上面写的是录音，不是监控录像。就算你拿着协议去法院起诉，你也毫无胜算。"

电话那边的呼吸声愈发急促，苏丛溪气得直发抖。

江菱心情愉悦，抽空给言或发了条晚安的信息，又好心地提醒："苏小姐，如果我是你，现在就该考虑的是怎样回避风头，而不是追究谁的责任。"

"江菱，我是不会——"

江菱懒得再跟她废话，直接撂了电话，并将这个号码拉进黑名单。

言或回复了她刚才的消息。

江菱："言先生，晚安。"

江菱："帮我跟周总说声谢谢。"

小助理："。"

啧，一点也不可爱的小助理。

江菱收起手机，就在这时，房间的门铃响了。她起身走到门前，打开电子猫眼看了眼，才打开门。江蕤拎着一只纸袋，规规矩矩地站在门前，乖巧得像刚放学回家的小学生："姐，我回来了。"

"进来吧。"江菱扫了他一眼，便转头返回屋里。

"韵宁呢？没跟你一起回来？"

江蕤随手关上门，跟在江菱的后头："周小姐去泊车了，让我先把东西拿上来。"来到桌前，他放下纸袋，又邀功似的说，"我们在奶茶店买的饮料，我特意买了你喜欢的芝士桃桃。"

100

江菱坐回电脑前，拿起放在桌上的青蛙玩具。

江蕤从纸袋里拿出一杯饮料，无意中瞄到她手上的青蛙，顿时好奇："咦？姐，你哪来的青蛙玩具？长得好丑——"

江菱捏了捏青蛙的脸，瞥他一眼，漫不经心道："你姐夫送的。"

姐夫？这个词……江蕤迎着江菱似笑非笑的眼神，顿时一个激灵："姐，我错了！"

"嗯？"江菱抬眼瞧他，似是疑惑："你哪里错了？"

江蕤像只小鹌鹑般缩到脚踝，战战兢兢地认错："我，我，我不应该在言大哥和周小姐面前乱喊人，毁你清誉，我下次不敢——"

江菱温柔一笑："不，你没错。"

江蕤却更害怕了。

"姐，我，我刚喝了奶茶，肚子痛。"他转了转眼珠，"借你们洗手间用一下。"找了个借口，江蕤飞快地躲进了洗手间。

"这家伙，胆子这么小。"江菱看着那扇门，有些好笑。

嘀——刷卡的声音响起，房间的门被打开。周韵宁欢快的声音传来："菱菱，我回来了！"她走进屋，关上门，转身跟她说起今天的遭遇，"你不知道那群狗仔多难缠，我费了好大的工夫才把他们甩掉。"

注意到桌上的纸袋，她顿了下："咦，弟弟已经来过了吗？"周韵宁抬头张望几眼，没有发现江蕤，"他回去了？"

江菱用眼神示意："没，在洗手间里。"

"噢。"周韵宁也没在意，在江菱旁边的沙发坐下。

江菱突然问："韵宁，你和你堂哥的关系很不好吗？"

周韵宁愣了下，垂眸道："显然易见的。不过，你怎么突然问起他来？"

江菱问："听言先生说，这一年来周总很少到周氏集团，是真的吗？"

周韵宁默默移开视线，语气带了几分不自然："是啊，他自从上次车祸断了腿后，就很少到公司了。你找他有事？"

江菱点点头："我有事想跟他谈合作。不过既然你和他关系不好，就不勉强你了。"

"你有什么事直接找那个言或就好了。"周韵宁说，"啧，周予言那

101

个怂货，自从车祸断腿后，就躲到了幕后，再也没在公司出现过。集团里的事都扔给言或处理了，你找他和找周予言没什么区别。"

江菱问："听你这么说，周总一年前遭遇的车祸，那不是意外吗？"

周韵宁："那场车祸啊？"她顿了顿，"是来自竞争对手的报复。他平时做事太绝，得罪的人太多，我一点也不意外。"周韵宁又劝说道，"菱菱，你不要被周予言迷惑了。那家伙不是好人。"她说着，偷偷打开了手机，往屏幕上瞄了眼，"你不知道，他双腿断了之后，性格变得更阴鸷，残忍又冷血，视女人如玩具，玩弄完就扔掉，从来没有女人能在他身边待超过半天。那个死变态，还喜欢强迫暗恋他的秘书看他和别的女人在办公室里……"

"你在看什么？"江蕤刚好从洗手间里出来，看见周韵宁捧着手机不知在念什么，有些好奇地走到她身后。

"没。"周韵宁下意识要遮挡手机屏幕。她心底一慌，没拿稳，手机从她手上滑落，掉到沙发上。江菱刚好瞥见手机屏幕上的内容，是绿江 APP 的界面。

与此同时，江蕤也念出了上面的书名："残疾总裁的……七日卖身情人？"他惊呆，"这什么玩意儿？"

场面一度十分尴尬，周韵宁尴尬得脚趾都快抠出三室一厅。偏偏江蕤还惊讶地问："周小姐，这是你写的小说吗？"

"当，当然不是！"周韵宁捂住手机，极力否认，"我就是不小心点开了这本小说。"

江蕤抬头："可是'宁宁不屈'……这作者的笔名和你的名字好像啊。"

高中的时候，周韵宁沉迷网络小说，偷偷摸摸在绿江上注册了个账号，以总是压迫她的堂哥周予言为原型，写了一篇小说。但她这人没什么毅力，小说只写了个开头就弃坑了。

"这绝对只是巧合！"周韵宁偷瞄了江菱一眼，迅速收起手机，又强行转移话题，"弟弟，你能不能帮我一个忙？"

江蕤注意力被转走："什么忙？"

周韵宁："你跟言或关系挺不错的，对吧？"

102

江蕤下意识点了下头，疑惑："怎么了？"

周韵宁将一把车钥匙塞到他手中，说："你过去他的房间，帮我把车钥匙还给他，可以吗？"

江蕤愣了下："可以是可以，只不过——"

"那就行。"周韵宁不由分说，握住他的肩膀将他转了个身，推着他往外面走，又笑眯眯地说，"这么晚了，我一个女生去敲他的门也不方便。"

"哎？等等……"

周韵宁说："他的房间就在最顶层，最顶层只有一个房间，你直接上去就行。这事就拜托你了，送完钥匙早点回去休息，晚安啦。"一口气说完，她关上门，又干脆利落地上了锁。

周韵宁转身返回屋里，长长地舒了口气。坐回到沙发上，她看向江蓤："蓤蓤，我总算知道你为什么要喊你弟弟'傻狍子'了。"说到这，她又叹了口气，"他这么傻，万一以后被人卖了怎么办？"

江蓤笑了下，没说话。

周韵宁："刚刚我们说到哪里了？对了……"扯回正题，她小心翼翼地瞄江蓤一眼，语气带了点不自然，"周予言那……我就是举个例子，只是例子，你明白吧？"

江蓤笑了笑，从善如流："我明白的。"

"你明白就好。"周韵宁松了口气，"我就是想告诉你，周予言那家伙不是什么好人。"

不知想到什么，她又赶紧补充："还有，那个言或也是。"

"嗯？"江蓤似是疑惑，"言先生有什么问题吗？"

"周予言不是好人，那个言或更不是什么好人。"周韵宁煞有介事地说，"周予言每次玩弄完抛弃的女人，都是他负责接盘的。"

"还能这样？"江蓤惊讶。

周韵宁语气十分肯定："对啊！你也很意外对吧？"

江蓤有些不解："可言先生不就是周总的助理吗？"

"他就是……那种什么都管的助理。"周韵宁转着眼珠，接着说，"你也知道吧，周予言把所有事情都扔给言或处理，不仅是工作上的，还有生活上的，就连女人也是……你要是男人，怀里有个大美女，你

103

还能坐怀不乱不成？反正就，他们之间的关系可乱得很，你说荒唐不荒唐？我能看出那个言或对你绝对不安好心。你不知道，昨天你喝醉后，他还——"意识到自己说漏嘴，她连忙住了口。

江菱面露疑惑，追问："我昨天喝醉后怎么了？"

"没什么了，反正你要小心。"周韵宁掩饰般地说，顿了顿，"你要找他合作，就公事公办好了，千万别和他谈感情，也不要给他任何机会。和他接触的时候也要小心，特别是单独相处的时候。知道吗？"

"我知道了。"江菱思索几秒，应了下来。

"你知道就好。"周韵宁点点头，又岔开话题，"有点热，刚刚出了一身汗，我先去洗澡了。"

她站起身，进了屋。江菱拿起桌上的芝士桃桃饮料，插上吸管喝了一口。她微微眯眼，还挺甜的。

被关到门外，江蕤仍有些回不过神。他握着车钥匙站在门口，过了好一会儿，才缓缓转过身，向电梯间走去。

江蕤乘坐电梯来到顶层，很轻易就找到了言或的房间——顶层是总统套房，整一层只有一个房间。来到门前，他按响门铃。不一会儿，门开了，言或出现在门口。没等他说话，江蕤已经率先把车钥匙递过去，并说明来意："言大哥，很抱歉这么晚来打扰你，我是帮周小姐来还你车钥匙。"

言或收下钥匙，似是随意地问了一句："从你姐姐那里过来的？"

江蕤点点头："是呀。"

言或问："你姐姐有交代什么话吗？"

"我姐她——"不知想到了什么，江蕤下意识压低了声音，语气也变得小心翼翼，"我姐刚刚好像很生气的样子。言大哥，你说我会不会见不到明天的太阳了？"

言或："发生了什么事？"

"就是，就是，"江蕤支支吾吾半晌，说出了事情的经过，"我刚刚去找我姐，看到她在玩一个青蛙玩具，我就随口问了句，那是谁给她的。"

回想刚才的情形，他一脸后怕："可是，可是我姐居然说是'你姐夫送的'"。

"哦？"言或稍稍一顿，重复他的话，"姐夫？"

"是啊。"江蕤没注意到他神色的微妙变化，接着往下说，"而且，她说这句话的时候，居然是笑着的。你不知道，她那个笑容，就是，从小到大我每次看见她那个笑容，我就知道我肯定要完蛋了，回家又要挨揍了那种。她一定是超级生气的。"

他顿了顿："我就赶紧和她道歉，说我错了，但是你知道她怎么说吗？"

言或不动声色，顺着他的话问："她怎么说的？"

江蕤下意识往身后张望一眼，才说："她说，'你没错'。"

听到这，言或笑了下。

"言大哥，这可怎么办？"江蕤向他投去求助的眼神，"你帮我分析一下，我姐那话是什么意思，我明天是不是要完蛋了？"

言或收敛了笑意，语气淡然："没事，明天我帮你跟她说说情，她应该不会怪你的。"

"真的吗？"江蕤喜出望外。

言或面不改色："嗯，真的。"

江蕤顿时感激涕零："谢谢，言大哥你真是好人！"

"不用客气。"就在这时，言或的手机响了下。

江蕤回过神，连忙说："时间不早了，那我先回去了，言大哥晚安。"

"好，慢走。"

直到走进电梯，江蕤突然意识到有什么地方不对："姐姐那声姐夫，说的不就是……糟了，忘记跟言大哥道歉了。"

江菱捧着那杯芝士桃桃回到房间，放好水，她拿了换洗的衣服进浴室泡澡。浴室水汽氤氲，江菱躺在浴缸里，捧着手机给言或发信息。

周韵宁说的话虽然不太靠谱，但是倒是给了她新的灵感。她打开手机搜索引擎，在上面搜了一堆霸道总裁类型的小说文案，一一复制粘贴，给言或发了过去。

江菱："他是纵横商界的霸总，也是她最爱的人，却被他亲手送进监狱，只因为亲姐姐的陷害。五年后，她从狱中出来，以为从此解脱，却没想到迎来的是他更疯狂的报复……"

江菱："他是地产大亨，他娶她，不过是将她当成白月光的替身，他不爱她，还万般折磨她，强迫她看他和别的女人在他们的婚床上欢愉。她和白月光同时被绑架，只能活一个。他毫不犹豫：'救白月光！'她终于心死……"

江菱："他设下温柔陷阱，将她网入其中。当她深陷时，才发现原来只是一场惊天骗局。他骗她签下的婚书竟然是捐赠遗体协议，只为了她的心脏和肾，去拯救他最爱的人……"

小助理："？"

江菱没理会，接着发："他是商界新贵，他宠她如命，将她捧在手心，她一直以为自己是最幸福的女人。直到她家破人亡，父亲跳楼自杀，她发现他每天下在牛奶里的避孕药……这场温柔骗局最终揭穿，原来她只是用来对付父亲集团的工具……"

江菱："他是双腿残疾、性情阴鸷、手段残忍的霸道总裁，他却视女人如玩物，他强迫她成为自己的情人，只是为了羞辱她……"

小助理："江小姐，你是被盗号了吗？"

江菱喝了口饮料，放下纸杯，回复他的信息："没有被盗号，我只是想更深入地了解周总的事情。"

一分钟后，言或回复。

小助理："那你给我发这些东西跟了解周总有什么关系？"

江菱："我在很认真地了解周总的为人呢。"

江菱："言先生，你在周总身边这么久，对周总的为人应该很了解吧？"

江菱："你觉得我发的这些类型的总裁，哪个更符合周总的人设？"

小助理："江小姐，晚上少看这些无聊的东西，影响智商。"

江菱还没回复，他又发了句。

小助理："而且在你心中，周总就是这样的设定吗？"

江菱笑了下，慢悠悠地发了个微笑表情："不然会是怎样的设定？"

106

言或沉默了。江菱以为，他不会再理会。但破天荒地，言或又回了一句。

小助理："那你喜欢哪种类型？"

江菱动作稍顿，慢慢地笑了。

江菱："喜欢像言先生这样的。"

小助理："我知道了。"

江菱略略挑眉。嗯？小助理知道了什么？

她咬了咬吸管，放下手中的纸杯，慢悠悠地打字，然后发送。

江菱："言先生，你知道什么了？"

这一次，言或没再回答。她耐心地等了几分钟，对话框依然纹丝不动。

江菱："我来猜猜。"

江菱："是我猜对了周总的人设？"

言或："你又喝酒了？"

江菱随手发了个笑脸表情。

江菱："放心，我不会告诉别人的。"

小助理："早点睡。"

小助理："别看无聊的小说了，影响智商。"

小助理："晚安。"

一句"晚安"强行结束了这段对话，江菱也不气恼。难得言或一次性发了这么多条消息，她轻笑了下，把手机放到一旁，没再给他发消息。

水温渐凉，澡也泡得差不多了。江菱起身，扯过一旁的浴巾裹住身体，走出浴室。

躺到床上，江菱打开备忘录，敲键盘。

"9月22日，小助理……"

不知想到什么，她又停下来，删掉刚才写下的内容，关掉备忘录，随意地把手机扔到一旁。

今天的小助理有点奇怪，她是不是忽略了什么？

一夜无梦。但第二天，江菱却不是自然醒来的。一大早，江菱的

107

房门就被周韵宁敲响。

"菱菱，不好了。"周韵宁急匆匆地跑进来。

"嗯？发生了什么事？"刚醒的那几秒，江菱的意识还有些不清晰，直到周韵宁将手机塞进她手里。

周韵宁满脸着急："我和你，还有弟弟都上热搜了！"

不过才过了一个晚上，江菱再度上了热搜，连同江蕤一起。

"青年小提琴家江菱宣布告别音乐界。"

热搜上和她相关的，是她昨天赛后向记者宣布退圈的消息，和江蕤的热搜比起来，显得微不足道。只不过随手刷新了下，就被淹没在和江蕤相关的消息里。

昨晚江蕤和周韵宁出去超市买饮料的那一小会儿，就被狗仔拍了个正着。消息是由微博上知名狗仔团队咕咕鸡工作室曝光的，拍摄的地点分别是地下停车场、超市、路边奶茶店和酒店入口。

江蕤和周韵宁从明珠塔出来，江蕤坐上副驾驶座，周韵宁推着一车的婴儿用品而江蕤走在她身侧，周韵宁伸手去拿货架上的婴儿用品，两人挨在一起说话，两人走在停车场，两人一起排队买奶茶，车开进酒店。

一共九张照片，排成九宫格。照片虽然是偷拍的角度拍的，但是能无比清晰地认出照片里的男生是江蕤。一同入镜的，除了两人，还有言或的车。狗仔给周韵宁和车牌号打了码。

咕咕鸡工作室还很嚣张地表示："先发一波照片，不够还有视频。"

"江蕤深夜豪车约会地下女友。"

"江蕤疑被富婆包养。"

"爆！DB11少年团C位江蕤隐婚生女！"

江蕤作为《元气青春偶像养成》C位出道的男团偶像，人气一直居高不下。这次"隐婚生女"的消息传出，微博一度瘫痪，热搜几乎被他隐婚生女的消息占满。

瑞士糖们一开始并不相信营销号发布的消息，纷纷跑去经纪公司微博下询问，但经纪公司始终一言不发。

而这时，江蕤同团的队友用小号发了一条微博："不敢相信，吃瓜吃到自己队友身上。"虽然只发了十几秒就删除了，但还是被有心人截图了，似乎更坐实了"隐婚生女"的谣言。

"什么垃圾玩意儿，居然造谣本小姐和弟弟隐婚生女？还说本小姐又老又丑？那群垃圾狗仔！"看着营销号下的评论，周韵宁简直要被气炸了。

江蕤冷汗直冒，默默后退了一步，看向言彧："言大哥，你怎么也来了？"

昨晚的四人又齐聚在 1221 室。

周韵宁冷静了些，瞥他一眼说："是我叫他过来的。昨天是他开的车，出了事，他不要负责吗？"

言彧冷笑了声："我开的车？"

周韵宁被他看得心虚，默默移开了视线："这……我不管，反正是你的车，这事你得负——"

言彧冷淡地打断："我今天过来，不是为了这件事。"

周韵宁一愣："那是为了什么？"

言彧看向了江蕤。江蕤默不作声地看完全部内容，抬头看向他："言先生今天也看到热搜了。"

言彧略略点头，目光转向江蕤："咕咕鸡工作室并不在大赛主办方的邀请之列。昨晚出去吃饭只是临时起意，那些狗仔为什么会知道这件事，甚至对你的行程了如指掌？"

他的分析一针见血。江蕤愣住。

江蕤问："你出去的事有告诉过别人吗？"

江蕤点了下头："我只告诉了经纪人和队友。我想着离团出去吃饭，总要告诉他们一声吧？"

周韵宁也反应过来，十分诧异："等等，言彧，你的意思是，是弟弟的经纪人或者队友跟记者出卖他的行踪？可他们不是一个团的吗？为什么要这么做？"

言彧没理会他，目光笔直地看着江蕤："身为男团的 C 位却要大热天一个人在酒店门口吃廉价饭盒。被经纪人忽视、被队友排挤、背后插刀，一直以来你就没发现问题吗？"

周韵宁听得目瞪口呆："他说的是真的吗？"

江蕤默了默，苦笑了下："我知道，我能察觉到他们不喜欢我。不过，每个新人不是都这样过来的吗？"

"你受了委屈，怎么也不说出来？"周韵宁顿时心疼。

江蕤说："我也是后来才知道的，我参加那个节目原本 C 位内定了林浩然，结果却是我。团队里所有人都认为是我抢了他的 C 位。"

周韵宁呵呵冷笑："林浩然？就那个在节目里跳舞不行，唱歌也跑调的家伙？他也配？要是让他 C 位了，才是真正的走后门吧？"

江蓑问："那你接下来有什么打算？"

江蕤说："我本来也没想过要出道，不如就直接解约了吧？"

"不行，那岂不是坐实了隐婚生女的谣言？"周韵宁不假思索，"要是就这样解决，你会一辈子带着这个污点的。"

江蕤愣了下："可是……"

"周小姐说的话有一定道理。"言或难得认同周韵宁，顿了顿，又问，"你的经纪公司是晨星娱乐吧？"

江蕤点点头。

言或问："有考虑过单飞吗？"

"单飞？"江蕤怔了下，"但以我目前的条件，公司未必会答应。"

言或说："晨星娱乐的 CEO，我还挺熟悉的。换经纪人很容易，不过是打声招呼的事情。但后面的路要怎么走，还是要看你。"说着，他递过来一张名片。

江蕤下意识接过："这是？"

"这是我一位制片人朋友，他目前在筹备的一个新剧，曾经让我推荐合适的演员。这是他的名片，你可以联系他试试。"言或顿了顿，"但我只是给你提供一个试镜的机会，至于能不能拿下角色，得靠你自己。"

江蕤握着名片，感动不已："我明白了，谢谢言大哥，我一定不会让你失望的！"他郑重地向言或道谢，"那我先回去处理谣言的事情了。"

等江蕤离开，周韵宁逐渐拉回飘远的思绪，有些诧异地看向言或："喂，言或！"

她压低声音："这位制片人是……难道你说的那部剧是《你似野火燎原》？！"

《你似野火燎原》由高人气小说改编而成，还未开拍便已有相当高的讨论热度。

周韵宁小声地说："我记得《你似野火燎原》那部剧的男主角是高冷人设吧？"她有点怀疑，"弟弟真的行吗？"

言彧扫她一眼，语气冷漠："周小姐，我觉得你还是想想怎么处理网上的热搜吧。要是让你的父亲看见，那就不止卡被冻结这么简单了。"

周韵宁愣住了，才反应过来："可恶！这造谣造到本小姐头上了，看我怎么收拾那群垃圾狗仔！"她也跟在江蕤后面，十万火急地离开了房间。

门关上，落下片刻的安静。

江蕤看着站在屋里纹丝未动的言彧，缓缓开口："言先生不回去吗？还有事？"

言彧回头："江小姐，听你弟弟说，你昨天生气了？"

"嗯？"江蕤有些疑惑，"我昨天有生气吗？言先生为什么会这么说？"

言彧迎着她的目光，说："我昨天答应了你弟弟，要来帮他来说情。"

"说情？"

言彧顿了顿，缓慢道："你弟弟告诉我，你昨天跟他说了一些话，让他觉得你生他的气了。"

"嗯？有吗？我跟他说了什么？可能只是随口说的，记不清了。"江蕤用手背支着下巴，似笑非笑地看着他，"言先生，你可以复述一遍吗？"

言彧却走上前，直接把手搁到她的额头上。

"言先生？"温暖的触感突然袭来，江蕤怔住，"你这是做——"

等她反应过来时，言彧已经收回手。他在对面的沙发上坐下，看她的眼神耐人寻味："我昨天就已经说过了，看那些无聊的小说会影响智商，江小姐为什么就是不信？"

"言先生，这就是你帮人说情的方式？"

江蕤调整了坐姿，脸上的笑容不减反增："我怎么觉得你是来嘲讽

111

我的？"

言或轻轻地笑了一下："大概是江小姐的错觉，这是我真诚的建议。"

"错觉？"江菱拿过一旁的豆浆，摆弄着杯里的吸管，轻描淡写地转移了话题，"热搜的事，言先生不打算管吗？"

言或说："就让周小姐去处理吧。"他顿了顿，语气带了几分嘲讽，"要是连这点事也解决不了，也未免太没用了。江小姐也可以重新考虑，要不要聘用她。"

江菱微笑："那估计要让言先生失望了。"

"是吗？"言或轻哂了声，不置可否，"那就看看最后的结果如何。"

经过三天两夜的赛程，"曦光杯"总决赛落下了帷幕。一同媒体的预测，江菱最终获得了本届大赛的冠军。颁奖典礼结束后，主办方安排了晚宴。

宴会厅人头攒动，觥筹交错。江菱作为大赛的冠军得主，自然备受瞩目。晚宴开始后，不断有人过来祝贺。江菱应付走一波人，趁着暂无人注意的空隙，来到宴会厅外的露台透气。这场晚宴其实已接近尾声，夜风微凉，吹散了纷杂的思绪。她刻意避开众人的视线，但还是被人注意到了踪迹。

"江小姐，祝贺你获得冠军。"一位西装革履的男士举着红酒杯来到露台。

江菱礼貌地道谢："谢谢。"

男士说："江小姐明天有空吗？不知能否赏脸一起吃个饭？"

江菱正要回答，目光忽然越过他，看向了露台的入口，像是看到了什么，随后歉然地说："抱歉，我朋友来了，先失陪。"

男士回头，看到迎面走来的言或，露出遗憾的表情。他很有风度地朝江菱点点头，返回到宴会厅里。

江菱朝他微微一笑："言先生，谢谢你帮我解围。"

言或走到她身旁，停下脚步，望着前方："既然不喜欢应酬，为什么还要勉强自己？"

江菱转头看向他，微凉的夜风吹进来，拂起她的发丝。她笑容明媚："毕竟我是大赛的冠军，如果拒绝，别人会觉得我故作高冷。"

言彧的声音仿佛沾染了几分夜的冷意："别人的看法就那么重要吗？"

江菱迎着他的视线，反问："对我而言，难道不重要吗？"

半晌，言彧收回目光，淡淡道："今天恭喜了。"

"谢谢。"江菱弯起眉眼，收下祝福。

她停顿几秒，又话锋一转："不过，言先生的祝贺就只有一句话吗？"

言彧挑眉："那你还想要什么？"

"比如，"江菱搂上他的肩膀，向他靠近，似是不经意地擦过他的唇角，"像这样的礼物？"

在她要后退的那一瞬间，言彧伸手箍住她的腰肢，不让她退开。

"这样就满足了？"他偏头，压低声音，"我以为你会趁机要求见周总。"

"嗯？"江菱似是意外，"那我要是提出见周总，言先生会答应吗？"

咔嚓。言彧敏锐地捕捉一道细微的声音，一抬头，什么从眼前一闪而过。

"言先生？"江菱似是疑惑。

他不动声色收回视线，松开了她，轻嘲道："江小姐何必明知故问？"

江菱笑笑，说："其实我还有个请求。"

言彧挑眉："什么请求？"

江菱说："我经纪人有事先走了，一会儿介意我蹭你的车回去吗？"

言彧轻抬眉梢："如果我说介意，你会不蹭吗？"

江菱笑盈盈地问："言先生觉得呢？"

言彧收回视线，抬步向宴会厅里走："走吧。"

江菱微微勾了下唇，跟上他的脚步。

跟他去取车的路上，她又说："我记得，言先生好像还欠我一个约会？"

言或瞥她一眼："我怎么不记得有这件事？"

"这样吗？"江菱垂眸，"既然言先生不记得，那就算了。"江菱又抬头，"不过，言先生，我有个问题想请教你。"

言或收敛了目光，问："什么问题？"

江菱说："有些事情，我很想去做，但是却因为一些原因，一直犹豫着要不要去完成。"

"想做什么就去做。"言或顿了顿，"至少不要让自己后悔。"

"这样吗？"江菱似是在思索，"也对。"

她看向言或，感激地向他道谢："我明白了，谢谢你，言先生。"

言或扫她一眼，只扔下言简意赅的两个字："上车。"

上车后，言或似乎没有再跟她交流的意思。江菱坐在副驾驶座上，也没再说话。

她一路都在刷网页新闻，直到车上了环城高速，她似是想起什么缓缓开口："昨天的事，言先生帮我跟周总道谢了吗？"

言或直视前方："谢意周总收到了，但是如果江小姐要提见面，那就免了。"一句话将她的意图全堵死了。

江菱顿了顿，立刻转换方向："言先生，我记得我告诉过你，我要见周总并不是别有所图，只是要找他合作。"

言或用余光瞥她一眼，冷笑了声："合作，但听江小姐的意思，不像是要谈合作的样子。"

江菱故作不解："哪里不像了？"

言或说："江小姐，需要我提醒你吗？难道你忘了，昨天发给我的那些小说片段吗？"

他顿了顿："如果让周总看见，你认为他对你的印象会变成怎样？"

"这和合作有关系吗？"

言或语气讥讽，"江小姐口口声声说要合作，但是到目前为止，我连一份合作意向书也没看见，这就是江小姐合作的诚意吗？"

江菱说："我不太清楚周氏集团的流程，那言先生总要告诉我合作的流程该怎样走吧？"

言或用公事公办的语气说："需要合作，可以直接联系集团对应的部门，官网都有负责人的联系电话和邮箱。"

江菱问："那我做好了计划书，直接微信发你可以吗？"

言或态度冷淡："江小姐，我平时很忙。如果谁都像你这样，都直接把文件扔到我这里，不按工作流程做事，那么整个集团也没有必要存在了。"

"所以，我走后门也不行吗？"江菱问，"以我们的关系。"

言或轻哂了声，反问："我们有什么关系？"

江菱故作不解："不是朋友吗？"

"朋友。"言或重复她的定义，声音略冷，"我和江小姐不是朋友。"

"是吗？不是朋友？"

江菱重复他的话。

"后天晚上，我有空。"言或突然说。

车开始减速，停在路边。

"嗯？"

江菱还没弄明白他这句话的意思，言或已经拉下手刹，说："到了，你该下车了。"

他又补充："项目组负责人的邮箱地址，我回去之后会发你。"

江菱："我明白了，那今天……"

就在这时，言或的手机响了。他随手拿起，按下接听。电话接通时，他却误触了免提。一个男声很清晰地在车厢里响起——"周总，下周的高层会议很重要，请您务必出席。"

言或顿了顿，但面不改色地回答："知道了，这事我会向周总转达的。"

对方反应过来："好的，拜托你了，言助理。"

江菱将他们的对话一字不漏听进耳中，等他挂了电话，便问："言先生，周总下周会到公司？"

言或将手机扔回扶手箱："这是周总的隐私，无可奉告。"

江菱仿若未闻，接着问："那我可以去找他吗？"

言或看着她，眼神饱含深意："你当然可以来，但我丑话说在前面，周总不一定会见你。"

江菱笑笑："好，那我知道了。"

言或问："你知道什么了？"

115

这对话似曾相识。江菱没回答。她解开身上的安全带，向驾驶座一侧凑了过去，轻吻他的唇。

言或身形一顿，一瞬间眸色沉下，黑眸宛如深渊："你做什么？"

江菱浅笑盈盈："言先生之前不是跟我说想做什么就去做吗？"

"我就是突然想，这样……做。"她刻意压低了声音。

这番话形同挑衅。

啪咔，安全带解开的声音在车内响起。言或已向她倾身过来。车内空间狭窄，她被他严丝密缝地覆住了。他搂住她的腰，低头吻住了她。温暖的触感落到唇上，这一刻，车里的声音全然消失。江菱轻轻勾唇，搂住他的肩膀，回应了这个吻。

言或声音压得很低："你接近我是为了周总，还是为了什么？"

江菱捧着他的脸，笑着说："我不是告诉过你答案了吗？"

她顿了顿："为了周总，也为了你。"

言或与她对视片刻，缓慢地松开了她，哑着嗓音说："江菱，你可真贪心。"

江菱语气肯定："我没有。既然言先生不明白，那就算了。"她倾身过去，在他耳边轻声说，"就算言先生一直阻止我，我也不会放弃见周总的。"

"无论什么结局？"言或语气平静，"残疾总裁的卖身情人？"他面无表情地念出这个令人羞耻的书名，最后一个字的音调稍稍上提。

江菱从容地退回到副驾驶座，朝他粲然一笑："下周见。"没等他说话，她已经打开车门，利落下车。

江菱拖着行李箱走向小区，将要进门时，她回头往车离开的方向看了眼。相比"残疾总裁的卖身情人"，她更喜欢"霸道总裁的小助理"。她弯了弯唇角，目光缓缓扫向手机屏幕。也不知道，江绍钧看到今天的热搜……了吗？

夜色浓稠，如同化不开的墨汁。有风吹来，树叶沙沙作响，昏黄的灯影下，树影婆娑。隔着车窗，看着江菱渐行渐远的身影，有不明的情绪沉入言或的眼底。一片静默中，他忽地轻笑。

合作？答案？那朵狡猾的小玫瑰，嘴里就没句真话。

等江菱的身影消失在小区入口，言或才开车离开。车开出居民区，驶进公路。灯光霓虹、各色光影在玻璃窗上流动而过。深夜时分，路上车流稀少。道路宽阔，两旁的居民楼林立，窗口间隔亮着。商铺也开始打烊，人行道显得冷清，偶尔有几个行人经过。

停在红绿灯路口时，扶手箱的手机再次响了起来。来电显示是"刘助理"。言或戴上蓝牙耳机，按下接听。

"言……助理。"刘助理声音犹豫。

言或淡声说："现在可以直接说了。"

刘助理压低声音说："周总，我刚得到消息，您和江小姐在'曦光杯'的晚宴上被记者偷拍了。"

"偷拍？"言或稍顿。

刘助理却误解了他的意思，连忙解释："是您和江小姐的……亲密照。"

他又追问："记者好像要曝光那些照片，这事需要压下去吗？"

言或回神，看着车窗上流动的霓虹光影，声音极淡："不用了。"

江菱回到公寓，一进门就听见周韵宁中气十足的声音从客厅里传出。

"告！造谣的营销号全都给我告了！造谣造得这么爽，五百转发都能入刑……"她一手拿着手机，一手握着遥控器在按，"对，不要名誉侵权，要以诽谤起诉。总之，他们要玩，本小姐就奉陪到底！"

似是听到门口的动静。挂了电话，她抬起头，看向江菱："菱菱，这么晚了，你怎么不待到明天再回来？"她有些疑惑。

江菱说："刚好有顺风车，就回来了。"

"是沈姐……不对啊，沈姐不是有事先走了吗？那是谁送你回来的？"

话音刚落，周韵宁突然想到一个人，心里顿时生出不好的预感："不会是……"

而江菱的下一句话，就证实了她的想法。

"言先生见我一个人，好心送我回来的。"

"又是言或？"周韵宁脸色僵了一瞬，她扭过头，小声嘀咕，"什么玩意儿？这里哪里顺路了？周……言或那家伙好心？我看他不安好心才对。"

江菱疑惑："韵宁，你在说什么？"

"啊，没，没什么。"周韵宁僵了一僵，连忙抬起头，朝她笑了两声，又转移话题，"对了，你今天不回江家那边，没问题吗？"

江菱笑了笑："没关系，我已经打过招呼了，明天再回去。"

就在这时，她的手机突然响了。她低头看了眼来电显示，按了静音，又对周韵宁说："我先去洗澡了。很晚了，你也早点睡。"

周韵宁将旁边的抱枕搂进怀里，连连点头道："嗯嗯，我看完这集马上睡。"

回到房间，江菱关上门，按下接听键。

"江小姐。"一个刻意用变声软件修饰过的声音传出。

江菱说："说吧，现在很安全。"

那个声音说："我已经按照你的吩咐，拍了那些照片。"

江菱唇边的笑意扩大了些："很好，等会儿我就把尾款打到你账上，照片就按原计划发布出去。"

"真的要发出去吗？"那个声音犹豫，"万一周氏集团那边……"

"不会。"江菱打断，语气笃定，"出了什么事，你就直接把我供出去好了，一切由我来担责。"

对方犹豫几秒，说："好的，我知道了。"

挂了电话，才发现在一分钟前，言或刚发来新的微信消息。她点开。言或发送来的是一个邮箱地址，邮箱后缀是 @zsjt.xxx.com，能直观地看出这是周氏集团内部邮箱。江菱略略挑眉，随手复制了那个邮箱地址，直接粘贴到搜索引擎，搜索，结果直接指引到周氏集团的官网——言或给她的竟然是周氏集团官网的客服邮箱。真是太敷衍了。江菱"啧"了声，关掉网页。

她回到微信，给言或发了一个笑脸表情。

江菱："言先生，我的谢礼就只值一个官网邮箱吗？"

几分钟后，她收到了回复。

小助理："不然呢？"

江菱在心底冷嘲了声，回复："好的，我知道了。"

江菱："我一定会依照言先生的嘱咐，把合作案发送到这个邮箱的。"

言或没有再回复。退出微信，江菱打开备忘录，写下今天的记录。"9月23日，今天是特别敷衍的小助理。大概……是欲求不满？"

"曦光杯"比赛结束时，已经接近一周工作日的尾声。电梯到达顶层，江菱打卡，来到座位，又开始了枯燥无聊的一天。几天没来，童佳瑶倒没给她分配新的任务。今天周五，同事们回到公司后，都开始做本周的工作总结。

江菱成了总助办公室里最闲的人，她看了眼空空如也的桌面，起身去茶水间泡了杯咖啡。返回座位后，她打开电脑，刷起了微博。两天过去，江菱的大名依然高挂在热搜榜上，只不过热搜词条已经换了一批。

"江蕤辟谣。"

"江蕤否认隐婚生女。"

"咕咕鸡工作室被起诉。"

DB11少年团 – 江蕤 V："没谈恋爱，没女友，没隐婚生女。不要造谣。"下面，他晒出了当天的超市购物单，并没有任何婴儿用品。

首先出来辟谣的竟然是江蕤本人，这实在令人费解。在集火咕咕鸡工作室和营销号的同时，瑞士糖们又分出一部分火力，骂起经纪公司不做人来了。

在江蕤的澄清发布了一小时后，晨星娱乐的澄清声明终于姗姗来迟。和以往的澄清声明一样，内容十分公式化，最后一句则是交由律师处理云云，一看就不走心。微博上各方混战，一时乱成一团。

不管网络世界的腥风血雨，江菱拿起桌上的手机。她打开信息列表，里面有一条来自陌生号码的未读消息。

匿名信息："尾款已收到。江小姐，那些照片什么时候可以发？"

她回复："再等等，现在还不是时机。"

回复完毕，她直接删除消息。

这时，童佳瑶走过来，将一份文件交给江菱。

"江总让你整理好这份材料，并在中午前送到他的办公室。"

"好，我知道了。"

江菱花了一小时，整理好手上的材料。即将装订文件，她的动作略迟疑。接着又拿起随身携带的文件夹，从里面取出一张纸，夹进了文件中。做完这一切，她起身，将整理好的材料送进江绍钧的办公室。

但材料送过去不到半小时，童佳瑶再次走来，唤她："江菱，江总让你到他的办公室一趟。"

"好，我这就过去。"江菱放下手上的文件，走向江绍钧的办公室。

她敲门进去，发现办公室里除了江绍钧外，还有另一个人——方嘉铭。

方嘉铭："江总，我目前负责的这个并购项目很重要，现在投资部急缺人手的时候，真的不能将童秘书借给我吗？"

江绍钧笑笑说："不，方总，我心里有一个比童秘书更适合的人选。"

江菱敛眸，走了上前："江总，您找我有事吗？"

"江菱，你来了。你上次不是跟我说，想跟项目积累经验吗？"江绍钧抬起头，和颜悦色地对她说，"我仔细思考过，决定让你去投资部，以后你就跟在方总手下好好学习。"

江菱稍怔："可是江总，我想去的是项目部——"

江绍钧声音略冷："项目部那里，我实话跟你说，那边我确实不好安排。方总是自己人，你跟着他，也能学到不少东西。"

江菱犹豫几秒，点头说："好，我明白了，谢谢江总。"

江绍钧脸色稍缓："方总，那江菱就拜托你了，这没问题吧？"

方嘉铭笑笑说："既然是江总推荐的人，那自然是值得信任的。"

他又对江菱说："跟我来吧，我先带你熟悉一下投资部的流程。"

"江总，那我们先出去了。"

"去吧。"江绍钧点头。

江绍钧看两人出了办公室，从抽屉里拿出一份文件，翻开，从里面抽出一页纸。他紧紧盯着那份文件，脸色微沉。

江菱跟在方嘉铭身后，进入电梯。总裁办公室这层鲜有人上来，电梯里只有他们两人。

电梯门关上，方嘉铭看向江菱："你是怎么猜到，江总一定会将你调到投资部？"

江菱瞥了眼电梯的监控，直视向前方，用只有两人能听见的声音说："我故意让他看到那份文件，他肯定察觉我在总助办公室里搞的

120

小动作，所以会想着尽快把我调走。"

"找信任的人监视我，是最好的办法。"

方嘉铭挑眉："那为什么不是那位陈颖陈总？"

江菱笑笑："他也不想让我抓住他的把柄，对不？"

方嘉铭笑一笑，抬手看了眼腕表："快到中午了，等会儿一起去吃个饭？明天早上，我们再去海铭集团。"

"好。"江菱自然没什么意见。

江绍钧虽然是江氏集团的总裁，但也只能制定集团决策，无法事无巨细地管理到每一个方面。江氏集团内部有成熟的运作模式，就比如，职位的晋升。集团有着规范的职位晋升流程，只要调了部门，那边的事务就不是江绍钧能够轻易插手的了。

电梯到了他们要去的楼层。门打开，方嘉铭收回目光，神色转回平淡："走吧。"

中午时分，CBD 附近人流如织。到了餐厅，点了餐，江菱拿出手机，打开跟言或的聊天框，点了定位发送。

一分钟后，她撤回。

小助理："？"

江菱慢悠悠地回复："抱歉，点错了。"

江菱："对了，言先生，明天晚上，我有可能没法赴约了。"

江菱："我今天被调到投资部了，最近这段时间有大项目要跟。"

江菱："这两天要外出谈业务。"

小助理："周六也要加班？"

江菱："对啊，这个项目很重要。"

江菱："快到中午了，我先去餐厅吃饭，有空再聊。"

"江学妹？"

江菱回神，抬头："抱歉，刚给人发信息呢。"

方嘉铭问："男朋友吗？"

江菱笑笑："还不算是。"

用过午餐，两人离开餐厅。前往取车的路上江菱一直在看手机，没有留意路面的情况，不小心踩中了一颗石子，脚下一个趔趄。

121

"当心。"方嘉铭赶紧扶住她。

江菱才站稳脚步:"谢谢。"

"没事吧?"

江菱摇摇头:"没事。"

方嘉铭说:"那我们走吧。"

在另一边,刘助理惊讶:"那不是江小姐吗?"

言或顿步,直视着前面一幕的眼睛不见任何情绪。从他们的角度看,不远处的两人姿态亲密。方嘉铭握着江菱的肩膀,护着她走向停车的地方。

江菱稍稍抬头,对上言或的目光。眼中的惊讶一闪而逝,她朝他微微一笑,转身登上方嘉铭的车。目送着那辆车,言或眸色一点点地暗沉了下去。

"这就是你让我把车停在周氏集团的目的?"车上,方嘉铭看着后视镜的倒影,开口问。

江菱只笑笑,没说话。

第二天,江菱跟随方嘉铭的团队前往海铭集团,一行共四人。

前往海铭集团的路上,方嘉铭跟她说起了公事:"这一次的并购案,对象是海铭集团。"

"海铭集团,你有了解吗?"方嘉铭问她。

江菱说:"了解过,海铭集团主营的业务是快车出行,占据五分之一的市场份额。"

快车出行,同样是江氏集团主营的业务之一。海铭集团目前的内部资金链已经有断裂的迹象,公司正面临巨大的危机。如果这次并购案能成功,就等于掌握了 B 市快车行业的半壁江山。

他们来到海铭集团,跟前台说明来意。四人乘坐电梯来到相应的楼层,出了电梯,他们看见有一行人正从另一边的过道走来。

为首的正是言或。他今天穿了一件深色西装,西装革履,身形修长,气场十足,但脸上不带任何表情,那双黑眸如同深不见底的寒潭。

"周氏集团的人怎么也来了?"方嘉铭微微皱眉,"我之前打听过,他们明明对这一部分没有兴趣。"

122

不等他细想，一名助理模样的员工走了过来："几位，不好意思。陈总正在会见其他客人，请到旁边的会议室稍等一下。"说着，领着他们进了一间空置的会议室。

喝着助理送来的茶水，另外两名同事闲聊起来。

"那个男人是周氏集团的言或？"同事问，"听说他是周予言的助理。"

"他就是言或吗？"

"周氏集团的金牌助理，虽然说挂的是助理的职务，但实际上，他的权限已经达到总裁的级别。"

"但是，说好听了是代理总裁，说不好听就是傀儡，周氏集团的真正的话语权，还是掌握在周予言的手上。"

江菱听着同事的议论，不感兴趣地起身："我去一下洗手间。"

方嘉铭提醒："快开始了，速去速回。"

江菱点头，她转身离开会议室。

走在过道上，突然有人握住她的手臂。反应过来时，已经被人拉进了旁边一间空置的会议室里。门关上，紧接着就被反锁上。

"言先生？"

还没来得及有所反应，背部已经抵到墙上。言或强势地扣住她的下巴上抬，吻住了她的唇。

江菱尝试挣扎，但没挣扎开。言或吻得更深了。

"你，你等等……"好不容易找到喘息的间隙，江菱微喘着气，提醒说，"旁边，旁边的会议室还有人。"但声音再次被吞没。

"还有人？"言或抵着她的唇，黑眸深浓像是滴墨，"你是说，昨天跟你在一起那个男人吗？"

江菱迎着他的视线，说："那是我现在的上司，投资部的方总。"

言或冷笑："他是谁，我不想知道。"

江菱问："那你想做什么？"

言或："江小姐不是就喜欢这种刺激吗？"

第七章 区 别

"嗯？"江菱握住那只停在她下巴的手，抬眼，似是不解："是什么给了言先生错觉，让言先生觉得我会喜欢这样？"

言彧揽过她腰肢，贴在她耳边低声说："你不是说，我们是共犯吗？"

"共犯，也不是这么用的。"江菱余光扫了眼周边的环境。

会议室没有开灯，窗帘挡住了阳光，光线无法进入室内，尽管是大白天，这间会议室一片昏暗，视线可见范围极低。

她压低声音："无论是谁也不会喜欢在这种陌生的环境里……更别说这里还有监控。言先生是想被别人看见吗？"

"放心，这里的监控不会流传出去。"言彧笃定地说。

他将她整个人都拢进怀里，不容许她退却。门外突然有脚步声和细碎的议论声传来。

"……目前市场方面我有了新的想法，具体等会……"

江菱稍稍一顿，却也不慌不忙，只在空隙间提醒："言先生，好像有人来了。"

言彧往门外瞥了眼，没理会，反而加深了这个吻。

"你就不怕被人撞见吗？"江菱问。

"专心点。"他声音低哑。

江菱无声地扯了下唇角，跟随着他进入了他的节奏里。他们此时的位置就在会议室大门旁边，只要推开门，外面的人就能撞破他们的事。脚步声顿住，那一行人似乎在这间会议室前停下。江菱动作微顿。很快，有人拧门把的声音传来，但门没开。对方又尝试拧了几次。

"门怎么锁了？有人在里面吗？"一个女人的声音。

另一人说："没吧，这间会议室没人预定。"

"那怎么回事？为什么会打不开？门锁坏了吗？"

又尝试了几次，对方终于放弃。

"走吧，我们去取备用钥匙。"

江菱暗暗松了口气。

言彧察觉到她的心不在焉，在她的唇角停下："江小姐前几天不是还很大胆吗？这就怕了？"他的声音很低，看她眼神愈发幽深晦暗，"怎么，是怕你的真面目被其他人发现吗？"

江菱冷静下来，抬头迎上他的视线，低声说："谁怕了？如果被人撞见，丢人的又不是我一个。"

"是吗？"言彧的声音暗哑如丝竹，"可你的反应并不是这样说的。"

"哦？"江菱伸手搂上他的脖颈，眼里盈着笑意，"那言先生能不能告诉我，我的反应是怎么说的？"她看他的眼神，带着挑衅。

言彧没说话，目光沉静地盯着她看。过了会儿，他冷笑了声，松开了她。

江菱却得寸进尺地蹭到他的脖颈间，问："言先生今天怎么会来这里？"

"是为了项目，还是为了，"她略略停顿，尾声略微上扬，"我？"

听出她声音里的小得意，言彧轻哂了声，问："这有区别吗？"

"当然有。"江菱停顿了下，很认真地说，"如果言先生是为了收购海铭集团而来，那我们就是竞争对手了。"

没等言彧接话，她又说："不过快车出行，好像并不在周氏集团的业务范围之内吧？"

言彧轻笑了声，语气嘲讽道："江小姐对周氏集团的情况还真是了解，怎么不对江氏集团也上心些？"

江菱笑得很甜："那是因为我也想拿下这个项目呀。"

她说的是"我"，而不是江氏集团。

言或挑了挑眉："你这么做，江氏集团的人知道吗？"

"我们现在也算是竞争对手，言先生这样问我合适吗？"江菱松开了手，用同样的话反问他。

言或低头系好袖口，勾着唇角冷冷笑了一下："既然江小姐说我们是竞争对手，那我也不必手下留情了。"

江菱目不转睛地看着他，缓慢地说："所以，言先生，你这是承认了，今天你过来截胡是故意的了？"

言或没否认，他抬眼看她，漫不经心地开口："快车业务对周氏集团来说的确微不足道。但是，开拓新的业务和市场似乎也不是一件坏事。"

江菱说："盲目开拓并不是一件好事。"

言或没说话，但眼里要表达的意思已经不言而喻。

江菱顿了顿，问："要怎么样，言先生才会手下留情？"

言或略略挑眉，看她的眼神特别耐人寻味："江小姐今晚还有空约会吗？"

江菱与他对视片刻，眼里笑意加深："我等会儿还要跟着团队洽谈业务，也不知道要谈到什么时候。而且接下来，也不知道会有什么安排。"

"注定失败的项目，还需要别的安排吗？"言或声音略冷。

江菱迎着他的目光，只是笑笑，没说话。

言或收回视线，淡声说："我可以在外面等你。"

"那……行吧。"江菱故作犹豫，片刻后答应下来，又露出笑容，"不过，我想喝芝士桃桃，要言先生亲自买的。"

言或微微一顿，目光直视前方，语气仍旧平淡："我知道了。"

"那等会儿见？"江菱顿了顿，"现在我得回去了，不然同事会怀疑的。"

言或没说话，也没阻止。江菱打开门，走了出去。这时过道并没有其他人。江菱若无其事地回到方嘉铭他们待的会议室。

过了会儿，海铭集团的助理过来通知："几位，这边请。"

126

出门时，又碰上言或一行人。狭路相逢时，江菱跟他目光相接，但只是一瞬，便移开了。两人擦肩而过，仿佛陌生人。言或径直朝电梯间的方向走去，刘助理跟在他身后。电梯刚好停在这一层，两人进了电梯。

等电梯门关上，言或问："君泽集团那边有回复了吗？"

刘助理摇摇头："最近收到消息，君泽集团的内部有人事大变动，应该和傅家那位太子爷即将回国有关。"

言或像是想到了什么，微微眯眼："君泽集团……是傅以行吗？"

"是。"刘助理略顿，有些不解，"但是，君泽的傅总是打算让傅以行直接接手集团吗？他才学成归来就直接空降管理层，恐怕不太合适吧？"

外界鲜为人知，当初周予言也是先接手海外分部的业务，再从海外回归总部的。

言或突然一笑，语气却有些漫不经心："如果是他，我觉得这个圈子恐怕又要热闹起来了。"

电梯到达一层，门缓缓打开。刘助理像是想起什么，随口提了句："我记得，傅以行和江菱小姐的妹妹，好像是校友吧？"

言或动作微顿，看向了他。

刘助理却领会错了意思，立刻补充说："江菱小姐的妹妹目前也在斯坦福大学念书。"

言或不感兴趣，只很浅地扫了眼，便收回目光，抬步走出电梯："走吧。"

刘助理迅速跟上。直到走出大堂，他跟着言或停在大楼门廊下，低声询问："周总，那现在是要回集团吗？"

言或抬手看了眼腕表，说："你先回去，我还有别的事。"

刘助理问："那等会儿需要安排车过来接您吗？"

言或："不用了。"

刘助理略有不解，正要说话，忽然想起什么，顿时心领神会："好的，我明白了。"

周边是繁华的商业区，刘助理将车停在绿化带前，就这么看着言或走进了……旁边的奶茶店？

127

跟陈总见面之后，他一改昨日热切的态度，给了方嘉铭一行人一个模棱两可的答复，言下之意——合作黄了。出师不利，离开办公室时，团队成员的心情都不太晴朗。江菱静静地站在电梯角落，听其他人低声议论。

"这个陈总的话是什么意思？难道他们真的选择跟周氏集团合作？"

"但快车从来都不是周氏集团的主营业务。"

"方总，这事你怎么看？"其中一人询问方嘉铭。

方嘉铭冷静地开口："也有可能只是障眼法，周氏集团的目的跟我们不相同，陈总这么做是为了让我们让步。"

另外两人若有所思。

"那就等等吧，以海铭集团目前的资金状况，也熬不了多久。说不定不到三天，他就会……"

电梯到达大堂。一行人刚走出电梯，就看到周韵宁出现在海铭集团的大堂。她今天穿了一件纯黑色的 V 领连衣裙，外面披了件丝质风衣，戴着墨镜，脚踩高跟鞋，气质很飒。路过的人频频回头。周韵宁停在大堂门口，取下墨镜，像是在打量周围的环境，找到了目标，她微微一笑，迈步走去。

江菱跟着一行人走出写字楼。

直到走到门廊下，她才开口询问："方总，下午还有别的工作安排吗？"

方嘉铭说："没有了。"

他停顿了下，又说："也快中午了，我请大家去附近的乐陶居吃饭，怎么样？"

"方总做主就好。"

"我没问题，不过怎么好意思让方总破费？"

方嘉铭笑道："今天大家也辛苦了，这是应该的。"

江菱说："方总，我中午跟人约好了，就不跟你们一起了。"

"江小姐是约了男朋友吗？"同事好奇。

江菱笑笑，没说话。

方嘉铭点点头，表示理解："那路上小心。"

"那我先走了，下次有机会，我再请大家吃饭。"

她冲三人略颔首，转身离开。走出几步，江菱拿出手机看了眼时间，已经过去三个小时了。

她打开微信，给言或发了条信息："言先生，我好了，你现在在哪里？"

小助理："抬头往右边看。"

江菱抬起头，循着他指示的方向看过去。不远处有一间奶茶店，玻璃窗非常明净。店外摆放着几张桌椅，竖着两把巨大的太阳伞。言或就坐在店外，一个人占了一张圆桌，白衬衫的衣袖平整地挽至臂弯处，露出手腕上的定制手表，西装外套已经脱下，随意地搭在藤编椅的椅臂上，面前的玻璃圆桌上放着一只奶茶店的外卖包装袋。他浑身写满了矜贵疏冷的气质，看起来跟悠闲的奶茶店格格不入，却自成一道风景。

江菱微弯唇角，抬步向他走去，在言或身旁坐下，笑着问："言先生，等很久了吗？"

言或向她看来，也没说话，眼神却非常明显，仿佛在反问她明知故问。

江菱往奶茶店里瞥了眼，又问："外面这么热，怎么不进去等？"

"你要的饮料。"

言或将桌上的纸袋递了过去，脸上没什么多余的表情。

"谢谢。"江菱收回目光，从纸袋里拿出饮料。

她握上纸杯时，稍稍一顿，纸杯握上去，还能感受到里面的温热。

玫瑰红糖姜汁奶茶。她看到上面贴的标签时，疑惑地看向言或："言先生，我要的不是芝士桃桃吗？"

"我问过了，你要的那款饮料里全是冰。"言或停顿了下，语气平静，"你现在这种情况，还敢喝？"

"那算了，反正都是言先生买的，热饮也挺好的。"

江菱笑了下，揭开杯盖，喝了口奶茶，又看向言或，似是好奇地问："言先生，你为什么要急着把我的约会还我？其实我一点也不急的。"

言或挑眉："可我不喜欢欠别人的东西。"

"是吗？"江菱不置可否，撕开吸管的包装袋，插进纸杯里，又将奶茶递到言或面前，"要喝吗？"

"不用了。"言或言简意赅。

江菱也不管他，轻咬着吸管，整个人都挨到他的身上，将他一侧身体当成靠枕，头轻靠在他的肩膀上。她喝着奶茶，惬意地眯了眯眼。

"说起来，我还蛮喜欢我们现在这种关系的。"

言或稍怔："什么关系？"

江菱仰头看他，似是疑惑："嗯？不是共犯吗？"

"共犯。"言或瞥她一眼，轻嘲出声，"你觉得，你现在明目张胆的举动，真的符合'共犯'的定义吗？"

江菱微微仰头："可我们现在不是在约会吗？"

言或合上笔记本，侧头对上她的视线："江小姐好像很有约会的经验？"

江菱似是疑惑："我参考过网上的攻略，约会不都是这个样子的吗？"

"攻略？"言或语气嘲讽，"江小姐是指那些看了会让人降低智商的小说吗？"

江菱没接他的话，低头喝了口奶茶。

他提起这个话题，又让她莫名其妙地想起了那天晚上的梦。梦里的情景太过真实，轮椅上激烈的战况，就像是昨日真真切切经历过的事。江菱这么想着，抬起了头，目光也不由自主地落到言或身上，稍稍往下移。

言或有所察觉，下意识问："江小姐，你在看什么？"

江菱收回目光，笑得意味深长："没什么，就是想起前天做的一个梦。"

"梦？"

"对。"

言或抬了抬眉梢："一个梦有什么稀奇的？"

"梦是没什么稀奇的。可是，"江菱又喝了口奶茶，故意停顿了下，

"我梦到了……周总。"

言或一顿，语气稍重："你梦到周总什么？"

"也没什么，不过是梦到了，周总对我做了言先生在海铭集团里对我做的那种事。"江菱笑笑，风轻云淡地说。

言或手一歪，不小心碰掉了压在笔记本封皮上的钢笔。钢笔落地，滚到他的脚边。

江菱目光随着那支落地的钢笔移动，又接着说："不过梦里具体的细节，我已经记不清楚了。"

才怪。她在心里补充了两字，又转移话题："我肚子有点难受，言先生能帮我揉揉吗？"

"江菱。"言或捡起地上的笔，深呼吸一口气，唤出他的名字。

"嗯？"

他伸手，却无意间落到她的额头上，额头微烫："你真的不舒服？"言或一怔。

江菱放下手上的纸杯，似是疑惑："唔？言先生是觉得我在开玩笑的吗？"

言或收回手，皱了皱眉："既然不舒服，那为什么不在家里好好休息，还要跟着那几个人出来？"

江菱迎着他的视线，很认真地说："可是今天的谈判也很重要。"

她停顿了下，又说："我才进集团，爸就将这么重要的项目交给我，我当然要好好表现。要是因为这点小事就退缩，爸估计会对我失望的。"

言或语气略冷："我并不认为身体不适是一件小事。"

江菱没接话。

言或跟她对视几秒，嘴里溢出一声嘲讽："江小姐想得到一样东西，都是这么不择手段的吗？"

江菱笑："想要一样东西，就积极地去争取，怎么能叫不择手段？"

言或轻嘲道："江小姐还真会狡辩。"

"谢谢夸奖。"江菱笑着收下了他的评价。

她把玩着桌上的纸杯，又不着痕迹地转移话题："快到中午了，现

131

在去吃饭吗？"

不知什么时候，天边飘来几朵乌云，遮住了太阳，染黑了周围的云层。天色转暗，有夹着凉意的风吹来，像是快要下雨的样子。

江菱说："看着天色，好像是要下雨了。"

"那走吧。"

言或站起身，问她："有想去的地方吗？"

"我倒没什么地方想去的。"江菱略略停顿，仰头朝他微微一笑，"不过，我想吃言先生的饭，亲手做的那种。"

言或："……"

"算了，开玩笑的。"江菱收回目光，又笑笑说，"言先生有想去的地方吗？"

言或说："那去你家吧。"

江菱稍怔，有些惊讶："我家？"

言或语气平静："我给你做。"

江菱动作微顿，过了会才说："可是，我家里还有别人在。"

言或瞥她一眼："我不介意。"

江菱也站起身："那好吧，既然言先生不介意，那就走吧。"

言或没开车过来。江菱和他一起打车回到星沙湾。到家时，屋里静悄悄的，很显然，周韵宁还没回来。

"言先生，你随意就可以了，把这里当成你自己的家，不用客气。"

回到家，江菱很随性地踢掉高跟鞋，坐到沙发上。言或停在门前，注视着她的一举一动。

江菱见他站在门口前一动不动，不由奇怪："言先生，怎么了？"

言或目光在屋里转了一圈，走到鞋柜前，从里面找出一双拖鞋，走向江菱，扔到她脚边："穿上，地板凉。"

江菱有些不情愿地套上拖鞋，看向坐在她身旁的言或，哼哼唧唧说："言先生，你现在口吻，真像我的长辈。"

"长辈？"言或重复她下的定义，突然叫她的名字，"江菱。"声音略沙，低沉，带着些许压抑。

江菱偏头："嗯？"

言或看着她，黑眸既深且重。她这时才发现，言或离她的距离很

132

近。他也没退开，反而顺势低头，吻上她的唇。江菱没躲，就这样不避不让地任由着他轻吻自己。

他定定地看着她，低哑的声音紧贴着她唇瓣传出："长辈会对你做这种事情吗？"他的语气很淡，但她却听出了嘲讽的意味。

江菱轻笑了声，也压低了声音："长辈会不会我不知道，但我觉得，"她一字一字地说，"言先生会。"

言彧冷笑了声，带着讥讽。

这一次，他不再满足浅尝辄止，扣着她的后脑勺，直接加深了这个吻。江菱也不矜持，伸手环住了他的脖颈，回吻了他。她接受了身体诚实的反应，放任自己往后倾倒，倒在沙发上，让沙发承载住他们的重量。

"江菱，梦里的周总是怎样对你的？"言彧流连在她的唇间，声音沙哑得厉害，"像我现在这样吗？"

"就一个梦，言先生也介意吗？"江菱吻着他的唇角，故意似的问。

言彧定定地看着她，眸色发沉："你不是说记不清那个梦了吗？我只是在帮你回忆梦里的情景。"

"哦，原来是这样啊。"江菱拖长了语调，"那言先生要好好——"

吻又落了下来，声音尽数被吞没。

时钟的指针指向下午一点半。不知道什么时候开始的，也不知道是什么时候结束的。

江菱躺在他的怀里，侧头看着他凌乱的衣衫，唇畔轻弯："言先生，为什么不继续了？"

言彧没说话，伸手扯掉被江菱扯得凌乱的领带。

江菱也不再追问，闭上眼睛，懒洋洋地说："不过言先生的吻技，比起第一次好像进步了不少。"

言彧无声一哂，伸手替她整理下凌乱的衣领，问她："想吃什么？"

"我都可以。"江菱说，"冰箱里还剩了些食材，你可以随便用。"

"那在这里等我。"言彧低声说。

133

他松开她，起身走向厨房。公寓的厨房是半开放式的，从客厅的位置能隔着吧台看到言或半个身影。也不知他在厨房里忙碌什么，不一会儿，吧台另一侧飘出了白色的蒸汽。江菱躺在沙发上玩着手机，时不时看向厨房的方向。

她一个人待着，着实无聊。不知想到什么，江菱勾了下唇角。她没有穿拖鞋，光着脚走向厨房，悄然无息来到言或身后，伸手从后面抱住了他。下一秒，她便感觉到，言或的身体明显一僵。

"怎么了？"言或问。

"就觉得有点冷，可以让我抱一下吗？"江菱贴着他的背脊。她勾着唇角，又补充说，"你不用理会我的。"

然而，这已经不是理会不理会的问题。被她这么一打扰，言或根本无法再专心处理面前的食材。江菱浑然不觉，仍紧紧抱着他。

"言先生。"她突然开口。

言或应了声："嗯？"

江菱问："还记得我在奶茶店那里，跟你说过的梦吗？"

言或顿了顿，语气略冷："那又怎样？"

江菱说："我也不知道，那天为什么会梦到周总。明明在梦里，我完全看不清他的样子。"

"你在我面前频繁提到另一个男人，这合适吗？"言或语气很淡，听起来没什么情绪。

"其实我有点希望，"江菱停了停，轻声说，"梦里那个人是你。"

言或动作一顿。就在这时候，大门传来门锁开启的声音。

"菱菱，我回来了！今天的谈判很顺利——"周韵宁充满朝气的声音传了过来。

江菱下意识松开了手，转过头看向大门的方向。言或也跟着回头。进入客厅的那瞬间，声音骤然终止。周韵宁猛地刹住脚步，难以置信地瞪着厨房里的江菱，以及……言或。

几秒后，她像被按下了启动开关，迅速退到了大门边上。她紧紧抓着大门的门框，一副如临大敌的模样："言，言，言或！你怎么会在这里？！"

这句话才吼出声，周韵宁似是想起什么，赶紧扔下手上的东西，几步跑到江菱面前，将她护在身后。

看着周韵宁护犊子似的举动，言或语气如常："我为什么不能在这里？"

"你当然不能在这里！"周韵宁昂首挺胸，鼓起勇气跟他对峙。

"既然你能来，我为什么不能？"言或的声音冷而讥诮。

周韵宁反驳说："这里可是菱菱的家！你一个，一个外人——"好像也不对。要是说言或是外人，那她也算是。周韵宁纠结了好一会儿，还是没能找到合适的词，迎着他的目光，她的声音越来越小，底气明显不足。她只能硬着头皮说了句，"总之，你就不应该出现在这里。"

不等言或接话，周韵宁又望向灶台，去瞄灶台上架着的砂锅："你这是在做什么？是要在食物里下毒吗？"

这出大戏还没脑补完成，就被言或轻描淡写的一句话终结："我想要下毒，你早就看不见太阳了。"

周韵宁气结。江菱不动声色地看着两人的互动，只觉得有趣极了。

周韵宁词穷，说不出一句反驳的话。她连忙拉过江菱，说："菱菱，走，我们回客厅，别跟他待在一起。"

"好。"江菱藏好眼中的笑意，转身时，似是不经意地对上言或的目光。言或眸色幽深，脸上看不出任何情绪。她笑了下，又移开目光。

回到客厅，周韵宁拉着江菱坐到沙发上，又小声问："菱菱，那人怎么会在这里？"

她往言或的方向望了眼，把声音压得更低："你今天不是去海铭集团了吗？怎么会跟他在一起？"

江菱藏好眼中的笑意，说："我在海铭集团遇到了言先生，刚好有些不舒服，是他送我回来的。"

"他送你回来？"周韵宁再次警惕起来，"不对啊，他现在在厨房里干什么？"江菱还没说话，她又自言自语起来："他在做饭？"

"他居然在做饭？从小到大，我就没见过他……"意识到失言，周韵宁赶紧闭嘴。又说，"不行，菱菱。你先坐着，我过去盯着他。"

"好。"江菱从善如流。

周韵宁蹑手蹑脚走向厨房，她也不敢上前，就站在吧台后，探头探脑地瞄向灶台。言或正在厨房里煎牛排，有所察觉，转头扫她一眼：

"你在做什么？"

周韵宁浑身绷紧，下意识躲开他的视线："没，没啊，我就过来看看你在煮什么。"

嘴上这么说，目光又继续往厨房里飘。她小声嘀咕："也没什么稀奇的嘛。"然而，身体的反应是诚实的。

她忙碌了一上午，还没来得及吃午饭。锅上牛排煎得滋滋响，香气四溢，让她忍不住咽了口口水。言或没再理会她，随手将牛排翻了个面。另一面已经有七分熟，看着表面好看的色泽，她的肚子好像更饿了。周韵宁极力忍耐着，努力不让自己的状态表露出来。

言或关了火，回头："看完了吗？"

"看，看完了。"周韵宁站立不安，移开视线，又说，"我去看看菱菱有什么需要帮忙的。"扔下一句，又飞快返回客厅。坐到沙发上，长长呼出一口气。

江菱有些疑惑："韵宁，你怎么了？"

周韵宁赶紧说："没什么。"

似是想到什么，她问："对了，菱菱，我能问你一个问题吗？"

江菱问："什么问题？"

"你……不会在和言或谈恋爱吧？"周韵宁压低声音问，"还是他威胁你？"

江菱顿了顿，给出一个模棱两可的答案："只是今天刚好遇到言先生而已。"

周韵宁没听出她的弦外之音，松一口气："那就好，那就好。"

江菱不着痕迹地转移话题："今天的情况怎么样？"

提起这事，周韵宁露出笑容："一切顺利。"

她靠到沙发上，将一只抱枕搂进怀里，难得放松："我是按你说的那个时间过去的，陈总一听我提出的条件，马上就答应下来了。连讨价还价也没有，没想到我第一次去谈判，就这么顺利。"她想了想，又有些好奇地问，"不过，菱菱，你怎么知道他一定会答应？"

江菱意味不明地笑了一下，说："大概是竞争对手开的条件太过分了吧。"

周韵宁疑惑："但我觉得，我们开的条件好像也挺过分的了。"

江菱笑了笑："你去之前，已经有数个企业去接触过了。有了之前的对比，海铭集团自然不会觉得我们提的条件过分。"

她让周韵宁在那个时间点过去，无非是在陈总面前刷个脸。周氏集团根本就没合作的意向，开的条件自然苛刻惊人。周韵宁是周予言的堂妹，圈子里无人不知。在外人眼中，早已将她和周氏集团画上等号。言或一行离开后，周韵宁再出现，海铭集团的陈总自然会觉得她和周氏集团关系匪浅，并认为周氏集团是想以新的名义跟他们合作。有些事，就是要把握好时机。

周韵宁若有所思，但也没有细想。她低头去看手机，随手刷新了微博。看到某条微博，她"咦"了声："这就跑路了？"

"什么跑路了？"江菱问。

周韵宁把手机递过去，跟她分享："就是那个造谣我和弟弟的咕咕鸡工作室，听说我要起诉他们，连夜就删号跑路了。啧，这也太胆小了吧？说好的不胜不休呢？"

不过几天，微博的舆论风向就发生了变化，因为两件事。第一件事，咕咕鸡工作室被告了；第二件事，有营销号放出了两张聊天记录的截图，是爆料人和咕咕鸡工作室的聊天记录。有眼尖的粉丝认出了爆料人的头像，竟然是江蕤的队友林浩然的小号。这下，话题瞬间被引爆，舆论也开始扭转。

而这时候，另一则消息传出——江蕤通过了《你似野火燎原》的试镜，得到了男主一角。这部剧是大IP、大班底、大制作，在微博上的话题度本来就很高。在剧组官宣阵容后，立刻就引起了广泛热议。瑞士糖们欢欣雀跃，但质疑的声音也不少。执导这部剧的导演是王勇安，曾获得过华语电影最佳导演奖，他拍摄的电影捧出过好几任影帝和影后。这位导演一向以严格著称，只看演技，不看名气，每个角色都要亲自审核。当初某顶流小花要带资进组，某新晋小生走后门想要个角色，都被无情拒绝。但仍然有黑子酸溜溜地说："连王导都屈服了，某流量小生的后台可真厉害，呵呵。"

江菱看完动态，也会心一笑："还挺迅速的。"

"对啊，弟弟真争气，不愧是我粉了这么久的人。"周韵宁捧着手机，美滋滋地说，"看看网上这群黑子，吃不到葡萄就说葡萄酸。"

言或从厨房出来时，正好看见江菱和周韵宁挨在一起，不知在看什么。她笑得很甜，没有伪装，也没有防备。言或的目光在她身上停了几秒，转向周韵宁："周韵宁，过来帮忙。"

周韵宁抬头，愣了下，指着自己，有些不确认："你喊我？"

言或抬了抬眉梢："除了你还有谁叫这个名字？"

周韵宁盯着他的背影数秒，不能发作。她鼓起腮帮子，不情愿地扔开抱枕："我去帮忙。"

江菱拦下她，起身走向厨房："哎，等等，我也来。"

周韵宁赶紧放下手机，跟了上去，但还是慢了一步。她走到餐桌前时，江菱已经帮忙将午餐都端到了餐桌上。煎牛排、烤鸡翅、黄油烤面包片，都是简单普通的食材，做法也很简单。牛排的餐盘里还配了几朵西兰花，色香味俱全，周韵宁觉得更饿了。她下意识去拉椅子，但没拉动。低头一看，她才发现靠近江菱的位置已经被言或坐了。

她赶紧说："言或，你怎么坐这里了？这是我的位置，你坐到对面去。"

"这座位上有写你的名字吗？"言或慢条斯理道，丝毫不为所动。

"你！"周韵宁反驳不了，只能气呼呼地绕过餐桌，坐到江菱的对面。一落座，她突然发现另一个问题，"等等，我的呢？"

言或瞥她一眼，轻描淡写道："没做你的份儿。"在她难以置信的眼神下，他又补了句，"没手吗？想吃什么就自己做。"

"言或，你太过分了！"周韵宁被气得七窍生烟。她瞄了江菱一眼，意有所指地威胁，"你信不信，我把这事告诉我——堂——哥！"

言或抬眼看她，冷嘲道："周大小姐就只会告状这种幼稚的把戏吗？"

周韵宁："你说谁幼稚？"

"别气了。"江菱声音温柔，"这么多菜，我一个人吃不完，我分你一半。"

她拿过一只空盘子，切了一半牛排，分给周韵宁。

周韵宁顿时感动："还是菱菱最好了。不像某些人，"她说着，睨了"某些人"一眼，"良心被狗吃了吧。"

言或对她的话充耳不闻，拿刀叉切着牛排，没理她。

138

周韵宁用叉子翻着牛排，故意挑剔说："牛排怎么不是七分熟？全熟的口感太老了，真的能吃吗？还有这鸡翅，烤的卖相也太难看了吧？也不知道味道怎样？"

"不想吃就把东西放下。"言或冷冰冰的声音飘了过来。

周韵宁立刻噤声，气闷地用筷子夹起一只鸡翅。

江菱无声一笑，她切了一角牛排，又似是好奇地问："宁宁，你和言先生很熟悉吗？"

周韵宁手一抖，刚夹起的鸡翅掉回到盘子里。她像是被踩中尾巴的猫，瞬间炸毛："谁，谁跟他熟悉？！"

言或放下手中的刀叉，向她看来。他眸色漆黑深邃，带着警告的意味，让人压力感顿增。

周韵宁顿时一个激灵，赶紧低头，重新夹起鸡翅咬了口，含糊地说："不，我，我的意思是。他是我堂哥的助理，也就是以前见面的次数比较多。"

江菱看向言或："是这样吗？"

"的确是这样。"言或面不改色，重新拿起餐具。

江菱淡笑了下，也没继续追问。

吃饭的时候，酝酿了数小时的雨终于下了。天空一片灰蒙，电闪雷鸣，大雨倾盆。豆大的雨点凶猛地击打着玻璃窗，发出噼里啪啦的声音。窗外的景象被大雨模糊，整座城市被大雨笼罩。

吃完饭，周韵宁看见言或仍一动不动地坐在那里，丝毫没有离开的意思。周韵宁忍不住心里来气："都吃完饭了，你怎么还待在这里？我们两个女孩子的家，你一个大男人总在这里，不合适吧？"她微抬下巴，开口赶人，"现在也很晚了，你是不是该回去了？"

"外面在下雨。"言或言简意赅。

周韵宁说："下雨了你就不能打车回去吗？又不是腿断——"

言或只淡淡地扫了她一眼，她立刻就蔫了："那你……你们集团的助理呢？司机呢？拿工资吃白饭的吗？"周韵宁的声音也小了下去，但仍虚张声势，"我可以打电话让他们过来接你。"

言或神色冷淡："今天是周六，你也好意思让人加班？"

周韵宁听得直翻白眼，忍不住小声嘟囔："说得你平时不好意思似的。"

言或没搭理她，转身背对她。

周韵宁立刻转向江菱，向她告状："菱菱，你看看他……"

江菱坐到沙发上，笑笑说："这会儿雨太大了，让人过来接也不安全。等雨停了或小一点，再让言先生回去吧。"

"菱菱，你就是太好心了。"周韵宁跟着她坐到沙发上，哼哼唧唧了一番，才十分勉强地说，"好吧，既然菱菱都这么说了，那就再让你待一小会儿。不过沙发是我们的，你不准坐！"

就在这时候，言或的手机响了。他没理会她，径直走向阳台，接起电话。

周韵宁冲着言或的背影做了个鬼脸，又回头问江菱："菱菱，你渴吗？要喝水吗？"

江菱下意识摸向唇角，笑了下："不用了，我现在不渴。"

"嗯？那好吧。"周韵宁没注意到她的小动作，起身走向冰箱，从里面拿了一瓶冰水，又回到沙发，"我跟你说，那个言或……"

言或刚通完电话，从露台回到客厅。周韵宁噤声，坐直了身，假装在拧瓶盖，但余光却不由自主跟着言或走动。周韵宁怎么看怎么觉得他不顺眼。忽然，她脑中灵光一闪，连忙搂过江菱的手臂，问："菱菱，我能问你一个问题吗？"

江菱问："什么问题？"

周韵宁声音扬高了八个度："假如我和言或同时掉水里，你先救谁？"

言或顿步，也回头看向江菱。被两道视线左右夹击，江菱有些为难："可是，我不会游泳。"她似是失落，"抱歉，我是不是很没用？"

周韵宁愣了下，赶紧说："没关系，没关系。我换个问题，如果面前刚好有一块草莓蛋糕，我和言或都很饿，这块蛋糕你给谁？"

江菱转头，对上言或的视线。他黑眸深沉，正看着她。江菱不着痕迹地收回视线，笑着说："当然给你。"

周韵宁感动不已，立刻抱住江菱："菱菱，你真好！"

"听到了吧？"她抱紧了江菱，又抬起头，挑衅般看向言或，眼里写满了得意。

"幼稚。"言或冷淡地扔下两字评价，转身走开。

周韵宁才不理他，开了一袋薯片，拿过遥控器打开电视。电视里正在播一部电视连续剧，叫《我的富豪男友》，是几年前的一部热门青春剧重播。这时电视里播出的剧情，正上演到男主装穷试探女主的真心。周韵宁越看越生气，直接开启了吐槽模式："为什么这种垃圾剧都能上星？还有这个垃圾男主，到底是什么玩意儿啊？不是他先隐瞒身份骗——"

不知想到了什么，她的声音渐渐小了下去，眼神不由自主地向言或飘了过去。言或抬眸，淡淡地看她一眼。

周韵宁赶紧收回视线，轻咳了声，又正色道："菱菱，你觉得呢？穷小子装富二代是欺骗，富二代装穷小子难道就不是欺骗了吗？"

江菱说："我觉得也是欺骗，这部电视剧里的男主口口声声说爱女主，却在这种事情上瞒着他。他其实根本就不爱女主，他爱的只有自己。"

周韵宁深有同感地点头："就是说，至少不应该瞒着喜欢的人，即使是有苦衷的。"意识到失言，她赶紧瞄了言或一眼，又补充说，"那个，不是针对谁，我就是以事论事而已。"

江菱看向言或，有些好奇地问："言先生，如果你是这剧里的男主，你会瞒着喜欢的人吗？"

言或眼里无波无澜："少看这种无聊的电视剧。"他转过身说，"雨停了，我该回去了。"

江菱下意识看向窗外，雨的确停了。云雾拨开，天空清澈如洗，阳光在玻璃窗上镀上一层淡金色，悬挂在玻璃上的水珠折射出七彩的颜色。

她站起身，说："那我送你。"

言或没拒绝。江菱拿了一把伞，跟他一起离开屋子。

周韵宁松了口气，靠到沙发上，继续吃薯片看电视剧。突然，她反应过来，从沙发上一跃而起："啊，不对！怎么又给他钻了空子！"

下午的那场大雨带走了燥热，清洗掉空气里的杂质，户外空气如洗，走在小区的花园里，能闻到泥土的芳香。

江菱将言彧送到小区外。

江菱说："言先生，那我就送到这里了。"

她将要转身离开，言彧突然唤她："江小姐。"

江菱脚步一顿，回过头问："言先生，还有其他事吗？"

言彧看着她，问："只有一个蛋糕的情况下，你真的要给周韵宁？"

江菱微微一怔，随即笑了下："我觉得，言先生应该不会喜欢草莓蛋糕。"

言彧挑眉，似笑非笑地看着她："那你觉得，我会喜欢什么？"

江菱伸手勾住他脖颈，凑过去亲了亲他的嘴角，语气隐含深意："玫瑰，喜欢吗？"

言彧不为所动，语气听不出任何的情绪："玫瑰不是用来观赏的吗？"

江菱似是惊讶："呀，我还以为，言先生会更喜欢吃玫瑰。"

她作势要退开，言彧却一把搂住她的腰，将她拉了回来，压着她的唇问："你不是说，今天的约会结束了？"

"但今天还没有结束呀。"江菱回应了他的吻。

但这里毕竟是户外，这个吻并没有持续太长的时间就结束了。

江菱靠在他的怀里，微喘着气调整呼吸，又仰头看他，压低声音问："言先生，我们这种关系要维持到什么时候？真的不考虑进一步发展吗？"

言彧眼神幽暗："江小姐好像还没给我答案。"

江菱挑眉："有必要分得这么清楚吗？"

言彧跟她对视着，语气肯定："我认为很有必要。"

江菱松开了手，有些惋惜地说："好吧，那我们只能暂时维持这种关系了。"

走出几步，她又顿步，回头看向言彧："不过，言先生，在我家里的时候，你为什么不回答我那个问题？你是不是有什么难言之隐？"

言彧面不改色地道："我说过了，那种无聊的电视剧和你看的小说一样，看多了会降低智商。"

"好吧。"江菱也不继续追问，微笑着说，"那下周再见。"

言或动作稍顿，略略挑眉："下周？"

"嗯？"江菱提醒说，"言先生忘了吗？下周我预约了跟周总见面。"

"周总可没答应。"言或微微眯眼，冷嘲道，"我只是说，你可以来，但不一定能见到他。"

江菱笑了笑："是吗？"

"那言先生，再见。"她也不在意，转身进入小区。

走出一段距离，江菱放慢脚步，用余光观察后方的动静。入戏太深，有时候也不是一件好事，连自己陷进去了也不知道。只是布下了局，已经没法再回头了。昨天，还真是遗憾啊。但是，既然她做出了选择，就不会再后悔。

不过，不诚实的小助理啊。

既然这样……

她勾了勾唇。

那就，再加一把火好了。

转眼间，新的一周到来了。周一，江菱回到江氏集团。刚回到办公室，他们的团队就收到了一个十分不好的消息——海铭集团的合并案被一个不知名的新公司截和了。合并案失败，意味着之前的努力全部白费了。

江绍钧将一叠文件甩到桌面上，大发雷霆道："怎么回事，不是说计划万无一失吗？为什么会把这样一个重要的案子弄丢了？"

"江总，我们……"同事试图解释，但被方嘉铭阻止。

方嘉铭低着头，将所有的错误都揽到自己身上："很抱歉，江总，这是我的疏忽。"

江菱站在方嘉铭身后，一言不发。看着江绍钧怒气冲冲地说："疏忽？这么重要的事情，一句疏忽就能轻易揭过吗？"

方嘉铭说："当然不能。但是江总，我已经想到了补救的措施。"

"什么措施？"江绍钧强压下怒火问。

方嘉铭垂眼说："我打算联系收购海铭集团的公司，看能否跟他们进行谈判。"

江绍钧冷静了些，手指在桌上轻敲两下，眯眼问："对方是什么来头？"

方嘉铭介绍说："我调查过，那是一家外资公司，来自 M 国。"

江绍钧眉头深蹙："海铭集团……为什么会选择跟外资公司合作？"

这时，他的手机响了。江绍钧看了一眼来电显示，怒气被强压了下去。他没有立刻接起，手机响个不停。

"算了，"江绍钧重重呼出一口气，烦躁地朝他挥了挥手，"你们先回去吧，先按你说的，去联系那家外资公司。"

方嘉铭说："好，我明白了，江总。"

从江绍钧的办公室出来，方嘉铭对江菱说："你先回去工作吧，我去处理这事。"

江菱点点头，乘坐电梯返回投资部。被调到投资部后，她也有了独立的办公室。回到办公室，江菱泡了杯咖啡。虽然方嘉铭没有给她安排任务，但今天她还有其他事情要办。江菱打开电脑，将整理好的文件加了密，打包上传，以邮件方式发送到言或那天给她的邮箱。等发送完毕，她打开微信，找到小助理的头像，点开，给他留言。

江菱："言先生，合作案我发到你上次给我的邮箱了，密码是我们第一次见面的日期。"

接着又发了一个笑脸表情。

江菱："记得查收。"

言或看到这条消息时，上午的高层例会刚结束。他离开会议室，开始查阅手机的未读信息。看到江菱发来的消息，他下意识停下脚步。

"周总？"一旁的刘助理唤了他一声。

言或收起思绪，抬头吩咐说："将会议开始前，今天官网邮箱收到的邮件，都转发到我私人邮箱上。"

刘助理愣了下："好。"

十五分钟后，言或返回办公室，打开了邮箱。

江菱给言或发送完邮件，便启程前往周氏集团，按照言或"预约"的时间准时到达。

144

来到前台，江菱直接说明来意："你好，我来找周总。"

"周总？是哪位——"前台小姐愣了下，瞬间反应过来，"请问……小姐您有预约吗？"

江菱说："我跟言彧预约过，我姓江，你报我的名字过去，他就知道了。"

"好的，请您稍等。"

前台小姐立刻拨通了总裁办公室的内线电话。

"言助理，有位江小姐来了，她说……要见周总。"

言彧冷笑了声，说："那就让她等着吧。"

等他挂了电话，一旁的刘助理犹豫开口："周总，这样真的好吗？"

言彧翻开手边的文件，面无表情道："周总又不在这里。既然她要等，那就让她等着。"不知想到什么，过了会儿，他又说，"让人给她送一壶玫瑰红糖姜茶过去，要热的。"他又补充，"不要说是我吩咐的。"

刘助理沉默了下，应了下来："好的，我明白了。"

他立刻将言彧的意思传达下去。

跟前台沟通过后，江菱便在大堂的候客区里等候。等了半小时，仍然没有得到回音。江菱又过去询问前台，前台小姐只是回答总裁办那边只是让她在这里接着等，她也不清楚是什么情况。

"好，我知道了。"江菱也不恼，接着回候客区里等。

她拿出手机，给言彧发了条微信。

江菱："我已经到周氏集团了，言先生现在是在忙吗？"

言彧没有回复。一小时过去了，依然没有任何回复。

就在这时，前台小姐端着茶水走过来："江小姐，这是刘助理让我送过来的。"她放下茶盘，又补充说，"就是周总的另一位助理。"

江菱微微一笑，说："谢谢。"

前台小姐被她这个笑容晃花了眼，只觉得脸有些热："不，不用客气的。"

江菱从壶里倒了一杯茶，浅抿一口。玫瑰红糖姜茶，还挺热，应该是现煮的。江菱顿时想明白了什么，嘴角无声地弯起。

顶层，总裁办公室。

言彧签署完一份文件，冷不丁地问了句："她走了吗？"

刘助理才意识到问的是谁，连忙说："还没有，江小姐现在还在大堂的候客区里等。"

言彧轻哂了声，又低头继续处理文件。

又过了一个小时，刘助理忍不住低声提醒："周总，好像也快中午了。"

意识到什么，言彧停下工作，皱眉问："她还没回去吗？"

刘助理低头："还没有。"

言彧顿了顿，说："订一份午餐给她送过去。"

"好。"

第八章 清 楚

"江小姐，这是刘助理吩咐给您订的餐。"前台小姐过来送餐时，江菱面前那壶玫瑰红糖姜茶还剩了一半。

江菱放下茶杯，问："周总那边还没消息吗？"

"还没呢，让您久等了，真的很抱歉。"

前台小姐放下餐盒，又说："您先用餐，总裁办那边要是有消息了，我第一时间通知您。"

"好，谢谢你。"

江菱拿过餐盒，看了眼外卖包装袋，是锦绣居的外送，里面是一份牛肉饭。餐盒里，切成均匀薄片的牛肉平铺在饭上，上面有几颗绿色葱花点缀，另外有餐盒单独配了蔬菜。

锦绣居是一家老字号餐馆，其中以牛肉饭最为有名。每天就餐高峰期，需要排队一两个小时才能就餐。这家餐馆不设外送，只能排队买餐，等候时间也长。但这份餐拿到手，还热乎着。

江菱拍了张午餐的照片，发给言或。

江菱："言先生，收到午餐了，谢谢。"

十分钟后，她收到了回复。

小助理："谢我做什么？餐是刘助理订的。"

江菱："那替我谢谢刘助理。"

江菱又问："言先生有收到我的文件吗？早上我就发到邮箱了。"

小助理："既然发过去了，那就等消息。走完流程，如果初审觉得合适，会有人联系你。"

十分公事公办的态度。

江菱："好的，我知道了。"

江菱："顺便你能透露一下，周总什么时候方便见我吗？"

但言或没再回复。江菱也不恼，慢条斯理地吃完那份午餐，继续在候客区里等。候客区里的来客来了走，走了又来，换了一个又一个。

下午五点半，前台带着一脸歉意走过来："江小姐，总裁办那边让我转告你，今天周总没来公司，很抱歉让你白来一趟。"

"没关系。"江菱只笑笑，站起身，语气温和道，"那我明天再来。"

"明天？"

总裁办公室里。言或从刘助理口中得到江菱的回复，忍不住冷笑了声。

"既然她要等，那就让她继续等。"

刘助理站在一旁，几番欲言又止。他观言察色，最后什么也没说。

接下来几天，江菱每天准时到周氏集团打卡报到。前台小姐也每天定时定点给她送来茶水点心和午餐。一连数天，江菱独自坐在候客区里，从上午等到下午，又毫无怨言地离开。持续了一周，几个前台都看不下去了。

"江小姐还真可怜啊，想见周总一面都这么难。"

"对啊，她等了周总这么多天，也没有一句不满……"

前台看着候客区里的江菱，脑补了一出大戏。江菱并没有受到影响，她正在专注地阅读一本诗集。突然，她感到沙发一侧一重，有人在她旁边坐下。江菱稍抬眼，一位陌生的年轻男士，戴着眼镜，气质斯文，胸前挂着工牌，看样子是周氏集团的员工。

"小姐，你好，我是客户部的经理陆仁逸。"男人主动介绍，"我看你在这里等了也有几天了，请问是遇到什么困难了？有什么我能帮到你的吗？"

江菱微笑，客气道："暂时不需要，谢谢你。"

陆仁逸却没走，目光落到她手中的诗集上，似是惊讶地说："小姐也喜欢尼采的诗吗？"

江菱垂眸，接着阅读诗集："只是打发时间而已。"

"是吗？但是我觉得尼采的诗的确很令人惊艳，就比如那首……"

陆仁逸滔滔不绝地谈论起他的心得感想，似是看出她不感兴趣，便话锋一转："对了，小姐，我听前台的同事说，你是在等周总？"他顿了顿，又笑着说，"我跟总裁办那边的人关系不错，说不定能帮上一点忙。"

江菱挑挑眉，正要接话时，忽然听见电梯到达的提示音。大堂里通往总裁办的专属电梯开了。她看了过去，目光穿过大堂，与言彧的目光对上。

言彧的目光似是不经意地往这边扫了过来，带着几分漫不经心。他的眼神过分冷漠，沉静又锐利，仿佛能看穿一切，但目光很快收回。言彧没有停下，目不斜视地从她面前走过。

旁边，陆仁逸还在滔滔不绝地说着："小姐，不知你晚上有没有空，我们可以商量一下……"

言彧已经走出大堂。

江菱缓缓站起身，微笑婉拒："看来我今天也等不到周总了，那我先失陪了，抱歉。"

走出集团大厦，言彧停下脚步，声音冷淡："刚才那个员工是哪个部门的？"

刘助理反应迅速，立刻接话："那是客户部的经理陆仁逸。"

言彧目光沉静，停了数秒，嘴角延出一抹冰冷的弧度，却什么也没说，迈步离开。

接下来一整周，江菱没有再去周氏集团。因为，十一长假到来了。

江菱回到家时，周韵宁正在客厅里看电视剧。听到门口的动静，她转头，"啊，菱菱，你回来了？今天不是周四吗？你不回江家，你爸那边不会有意见吗？"

149

江菱踢掉高跟鞋，随意地靠到沙发上："只有工作日需要回江家，明天就放假了。"

周韵宁这才想起放假的事："对哦。"

江菱笑笑，又说："公司的办公地点已经准备就绪了，十一长假后，就可以过去那边办公了。"

"那太好了。"周韵宁问，"选址在哪里？"

江菱说："在国贸附近的写字楼，16楼。"

公司的办公地点在CBD内，考虑到只是为了有个门面，目前人员也不多，所以面积也不大。

"那边啊？"周韵宁小声嘀咕，"那不是离周氏集团蛮近的？"

江菱笑了笑："B市知名的大企业基本都集中在那个区域，要说近，那离江氏集团也挺近的。"

周韵宁若有所思："倒也是。"

江菱又说："我给你预留了最大那间办公室。"

周韵宁反应过来，立刻抱住她，感动地说："菱菱你真好。"

十一假期过后，冷空气来袭。街上行人大都换上了秋装，戴上秋冬必备的帽子、围巾、口罩，抵御冷空气的侵袭。

假期后第一个工作日的下午，江菱如期到周氏集团打卡报到。前台小姐比平时更早过来送茶水和点心，放下东西后，她偷偷告诉江菱："江小姐，我私底下跟同事打听过，周总要是来公司，必定会从地下车库入口到电梯间。员工电梯也可以到达那里，趁现在没什么人，你要不直接到地下车库的电梯间等，说不定可以见到他。"

江菱稍怔，随即笑笑："谢谢你的好意，只是……我也不想让周总为难。"她垂眸，又似是失落，"我还是按照你们集团的规定，在这里继续等吧。"

前台小姐愣了下，只好说："好的，那江小姐，你请慢用。"

这番话自然也传到了言彧的耳中。他轻哂了声，扔开手中的笔，冷嘲道："我可没看出她哪里不想让周总为难了？"

一旁的刘助理问："那周总，还要让江小姐继续等吗？"

言彧抬眸看向他。

150

刘助理立刻低头，说："抱歉，周总，是我失言了。"

他又察言观色："但让江小姐继续在大堂里等，似乎不是太方便，那里人来人往的……"

话未说完，就被言或打断："你过去，带她到 28 楼的 A1 室。"

"好的，我这就过去。"

前台还在疯狂吐槽言或的不识好歹，刘助理突然出现在一楼大堂。几个前台立刻收声，注视着刘助理从面前走过。

刘助理目不斜视，径直走到江菱面前，说："江小姐，言助理让你上去 28 楼的 A1 室里等。"

江菱先是惊讶，接着起身，语气温和："好，我知道了。"

江菱跟着刘助理进入电梯。

电梯开始上行后，江菱开口："您是刘助理吧？"

刘助理面不改色道："是的。"

江菱疑惑地问："言助理为什么让我上去等，是周总还没有来吗？"

刘助理说："抱歉，江小姐，周总已经好一段时间没来公司了。集团里的事务平时都是言助理直接跟他对接的，所以关于他的事，我也不太清楚。"

"这样吗？那——"江菱又问，"言先生呢？他为什么不亲自来？"

刘助理愣了下，正要说话时，电梯到了 28 层，门开了。

他先一步出了电梯，用手挡住门："江小姐，这边请。"

然后也说："言助理现在有其他事在忙，所以拜托我过来了。"刘助将话说得滴水不漏。

江菱笑笑，说："这样啊，那我在这里等他好了。"

28 楼 A1 室是一间空置的办公室，布局居然和她先前去过的总裁办公室差不多。整间办公室铺着纯羊绒地毯，看得出经常有人来打扫，办公室纤尘不染，里面的物品叠放整齐。除了办公桌，还有一张宽大的沙发。江菱也不客气，直接走向沙发。

坐下不久，刘助理又送来了下午茶，一壶玫瑰花奶茶，两盒点心。奶茶是刚冲泡好的，壶口还冒着热气。点心一盒是慕斯蛋糕，一盒是水果拼，整齐地排列成九宫格。

他亲自给江菱倒了一杯奶茶："江小姐，您请慢用。"

江菱微笑："谢谢。"

刘助理放下茶壶，又说："那我先去工作了，有事的话，您可以直接联系言助理。"

江菱仍保持着微笑，微微颔首："好，我知道了。"

刘助理退出了办公室，离开时，还顺手帮她关上门。

偌大的办公室只剩下她一个人，顿时一室的静谧。江菱捧起杯子，悠然地喝了一口奶茶。余光瞥向办公室上方的监控摄像头，她轻轻勾唇，又不着痕迹地收回。

小助理吗？

可以直接联系言助理……她当然会"联系"。就是不知道，小助理会有什么样的回应。

刘助理返回办公室，跟言或汇报情况。

"周总，我已经按照您的吩咐，把江小姐带到那间办公室里了。"

言或打开一份文件，签下自己的名字，头也没抬："将28楼A1室的监控转到我这里，没有我的吩咐，这段时间内任何人也不能查看这间办公室的监控录像。"

"我明白了。"刘助理稍怔了下，带着一脸复杂的表情出去了。

言或在文件末尾签下名字，接着合上放到一边，拿过旁边的笔记本电脑。28楼A1室的监控很快被接到笔记本电脑上。清晰的画面出现在屏幕上，办公室的监控正对着沙发的位置，这片地方的情况一览无遗。

江菱今天穿了件浅褐色的长款过膝毛呢风衣，搭配秋冬款黑色高跟鞋。她正规规矩矩地坐在沙发上，边悠闲地喝着奶茶，边翻着诗集。她看的是一本外国诗集原著，书刚从办公桌旁的书架上取下来的。这间办公室里设备一应俱全，除了书架，还有笔记本电脑、WIFI、饮水机，等等。

今天降了温，写字楼冷气已经转为暖气。办公室里的暖气开得足，待了没一会儿，江菱就不安分起来。她合上诗集，扔到一边，接着松开了束腰的腰带。风衣的领口敞得更开，修长的脖颈和线条优美的锁骨一览无遗。似是毫无察觉，她随即又踢掉了高跟鞋，姿态随意地靠在沙发上。修长的双腿交叠，在风衣底下若隐若现。

言或心里冷呵："还真把这里当成自己家了。"

江菱气定神闲地吃完点心，又重新倒了杯奶茶。不知被什么吸引，她往旁边看去，没注意手上的杯子歪向一边。杯中的奶茶溢出，正好倾洒到风衣上。

"啊。"江菱低呼了声，赶紧站了起来。

言或蹙眉，也随之站起，这才赫然想起，眼前所见的一切只是监控画面。

半杯奶茶已经没了。江菱迅速放下杯子，抽了张纸巾擦风衣上茶渍。但洒得太多了，风衣被浸湿了一团。她脱下了风衣，向左右张望。似是看到什么，她光脚踩着地毯走向后方的衣帽架，把风衣挂到了上面。挂好风衣，她又返回沙发，重新坐下。

这时言或才看清楚，江菱里面穿了件一字领衬衣，肩膀处是层层叠叠的荷叶边，配搭了荷叶边鱼尾裙，不规则裙摆错落有致，高腰剪裁的设计勾勒出她完美匀称的腰线，但裙子没有过膝。她斜躺的位置正对着监控，衬衣宽松飘忽，从这个角度能隐约能看见衣领下的风光。她又将双腿并拢放到沙发上，那双小腿光洁白皙，线条流畅纤细。言或瞳孔微微缩了下，随机皱眉。看着江菱，他突然心生烦躁。

江菱拿过桌上的笔记本电脑，开机。言或努力压下内心的烦躁感，将注意力放到那部笔记本电脑上。开机后，江菱打开某个视频网站，随手点开一部电视剧。一开场，就是男女主角一夜情的剧情。言或深深吸了一口气，好几次忍下让人断了江菱的网的想法。他压下内心的躁动，将笔记本电脑推到一边，继续处理手边上的文件。但是，没了画面，还有声音，让他内心愈发烦躁。所幸的是，江菱对这部剧似乎没什么兴趣，只看了几分钟，她就关掉了。

言或再看向监控画面时，江菱已经点开了下一部剧。第二部剧是普通的青春校园剧，她只看了个片头，又关掉了。短短的十五分钟，江菱已经换了三部电视剧、一部动漫和三本狗血小说。最后，她打开了《猫和老鼠》，津津有味地看了起来。

一个小时过去了，她连续看了几集动画，还真是无聊透顶。言或不再看她，继续处理手上的文件。但他的注意力再也无法集中，视线虽然是落在文件上，但余光时不时扫向电脑屏幕。不知过了多久，江菱似乎累了。她关掉视频，把笔记本电脑放回桌上，就这样靠在沙发上睡着了。看着睡得香甜的江菱，言或忍不住皱眉。她就一点防备心也没有吗？竟然就这样在陌生的环境里睡着了。言或再也无心工作，思索几秒，起身抓起一旁的西装外套，大步走出办公室。

言或乘坐电梯来到 28 层，径直走向 A1 办公室。刚要推门，他似是想到什么，动作稍顿，推门的动作放轻。他走进办公室，随手锁上门。

沙发上，江菱睡得正香，她睡着时的模样毫无防备。言或走上前，眉头轻蹙。他微微弯腰，将西装外套披到她的身上。他刻意放轻了动作，但江菱的睡眠似乎不深，外套接触到她的身体，她就醒了。

"言先生？"江菱睁开眼睛，对上他的视线。

看到面前的人，江菱怔了怔，似乎有些惊讶："你是来带我去见周总的吗？"

言或收回手，站直了身，居高临下地看着她，带了几分嘲讽道："你满脑子就只有周总吗？"

江菱仰头看向他，慢慢地开口："不然呢？我特地过来这里，是为了见周总一面的。"

言或轻嗤了声，没接话。

江菱也没在意，接着问："我发的邮件，言先生有收到吗？"

"收到了。"言或瞥她一眼，语气冷冰冰的。视线落到她身上，移开，又落到她身上。

"言先生，你在看什么？"江菱有些疑惑。

言或深呼吸一口气，坐下来，将西装外套拉高，重新盖住她的肩膀。

江菱动作微顿。

言或收回手，对上她的视线，眸色浓烈："想要江氏集团的股份，江小姐的野心不小。"

江菱像是听不出他话里的讥讽，笑了笑："哦？言先生不是说，没

154

有看过计划书里的内容吗？"

言或没跟她对视，声音冷淡："我只是负责初审内容是否符合流程，不负责最终决策。"

江菱略略挑眉，有些不解地问："既然这样，言先生现在过来是做什么的？"

言或说："是周总吩咐我来的。"

"我还以为言先生是特意过来找我的。"江菱语气遗憾，同时拿下身上的外套，向他靠近。

言或看着她笑意盈盈接近，又得寸进尺地搂住他的腰，神色未变："他让我来告诉你，你该回去了，他是不会见你的。"

"嗯？既然这样——"江菱仰头看着他，顿了顿，"周总为什么要特意让我单独到这间办公室等？"她咬重了"单独"两字的字音，又说，"总该有原因吧？如果没有特殊原因，周总为什么要让我上来？"

言或没回答，只一瞬不瞬地看着她。

"言先生不说，那我来猜猜？"江菱猜测道，"难道……周总对我别有所图？"

她挨到他的脖颈上，笑着说："言先生，你能告诉我吗？"

言或再也无法忍耐，他低头吻了上去，同时伸手搂住了她，属于他的气息将江菱彻底包围。言或说："如果我说，周总真的对你别有所图呢？"

江菱说："那不是好事吗？"

言或眯眼："那么你会选谁？"

江菱迎着他的视线，不慌不忙道："我会怎么选择，这不是很明显吗？"

"那我呢？"言或眼神阴暗。

"我们只是共犯。"江菱轻吻他的唇角，笑着回答，"不是吗？"

言或盯着她看了几秒，突然冷笑出声："江菱，你有没有想过。说不准，周总就在这间办公室的监控后，这里发生的一切，他都看得一清二楚。"他嗓音沙哑道，"你觉得，他看到你现在这个样子，会有什么想法？"

江菱双手捧着他的脸，压低了声音："我不清楚，不如言先生告

155

诉我？"

　　她说着，手往下移，大胆地解开他的领带："周总看到了我和言先生做的这些事，他会有什么想法？如果周总知道了我和你的关系，他会生气吗？会彻底厌恶我吗？"

　　言或答不上来。

　　江菱继续讲追问："言先生，你能告诉我吗？"

　　"你觉得呢？"他握住她的手，阻止了她进一步的举动，冷笑着。

　　江菱停下动作，接着搂上他的脖颈，笑靥如花："我就是不知道，所以才问言先生的呀。"

　　他目光下落，眼神幽深："江小姐以前也是这样对待自己的裙下之臣吗？"

　　江菱从他眼里看着自己的倒影，笑了："言先生是在说你自己吗？"

　　言或不说话。

　　江菱仰望着他，眼里的笑意加深："言先生明明已经心动了，为什么不愿意承认？"

　　言或："……呵。"他懒得废话，直接吻了上去。

　　倒在沙发上，江菱似乎想起一件事，在间隙发问："言先生，你进来的时候有锁门吗？"

　　"没有。"言或有些不耐烦。

　　江菱提醒："万一有人突然进来……"

　　"专心点。"言或似乎是嫌她话多，握着她的肩膀，直接以吻封缄。

　　办公室光线昏黄，衬托出室内无声落下的旖旎气氛。拉上窗帘的办公室里，只余下暧昧的声音，但两人仅仅止于拥抱和亲吻。

　　一吻结束。江菱喘着气调整呼吸，低声问："言先生，周总真的在监控后面看着我们吗？"

　　"他已经看到了。"言或黑眸幽暗深邃，"怎么？这就害怕了？"

　　"我为什么要害怕？"江菱先是反问了一句，而后手从他的脖颈后收回，抚向他的脸颊，贴着他唇边低声说，"害怕的人难道不应该是言先生吗？"

　　"我？江小姐，你是在说笑吗？你为什么会觉得我要害怕？"言或凝视着她，声音带着几分嘲讽的意味。

江菱慢条斯理地说："毕竟言先生跟周氏集团还存在雇佣关系。我们这样被周总看见了，你不会丢工作吗？"她的指腹从他的唇角上摩挲而过，"要是不害怕，言先生刚才为什么继续？而是突然停了下来？还是说，言先生——"江菱挑衅地看着他。

几秒的静默后，言或冷呵了声，放开了她，缓缓起身："我没跟人在办公室里……的爱好。"

江菱意味深长地"噢"了声："是吗？"

言或没理她，坐了起来。他边系上白衬衫上面的几颗纽扣，边看江菱跟着坐起来。

"你该回去了。"他收回视线，神色冷清。

江菱抓过旁边的手机，看了眼时间，有些疑惑："可现在不是还没到下班时间吗？"

她看着言或，眼睛仿佛蒙上一层潋滟水光，格外明艳动人，从骨子里散发的妩媚气息似乎更加明显了。言或顿了顿，面不改色地伸出手，帮她将衣领拉回原位。

江菱却顺势向他靠了过去，将脑袋枕到他的肩膀上，语气慵懒："我今天除了来找周总，还是特意来找你的。"

"找我？"像是听到什么笑话，言或动作微顿，戏谑地重复，"特意？"

言或将西装外套重新盖到江菱身上，握着她的肩膀将她拉开了些，又慢条斯理地站起身，居高临下地看着她："我怎么觉得你是特意过来找周总，我不过是顺带的。"

江菱仰头看着他，有些无奈地笑了笑："你要是这么认为，我也没有办法。"

不等他接话，她又转移话题说："晚上要一起吃饭吗？"

言或停下脚步，回头看她，眼里是从容不迫的淡然。

江菱迎着他的视线，眼里笑意加深："顺便约会？"

言或收回视线，语气冷淡道："我等会儿还要开会。"

江菱弯起眉眼，说："没关系的，我可以等你。"

言或的态度依旧冷淡，他从容不迫地整理好衣领和衣袖，走向大门，头也不回地扔下一句："那你就等着吧。"

"好呀。"江菱一口答应下来。

言或置若罔闻，径直走出了办公室。江菱弯起唇角笑了笑，惬意地靠到沙发上，有些得意地晃了晃脚丫子。

还是答应了呀。

又剩下她一个人，时间过得缓慢，办公室流淌着寂寞的安静。手机震响，她低头看向手机，是来自方嘉铭的信息。

方嘉铭："计划进展顺利。"

江菱极淡地弯了下唇，回复："好，我知道了。"

方嘉铭："另外，江总最近似乎跟周氏集团相关的人接触过，稍微注意一下。"

周氏集团相关的人？

江菱动作稍顿，突然淡笑了声。

江菱："了解，我会注意的。"

她收起手机，重新拉上窗帘，返回到办公室的另一边。

言或开完会的时候，已经过了下午六点。

他来到 28 楼 A1 办公室时，明显带着几分匆促之色，胸前依然挂着未取下来的工牌。

"走吧。"他只扫了一眼江菱，留下一句言简意赅的话，便转身往外走去。

两人一前一后进了电梯，电梯门关上，江菱回头看向言或，目光落到胸前的工牌上。

"看什么？"言或有所察觉，朝她看了过来。

看着上面工工整整的"言或"的两字，江菱有些好奇地问："言先生，你每天上班都挂着这个工牌吗？"

"不然呢？"言或伸手按下 1 层的按钮，又瞥她一眼，"这是集团的规定。"

他顿了下，又补充："我可不像江小姐这么不守规矩。"

江菱疑惑："我怎么不守规矩了？这几天我来见周总，也是依照你们集团的规定，一直在候客区里等。"

158

言或轻哂了声："我有说是这件事吗？"

江菱挑眉，表示不解："那言先生说的是哪件事？"

言或没回答。江菱也没有继续追问，看向了前方的 LED 屏。

言或领着她去外面的停车场。已进入深秋，晚上六点半，B 市的天色已经全黑。路灯昏黄，树影斑驳。车子停泊的位置旁刚好有一盏路灯，橘黄色的光无声落下，映出他清冷的面容。

言或拉开车门，突然抬头，看向对面的江菱："跟我在一起很委屈吗？"

"嗯？"江菱顿步，向他投去询问的目光，"没有啊，言先生为什么这么想？"

言或很快收回视线："没什么。"

"上车吧。"他躬身上车。

江菱拉开车门的时候，不着痕迹地弯了下嘴角。

上车后，江菱系上安全带，似是又想起什么，随口问道："言先生，怎么不把车停在集团的地下车库。"

言或似乎格外喜欢将车停在外面的露天停车场里，上回到周氏集团找他，他也是把车停在外面。

言或停顿了下，直视着前方："我发现，你今天的问题好像特别多。"

江菱侧头看向他："有吗？我只是想更深入地了解言先生。"

言或问："那了解完之后呢？"

江菱停了停，如实说："还没想好。"

"没想好？"言或重复她的话，低嘲了声，踩下油门。

汽车驶离停车场，进入公路。下班时间，路上车流如织。言或的车缓慢地在车流中前进着，两旁的建筑霓虹闪烁，与路边的街灯交相辉映。车内光线昏暗，不时有流光掠过，给言或的侧脸镀上一层清冷，描绘他线条冷硬的轮廓。江菱看了一眼，收回视线，继续用手机翻看附近餐厅的排队信息。

"这时间点，附近的餐厅都爆满了，都要等座。"她又看向言或，"言先生，你有什么想法吗？"

言或说："没有。"

159

"嗯？"江菱正疑惑着，就见车子已经往右拐了个弯。这方向大概率是要离开商业区了。江菱下意识问，"言先生，你这是要带我去哪里？"

言或说："不是要去吃饭吗？"

江菱突然领会了他的意思，不再说话。言或带她去了附近的一间私房菜馆。这家私房菜馆藏在胡同巷子里，位置偏僻。江菱知道，这样的私房菜馆比商业区火爆的餐厅更难订座。言或在这家私房菜馆似乎有专属的包厢，服务员将他们迎了进去，直接带到了最里面的房间里。

落座后，江菱打量着包厢里的环境，似是好奇："我以前怎么不知道这里有一家这样的私房菜馆？"

言或递过菜单："要吃什么？"

江菱收回视线，笑着说："我第一次来，也不知道这里有什么好吃的，还是言先生你来点吧。"

言或点了三菜一汤，红酒牛仔骨、布袋豆腐、竹笼蒸豆角茄子，还有一个银耳百合梨汤。好像都是她喜欢的口味。

江菱看向对面的人，笑着问："言先生怎么知道我的口味？"

言或抬眸看她一眼："你冰箱里的存货几乎全是牛肉。"

他顿了顿，又放缓了语气："天天吃牛肉，对身体也不好，至少换别的。"

"是吗？"江菱明知故问，"那言先生今天怎么又点了牛肉？"

言或："……"

江菱笑了下，心情颇为愉悦："我知道了，下次我会放点其他食材的。"

吃完饭，两人离开私房菜馆。夜色深浓，无声地向天际漫延，裹挟着寒意的风迎面吹来。

两人又到了一家大型商场里的连锁超市。

跟她的雀跃完全不同，言或跟在她的身后，挑了挑眉："你所谓的约会就是让我来陪你逛超市？"

江菱脚步稍顿，回头看他，似是疑惑："逛超市就不算约会了吗？"

言或看着她，眼眸幽深："我看，江小姐更想要免费司机和帮佣。"

江菱解释说："我正好想起有东西要买，这附近离超市近，就顺路过来一趟了。"她顿了顿，又提议，"如果言先生不满意，要不……这次的约会，下次再补？"

言或略略挑眉，但没说话。不等他答应，江菱已经转过身，迈着欢快的步子走进超市。

说起来，这还是两人第一次一起逛超市。晚饭后，逛超市的人也多了起来。她边走边从货架上挑选商品，言或推着购物车走在她身边，看着她把挑选好的东西扔进购物车里。

"看看那对小夫妻，好恩爱啊。"

"颜值都好高，什么神仙情侣！"

言或神色平淡，始终没什么反应。

收获了多个类似的评价后，江菱转头看向言或，低声问："言先生，我们的关系好像被人误会了，你不介意吗？"

言或面不改色道："江小姐都不介意，我为什么要介意。"

"那就好。"江菱弯起眉眼，"言先生，你真是一个好人。"

言或怎么也想不出来，介意这件事和是个好人有什么关系。

选好东西付过钱，言或拎起一袋东西，直接往外走。江菱提起另一袋，跟了上去。言或走得快，很快跟她拉开了距离。

江菱加快脚步追了上去："言先生，你等等我。"但是她穿着高跟鞋，跑不快，加上手里提的东西重，根本追不上他的脚步。

言或有所察觉后，停下脚步，耐心地等她走到他的身边："抱歉，我……"还没反应过来，她手上提着的袋子已经被他接了过去，"东西给我吧。"

虽然语气是一贯的冷淡，但是……

江菱看着他线条冷硬的侧脸，抿嘴一笑："谢谢。"

霓虹彩灯映着夜色，五光十色，渲染出繁华都市的夜景。江菱看着言或的侧脸轮廓，突然生出一个想法。她拿出手机，调到自拍模式，凑到他的跟前，举起手机。

"言先生，看这边。"

言或下意识看向镜头。这一刻，江菱已经按下了快门。咔嚓，照片定格这个画面。

"好了。"江菱收回手机，看着刚拍摄的照片，问他，"照片要发给你吗？"

言或静静地看着她，什么也没说。

不等他开口，她又说："那我回去就发给你。"顿了顿，江菱抬起头，语气真诚地说，"谢谢你，言先生。"

言或淡声道："谢我做什么？"

江菱弯起眉眼笑："我今天很开心。"

言或缓了缓，转过身，语气却有所缓和："走吧，我送你回去。"

车在小区门口停下。江菱解开安全带，正要下车，忽然想起什么，又转头看向言或。

"对了。"

言或问："怎么？"

江菱看着他，眼神期待："言先生，我还想要一个晚安吻。"

言或不说话，只安静地看着她。

"好吧，那我给你好了。"江菱不知从他的态度里读出了什么，凑上前，亲了亲他的嘴角。只是蜻蜓点水一下，立刻退了回去。

"好了，再见。"她得意地笑，笑得像做坏事得逞的小狐狸。

等言或反应过来时，"肇事者"已经打开了车门跑了。言或看着她远走的背影，眸色愈发幽深。这朵小玫瑰真是越来越得寸进尺了。

言或驾车回到公寓，在地下车库停好车，正要下车时，余光忽然瞥见副驾驶座上落了一盒东西。他伸手拿了起来——是一盒安全套。

言或皱了下眉，立刻拿出手机给江菱发信息："你有东西落在我车上了。"

一分钟后，江菱回复："嗯？什么东西？"

言或："你翻翻你的东西就知道了。"

过了会儿，江菱回复："我翻过了，没有东西落下，言先生是弄错了吗？"

言或："你再仔细想想。"

162

江菱："落下了什么，言先生可以明说吗？"

言彧心底冷笑了声。

言彧："你不要的话，我就扔掉了。"

江菱："抱歉，我真的想不起来了。"

江菱："要不你先帮我保管吧，下次有机会再还给我。"

言彧看着手上那盒"烫手山芋"，最终还是没有扔掉。

手机又响了下。

江菱发来新的消息："对了，照片。"

她发了个笑脸表情，随后发来刚刚的合照。言彧顺手点开。照片里他面无表情地看着镜头，而江菱下巴抵在他的肩膀上，笑容很甜，看起来明艳又可爱，俨然一对热恋中的小情侣。言彧的指尖在屏幕上停了几秒，才按下去，将这张照片保存下来。

江菱坐在沙发上，捧着手机看着她和言彧的合照，露出会心的微笑。她再看向微信，言彧没再回复，几秒后，笑容收敛。她拨了一个电话，说："那些照片，可以发了。"

几天后，新公司已经准备就绪。

周韵宁坐在真皮转椅上，转了个圈，惬意地说："大办公室就是舒服。"似是想起什么，她看向办公桌前的江菱，疑惑地问，"菱菱，你把这间办公室给我，那你的呢？"

江菱说："我平时不怎么来这里办公，现在要办公室也没用，你先用吧。"

周韵宁若有所思，似是想到什么，又说："不过，菱菱，目前公司的员工还不足五个人，我们还要招人吗？"

江菱笑了笑："当然，已经在进行中了。"

"那其他员工什么时候上岗？"周韵宁关心地问，"起码得有个助理，能做些打印整理文件的琐碎事。"

"很快了。"江菱不着痕迹地弯了下唇，"你要的助理，很快就会有了。"

"那就好。"周韵宁没听出她话里的深意，也露出笑容。

江菱转身看向窗外，眸色渐深。地面的诱饵准备好了，盘旋在空中的秃鹫即将降临。

已经到了可以收网的时候了。

周一，江菱规规矩矩回到江氏集团上班。今天投资部有一个重要会议，有关一个融资计划，这是部门下季度的重点，主持会议的是方嘉铭。会议进行到一半，会议室的门突然被人敲响。

方嘉铭突然被打断，有些不悦："进来。"

进来的人，是总裁办的助理："方总。"

方嘉铭有些不悦地皱眉："什么事？"

助理小心翼翼地说："方总，很抱歉，是江总……江总让江菱小姐现在去他办公室一趟。"

"现在？"方嘉铭曲起手指敲了敲桌面，声音冷淡，"难道你没有看到我们正在开会吗？今天的会议非常重要。"

助理支吾道："这……但是江总说……"

"没关系，我过去吧。"江菱主动站起身，为他解了围。她又转向会议桌，抱歉地说，"打扰大家了，不好意思。"

其他人赶紧说："没事没事。"

"江小姐赶紧去吧，别让江总久等了。"

江菱来到江绍钧的办公室。

"这两周，你到周氏集团去做了什么？"刚进门，江绍钧便开口质问。

江菱稍怔了下，似是疑惑："爸，我之前不是告诉过你了吗？我在想办法接近周总。这事你不是也知道……"

"想办法接近周总？"江绍钧冷笑一声，打断了她，随手将一叠报纸和娱乐杂志扔到办公桌上，"那你给我解释一下，报刊上和网络上铺天盖地的新闻是怎么回事？"

"什么新闻？"江菱更疑惑了。

"你还好意思问我？"

江绍钧一拍桌面，忍着怒火说："如果不是看到网上的报道，我还被蒙在鼓里。我竟然不知道，我的好女儿跟一个助理谈起了恋爱！"

"青年小提琴家江菱绯闻男友疑似曝光！"

"江菱约会神秘男子，街头甜蜜拥吻。"

"江菱男友身份曝光，为周氏集团一普通员工，疑为江菱倒追。"

网络、报刊、杂志的娱乐版面，铺天盖地都是相关的消息。照片拍到的几乎都是背影，有一两张侧脸照，却拍得模糊，也看不清人的长相。

江菱放下报纸，抬头看向江绍钧，神色平静地说："爸，我没有在和他谈恋爱。"

"没有？"江绍钧满脸怒容，"到现在了，你还想要糊弄我？"

江菱解释说："我们现在只是普通朋友。"

"普通朋友会搂抱在一起？会做出这样亲密的举动？会苦等对方半个月？啊？"江绍钧怒极反笑，"我已经跟星沙湾的物业确认过了，你还带那个男人回过家，对吧？"

江菱没有回答，这是默认了。

江绍钧戳着桌上的报刊，提高音量："你告诉我，这样不叫谈恋爱叫什么？难道是媒体记者捕风捉影？"

江菱："爸，我和他只是——"

"够了！我不想听你的辩解！"江绍钧不耐烦地打断，"你只需要回答我一个问题，你去周氏集团这么多天，见到周总了吗？"

江菱默了默，说："我还没有真正见到周总。"

江绍钧胸膛剧烈起伏："什么叫还没真正见到？我让你到集团上班，是让你打着集团的旗号去谈恋爱吗？我放心让你去周氏集团，结果你却借着这个机会去倒追男人？"

江菱忍不住辩解："爸，我没有打着集团的旗号去谈恋爱。我去周氏集团的确是为了见周总。这一点，周氏集团的访客记录那里的员工都可以证明。"

"而且，照片被拍到的时间都是在下班后和休息日。就算是谈恋爱，那也是在下班之后，那又有什么问题？这并没有影响工作——"

"你还敢说？"江绍钧怒声喝道，抓起面前的报纸砸向江菱，"你看看这份报刊是怎么写的？"

江菱没躲，报纸砸到她身上，随后散了一地。

江绍钧指着她的鼻子骂："你简直让我丢尽了脸面！说好听是倒追，说不好听就是倒贴！我们集团到了这种关头，我还得要你——"一个卡顿，他缓了缓，接着教训，"不惜主动送上门倒贴，你简直让我变成了一个笑话！"

江菱嘴唇动了动，说："爸，我和他并不是……"

江绍钧不耐烦地打断："好了，我不想听你和他之间的任何事，也不管你们之间是什么关系。"

他盯着她，冷冷命令道："你立刻跟那个助理断了。"

江菱没说话。

"听到没有？"江绍钧声音提高了八度，"周氏集团已经放话，不希望再有这种影响他们声誉的事发生。你知不知道，这样的警告代表什么？"

"周氏集团……放话？"江菱动作一顿，似是惊讶，"我怎么不知道这件事？"

江绍钧的声音里是压抑不住的愤怒："看看你这段日子干了什么，你当然不知道。"

"这几天，你就跟着我的车一起上下班，下班后就待在家里好好反省，哪里都不许去。"他沉着一张脸，"星沙湾那边我也打过招呼了，别想再躲到那边去。"

"可是爸……"

"没什么可是。"江绍钧不由分说打断，又冷笑了声，"否则，我得重新考虑，你是不是适合继续留在集团里了。"

江菱眼眸低垂，沉默许久，最终说："我知道了，爸。"

江绍钧这才缓了脸色，冷着声音说："明天晚上有个饭局，你跟我一块去。"

江菱抬眼，试探地问："爸，是哪个合作方？"

江绍钧说："我约到了周氏集团的人，你明天表现好一点，跟他们好好赔罪。"

江菱心里疑惑更浓了，她低下头，一副受教的模样："我明白了，爸。"

"出去吧。"江绍钧挥了挥手，不再看她。

江菱才走出办公室，周围立刻投来了数道目光。她低垂着眼，眼眶微红，看起来很失落的模样。附近的谈话声一瞬间少了下去。

童佳瑶快步迎上来，递过来一张纸巾，低声问："江小姐，您没事吧？"

江菱怔了下，接过纸巾，朝她笑笑："我没事，谢谢。"

似是想到什么，她又说："对了，江总刚刚说，明天有一个饭局，让我一起出席，可以让我看看行程吗？"

童佳瑶点点头："我等会儿发给你。"

"好，谢谢你。"

"不用客气，那我先去忙了。"

江菱和童佳瑶分别，走向电梯间。进电梯后，她看向一路沉默跟着她的年轻女人，是江绍钧的一个女秘书，姓梁。江菱按了要去的楼层，随口问："梁秘书也要下去吗？"

"不是。"梁秘书赧然地笑笑，解释说，"抱歉，江小姐，江总怕您情绪不好，吩咐这段时间让我暂时跟着您，帮您减轻些负担。"似是不好意思，她又补充了句："希望您不要介意。"

江菱稍怔了下，说："没关系。"

梁秘书果然跟了她一路，直到来到投资部的办公室外，她才停下。

梁秘书说："江小姐，我就在外面，不会打扰您的，有什么事可以喊我。"

"好。"江菱不露声色地朝她点点头，转身走进办公室。

关上门，她透过百叶窗帘的缝隙，观察外面的梁秘书。说是"减轻负担"，事实上是"监视"吧？松开百叶窗帘，江菱嘴角勾起讥诮的弧度，转身走向她的办公桌。

周氏集团，办公室里，刘助理正在跟言或汇报一天的行程。

汇报结束，他停顿几秒，又小心翼翼地提起一件事："周总，网上出现了您和江小姐相关的报道，虽然话题已经掉下去了，但是还是有一定影响的，需要撤掉吗？"

"不用。"言或头也没抬，声音也淡，"再买一波热搜，把话题炒热。"

刘助理一瞬间以为自己听错："再买一波……热搜？"

言或抬头看向他。

刘助理心领神会，立刻说："好的，周总，我马上就去。"说完，他迅速离开了办公室。

言或合上文件，堆到一边，唤醒睡眠状态的笔记本电脑，浏览着网上的报道，轻哂一声。他倒要看看，那朵小玫瑰打的到底是什么主意。

江菱坐到转椅上，打开笔记本电脑，又给合作的记者拨了个电话："网上的话题热度是怎么回事？怎么会铺天盖地都是？"

事情的发展走向确实有点奇怪，在意料之中，但又有些出乎她的意料。她只找了几个不知名的营销号发布那些照片，再借童佳瑶和其他人之口让江绍钧看见这些报道。按理说，不会有如此高的热度。

对方却说："不是的，江小姐，有人给我们买了热搜，现在话题已经进入热搜榜前十了。"

"有人买了热搜？"江菱有些惊讶。

通话刚结束，手机又震动起来。她收到了言或的信息。

小助理："网上的报道是怎么回事？"

没想到小助理的质问来得这么快，但江菱当然不会承认。

她回了句："什么报道？"

小助理："你发照片就算了，买热搜算怎么回事？"

江菱指尖一顿，她忽然间明白了什么，嘴角很轻地弯了下。

她一瞬间淡定了下来，回复："照片不是我发的，热搜也不是我买的。"

小助理："你觉得我会信吗？"

小助理："你就这么迫不及待把我们的关系宣扬出去？"

江菱没回答他的问题，直接岔开话题："周总看到报道了吗？"

小助理："你觉得呢？"

江菱不回复了，她把手机搁到一旁。工作邮箱有新邮件进来的提示。她打开童佳瑶发来的行程表，很浅地扫了眼，才拿起手机，点开言或的头像，慢悠悠地打字。

江菱："言先生，你知道周立棋这个人吗？"

大概过了有一分多钟，言或才回复，但只有一个标点符号。

小助理："？"

江菱："听说他是你们周总的远房表弟？"

小助理："你听谁说的？"

小助理："你提起他做什么？"

江菱："我爸这几天约了合作方洽谈业务。"

江菱："想着你会认识，就找你打听一下。"

江菱："既然你不知道，那就算了。"

小助理："远房表弟姓周，江小姐的语文是不是学得不太好？"

江菱发了个笑脸表情，直接略过话题。

江菱："言先生，周总是不是生气了？"

言或一直没有回复。

江菱也不着急，关掉江绍钧的行程文档，打开另一份文件，直到看完，才重新拿起手机催促他。

江菱："言先生？"

小助理："为什么这么问？"

这回倒是回复了，但看起来似乎很不耐烦的样子。

江菱不自觉地弯了弯唇角，回复说："刚刚听我爸说，周氏集团警告了他。"

江菱："说不希望再有这种影响他们声誉的事发生。"

小助理："什么时候的事？"

江菱似是惊讶："嗯？言先生也不知道这事吗？"

江菱："难道你也被周总迁怒了？"

小助理："没有这回事。"

江菱："言先生指的是，没有警告这回事，还是你没有被迁怒？"

言或却没回答。

小助理："听前台说，你今天没来了。你不是说不见到周总不罢休。"

江菱："哦？言先生是希望我继续去吗？"

小助理："你想多了。"

小助理："我只是确认一下。"

小助理："这两周你给我们的工作人员添了不少麻烦。你不来，我想他们应该都会很高兴。"

江菱："那我不去了，言先生也会高兴吗？"

小助理："你不是说见不到周总不会放弃吗？这就退缩了？"

这时，有人敲门。

"江小姐。"门外传来那位梁秘书的声音。

江菱低头，加快了打字的速度："没有，最近有点事要处理。"

江菱："我得忙了。"

江菱："再聊。"

回复完毕，她放下手机，对门外的人说："请进。"

这一天在平静中度过。饭局的时间定在了晚上七点。刚过下午三点，梁助理便过来提醒江菱，需要提前准备赴约的事。

"江小姐，江总让我带您去挑选礼服。"

"好，我知道了。"

江菱应下，跟着她到附近的商场挑选礼服。江绍钧难得大方，直接把他的副卡给了她，能看出他对这次饭局的重视。

五点半，江菱走出商场时，江绍钧的车早在外面等候。

"怎么这么慢？"看到她上车，江绍钧有些不耐烦地说。

他又打量一番她的打扮，勉强满意，又不忘叮嘱："等会儿要好好表现，不要丢我的脸面，知道吗？"

"我知道了，爸。"江菱听话地应下。

江绍钧对江菱这两天乖巧的表现十分满意，但还是不放心，一路都在叮嘱她饭局上的注意事项。一小时后，车子到了目的地。这场饭局的地点在郊外的一家中式餐厅，依山傍水而立。深秋时节，餐厅外种植的枫树全染上了浓烈的秋色，古色古香的外观，小桥流水从中穿过，在大片火红的映衬下，别有一番风味。

下车时，江菱接到了周韵宁的电话。

周韵宁说："菱菱，刚刚我回到家里，突然来了一个人来敲门，说是物业，看见我又走了。是怎么回事呀？"她又压低了声音，问，"你

170

什么时候回来？我总觉得有些奇怪……"

江菱说："我暂时回不去。"

"嗯？"周韵宁愣了下，"为什么？"

江菱："那个物业估计是我爸派去的人。"

她又补充："晚上我有个饭局，在松鹤饭店。"

"如果晚上我没回去，你就——"

话未说完，就被前方的江绍钧不耐烦地打断："江菱，还不快点跟上。"

"我有点事，先挂了。"江菱低声说完，挂断电话，然后将手机调到静音模式，塞回到包里。她跟上前，服务生引着两人往里走。

那边通话结束，周韵宁却越想越不对劲，又重新拨打江菱的电话。电话能打通，但始终无人接听。

"这是怎么了？"周韵宁喃喃自语。回想起这两天发生的事，她脸色凝重，立刻把电话打到言或那边去。

电话才接通，她便毫不客气地质问："周予言，微博上的热搜是不是你买的？你知不知道，因为你那些热搜，她被她爸禁足了！"

几秒的停顿，言或问："怎么回事？"

周韵宁说："还能有什么回事？你也知道菱菱她爸是什么人，他看到微博上的热搜还不生气吗？现在她连自己家也不能回，还要被她爸逼着去饭局——"

言或："你说什么？"

"我说这都是你的错！如果不是你，她也不会……不对，你别转移话题——"

"我知道了。"

"喂喂？周——"

电话已经被挂断。

周氏集团。

"周总？"等他挂了电话，刘助理才提醒，"那晚上的饭局……"

"晚上的饭局推了。"

言或站起身，吩咐说："查一下周立棋最近的行程，立刻发给我。"

刘助理有些疑惑，但还是应下："好的，我这就去。"

江菱跟着江绍钧进入包厢，里面已经坐了几个人。

为首的是一个年轻男人，穿着正式的西装，打着领带，眉目俊朗。

"周先生，您好。"江绍钧迎了上前，脸上笑意满满，"怎么来得这么早，这让我多不好意思啊。"

"我不是很喜欢让人等。"年轻男人站起身说，余光瞄向江菱，却带了几分不自然，又很快移开。

江菱不动声色地跟着江绍钧走上前。江绍钧主动介绍说："这是小女江菱。之前她不懂事，惹出了这么大的事，我特意让她过来向各位道歉赔罪。"

他看向江菱，用眼神暗示："江菱，这位是周立棋周先生，还不快点跟人家打招呼。"

江菱微笑："周先生，您好。"

"江小姐，幸会。"周立棋说。

一番客套后，众人落座。

菜上齐后，江绍钧又看向江菱："江菱，还不敬周先生一杯。"

周立棋张了张嘴，想说话。

江菱举起面前的酒杯，笑笑："周先生，我敬你。"白酒灼喉，只浅抿了一口，她便感觉到喉咙火辣辣的痛，忍不住皱眉。

"江小姐这酒量好像不太行啊？"在座有人开玩笑道。

"行，行了，酒量要是不好，就别喝了。"周立棋连忙劝说。

江绍钧以为他生气了，连忙说："周先生，您别生气，我让她再敬您一杯赔罪。"

江菱的酒量其实一般，一两杯红酒倒不至于醉，但换了白酒，就不一样了。半杯白酒下肚，她只感觉胃部火辣辣地燃烧了起来。

"抱歉，我上一下洗手间。"酒过三巡，江菱忍着强袭而来的晕眩感，勉强站起身走出包厢。往前走了几步，突然一阵天旋地转的感觉袭来，她扶着墙壁，再也没有力气继续往前走。

"喂，你没事吧？"身后传来一道声音。江菱回过头，意识混乱间看到周立棋迎面走来，向他伸出手。

172

江菱犹如惊弓之鸟般往后退，用力拂开他的手："你放开我！"

　　但她脚步不稳，身体一歪，似乎要向旁边倒去。

　　"你喝醉了吗？"周立棋一个箭步上前，刚要伸手接住她，就被人拦住了。

　　他一愣，先是看到一双皮鞋，抬起头，江菱已经被人抱在怀里。看到来人，他浑身僵住，忍不住双腿发颤："言，言，言哥！"

　　言彧眼神锐利，声音冰冷："是你灌她酒的？"

　　周立棋立刻摆手摇头，着急地澄清："哥，我的亲哥！这可是她自己喝的，不关我的事！"

　　言彧瞥他一眼："那还不快滚？"

　　"好的，好的！我马上就滚！"周立棋迈出一步，回头看了江菱一眼，又忍不住问，"那江小姐……"

　　言彧面无表情地说："人我带走了，那边你自己处理好。"

　　"好的，我这就去。"周立棋紧张地咽了口口水，几乎是落荒而逃。

　　"江菱，醒醒。"言彧看向怀里的江菱，叫了她几声，她都没有反应。他皱了下眉，直接抱起她，大步走出餐厅。

　　夜色朦胧，街灯散发出模糊的光，融入了浓浓的夜色中。言彧把江菱安置进副驾驶座，给她系好安全带。车内的灯亮着，映照出她安静的容颜。她靠在座椅上，脸色泛着醉后的红晕，却乖巧安静得像一只小猫崽，令人莫名心疼。他静静地看着她，眉头皱得更深。突兀的手机铃声响了起来。言彧收起思绪，关上车门。他并没有上车，似乎在跟外面的人说什么。

　　车内，江菱缓缓睁开眼，透过车窗观察外面的动静。她从包里翻出手机，一分钟前，有一条信息进来。

　　先是一串疯狂的省略号。

　　"姐，怎么回事？这和原本说好的不一样啊？你怎么没告诉我大魔头会来，我大概要完蛋了！这得加钱！！！"

　　江菱删掉短信，默不作声地将手机放回到包里。

　　几分钟后，驾驶座的车门被打开。江菱假装刚醒过来的样子，看向言彧："言先生？"她扶着脑袋，打量着周围的环境，"我怎么会在这里？我刚刚不是在……"似是回想起之前发生的事，她问，"你带我

173

从那里离开了？"

言或关上车门，回头看向她，深呼吸，似是在极力隐忍着："发生这样的事，为什么不告诉我？"

"告诉你什么？"江菱似是疑惑。

言或紧盯着他，翻涌的情绪直接沉入黑暗的深渊下："你为什么要来参加这样的饭局？"

江菱沉默了下，低声说："这并不是我自己想来的。"

言或："既然不喜欢，为什么不拒绝和反抗？"

江菱跟他对视片刻，露出一个笑容，透着无奈。她小声说："可是我现在还没有反抗的资本啊。"她靠到座椅上，有些疲惫地闭了闭眼，接着说，"我爸就是这样的人，把我当成工具。"江菱垂着眼睑，声音很低，带着淡淡的失落："我不喜欢，那又有什么办法？"

以往的江菱，骄傲、张扬、艳丽，是在风中肆意绽放的火红玫瑰。但现在的她，却虚弱、无力，像一只布满裂痕的瓷娃娃，一碰就会碎掉。

言或沉默。

她又抬头，朝他露出一个脆弱得令人心疼的笑容。

"言先生，我好像没地方可以去了，你能收留我一天吗？"

第九章　报　酬

言彧的心脏莫名地揪紧一下，他看着她，声音沉哑："怎么没地方去了？"

江菱垂下眼睑，声音也低："爸知道我得罪了那位周先生，还从饭局上临阵逃脱，他一定会很生气的。"

言彧说："你不是有自己的住处吗？"

江菱靠到座椅上，闭上眼睛，嘴角流出一丝自嘲的笑："星沙湾那边，他已经打过招呼了，我暂时没法回去。"

"我的卡估计也已经被冻结了，现在身上一分钱也没有了。"

言彧沉默几秒，收回视线，看向前方："我送你去酒店，帮你开个房间，费用可以先欠着，以后再还。"

他说着，便要发动汽车。车厢的灯熄灭了，一下子陷入了昏暗里。言彧的衣角却在这一刻被拉住，他回头，与江菱目光相对："怎么？"

江菱很认真地问："既然不想收留我，为什么要带我离开？"

言彧还没接话，她的手机突然响了起来。铃声在狭窄的车厢内回响着，格外突兀和刺耳。江菱伸手去翻找手机，但似乎很费力，好一会儿才把手机从手袋里找出来。手机持续地响着，来电显示"江绍钧"。屏幕很亮，言彧也清晰地看到上面的名字。

江菱在他的注视下，按了下接听键。但她似乎动作不稳，在触碰屏幕的同时，误触到旁边的免提键。她也没有了把手机拿起来的力气，稍稍举了举手机，又落了回去。手机就摊放在大腿上。

　　电话才接通，江绍钧怒气冲冲的声音便传了出来："江菱，你去哪里了？怎么一声不吭就走了？你不知道大家都在等你吗？你让客人怎么看你，你赶紧给我回来！"

　　"我知道了。"

　　江菱声音很低地说了句，又抬头看向言或，神色失落："言先生，你还是把我送回去吧。"

　　"去酒店，其实和回去也是一样的。很抱歉，今天给你添麻烦了。"

　　江绍钧却听出了异样，立刻质问："江菱，你是和谁在一起？"

　　"没有，我——"

　　言或皱了下眉，伸手夺过她的手机，直接按了挂断键。江绍钧又立刻打了过来。言或再次挂断，并顺手将他的号码拉黑。

　　"言先生？"江菱看着他，似是不解。她微醺，染着醉意的眼睛在昏暗的车厢里好似格外明亮。

　　言或看向她，眼里躁意涌动："江菱，你是打算把我逼疯吗？"

　　江菱侧头看向他，突然笑了起来："哎呀，被言先生发现了。"

　　她又闭上眼睛，笑着说："是啊，我就是想把言先生逼疯。"

　　她这么坦率地承认，言或反而觉得她醉得不轻。

　　言或皱了下眉："好了，不想笑就别笑了，真难看。"

　　"言先生是嫌弃我了吗？"江菱语气失落。

　　言或干脆不接话了，把手机放回到她的包里，又帮她合上包，说："坐好，不要乱动。"他从后座上拿起自己的西装外套，盖到她身上，有些嫌弃地说了句，"早说了，不会喝酒就别喝，又在胡言乱语了。"

　　江菱很听话地把包包抱在怀里，端坐好，俨然一个乖宝宝。她看着他，很认真地说："我没有胡言乱语。"

　　言或明显不相信，他收回目光，语气平静："难受就睡一下，很快就到了。"

　　江菱眼睛亮亮："言先生这是同意收留我了吗？"

　　言或没再说话。车子发动，黑暗里，外面浮动的光影不断从他们身上掠过。

"谢谢。"良久，很轻的一声道谢，落入了言或的耳中。

半小时后，车子驶进了地下车库。车停了，言或侧头看向江菱，她依然睡着。车厢里的灯还没亮起，停车场的光线昏暗。睡着时的江菱很安静，几缕发丝有些凌乱地贴着她的脸颊，却给她的脸增添了几分别样的美感。

言或沉默着，从车上下来，走到副驾驶座前，伸手给她解开安全带。他把她的手臂搭到肩上，将她抱了出来。江菱身体贴上来的那一瞬间，言或莫名生出一种想法：她的身体怎么能这么柔软。按捺着内心异样的烦躁感，他抱着她离开停车场。

回到公寓，江菱还没醒来。言或暂时将她安置到沙发上，进厨房调了一杯蜂蜜水。他端回到沙发前，狠心地把她唤了起来。

"江菱，醒醒。"

江菱睁开眼，意识混沌间，手里就被塞了一杯东西。她迷迷糊糊地看向面前的人："嗯？"

言或言简意赅："蜂蜜水，解酒。"

"谢谢。"

江菱只喝了半杯，便放下了杯子。她的意识似乎也恢复了些，试探地问了句："言先生？是你吗？"

"嗯。"言或应了声。

"我好多了，但头好像有点痛。"江菱晃了晃脑袋，手伸向一旁的包，拿出手机，"我先给韵宁报个平安……"

但才拿出手机，江菱脑袋一晃，手机从手里滑落，掉到沙发上，她整个人像是要往地上倒。言或眼疾手快，赶紧扶住了她。她的身体顺势滑落，整个人扑进他的怀里，脑袋也枕到了他的肩膀上。言或浑身一僵。

江菱的脸完全贴到他的脖颈上，微微烫热，温热的气息喷洒到他的后颈和耳边，那种强压下去的烦躁感再次升上来。言或眼神暗了暗，突然不想再忍耐了。

"江菱。"他轻唤出她的名字，声音异常暗哑，"你上次说的话，还

177

有效吗？"

江菱勉力抬起头，眼神朦胧："什么话？"

言彧从口袋里摸出一张折叠起来纸，展开，上面有一个红色唇印。

"这是？"江菱眯了眯眼，努力看清了纸上的内容。她回想了下，依稀回想起来，这似乎是她第一次来言彧家里时留下的那张告别纸条。

言彧眼神幽深："来当你的助理的事。"

江菱抬眼，有些为难地说："可是，我上次就已经说过了，已经付不起言先生的报酬了。"

言彧说："我不要工资。"顿了顿，他说，"你可以换一种方式给我支付报酬。"

"什么方式？"

言彧一手撑到她身侧，将她完全圈在怀里。他低下头，很轻地吻了下她的唇，声音低哑："比如说……这种方式。"

江菱突然笑了下，顺势搂过他的脖颈，贴了上去："可是，言先生不是不愿意跟我进一步发展关系吗？"

言彧的吻流连到她的嘴角，停住："你想多了，这只是合理讨要酬劳而已。"

江菱仰头看着他，笑着说："可是，我的目标是周氏集团的总裁。"

言彧眸色幽深："我知道。"

江菱低声："那言先生不介意吗？"

"你需要周总帮你实现的事，我也能够帮你办到。"言彧嗓音很低，几近呢喃。

"这样吗？"江菱似是认真考虑，不知想到什么。她抬眸，很认真地问，"可是，言先生不是不行吗？"她又笑了下，"这样的话，你不会很吃亏吗？"

言彧眯眼，语气危险："你说我……不行？"

"难道不是吗？不然上几回——"

言彧懒得解释，直接以吻封缄，所有声音都消失了。江菱伸出手，攀住他的肩膀。不知什么时候，她完全被笼罩住了。

喘息的空隙，江菱问："言先生，你知道你现在在做什么吗？"

言彧抵着她的唇，声音嘶哑："我又不是现在的你，我知道我现在在做什么。"

现在的他，可是清醒得很。

"是吗？"

言或捏过她的下巴，又吻了上去。江菱热烈地回应着他。情到浓时，沙发上平躺着的手机突然响了起来，突如其来响起的铃声扰人清梦。亮着的屏幕上，显示的是"周韵宁"的名字。言或扫了一眼，没有理会。五十六秒后，周韵宁自己挂断了电话。但不一会儿，一个视频邀请便弹了出来，还是来自周韵宁。手机不知什么时候开启响铃模式，叮叮当当响个不停。言或不耐烦地伸手去关掉。但江菱却搂住他的腰，不容许他离开。他手一歪，误触到了"接通"键。

"菱菱，你没事——"周韵宁看到出现在视频界面上的言或，当场就愣住了。

"言或？！"她呆怔了好一瞬，才猛地反应过来，"怎么会是你接的电话？这不是菱菱的手机吗？菱菱呢？"

但下一秒，江菱的身影便出现在画面前："言先生，怎么不继续了？"

似是听到手机里的声音，她又回头，似是疑惑："韵宁？"

周韵宁看到眼前一幕，直接惊呆了："菱菱，你和言或在做什么？"

"言先生？"江菱笑了下，搂住言或的脖颈，直接吻了上去，"我和言先生……现在在给言先生支付他的酬劳。"

周韵宁没听懂："什么酬劳？"

江菱脸上泛着不正常的红晕，说的话也语无伦次，一看就不是正常状态。

"你是不是喝酒了？"周韵宁着急。她大喊起来，"言或，你这王八蛋居然乘人之危！对一个神志不清的女孩子下手，你还是不是人？你赶紧放开菱菱！"

但无人理会她。周韵宁无能为力，只能眼睁睁地看着言或搂过江菱的腰，继续和她拥吻在一起。但在周韵宁的眼中，江菱是无力抵抗，只能被迫承受。周韵宁无所适从地握着手机，半晌才想起正事，赶紧喊："你这个混蛋！言或，你赶紧放开菱菱！赶紧……放开！听到没有！"

周韵宁的声音实在聒噪，言或不悦地皱了下眉，伸手去摸手机，一只手盖住了镜头，周韵宁什么也看不见了。片刻的黑暗后，视频被无情地挂断了。

外面不知什么时候下起了雨，狂风大作，雷雨交加。豆大的雨点用力敲打着窗户，噼里啪啦作响。雨幕模糊了高楼外的世界，小区里的灯光被模糊虚化，最终化为一团萤火，装点着浓沉的夜色。

江菱有些疑惑地问："我刚刚好像听到了韵宁的声音？"

"你听错了。"言或哑着声音，不满地说，"专心点，不要走神。"

江菱却被外面的动静吸引："外面下雨了？"

言或眼神略暗，低声问："那进房间去？"

江菱没说话。言或只当她默认同意了，抱着她起身，走向卧室。进房间后，他却往办公桌那边走。

"言先生，你……要做什么？"江菱有些不解地说。

言或在她的耳边低声说："既然你答应了聘用我，我们是不是应该签一份协议？"

江菱满眼睛蒙着一层水雾："签协议的事不能明天再说吗？"

言或无情地拒绝："不了，免得明天醒来后，你又不认账了。"

江菱用盈着水雾的眼睛瞪他，不满地说："我像是这样的人吗？"

"你不是像，你就是这样的人。"言或轻哂了声，十分肯定地说。

江菱却好像毫无所觉，打开了笔记本电脑。

她依稀看见他打开一份文档，在键盘上敲字，然后打印。

"来，先签了这份合同，"言或从打印机里拿出打印好的文件，放到江菱面前，又将一支笔塞到她手里，很耐心地诱哄说，"签了合同，我马上帮你解决问题。"

江菱感觉自己的大脑像是被僵尸吃掉了，完全失去了思考的能力。她听话地握过他递过来的笔，一笔一画，努力地在合同落款处签下自己的名字。

"很好。"看她签下名字，言或亲吻着她的嘴角，声音压得很低。

江菱仰头看他："我签完了，现在可以了吗？"

"再盖个章。"他说，"盖完章，这份合同就成立了。"言或又拿出一盒印油，打开盖子放到她的面前。

江菱眼里浮起水雾，瞪着他，似乎在控诉他的不讲信用。但也只能沾上印油，在合同上盖下了自己的指印。签署完毕，言或立刻收走两份协议，藏好。他接着又抱起江菱，走向卧室中央的大床。

江菱下意识搂住他的肩膀，睁着水雾般的眼睛看他："合同我已经签了，那现在，我们的雇佣关系成立了吗？"

"当然。"言或黑眸底下的无尽深渊里，早已涌起了滔天巨浪。

他吻上她的唇。

窗外，暴风雨交织，电闪雷鸣。雨点疯狂地敲打着紧闭的窗户，似乎要把玻璃击穿。又是一声轰隆，闪电划破天际，沉闷的雷声轰鸣而过。

今夜，玫瑰只为他而绽放。

天蒙蒙亮，外面的光线从窗帘的缝隙间透进房间，落到床的边缘。卧室里开着自动恒温，温度舒适。

江菱从睡梦中醒来，意识还未完全清醒。她凭着直觉翻了个身，把被子扯向自己，却没扯动。被子的一角似乎被人压住，她有些不适地皱了下眉，忽然之间，意识到身边躺着个人。天还未彻底亮起，屋内光线昏暗。她眯着眼，依稀看到男人线条流畅的身体，再往上是男人轮廓分明的侧脸。原本呼吸均匀的节奏在一瞬间乱了。

言或睁开眼，很自然地伸出手把她拢进怀里，轻吻伴随着低哑的声音落到她耳侧："醒了？"

江菱没动，只用眼神示意："言先生，不解释一下吗？"

"解释什么？"言或的声音像睡哑了似的，格外低沉。

江菱说："解释一下，现在是怎么回事？"

言或看着她，眸色幽深："昨天发生了什么，你不应该很清楚吗？"

"昨天发生了什么？"江菱很认真地思考了下，疑惑地问。

言或声音压低："你现在是不是要说你忘记昨天的事了？"

"我的确不清楚。"江菱迎着他的目光，面不改色道，"我只记得昨天我跟我爸去应酬一个饭局，之后发生了什么……就不记得了。"

言或低低地笑了声，说："不记得也没关系。我们昨天可是签了协议的，白纸黑字，写得清清楚楚。"

江菱抬眼看他："既然签了合同，那言先生现在这样算不算以下犯上？"

"算吗？为老板提供服务，不也是助理的职责？"言或附在她耳边低声问，"江总，你说对吗？"

"噢。"江菱懒洋洋地应了声，闭着眼睛，已经不想再动。

言或看出她的疲惫，搂着她低声问："去浴室洗澡？"

"嗯。"江菱躺在他的怀里，随口应了声。

言或起身，抱着她走进浴室。

"言先生这么早就把报酬透支完，不觉得吃亏吗？"江菱搂着言或的脖颈，稍稍抬头，看向他的侧脸。

言或纠正说："错了，我们的酬劳是按天计算的。"

"是吗？言先生可真会乘人之危。"江菱停顿了下，又似笑非笑，"不过，我得事先说明，酬劳里可不包括其他东西。"

言或扣上领口的纽扣，瞥她一眼，冷嘲一声："你以为我会在乎这么点东西吗？"

"那就好。"江菱笑着说。

她似是想到什么，看向卧室里的挂钟："言先生，今天不是休息日，你不用去上班吗？"

视线落回到言或身上，又说："现在已经快十一点了，你迟到这么久，周总不会生气吗？"

言或动作稍顿，面无表情地说："我今天请假了。"顿了顿，他又问，"想吃什么？我去做。"

"都行。"江菱无所谓地说。

言或看她一眼，抬步走出房间。

折腾了大半天，江菱浑身酸软，根本就不想动。她又在床上躺了一会儿，这才不情愿地爬了起来。江菱走出房间，在客厅沙发上找到了自己的手机。手机是关机状态。她尝试开机，发现手机还有一大半的电量。一开机，她发现手机里有许多的未接电话和未阅信息。未接来电大多是来自周韵宁、江家和江氏集团的座机号码。

江家？江菱想起什么来，点进通讯录黑名单里。果然，江绍钧的号码被拉黑了。

江菱看向正在厨房里忙碌的言或："言先生，我爸的号码为什么会在黑名单里？"

"我怎么会知道？"言或神色自若，头也没抬。

"哦？你不知道？那就奇怪了。"

江菱也没理会他的反应，将江绍钧的号码放出黑名单。不过几分钟，江绍钧的电话便打了进来。

江菱看了言或一眼，按下接听，同时开启免提："爸？"

江绍钧愤怒的声音传出："江菱，总算舍得接电话了吗？你昨天去哪里了？为什么半途从饭局离开？谁给的你胆子？你知不知道，昨天周先生很生气？你把人都得罪透了，你是不是要气死我？我给你半个小时，你马上给我回来！"

"爸，抱歉，我……"江菱深呼吸，"我可能暂时回不去。"

江绍钧气得不轻："回不来？好，好，你连我的话都不听了？既然不想回来，那就永远也别回来了！"他怒气冲冲地挂了电话，通话结束，客厅里仍有他的回音。

看来这段时间，她是暂时不能回江氏集团了。江菱似是察觉到什么，抬起头。言或正朝她这边看了过来，神色略有些复杂。就在这时，门铃急促地响了起来。

"我去开门。"江菱主动起身，走到大门前，她按下电子猫眼的键。周韵宁的身影出现在屏幕上，她来势汹汹，一脸要债的模样。

"言或，我知道你在里面，我打电话问过刘助理了，你没回集团！别想躲，赶紧给我开门！赶紧开门滚出来！"

江菱不动声色地往厨房的方向看了眼，打开门。

周韵宁急吼吼地冲进屋，却在下一刻刹住脚步："言——菱菱？"

江菱也适时地露出惊讶的表情："韵宁？你怎么会来这里？"

"我来——"

周韵宁急中生智，立刻将矛头转向言或："言或！这么晚了，你怎么还不去上班！"

她又看向江菱，解释说："是我堂哥让我来的。言或这家伙今天没

183

上班，我刚好顺路经过这里，他让我过来看看。"

言或走过来，语气不悦："你来这里做什么？"

周韵宁心虚："我，我不是说了，我替堂哥来看看你为什么无故旷工的。"

"我请过假了。"言或声音冰冷。

"怎么可能？你要是请假了，我堂哥为什么要让我过来？你什么时候请假了？"

周韵宁胡搅蛮缠，却越说越理直气壮。

"算了算了，旷工的问题迟些再跟你算。"她瞪了言或一眼，又将江菱拉到一边，低声问，"菱菱，你没事吧？昨天……"但接下来问出的问题实在难以启齿，再加上言或那虎视眈眈的目光，她实在是问不出口。

江菱疑惑："韵宁？"

周韵宁将话咽了回去，勉强笑了笑说："没事，我就是想说，看你没事就好。我……先去上一下洗手间。"

她胡乱找了个借口，带着混乱的思绪，快步走进言或的房间。她往垃圾桶里看了眼，顿时什么都明白了。她只觉得一阵天旋地转。晚了，真的晚了，言或真的已经将江菱……周韵宁在原地呆站了一会儿，才转过身，浑浑噩噩地回到客厅。

江菱看到她失魂落魄的模样，关切地问："韵宁，你怎么了？"

"没，没什么。"周韵宁强行拉回思绪，摇摇头。

就在这时，江菱的手机响了起来。

"抱歉，我去接个电话。"她起身，拿着手机走向房间。

周韵宁看她进了房间，又赶紧走到吧台前倒了一杯冷水，咕咚咕咚喝下，呼出一口气，才平复下心情。连她都有点把持不住，更别说言或，她好像有点明白"从此君王不早朝"这句话的含义了。

这个昏君，狗男人，呸呸呸！周韵宁在心里辱骂了他一番，恨不得锤爆他的狗头。她抬头，瞪向刚从厨房出来的言或。

"言或，你跟我去露台，我有话要跟你说。"

言或目光冰冷："有什么不能在这里说的？"

周韵宁立刻回过头，鬼鬼祟祟地往卧室的方向看了眼，又回过头，压低声音质问他："你告诉菱菱你的真实身份了吗？"

言或蹙了下眉头，却没回答。

周韵宁一看他的神情，就知道了答案："你是不是不想负责任？"她急了，顿时火冒三丈，几乎是脱口而出，"你都对菱菱做了那种事了，还不想给人家一个名分。你还是男人吗？"

这是他不想给名分吗？现在没有名分的人分明是他，言或内心烦躁。

周韵宁见他不回应，只当他是默认了，更来气了："你这个渣男！禽兽！狗男人！丧尽天良的狗东西！吃干抹净地就跑！占了别人便宜还不想负责任！"

被他目光盯得心虚，她还是硬着头皮挺起胸膛，虚张声势："看什么看，就算你要继续冻结我的卡，我也要骂你！"

言或扯松领带，转身面向窗户，有些烦躁地说："我会找合适的机会告诉她的，你别多管闲事。"

"我多管闲事？"

周韵宁差点被气笑。她瞪着他的背影，咬牙切齿地说："你最好说到做到！"

"什么说到做到？"

两人对峙间，江菱已经穿好衣服，从房间里走出来。

周韵宁侧头看向她，顿时有些慌神："啊，菱菱。"

江菱走过来，有些好奇地问："你们在聊什么？"

周韵宁立刻转向言或，一本正经地强调："总之，我堂哥让你下午赶紧回公司，必须要回去，有一个很重要的任务需要你去完成。"

周韵宁拼命用眼神暗示他："言或，你知道了没？"

"知道了。"言或不耐烦地应了声，转过身。

架在灶台上的砂锅正好发出沸腾的"滋滋滋"声。他转过身，关了火。香气随着砂锅里飘出的热气四溢。周韵宁忍不住往灶台上瞄了两眼。

江菱提议说："韵宁，现在也中午了，要不要留下一起吃饭？"

周韵宁回神，下意识便是摇头摆手拒绝："不了，不了，下午还有工作要处理，我先回公司，我中午随便吃个外卖就行。"

"不用急。"江菱不着痕迹地扫了言或一眼，笑了笑，"你之前让我帮你招聘的助理，大概下午就能入职了。"

言或动作一顿，却没回头。

周韵宁惊讶："哎，这么快就能入职了？"

江菱笑着说："对，正好我下午也要回公司，可以和你一起。"

"那……好吧。"没有了理由，周韵宁只好硬着头皮答应下来。顶着言或冷冰冰的眼神，又补充了句："我上个洗手间。"

言或看向她，面无表情地揭穿："你不是才上过吗？"

周韵宁瞪他一眼："要你管！拉肚子还不行吗？不让人拉肚子吗？"

但下一刻，她察觉到自己找的借口似乎太丢人，立刻灰溜溜地跑进洗手间，"砰"地关上门。

江菱收回目光，对言或笑了下："言先生，韵宁性子有些急躁，但心地不坏，希望你不要介意。"

她那性子，他还不知道？言或沉默了下，背过身去继续处理食材："午餐快好了，你先过去餐厅等着。"

江菱没走，走上前，很自然地从后面搂上他的腰。感觉面前的人背脊一僵，她勾了勾唇，笑着说："言先生，我突然想起一件事。"

"什么？"言或不甚明显地顿了下，才开口问。

江菱说："你说我们昨天签了合同。那合同是不是应该也给我一份？"

言或视线往后瞥，接着收回："为什么要给你？"

江菱似是疑惑："签合同不都是一式两份，各执一份吗？你这样，是犯规的。"

"……等会儿就给你。"言或停顿了下，又重复，"你去餐厅那边坐着。"

江菱弯起眼睛笑了下："好。"她松开手，很听话地来到客厅，坐着等餐上桌。

这顿饭全程都很安静，谁也没有说话。周韵宁低着头，一言不发地扒着饭吃，菜也没怎么夹。等结束，她迫不及待地问江菱："菱菱，现在要回去吗？"

江菱看了眼时间，说："嗯，也是时候了。"

周韵宁松了口气："那我现在就叫车。"

江菱转头看向言彧："那言先生，我先回去了。"

言彧："……嗯。"

"别忘了我们的约定。"江菱朝他一笑，又看向周韵宁，"我们走吧。"

"好。"周韵宁求之不得，赶紧拉着江菱离开言彧的公寓。

当她们走出小区，周韵宁叫的车也到了。

上车后，她立刻抱着江菱，心疼地说："呜呜呜，菱菱你受委屈了。"

江菱看着她毛茸茸的脑袋，不由失笑："我没事，别担心，我爸那边，我会想办法应付的。"

周韵宁愣了下，小声嘟囔："我不是说这个啦……"

似是想到什么重要的事，她又问："菱菱，你下午跟我一起回公司，不用去江氏集团吗？"

"江氏集团那边暂时回不去了。"江菱弯了下唇角，不甚在意地说，"我爸现在正生气着呢。"

"啊？你爸生气了？"周韵宁顿时着急，"那怎么办？会不会对你的计划有影响。"

"没关系，他要气就气吧。"江菱说，"反正我已经得到想要的东西了。"

"嗯？"周韵宁没听明白。

不过她也没在意，接着问："对了，菱菱，你说帮我招聘的助理，大概下午几点到？我好做一下准备工作。"

"估计一个小时后。"江菱给了一个大概的时间。

"真的啊，那太好了。"

她拿出手机，兴致勃勃地说："那我先订几份下午茶，下午等新人来了，给他弄个简单的欢迎仪式吧。"

江菱怔了下，说："其实不用的。"

周韵宁抬头："啊？为什么？"

江菱说："那位新来的助理可能不太喜欢这种欢迎仪式。"

周韵宁想了想，说："那怎么行，好歹也欢迎一下，我们得让他对我们公司有一种家的感觉。"

她接着又问："对了，那位新助理是什么来头？哪个大学哪里毕业的？之前有过类似的工作经验吗？还是刚毕业的应届生？"

江菱面不改色道："国内 Top1 的商学院毕业，有过丰富的相关工作经验。他在这方面，十分出色。"

周韵宁惊讶："国内 Top1？真的呀？那得起码是周……咳，的级别吧？这么厉害的人，菱菱，你是怎么挖来的？光做助理的工作会不会太浪费了？他对我们的安排没有意见吗？"

江菱笑了笑："没关系，他说愿意从助理做起。"

周韵宁佩服不已："居然找到这么厉害的人来当助理，菱菱，你太厉害了！"

想起正事，她打开外卖 APP："那我先下单下午茶啦。"

江菱看着她，弯起了唇。

周韵宁点完餐，话锋一转，又以"你不知道，言或那家伙……"为开头，跟江菱吐槽起言或来，"那家伙简直就不是个人，跟我那个堂哥蛇鼠一窝，菱菱，你可要小心……"

江菱很耐心地听着，不时点头应和。周韵宁吐槽了一路，感觉口渴，于是停下来歇气。车厢有了短暂的安静。刚好前方信号灯转红，车子减速停下。江菱打开手机备忘录，慢悠悠地写下。

"10 月 X 日，今天，是没有名分的小助理。"

她若有似无地笑一下，流光掠过车窗，映入她的眼中，随着不甚明显的笑意，一同隐入了眼底。

回到公司，刚过下午一点半，周韵宁点的下午茶套餐刚好同一时间送达。签收后，她抱着外卖过来，笑眯眯地说："我就点了六个人的份儿，另外三份我先给他们送过去。"

加上她们，公司目前只有五个人。一位负责公司里的行政和人事，另一位则是从国外分公司调任过来的，还有他的助理。

公司面积不大，只有三间办公室。周韵宁的办公室位置最好，面积也是最大的。东面是整一面的落地玻璃窗，能清楚地看到外面的风景。虽然江菱不常来，但周韵宁还是坚持在这间办公室里留了她的座位。两张办公桌排在一起，办公桌依然很宽敞。

不一会儿，周韵宁送完饮料和点心回来，打开一盒点心，放到江菱桌上："菱菱，先吃些点心，我买了 Sweet 家的水果挞，你最喜欢的。"

"谢谢。"江菱笑着道谢，继续整理桌上的文件。

周韵宁扔下包包，坐到转椅上，打开电脑，边喝着饮料边期待着那位新助理过来报道。也不知道新来的助理是可爱的小姑娘，还是帅气的小鲜肉。她坐在办公桌前想入非非，没注意到江菱抱着一叠文件走出办公室。

半小时后，办公室的门被敲响。

周韵宁迅速抽起思绪，挺直了腰，神清气爽地说："请进。"

门打开，进来一个人。

"你就是——"声音戛然而止。

看到来人的那一瞬间，周韵宁吓得差点从椅子上跌下去："呜哇哇哇！周……你怎么会来这里？"她扶着桌子起身，警惕地瞪着来人，"不对，你来这里干什么？"

言或走进办公室，言简意赅："我来办理入职手续。"

他很浅地扫她一眼，目光落到她身后空着的办公桌上："江菱呢？"

"啥？你说啥？"周韵宁的思维还停留在他上一句话上，一瞬间怀疑自己幻听了。

过了会儿，她才想起什么，连忙往身后的桌子看去。江菱没在。她才依稀想起，江菱刚才好像出去了。刚好这时，办公室的门又被打开，江菱抱着文件回到办公室。

周韵宁赶紧离开办公桌，快步走到江菱面前："菱菱，你来得正好，这人……"她又看言或一眼，"说他来办理入职手续？"

"言先生过来了？"

江菱并不意外，只笑着说："是啊，从今天起，言先生就是我们的同事了。"

周韵宁："同事？"

周韵宁一脸震惊的表情："菱菱，难道你帮我招的助理……就是他？"

国内 Top1 的商学院毕业，有过丰富的相关工作经验。难怪这条件听着耳熟，这不就是周……言或本人吗？

江菱点头："对啊，韵宁你觉得有什么问题吗？"

周韵宁深呼吸一口气，努力平复自己的心情。当然有！大大的问题！但是她没说出口。她努力挤出个笑容："没有了。"

江菱说："那我先带言先生去办理入职手续，顺便熟悉一下公司。"

"不用，我来，我来。"周韵宁回神，赶紧阻止说，"菱菱，你不是还要忙吗？这点事交给我就好。"

她看向言或，有些咬牙切齿："好歹这是我的助理，对吧？"

"好吧。"江菱回头，看向言或，笑了下，"那就拜托你了。"

周韵宁走向言或，用眼神示意："你跟我来。"走到门口，看到他还杵着不动，她又催促，"还站在干什么？不是要入职吗？"

言或这才抬步跟了上前。

周韵宁走出办公室，才逐渐从震惊的状态里回过神。让堂堂周氏集团总裁来给她管公司，她以前以为江菱只是想想而已，没想到真的把人搞过来了。

"我大概没睡醒吧？"周韵宁喃喃自语。

"周韵宁。"言或冰冷的声音传入耳中。

周韵宁如梦初醒，转过身，像是抓到了言或的把柄，压低声音警告："言或，我告诉你，现在我可是你的上司，你得听我的命令，知道没？还有，不准打着职务的旗号接近菱菱，不然我……"

言或居高临下地看着她："不然什么？"

"不然我就把你身份告诉菱菱。"

言或声音冰冷，有些不屑："你可以试试看。"

"那就走着瞧。"周韵宁气恼。

办理完手续，两人返回办公室，言或问："我的位置在哪里？"他的目光在办公室里转了一圈，落到周韵宁凌乱的桌面上。

"看什么看，没点你的。"周韵宁迅速合上点心的盒子，连带饮料一同塞进了办公桌底下，傲气地说，"没给你准备工位，你先站着吧。"

言或没理她，直接转身走出办公室。

"这什么态度嘛。"周韵宁嘟囔了声，走到江菱身边，低声问出心底的疑惑，"菱菱，你怎么把他也挖过来了？"

江菱放下手上的文件，抬起头说："言先生的工作能力很出色，我早就想把他挖过来。"

"可他怎么会答应来我们公司？之前不是一直拒绝吗？"她狐疑地问。

江菱笑着说："大概是我的诚意打动了他吧。"

哪里是诚意，分明是他对你不怀好意啊。周韵宁心底抓狂，但又不能说出口："那……菱菱，你给他开了多少工资？"

江菱说："言先生不要工资。"

"不要工资？"周韵宁惊讶，随即狐疑，"他会那么好心吗？"

周韵宁转念一想，随手从旁边的办公桌拿了一叠文件，走出办公室，喊住言彧："喂，言彧，这些文件都给我复印一份。"

言彧看了她手上的文件一眼，没说话。

周韵宁理直气壮地说："看什么看？你现在是我的助理，不应该协助我的工作吗？"

言彧什么也没说，真的从她的手中接过，拿着去复印了。

周韵宁觉得这更不对劲了，这么好说话？这人……还是言彧吗？

办公室的门大开着，江菱坐在办公室里，将外面两人的互动尽收眼底。她继续看向手上的文件，嘴角勾起了弧度。几分钟后，她缓缓起身，抱着文件走出办公室。

"既然言先生已经入职了，那我们先开个会？"

半分钟后，三人集中在会议室里。

关上的会议室门，江菱转过身，开门见山地说："都是自己人了，那我就长话短说了。"她的目光落到言彧身上，笑了下。

"我之前发去周氏集团的文件，言先生也看过了。我的目的，言先生应该也清楚了？"

周韵宁看看言彧，又看看江菱，不知道他们在打什么哑谜。

言彧抬眼，语气平静："前些天你们不是谈下了海铭集团的收购案吗？"

"你怎会知道的？"周韵宁一脸狐疑。

191

言彧慢条斯理地说："那接下来就把收购案的工作交给我，我有办法让江绍钧松口。"

"交给你，你不就是个助理吗？"周韵宁脱口而出。然而话说出口，她便察觉不对。她又改口，"你知道菱菱的计划吗？"

"江总不是要进入江氏集团的董事会？"言彧瞥她一眼，语气轻蔑，"能帮她做到这件事的，就只有我。"

这话说得狂妄，周韵宁却哑口无言。因为她知道，他说的是真的。她默默地闭上嘴，假装自己是一只鸵鸟。

散会后，江菱留在会议室里收拾文件。眼前一片阴影落下来，她抬头，发现言彧并没有走。

"言先生？"

言彧在她身旁停下，问："今天晚上，要去哪里？"

"嗯？"江菱似是对这个问题感到疑惑，"晚上当然是回家了，还能去哪里？"

言彧眯眼："星沙湾那边你不是不能回去了吗？"

江菱眼里满是笑意："不回星沙湾，我还可以去酒店住啊。"

言彧顿了顿，目光深长："是吗？"

"对了，言先生。"江菱像是想起什么重要的事，说，"我们签的合同，你好像还没给我？"

言彧沉默了下，面无表情地说："既然已经签了正式的合同，那两份合同也就没有用处了，我回去就销毁掉。"

"哦？"江菱似笑非笑，语气疑惑，"真的吗？"

言彧迎着她的目光，面不改色道："你要是有疑虑，可以跟我一起回去，我当着你的面将合同销毁。"

"那倒是不必，我相信言先生。"她几乎是不假思索地接话。

"……"

"我还有工作要忙。"江菱停顿了下，又朝他笑了下，"那言先生，江氏集团那边就拜托你了。"朝他点点头，她转身离开。

言彧看着她的背影，眼神渐渐变得幽深莫测。

晚上八点多。

周韵宁关掉电脑，边收拾自己的东西边抬头看向江菱，再次问："菱菱，明天就周末了，你真的不跟我一起回去吗？"

江菱抬起头："我暂时回不去，我爸跟那边打过招呼，我要是回去，物业估计就会立刻通知他。"

"那你今晚要去……"

周韵宁下意识地看向一旁的言或，有些犹豫地说："好吧，那你今晚要注意安全。"她又强调，"一定要注意安全。"

江菱笑了下，说："放心，我会的。"

"那我先走啦，下周见。"周韵宁拿起包包，似是想到什么，又补充了句，"有什么事记得联系我。"

江菱点点头："好，我会的。"

周韵宁这才放心下班。她离开后，办公室安静下来。偌大的办公室静悄悄的，江菱走到落地玻璃窗前，看向窗外。隔着一道厚重的玻璃，落寞在夜色里无声流淌。

言或无声地走到她身后："还不走？"

江菱回头看向他，弯起眉眼笑："言先生不也还没走？"

这一瞬间，言或只觉得，她的眼睛里也有繁星闪烁。没等他回答，江菱又问："你一整天不回周氏集团，真的没关系吗？"

"没事。"言或轻描淡写地说，将目光转向别处，一笔带过话题。

"你今晚要住哪家酒店？"

江菱说："我在 Crystal 酒店订了房间。"

言或看向她："刚好顺路，我送你过去？"

江菱停顿片刻，笑着答应下来："好啊。"

Crystal 酒店离公司不远，不过十分钟的车程。言或把车停进酒店的地下车库。

江菱解开安全带，打开车门："言先生，你其实不用把车停进来，直接把我放在门口就可以了。"

"夜里不安全，我送你。"言或跟着下车，关上车门。

江菱也没在意，径直走向电梯，乘坐电梯来到大堂，他们径直走向酒店前台，登记入住信息："你好，我在网上预定了房间。"

前台说："小姐您好，麻烦出示身份证件。"

江菱将身份证件递过去。前台录入信息后，将身份证和一张房卡递过来："小姐您好，已经登记好了。您的房间在最顶层的总统套间，您可以从那边的专属电梯直接上去。"

"总统套间？"江菱动作一顿，"可我订的是单人商务间。"

前台微笑着解释："是这样的，我们刚好在搞周年庆活动，小姐您刚好是本月第 10000 位幸运客户，所以免费帮您升级为总统套房了，而且，这期间的费用全免。"

江菱想到了什么，下意识用余光扫言彧一眼。Crystal 酒店，不就是周氏集团旗下的酒店吗？

她不露声色地收回目光，接过房卡："好的，谢谢。"

话毕，她转身向通往总统套房的电梯走去。言彧也动身跟上去，和她一起进了电梯。全程陪同江菱，直到来到总统套房门前。

江菱刷卡，打开房门，走进去，又回头看向言彧："言先生，你送到我这里就可以了。今天谢谢你了，现在也很晚了，你赶紧回去吧。"

言彧迈步走进房间，语气很淡："我今天不打算回去了。"

江菱问："言先生不回家，那要去哪里？"

言彧说："不回家，就不能住酒店吗？"

江菱疑惑："那你跟着我做什么？你不开房间吗？"

言彧的面容冷清，黑眸底下却深藏暗潮："江总，今天的报酬，你好像还没有给我结算。"

"今天的报酬，昨天不是已经支付了吗？"江菱似是疑惑，又补充说，"事先说好了，报酬是不能透支的。"

言彧走上前，向她逼近："是吗？"

江菱毫不惊慌，只看着他走近，不知不觉间，她的背脊已经抵到了墙壁上，身后无路可退。身后的门无人理会，自动关上了，发出轻微的啪咔声。

言彧扯松领带，语气从容："合同是从昨天开始签的，工作时间也应该从昨天算起。所以昨天的报酬就是昨天的。"

江菱仰头跟他对视着，笑着问："所以，言先生现在打算怎么做？"

"我以为，你已经知道了。"言或将她禁锢在逼仄的空间里，声音低沉，"江总，答应的报酬，就别想糊弄。"

江菱语气有些惋惜："哎呀，真可惜，我还以为今天可以糊弄过去呢。"

言或轻哂了声，直接揽住她，吻了上去。酒店房间光线昏暗，面前人的模样和感官在这环境下，似乎变得模糊，但是江菱能清晰地感受到这个男人给予她的感觉。

江菱意识即将迷失时，言或低沉嗓音在耳畔响起："现在，你还想见周总吗？"

"周总？"江菱说，"已经有言先生了，我见不见周总，也无所谓了吧？"

言或溢出一声轻笑。

缠绵缱绻间，言或低声问："如果江氏集团的事成了，能不能答应我一件事？"

江菱掀眸，跟他对视："什么？"

言或说："试用期提前转正。"

江菱看着他幽暗的眼神，没说话。

"回答我。"言或不满道。

江菱缓了缓，手搂上他的腰，笑着轻声说："好啊。"

翌日江菱醒来的时候，身旁已经空无一人。她抬眸往房间外的方向看了一眼，也没有起床。今天是周六，难得休息日，也不用太早起。不过……江菱抓过床头柜上的手机看了眼，现在已经十一点多了。她的自制力一向不错，但竟然一觉睡到了现在。在床上磨蹭了一会儿，江菱才懒洋洋地坐起身。床头的位置，放着一套干净的新衣服，普通的女装，正好是她的尺寸。江菱穿上这套衣服，走出房间。

刚走进小厅，就听见言或的声音传来："预期目标已经达到，接下来只有……"余光看见江菱走进，言或果断中断了话题，"那今天先到这里，有什么情况，周一再给我汇报过来。"

他关掉视频，合上面前的笔记本电脑。

江菱走过去："言先生，怎么起来的时候，不叫醒我？"

"叫醒你？"言或瞥她一眼，"我是怕你今天一整天都起不来了。"

江菱很自然地忽略过话题："这套衣服是你让人送过来的吗？"

"嗯。"言或短促地答了声。

"谢谢。"

江菱笑着说，目光落到他的笔记本上："你还需要忙吗？"

言或说："已经忙完了。"

江菱提议说："也快中午十二点，今天是周六，我们出去吃饭？"

言或没什么意见，站起身说："想去哪里？"

江菱说："我知道这附近有间日料店不错，不如就去那里？"

江菱说的那家日料店离酒店并不远，就在附近的商业城里，走路过去也不过十多分钟。两人也没有取车，直接从酒店步行过去。穿过人行道，江菱忽然看到了什么，停下脚步，看向一个地方。

"怎么？"言或问，也下意识顺着她的视线看去。

不远处，有人快步经过。江菱微微眯眼，那人是江绍钧的心腹，陈颖。

今天的陈颖并不是平时在集团里职场女精英的职业装打扮，而是穿着羊绒连衣裙，画着与平时不同的妆容，耳朵缀着珍珠耳环。江菱还是头一次看见她这样知性优雅的打扮。路边的中餐厅外，有一个年轻男人在等她。陈颖带着一脸急色地快步走过去，拉着年轻男人不知说了什么，便和他一起进了旁边的中餐厅。

江菱说："那不是我爸的好搭档吗？"

言或问："你认识？"

"算是吧。"

"那是我爸的，"江菱顿了顿，"老情人。"

言或收回视线，问："那还去吃日料吗？"

江菱笑了下，说："突然不想吃日料了，我们中饭就在这家店吃怎么样？正好我也想试试这里的招牌菜。"

"好。"

第十章　调　查

　　进了门，身穿汉服的服务生将两人迎进餐厅。即使是周六中午，这家餐厅里的客人也不多。江菱随手翻了翻菜单，这家店最普通的菜品都是大三位数起，难怪客人少。镂空雕花隔成了一个个小隔间，隔断上镶嵌了磨砂玻璃，入口处垂了一道竹帘，看起来隐私性极好。但安静下来，也能听到隔壁隐约传来的谈话声。

　　年轻男人着急的声音传来："颖姐，怎么办？我要怎么办？要是这事情被公司知道了，我，我肯定要完了。"

　　陈颖问："你怎么会这么糊涂？而且这么重要的事，你之前怎么没告诉我？"

　　"我，我之前也不想的。"年轻男人语无伦次，"那时候我妈刚好被查出癌症，我，我也不想麻烦你，我一时着急和糊涂就……我原本以为每个月补上一点，就能把那个坑填上了，但，但是没想到……集团总部的新总裁才刚上任，就对集团进行了大刀阔斧的改革。现在很快就要轮到我们分公司了。"

　　陈颖按住他的手，劝说："你先冷静，你们总部的人什么时候过来？"

　　年轻男人说："下周。下周总部的人就要来检查，要是……要是他们查到了我贪……"

"嘘!"陈颖迅速抬手捂住他的嘴巴,打断了他,压低声音道:"有些话不能直接说出来。"

"我知道了。"年轻男人有些无措地点了下头,又着急道:"那颖姐,我要怎么办?"

他一脸的沮丧:"失去这份工作也不要紧,但我妈还在医院,万一我坐牢了,她该怎么办?"

"别着急。"陈颖递过去一张卡,冷静地说:"这卡里有一百万,你先去把窟窿给补了。"

年轻男人愣住:"可是,颖姐,这钱不是……"

陈颖吐出一口气:"没关系,钱只是小事,先帮你渡过难关。集团的事情和你妈妈的治疗费,我会帮你想办法的,你不要太担心。"

年轻男人挣扎许久,还是收下了银行卡。他感激地说:"颖姐,谢谢你。"

"不用谢我。"她握住年轻男人的手,安慰说:"你也要振作起来,就算是为了你妈妈,还有我们的孩子……"

江菱听到这里,又翻了一页菜单,抬头看向对眼的言彧。

"言先生,想吃什么,今天我请客。"

言彧放下手中的茶盏,抬头看她:"你的卡不是被你爸冻结了吗?"

江菱稍怔了下,随机笑道:"也可以走公司的账呀,为新入职的员工接风洗尘,不是很正常?"

"你点就行,我都可以。"言彧言简意赅。

江菱合上菜单,叫来服务员,点了几样菜。很快,菜上来了。这里菜品的确不错,对得起这个价格。

他们才吃一半,隔壁桌已经结账了。隔着竹帘的缝隙,江菱看到陈颖和年轻男人迈着匆忙的脚步,从他们的隔间前走过。两人离开了餐厅。听着脚步声从耳边消失,江菱站起来说:"我去一下洗手间。"

江菱进入洗手间,拿出手机,拨了号码:"帮我调查一下江氏集团的陈颖。"

"嗯,她这几年的经历都调查一遍,越详细越好。"

江菱回来的时候，路过前台，顺便结账，却被服务员告知："跟您一起的先生已经结账了。"

她回到隔间，略有不解地问："言先生，你怎么结账了？不是说好我请吗？"

"你想要请客，以后有的是机会。"言彧站起身，轻描淡写地说，"走吧。"

周一，江菱拿到了陈颖的调查报告。她翻看着文件，有些意外。

"陈颖……怀孕了？"

陈颖有了一个月的身孕，但孩子竟然不是江绍钧的，而是那天见到的那个年轻男人的。

年轻男人叫杨明浩，是陈颖认识的一个刚毕业的职场新人。

杨明浩毕业于 C 大金融系，出身于一个贫穷的家庭，自幼失去了父亲，由母亲打零工养大。他从 C 大毕业，入职君泽科技的财务部。杨明浩也争气，短短三年便从普通员工升职为财务部的小主管。一月前，陈颖体检的时候，意外发现自己怀孕。调查报告显示，陈颖最近频繁在新楼盘看房。直到半年前，杨明浩的母亲被查出了癌症晚期。面对巨额的治疗费用，杨明浩从公司贪污了近一百万。

"他和陈颖竟然还是真爱。"江菱合上调查报告，"没想到陈颖有这么大的魅力，居然能让小奶狗对她死心塌地。"

"江总听起来很羡慕？"言彧语气凉凉。

"这有什么好羡慕的。"江菱笑了下，意味深长看他一眼，又低头看向手上的报告，"这么说，他们之前提到的集团，就是君泽集团。"

君泽科技，就是君泽集团旗下的公司。

江菱思索了会儿，看向言彧："言先生，你对君泽集团了解吗？他们最近有很大的人事变动？"

言彧说："有过合作，但自从新总裁上任之后，就没怎么接触了。"

他顿了顿，又说："新上任的总裁是傅以行，你应该听说过。"

"傅明建的儿子？略有耳闻。"

江菱若有所思："原来是他，将我爸拒之门外的人。"

江绍钧一直想和君泽集团合作，一直被拒之门外。

她又问："那你对他了解吗？"

"是一个非常难缠的家伙。"言或给出一句评价。他停顿了下，"不过，如果你要是想见他，我想他应该不会拒绝。"

"你就这么肯定？"江菱疑惑，"他连我爸都不见，会愿意见我？"

言或极淡地笑了下，转过身去。

"那个……打扰一下。"周韵宁探过头来，小心翼翼地打断，"菱菱，下周的投资者商业峰会，好像蛮多大腕要参加的，主办方给我们发了邀请函，要参加吗？"

江菱收起思绪，看向她说："好，参会名单发我一份吧。"

"OK。"周韵宁收回视线，继续对着电脑操作。

言或问："投资者商业峰会？是 G 区的那一场？"

江菱看向言或，笑着问他："言先生有兴趣，那下周要一起去吗？"

言或："不了，我还有事。"

江菱有些遗憾："那就算了。"

周韵宁敲键盘的动作迟缓下来，她转过头，用别有深意的眼神看着言或："对了，我看了参会名单，我堂哥好像也会去哦。言或，你作为我堂哥的助理，不去没关系吗？"

言或瞥她一眼，语气很淡："我有其他任务。"

"周总也会参加峰会？"江菱似是惊讶，看着言或，却还是笑着，"那真的没关系吗？"

言或一顿，说："没关系。"

周韵宁一脸看好戏的表情，正要回头，忽地想起一件事："不过，菱菱，我在参会名单上也看到了你爸的名字。他参加的话，到时候大概率会碰见，那要怎么办？"

"碰见也没关系。"江菱笑了下，不甚在意，"反正，我跟他迟早也要见面。"

她看了一眼手机上的时间，又说："我约了人，时间快到了，先走了。"

言或跟着起身，说："需要我送你吗？"

"不用了。"江菱朝他一笑，"我叫了车。最近公司里的事情有点多，你留下来帮韵宁吧。"她转身离开。

周韵宁往门外张望几眼，又看向言彧，幸灾乐祸地呵了声："被嫌弃了吧？"

言彧冷着一张脸，没说话。

她上下打量着他，有些嫌弃地说："你现在这个样子，真像是菱菱包养的小白脸。"

言彧："……"

似是想到什么，周韵宁下意识压低声音问："说起来，你打算什么时候跟菱菱坦白你的身份？"

言彧皱了下眉，语气不耐烦："我有分寸。"

"你说的有分寸，就是像现在这样？"

周韵宁说着说着，就被气笑了："菱菱认认真真跟你谈恋爱，你却隐瞒身份，玩弄人家感情？"

言彧轻嘲："你觉得她是认认真真跟我谈恋爱？"

"难道不是吗？谁像你这个渣男一样，随便玩弄别人的感情？"

言彧不理她，低头处理文件。周韵宁只能生气地瞪言彧一眼，继续坐下工作。

投资者商业峰会如期而至。峰会将在酒店内举行，共三天。这天一早，周韵宁驾车来接江菱，然后直接启程前往峰会举办的地点——Cadence 大酒店。这是一家五星级的度假式酒店，位于 B 市西郊，临山而建，是一个很好的度假地。

一小时后，她们到达目的地。泊好车，两人直接前往一楼大堂的登记处，向接待的工作人员出示邀请函，登记个人信息。办好入住手续，两人拖着行李箱往电梯走去。

前往电梯间的路上，周韵宁犹豫了下，还是开口："菱菱，有件事我觉得我一定要告诉你。"

"什么事？"江菱疑惑。

"就是。"周韵宁深呼吸一口气，斟酌着言辞，"言彧他其实——"

忽然一道熟悉的声音传入耳中："江菱，你还敢出现在我面前？"

江菱动作一顿，不动声色地转头，看着江绍钧怒气冲冲地朝她走了过来。

"你今天来这里做什么？！"

江菱解释说："爸，我今天是陪朋友来的。"

江绍钧冷笑："朋友？你的什么乱七八糟的朋友？"

周韵宁上前一步，说："菱菱跟我一起来的，怎么？你有意见？"

这时，在场不少人认出了周韵宁。一个戴着金丝眼镜、精英模样的男子走过来，朝她举了举手中的红酒杯："周小姐，您也来参加峰会了，您是代表周氏集团来的吗？"

周韵宁从侍应手中的托盘拿下一杯红酒，跟面前的男人碰了下杯，笑道："不，我是代表LX公司来的。"

这句话像是一颗不经意间落入湖水中的小石子，激起了千层浪。不少人顿时有了猜测，也就是说，LX公司背后很可能是周氏集团？这个消息悄然在会场传开。而且，这种场合完全就是周韵宁的主场，她应付自如，游刃有余地周旋其中。

这次到投资者峰会原本就是为了引江绍钧上钩。为期三天的峰会结束后，江绍钧果然派人找上门来。在周韵宁的引导后，LX公司和江氏集团达成了股权合作。通过股权合作的模式，LX公司得到了江氏集团1%的股权。

"一个月后，就是江氏集团的股东大会了。"

言彧说："虽然成功套路了江绍钧，但只从他手上得到1%的股权，这点股权在股东大会上占据的表决权微不足道，是起不了多少作用的。"

江菱说："我当然知道，最关键的还是周予言手里16.5%的表决权。"她转头看向言彧，"言先生，你有什么办法帮我得到？"

"如果我说，本来是有办法的，但是——"他一顿，刻意停下来。

江菱挑眉，接着他的话问："但是什么？"

言彧淡淡道："周总未必会愿意出席江氏集团的股东大会。"

江菱挑眉："言先生之前不是说，周总能够帮到我的事，你也能够办到吗？"

周韵宁在一旁应和："对啊，菱菱请你回来，不就是为了得到我堂哥的股权支持吗？如果你连这么简单的事情都办不到，那花这么大价钱请你回来干什么？吃白饭吗？"

言彧停顿几秒，嘴里溢出一声笑："的确是这样没错。"

"毕竟收了江总这么多天的酬劳。"他看江菱的眼神耐心寻味，语气更是意味深长，"我当然会尽我所能。"

江菱仍然面不改色，笑盈盈地说："那这事就拜托你了。"

言彧短促地轻笑了下，又问："股东大会的提案会写吗？"

江菱说："当然，这事就不用言先生费心了。"

她看了眼时间，又说："时间不早了，我该回江氏集团了，不然我爸会起疑。"

言彧徐徐站直，缓缓开口："下周我要出差，接下来的一周也不能过来了，跟你请个假。"

江菱停下脚步，回过头。

但她还没说话，周韵宁已经抢先问出口："你要去哪里？"

言彧瞥她一眼，说："Y国。"

周韵宁狐疑："你要去Y国？那岂不是……"

言彧没理她，看向江菱："要是有什么事，就直接联系我。"

他停顿了下，又说："如果联系不上，就联系刘助理，我等会儿把他的联系方式发你，让他转告我。"

"联系刘助理？"江菱挑眉，似是不解，"他不是周氏集团的员工吗？联系他合适吗？好像不是太方便吧。"

言彧神色自若："我和他私交不错，他不会拒绝的。"

周韵宁撇了撇嘴，忍着翻白眼的冲动。

江菱只笑了下："这样吗？那我知道了。"

投资者峰会之后，江绍钧和江菱似乎冰释前嫌了。江绍钧再也没提起那天饭局的事，每天见面对她也是和颜悦色。还总是不断旁敲侧击向她打听周韵宁，江菱每次都是三言两语应付过去。他们之间的关系始终像是冬季湖面上的薄冰，暗藏危机。

这天一早，江菱给江绍钧送完资料回办公室。在途中，她遇到了陈颖。

江菱主动开口打招呼："陈总。"

"江小姐。"陈颖朝她点了下头，便径直从她身边走过去。

江菱喊住她："陈总，稍等一下，可以问你一件事吗？"

"江小姐有事？"陈颖停下脚步，看了眼时间，语气带着一丝不耐烦，"我等会儿还要开一个会议。"

"不会耽搁太久，就是想问一句——"江菱笑了下，"陈总之前有去过 Crystal 酒店附近的中餐厅吗？"

陈颖脸色一变："你问这个做什么？"

"那天我和朋友去那家中餐厅吃饭，遇到了一个跟陈总长得很像的人。"江菱停顿了下，又笑笑，"不过打扮风格完全不一样，有可能是我认错人了吧。"

"我没去过那附近，的确是你认错了，失陪。"陈颖语气冰冷，短促地扔下句话，便转身离开。

江菱目送她快步进了电梯，淡笑了下，转身返回办公室。

坐下不久，她就收到了一条来自陌生号码的短信："我们中午谈谈。"

江菱回复："请问你是？"

对方回："刚刚我们见过。"

江菱挑了下眉。

这时，有人敲响办公室的门。

"请进。"江菱随口回了句，回复信息："好。"

她收起手机，抬头看向来人，刚刚敲门的是方嘉铭。

方嘉铭站在门口，也注意到她脸上的笑意，挑眉问："事情解决了？"

江菱笑着说："算是解决了一部分。"接着又问，"你这边呢？"

"嗯，一切顺利。"方嘉铭走进来说。

江菱心情愉悦："那就好。"

"晚上有空吗？"方嘉铭笑了下，又问，"一起吃个饭，就当庆祝？"

"今晚吗？"江菱稍怔，不知想到了什么，抱歉地笑了下，"已经约了人。"

方嘉铭有些遗憾，但还是说："那下次再约。"

"好。"

"那我先去忙了。"

方嘉铭离开办公室，顺手帮她关上门。

江菱坐在办公室里，看着电脑渐渐出了神。突然有点想念小助理，小助理去 Y 国出差……也有一周了吧？不知道，他现在在做什么？想到这里，她拿起手机，打开言或的对话框。

江菱："现在有空吗？"

但等了许久，言或也没回复，大概是在忙。

江菱："那等你回来再说。"

言或看到江菱给他发的消息的时候，已经是下午四点多。他刚下飞机。手机刚开机，便有一大堆消息进来。

小助理："？"

一分钟后，他收到江菱的回复。

江菱："没什么了。"

小助理："你现在在哪里？"

江菱："刚外出谈业务，顺便去了 LX 一趟。"

小助理："我知道了。"

江菱走在路上，收到这条回复，忍不住挑眉，他知道什么？

言或从机场赶到 LX 公司，已经是黄昏时分。他走进办公室，却没看见江菱，只有周韵宁在里面忙碌。

他环顾四周，疑惑地皱眉："江菱呢？"

"你说菱菱吗？"周韵宁似是才注意到他，抬起头说，"她刚回去了。"

她又收回视线，随意地说："今天是她生日，估计是找朋友庆祝去了吧。"

"她生日？"言或拧起眉，"那你怎么不去？"

"我还有工作没做完呢，而且我送她礼物了。"周韵宁说着，咬了口面包，突然想到什么，上下打量他，"嗨，你不会连菱菱生日都不知道吧？"她又有些幸灾乐祸："呵呵，果然是没地位的小白脸。"

205

言或一言不发地转身离开。

离开 LX 公司，言或走进附近的蛋糕店。

"先生，请问你需要什么？"

他转了一圈，并没有找到自己需要买的东西："没有生日蛋糕了吗？"

店员解释说："先生，我们的生日蛋糕都是需要提前定制的。"

言或问："如果现做，需要多少时间？"

店员一愣："先生，我们……"

言或拿出一张黑卡："接下来的时间，我全包了。"

店员拿不准主意："这……我先请示一下店长。"

十五分钟后，店员问："先生，请问你要什么图案的生日蛋糕？"

"玫瑰，红色的玫瑰。"言或几乎是脱口而出。

"好的，请您稍等。"

两个半小时的等待后，他拿到了蛋糕。

他立刻驾车前往 Crystal 酒店，直到来到顶层的总统套房，他才想起江菱回江氏集团上班，她早就从酒店退房了。言或迅速离开酒店，接着驾车前往星沙湾。车刚上环城公路上，却遇到了大堵车。时间一分一秒过去，车流前进缓慢，这段路几乎看不见尽头。直到晚上十点多，环城公路的车流才终于通了。

23：31，他到达星沙湾小区外。他将车停好，赶紧走进小区。总算赶在 0 点前来到江菱的家门前，他按响门铃。

等了好一会儿，依然毫无动静。他正准备转身离开的时候，门突然打开了。江菱出现在门口。她似乎刚洗完澡，湿漉漉的头发上披着一条毛巾。

"言先生？"江菱疑惑。

言或顿步，问："你的手机怎么打不通？"

"刚回家，手机没电了，正在充电，准备开机。"江菱用毛巾擦着头发，侧身让开，"你找我有事吗？要不进来再说？"

言或跟着她进屋，说："怎么不告诉我？"

江菱回头，向他投去疑问的眼神："什么？"

00：00。

"虽然已经迟了，但还是想跟你说一声——"

言或看着她，眼神很深。

"生日快乐。"

午夜时分，万籁俱寂。尽管客厅里的灯还开着，但也被小区住宅的静谧沾染，安静在无声流淌。江菱迎着言或的目光，难得怔住。这一瞬间，异样的情绪在心间萦绕。

但不过几秒，她便迅速敛去眼中的惊讶，视线落到他手中的蛋糕盒上："所以，你是特地过来给我庆祝生日的？"

"嗯。"言或短促地应了声，目光笔直地看着她，重复之前的问题，"为什么不告诉我今天是你的生日？"

江菱垂眸，继续擦头发："生日这种事也没有什么好在意的，那一天就和平常没什么区别。"她的语气很淡，像是陈述一件对她而言无所谓的事。

言或提着蛋糕盒的手一紧，低声解释说："那时候我在飞机上，没看到你的短信，抱歉。"

江菱笑了下，边擦着头发，边说："没关系，我也早忘了昨天是什么日子。"

她转过身："既然时间都已经过了，那就算了。现在也很晚了，蛋糕就留到明天再吃吧。先放冰箱……"

但话未说完，她的手腕突然被握住了，擦头发的动作被迫停下来。

江菱惊讶地回头："言先生？"

"跟我过来。"言或不由分说地拉着她往餐厅走。

来到餐桌前，他将蛋糕放下，解开上面的绸带，拆开蛋糕盒子，里面是一个10寸的大蛋糕。热烈、火红的玫瑰花铺在蛋糕上面，边缘绕了一圈蔓藤般的绿叶。

"就算时间过了，也不晚。"言或停顿了下，又转头看向她，眼神专注且深遂，"这一天，并不是什么不值得在意的事，会有人在意的。"

江菱怔怔地看着面前的人，突然弯唇笑了下。她收回视线，看向蛋糕，笑着问："为什么是玫瑰花？"

"没什么。"言或动作微顿，脸上神色却没什么变化，"路过蛋糕店的时候随便买的。"

他又补充："抱歉，我刚下飞机，时间有点赶。"

"没关系。"

"不过，那你怎么不买一个小一点的？这么大的蛋糕，我们俩也吃不完。"她似是想到什么，说，"不如我把韵宁喊起来，一起吃。"

"周韵宁？"言彧皱眉。

江菱笑了笑："韵宁这段时间一直住我家里，你忘了吗？我回来的时候，她已经睡了。我去喊她起来。"她说着，便转身要往房间里走。

言彧将她拦下，阻止说："别去了。"

"为什么？"江菱似是不解。

"既然周韵宁已经睡了，就别喊她了。"言彧语气很淡，"现在把她吵醒，她的大小姐脾气大概又得发作了。"

江菱目光落回到蛋糕上，有些为难："那蛋糕怎么办？"

言彧面不改色道："吃不完就放冰箱，留着明天让她当早餐。"

"嗯，也行。"江菱接受了他的"提议"。

言彧接着拆开随蛋糕附赠的蜡烛包装盒，插到蛋糕上，点燃了蜡烛。

"许愿吧。"

江菱看着荧荧的火光，心底漫延出一种说不清的情绪。她闭上眼睛，对着蜡烛许愿。几秒后，她睁开眼睛，吹灭蜡烛。

江菱垂眼看着蜡烛上飘起的烟丝，突然开口："言先生。"

"嗯？"

江菱转头看向他："我能问你一个问题吗？"

言彧问："什么问题？"

江菱问："你会欺骗我吗？"

言彧眼神一暗，声音略沉："为什么这么问？"

"只是突然想知道一个答案。"

江菱说："有时候跟你相处，我觉得有些不真实，总觉得……"她望入他的眼中，语气认真地问，"你是不是有什么事情要告诉我？"

言彧沉默地与她对视几秒，说："没有。"

江菱追问："真的没有吗？"

言或默了下，移开了视线："……我没什么要告诉你的，你大概是多虑了。"

"那我明白了。"江菱收回目光，不着痕迹地转移话题，"除了蛋糕，还有生日礼物吗？"

"抱歉。"言或说，"来得太匆忙了，没来得及买礼物。"

江菱笑了下："没事，我开玩笑的。"

"不过，"言或嗓音轻微沙哑，"如果是我……这份礼物，你要收下吗？"

惊讶在眼中一闪而逝。

江菱与他对视几秒，又笑："你刚下飞机吧？"

"嗯。"

"我已经洗过澡了。"江菱看向别处，意有所指地说。

言或往里面看了眼，说："能借你的浴室用一下吗？"

江菱说："随便。"

言或往浴室的方向走去。

刚转身，江菱又喊住他："言先生。"

言或顿步。

"谢谢你。"江菱语气真诚，"你是除了我妹妹外，第一个给我庆祝生日的人。"

看着他进了浴室，江菱嘴角噙着的笑意渐渐淡了下去。她披着浴巾，回到房间，拿起手机，打开备忘录。

"10月X日，今天小助理特意来给我庆祝生日，有点小开心。突然有点犹豫了，计划是否应该进展下去。所以给了小助理坦白的机会，但是他好像拒绝了。今天依然是不诚实的小助理。"

关掉备忘录，江菱握着手机，陷入了沉思。

第二天一大早，江菱又被叫到了总裁办公室。

江绍钧站在办公桌后，语气严肃："江菱，你昨天又跟那个男人厮混在一起了，是吗？"

才不过是一晚上，果然就有人跟他通风报信了。江菱故作不解："爸，你在说什么？"

"你怎么不听爸的话？"江绍钧怒气冲冲地说，不知想到什么，他的语气又稍微缓和了些，"爸也不是不让你谈恋爱，爸只是希望你知道，跟那种身份卑微的人交往，对你没有任何的好处。"

"你二姑奶的舅妈的女儿，你那个表姐，你还记得吗？"

江菱默不作声。

江绍钧自顾自地说："她当初不顾家人的反对，执意要跟公司里的保安结婚。结果结婚不到三个月，她的保安老公就出轨了，还和小三一起合谋要制造一场意外，让她在意外中丧生，好继承她的财产。好在发现及时，但她还是被小三害流产了，现在她的精神也不是很正常。"他停顿了下，又语重心长地说，"像我们这样的人家，要讲求门当户对。就你现在只是玩玩，传到别人耳中，别人会怎么想你，更何况之前闹得满城风雨，这会对你的名声带来很不好的影响。"

江菱动了动唇，脸上露出愧疚的情绪："爸，我……"

江绍钧叹了口气："你自己好好想清楚，爸也不是逼你。爸做的一切都是为你好。"

他坐回到办公椅上，对她挥了挥手："好了，你先回去工作吧。"

江菱点点头，转身出门。走出办公室，她脸上的愧疚情绪一扫而空。她微微侧头往后，余光瞥向办公室的门。距离江氏集团召开股东大会还有十天，江菱早已经将写好的提案递交到董事会——《关于补选第三届董事会独立董事的议案》。这份提案理应也到了江绍钧的手中，但今天他竟然毫无动静。

回到投资部的办公室，方嘉铭立刻迎了上来："江总今天找你是说股东大会的事？"

江菱说："没有，他只是关心我的感情问题。"

方嘉铭搅拌咖啡的动作一顿，说："那真是稀奇，以江总的性格，他要是看到那个提案，应该不会这么平静。"

"难道他没有看到那份提案？"方嘉铭猜测说，"还是说他已经将提案压下去了？"

江菱抱着手臂，面容冷清："我是按照流程递交提案的，提案已经到了董事会那边，进入股东大会的环节，就算他是总裁，也没法干涉。"

210

"他这态度的确有些奇怪。"她顿了顿，又说，"不过，等到股东大会那天，我们就知道了。"

十一月中旬，江氏集团股东大会如期召开。这一天，冷空气再度来袭，B市急剧降温，街上行人都裹上了防备严寒的冬装。但是写字楼里暖气开得足，就算脱掉了厚重的外套，仍会觉得热。江菱站在会议室的门口，又看了眼手机时间。

方嘉铭走过来，对她说："股东大会快开始了，还不进去吗？"

江菱收回目光，说："先进去吧。"

进入会议室前，她又往电梯间的方向看了眼。

作为股东，江菱自然有资格出席本次会议。看到江菱进来，江绍钧只是淡淡地扫她一眼便收回视线，也没在意。落座后，江菱不动声色观察起在场的人。

本次出席股东大会的，不出所料，都是在她预料之内的人。江绍钧、王海韬、陈颖，还有其他拥有表决权的高层和员工代表。她要进入董事会，需要出席会议有表决权的二分之一以上股东通过，也就是说，她这次必须获得超过42.25%的票数。

人到齐后，股东大会正式召开，很快进入股东大会审议议案的环节。

"提议补选江菱为江氏集团新董事？"江绍钧似是第一次看到这份提案，眉头深皱，立刻看向江菱，"江菱，这是怎么回事？"他直视江菱，突然冷笑了声，"你想进入董事会？就凭你？"

江菱面不改色道："江总，我能不能进董事会，也不是由你一句话决定的，这还是得交由股东大会进行表决吧？"

"你说得倒没错，那就表决吧。"江绍钧扔下提案书，语气不屑。他停顿了下，又说，"但我记得，你只有5%的表决权吧？我劝你还是别以卵击石了。"

"是吗？"江菱看向一旁的代理律师，礼貌地笑了下，"詹律师，接下来麻烦你跟江总说明。"

"江总，"詹律师上前一步，说，"我是江菱小姐的代理律师。"

"江荨小姐和江巍先生一家的股权已通过书面形式授权由江菱小姐全权代为行使，所以根据协议，江菱小姐目前可以行使的表决权是

211

22%。"

"22%。"江绍钧嘴角泛起一丝冷笑，但脸上的表情并不显得意外，"你觉得，22%的表决权能争取到什么？"

江菱没接话。

江绍钧说："既然你这么自信，那就开始表决吧。"

他说着，看向主持人。主持人会意："现在，请各位股东代表对'补选江菱为江氏集团新董事'的提议进行投票表决，同意的请举手。"

江绍钧随意扫了眼举手的人，随即嘲讽道："看到了吗？江菱，这就是——"

"请稍等。"就在这时，办公室的门被推开，一道男声传来。

看见来人，江菱的心情有所放松。

江绍钧看着那名出现在办公室的不速之客，皱眉问道："你是谁？你不知道现在在开股东大会吗？谁让你进来的？"

刘助理客气道："江总你好，鄙人姓刘，是周氏集团CEO的助理。我受周总吩咐，代表周氏集团来参加本次股东大会。请问，我是来迟了吗？"

江菱看向他，笑着说："不，刘助理，您来得正好。"

刘助理朝她略略点头。

江绍钧眉头紧皱："周氏集团？"

刘助理以为他没明白，接着解释："我司CEO周予言先生持有贵公司16.5%表决权的股权，作为江氏集团的股东，应该有资格出席本次股东大会？"

"这是自然，不过……"江绍钧往门口的方向看了眼，勉强维持脸上的笑容，"周总本人怎么没来？"

刘助理解释说："周总身体抱恙，已委托我参加本次股东大会，代为他全权行使表决权。"说着，他拿出一份文件，"这是委托证明。"

他随即将委托书交给本次股东大会的公证人员，审核无误，公证人员将委托书还给了他。

刘助理抬头问："议题进展到什么地方了？"

主持人连忙接话："目前正在审议'补选江菱为江氏集团新董事'的议题，刚好到了投票阶段。"

"那正好。"刘助理笑了下，说，"周总同意增加江菱小姐为江氏集团董事。"

话音落下的那一刻，会议室静默了一瞬，随即响起一片窃窃私语。

江绍钧有些不能置信："刘助理，这可是关于江氏集团董事会的问题。您说出的决定，周总本人知道吗？"

"当然。"刘助理迎着他的视线，似是不解，"既然周总已经委托我代他全权行使表决权，那就是他的意思。"

江绍钧的脸色愈发难看。提案要获得通过，必须经出席会议的股东所持表决权过半数通过。出席会议的股东突然增加了一位，这下，需要获得票数的比例又改变了。这位股东拥有的表决权，还是占据了总表决权的大比例数的。

这时，童佳瑶走上前，跟江绍钧耳语了什么，他的脸色稍微缓和。

他抬头，扯下了嘴角说："就算加上这 16.5%，你获得的票数似乎也没过半。"

"怎么会？"江菱似是惊讶。

主持人说："江小姐，您可以行使的表决权是 22%，刚刚举手同意提案的股东一共有三位，但他们手中的票数加起来不过是 2.5%，再加上周总的 16.5%，你目前获得票数是 41%，很遗憾，并没有过半数。"

江菱没说话。

江绍钧冷笑了下，颇为得意："你是不是很意外，为什么孙总和黄总没有投你的票？"

"想不到吧？"他眼看着她，冷冷道，"不要以为我不知道你这段时间里在公司里搞的小动作，童秘书早就将你的计划告诉了我，我从一开始就看穿了你的目的。江菱，你还是太嫩了。"

江菱抬头看向他身后的童佳瑶。童佳瑶迅速低着头，不敢跟她对视。

"是吗？"江菱只淡笑了下，不慌不忙地说，"哎？杨经理，您是不是漏了一位股东的票数没计算？"

"开什么玩笑？刚刚不是都——"江绍钧下意识扫了眼在场的股东，声音猛然顿住。跟他相隔两个位置的地方，陈颖的手是举着的，虽然微微发颤。

"陈颖，你——"江绍钧脸色陡然大变。他从座位上一跃而起，瞪着陈颖。

213

陈颖顶着他愤怒的视线，平静地说："我同意让江小姐进入董事会。"

陈颖拥有 6% 的表决权，她这一票加上去，让江菱获得的票数，直接过了半数。

江菱又看向杨经理，淡淡一笑："加上陈总的票数，那么我获得的票数是 47%，我算得没错吧？杨经理？"

杨经理点点头，说："的确没错，那么，上述议案获得本次大会二分之一以上有效表决权，通过。"

"恭喜您，江小姐。"

江菱朝他点点头，坐回到自己的位置上，跟随其他人一起鼓掌。

尘埃落定。

会议很快进入第二个议案的审议。接下来的整场会议，江绍钧始终紧盯着江菱，脸色难看。股东大会结束，江菱直接起身离席。

"江菱！"江绍钧从身后追上来，怒气冲冲道，"你以为进入了董事会，就能高枕无忧了吗？"

江菱却回头，对他微微一笑："爸，周总为什么支持我？你没有想过吗？"

留下意味深长的一句话，她没再理会他，直接转身离开。江绍钧站在原地，整个人陷入沉思中。

走出会议室，江菱跟刘助理在电梯间碰上。

"刘助理，言先生呢？"江菱问，"他今天怎么没有来？"

"言……助理他临时有事，"刘助理停顿了下，解释说，"他今天要代周总去谈一个非常重要的合作，所以让我过来了。"

江菱似有所思："是吗？很重要的合作？"

"是的。"刘助理又转移话题，"不过，言助理让我转告你，他想邀请您今晚共进晚餐。下班后，他会过来接您。如果您方便，就给他一个答复。"

"好，我知道了。"江菱笑了笑，"我等会儿就回复他。"

刘助理点点头："那我先回去了。"

"好，刘助理慢走。"

看着他进了电梯，江菱拿出手机，点开言或的头像，给他发了张

214

表情包。

股东大会结束，时间也快到中午。江菱给言或发完信息，先回了趟办公室，之后打算出去吃午餐。刚走进电梯，她就和童佳瑶打了个照面。

江菱不露声色走进去，转过身，笑着跟她打招呼："童秘书，好巧，你也是出去吃午饭吗？"

"江，江小姐，"童佳瑶下意识握紧了手袋，咬着下唇问，"您是不是从来没有信任过我？"

电梯里还有其他人。

江菱看向她，故作不解地说："童秘书在说什么？我们之间有关系吗？"

童佳瑶动了动唇，没再说话，只一言不发地紧盯着她。

电梯很快到了一层，门打开了。江菱率先走出电梯，在经过童佳瑶身边时，她刻意压低了声音："我本来还挺欣赏你，也真的考虑过让你当我的得力助手。但是很遗憾，你最后没有通过我的考验。"

童佳瑶脚步一顿。

江菱直视着前方，勾唇一笑："不过童秘书，你以为经过这一次，江绍钧还会像以前那样，毫无保留地信任你吗？"

童佳瑶浑身一颤，脸色一瞬间变得煞白，她惊恐地立在原地。江菱没理她，径直走出电梯。

傍晚下班后，江菱走出公司大楼，一眼就看到言或的车。通体漆黑的迈巴赫停在路边，车灯闪烁。

江菱走上前，拉开副驾驶的门，坐了上去："言先生，你还真准时。"

言或瞥她一眼，说："如果这么说，你迟到了半个小时。"

"刚刚部门临时开了个会议，所以耽搁了些时间。"

江菱不着痕迹转移话题："今天怎么不是你来？"

言或说："我今天有事出差。"

"是吗？"

言或扭头看她，慢条斯理道："听刘助理说，今天股东大会很顺利？"

"算是。"江菱言简意赅。

215

言或又问："那件事成功了？"

"对。"江菱迎着他的视线，淡淡地笑了下，"你不是为这个来给我庆祝的吗？"

"的确要好好庆祝。"言或停顿了下，问她："既然你的目标已经达成，那我是不是可以提前转正了？"

"当然。"江菱越过副驾驶座，伸手搂住他的脖颈，附在他耳边笑着问，"开心吗？男朋友？"

言或轻笑了声，低头吻上她的唇。江菱回抱住他，加深了这个吻。周围的一切无声地飘忽起来。这个点是下班时间，附近人来人往，不时有人从车窗经过，虽然车窗贴着防偷窥膜，但这一切就像是在别人的眼底下进行。

他的吻汹涌热烈，像是一团燃烧的火焰，焚毁着两人的理智。

但言或总算记得，这是什么地方。片刻后，他松开了她。

"我们先去吃饭。"言或贴近她的耳边，黑眸幽深，低沉的嗓音染上了几分暗哑，"今晚去我家？"

江菱眼睛染了笑意，回他："好啊。"

两人一同吃了晚餐，便驾车回到了言或的公寓。浴室里，水雾氤氲，蒸腾的水汽在磨砂玻璃上蒙了一层水雾，遮住了后面的一双身影。哗哗的水声作响，也掩盖了室内流淌的旖旎声音。

一夜过去，窗外天蒙蒙亮。半睡半醒之间，言或翻了个身，身旁一片空落。他缓缓睁眼，发现江菱已经穿好衣服，正坐在床边，背对着他。

言或坐起身，从身后搂住她："怎么这么早起来了？"

江菱慢条斯理地整理着身上的衣服，语气平静地开口："言或。"头一回直呼他的全名，却不带任何情绪，"我们分手吧。"

言或蓦地一顿，眼神一凝："你说什么？"

"到了现在，再装下去就没意思了，你说是吗？"江菱侧头看向他，一副似笑非笑的模样，语气戏谑，"周——总？"

房间里静了一瞬，言或动作蓦地僵了一下。他缓缓松开了她，眼里各种复杂情绪交杂着。

"你是什么时候发现的？"他嗓音喑哑。

江菱收回视线，漫不经心道："刚在国外认识韵宁那会儿，她总是跟我提起她那个讨厌的堂哥。"

"有一次，她喝醉了酒，拿出她那堂哥的照片，拉着我吐槽了一个晚上。"她缓慢道，"就算没有刻意去记，也对韵宁堂哥的长相印象尤深。"

"所以，你从一开始就知道我是谁？"言彧眸色暗沉，"那为什么不揭穿？"

"看你在我面前演戏也挺有趣的。"江菱轻笑了声，"你不是也这样想的吗？言……"

似是想起什么，她停顿了下，看向他："不对，我现在该叫你言彧，还是该叫你——周予言？"江菱侧头，似笑非笑地看着他。长发披在肩上，姿态慵懒，整个人明艳又张扬。

"你一早就知道我的身份，为什么还要陪我演戏？"周予言眼中的情绪似翻涌的波澜。

江菱轻笑："周总不也是吗？"

言彧，应该说是周予言深呼吸："那为什么要提分手？"

"嗯？"江菱奇怪地看他一眼，"周总，如果是你，对方答应要见你，却被人无端晾了半个月，还一直被耍得团团转，难道你不会生气吗？"

"所以，你这是在报复我？"周予言被气笑了。

江菱笑着说："周总，你也应该清楚，我接近你，就是为了进入江氏集团的董事会。既然我的目标已经达成了，那这种虚假的关系也没有必要维持了。你说对吗？"

话音刚落，周予言一把扣住她的手，她一下子失去重心。两人一起落在柔软的床上，床垫陷进去。周予言俯身，低眸看着她，黑眸表面看似毫无波澜，眼底却积满了化不开的浓稠墨黑。

"江菱。"他直视着她，声音是压抑的沉，比平时要低几分，每个咬字都极重，"那我们之前几次算是什么？"

"嗯？"江菱挑眉，不慌不忙道，"周总问这问题好奇怪，之前的不是给'言彧'先生的酬劳吗？"

217

周予言问："那昨天又算是什么？"

江菱故作思考："算是……分手补偿费？"

周予言冷笑了声。

"你说分手。"他一字一句，"我可没同意。"

"周总。"江菱从容不迫，"谈恋爱又不是结婚，分个手还需要双方都同意吗？法律可没有这个规定。"

"而且我们的目的都不纯，既然都是演戏，周总还当真了？"她抬眸，似笑非笑看着他，"怎么，难道周总也按次收费？"

周予言沉默。

"如果周总觉得分手补偿不够……"江菱捧着他的脸，压低声音说，"要不再来一次？我对周总这方面还是挺满意的。"

周予言没动，看着她的眼神掺杂着复杂情绪。

江菱没理会，轻易地从他手中抽出了手，将他推到一边。她坐起来，又缓慢地站起身："既然你不需要，那就这样吧。"

周予言看着她的身影，突然问："你要跟我分手，那你的公司呢？"

"嗯？项目不是已经完成了吗？"江菱顿步，又笑了下，"很遗憾，言彧先生没有通过我们的试用期，只好提前终止劳动关系了。"

她停顿了下："而且周总，你的演技可真烂。"

扔下一句，她转身离开。周予言看着她走出房间，没阻止，也没追上去。

江菱离开后，房间重归静谧。周予言看着门口的方向，目光冷凝。他呼出一口气，拿过床头柜上的手机，拨打了一个电话。

离开言彧的公寓，江菱用打车软件叫了一辆车："去江氏集团。"

上车后，江菱跟司机报了目的地，随意往座位上一靠，拿出手机，打开了备忘录。

"11 月 × 日，今天是被抛弃的小助理，以及被揭穿马甲的周总。但不知为什么，有点……"

她打字的动作停了下来，盯着手机屏幕，她渐渐出了神，视线聚焦也开始涣散。

直到司机的声音将她的思绪拉回现实："小姐，江氏集团到了。"

江菱回神，道了一声谢，付了费，打开门下车。

早上投资部内部有一个早会。

散会后，方嘉铭朝她走过来，笑着说："恭喜你顺利进入董事会。"

江菱淡笑了下，压低声音说："这也多亏了方总从中周旋和帮忙。"

"应该的。"方嘉铭转过身，跟她一起离开会议室，又问，"晚上有空吗？一起吃饭庆祝？"

江菱说："行。"

方嘉铭有些意外："嗯？我就是随口一问，晚上不用跟男朋友约会吗？"

江菱停顿了下，轻描淡写地说："没有男朋友了。"

方嘉铭似是意外，但也没继续追问，而是问："我有点好奇，你是怎么说服陈总在股东会上投你一票的。"

"你说陈颖？"

江菱无端想起上回跟言或约会的事情，停顿了下："就是找到了她的把柄而已。"

"什么把柄？"

"我答应过陈颖，要帮她保密。"

方嘉铭耸耸肩："那就算了。"

"说起来，江绍钧该开始怀疑你了。"

江菱说："虽然只是进了董事会，但我们也不能松懈，毕竟现在才算是开始。"

方嘉铭笑："嗯，我明白要怎么做的。"

返回办公室，就遇到了迎面走来的陈颖。

"江小姐，谈谈？"陈颖一脸凝重。

今天回到公司，第一个找上门来的是她，江菱也不感到意外。

进了江菱的办公室，陈颖说："江小姐，谢谢你。"

"为什么谢我？"江菱抬头，有些疑惑，"我用你的把柄要挟你，你还谢谢我？"

陈颖说："你帮我解决了那个麻烦，我自然要谢你的。"

"我帮你……"江菱似是想到什么，突然明白过来。

陈颖所说的麻烦，是她那个小情人挪用公款的事。君泽集团的傅以行，她并没有接触过，说来知道这件事的就只有……

江菱有些复杂地收起思绪，笑道："不客气。"

陈颖停顿了下，又请求道："我还有一件事要求你，希望你能继续帮我保守这个秘密。"

江菱挑了挑眉，语气随意："今天有发生过什么吗？"

她坐到办公椅上，双腿交叠，姿态随意："倒是陈总，我爸那边，你打算怎么办？"

"江总那边，我会处理好的。"陈颖表情凝重，"我本来早就想跟江总摊牌了，毕竟我这年纪也不轻了。"

"不。"

陈颖抬头，不解地看向她。

江菱说："我觉得，不应该用年龄来衡量自己的价值。"

陈颖一愣，眼里流露出几分复杂："那我先回去了。"

"陈总慢走。"

一天的工作结束。晚上方嘉铭邀请她共进晚餐，地点就在 CBD 附近的一家西餐厅。

江菱和方嘉铭坐在靠窗的位置。天色已暗，窗外华灯初上，两人的身影和餐桌都倒映在落地玻璃窗上，朦朦胧胧，仿佛与夜色融为一体。

方嘉铭问起她言彧的事："之前不是还好好的吗？男朋友那边是出了问题吗？"

"之前也不算是男朋友。"江菱喝了口柠檬水，语气平静道，"也不是很重要，就不要提了。"

"不重要吗？"方嘉铭淡笑了下，"但是，我觉得你明显犹豫了。"

"犹豫？"江菱看向他，略略挑眉。

"事情进展不是很顺利吗？也顺利进入董事会了，既然不重要，你为什么会犹豫？"

方嘉铭挑了下眉："江学妹，这不太像平时的你。"

江菱问："我应该是怎样的？"

方嘉铭说："运筹帷幄，充满自信。"

江菱沉默了下，突然一笑："怎么，方总也喜欢八卦吗？"

"那不说这个了。"

方嘉铭转移话题，拿起面前的高脚杯，朝她举了举，"庆祝我们的胜利？"

江菱淡笑，也朝他举杯示意。

"Cheers."

西餐厅另一边。刘助理忽然发现什么，停下脚步，小声提醒说："周总，那不是江小姐吗？"

周予言下意识看向他示意的方向，靠近落地玻璃窗的一桌，江菱和方嘉铭正有说有笑，似乎很愉快。周予言顿步。

那一边，江菱不经意间向他这个方向看了过来。她似乎也发现了他，目光在他身上停顿一瞬，很快收回，似乎毫不在乎。

周予言握紧了拳头，眸色沉了下来。

第二天，又是平平淡淡的工作日。江菱在办公室里忙碌了一早上，风平浪静地度过了一个上午。下午的时候，她接到了前台的内线电话："江小姐，有位周氏集团的人想要见你。"

"周氏集团？"江菱一顿，问，"什么人？叫什么名字？"

前台说："对方没说，只说是助理。"

江菱说："那你就说我不在，让他回去吧。"

"好的，我知道了。"

挂了电话，江菱没再理会，接着打开一份文件，继续工作。不知不觉到了下午五点半。

下班后，江菱乘坐电梯来到一楼大厅，经过前台时，无意间看见正在候客区等候的刘助理。

"刘助理？"

刘助理立刻迎上前，说出来意："江小姐，周总想见您一面。"

第十一章 答 应

"周总要见我？"江菱顿步，面不改色地问，"刘助理，你确认，要见我的真的是周总？"

刘助理说："是的，这是周总亲口说的。"

江菱抱着手臂，露出个微笑："那要见我，他怎么不亲自来？"

刘助理愣了下，犹豫开口："江小姐，您也清楚，周总他……不是很方便。"

"哦？哪里不方便了？"江菱略略挑眉，似是不解。

刘助理欲言又止一番："周总出过车祸，双腿受了伤，行动不是很方便。这情况，江小姐您也应该清楚。"

江菱稍稍抬眼，往某个方向看了眼，不动声色收回视线，然后才恍然大悟地"哦"了声："看我，这才想起来，是周总那里……"她故意停顿了下，"不行啊。"

"……"刘助理沉默。

下班时间，一楼大堂人来人往。江菱并未刻意放轻声音，周围人都投来了好奇的目光。感受到从四方八面而来的视线，刘助理突然有些站不住了。

但江菱仿若未觉，继续问："那刘助理，周总见我是为了公事，还

222

是私事？"

"是，"刘助理回神，犹豫了下，答道，"私事。"

"私事啊？"江菱重复他的话，接着歉然地朝他笑了下，"如果是私事，那很抱歉，我最近的私人行程挺满的，可能去不了。"

"这……"

"那先这样，我晚上还有约，辛苦刘助理白跑一趟了。"江菱说着，转身离开。

刘助理赶紧喊住她："等等，江小姐，请留步。"

江菱停下脚步，回头看向他："刘助理还有事？"

"江小姐，我刚刚记错了，周总见您，是为了公事。"刘助理又改口。

江菱疑惑："哦，是什么公事？"

"是，是关于合作的事情。"刘助理停顿了下，又补充说，"上次，江小姐不是发了合作案到我们集团。周总已经看过那份合作案，很感兴趣，所以希望能见江小姐一面。"

"合作案的事啊，时间太遥远了，我都几乎要忘了。"江菱话锋一转，"周总是今天才看到那份合作案吗？"

刘助理闭了闭眼，深呼吸一口气，十分挣扎地说出一个答案："是的。"

"今天才看到？"江菱意有所指地说，"周总难道不知道，合作案是有时效性的吗？错过了，也许就永远错过了。"

刘助理接着沉默，几秒后，才说："抱歉，江小姐，我只是受周总的吩咐过来的。"

江菱挑了挑眉，没接他的话："而且，公事的话，那周总为什么不按我们江氏集团的流程走呢？"

"这……"

"刘助理，还请你转告周总。"

江菱保持礼貌的微笑："上回我去见周总的时候，可是按照周氏集团规定和流程办的。周总说要见我，那我就得去见他，这好像不太合理吧？"

刘助理沉默。

223

"再说，上次周总说见我，结果晾了我整整半个月，这次又想晾我多久？"

"很抱歉，江小姐。"刘助理赶紧说，"上次只是意外，周总原本的确是打算见您的，只是他突然身体抱恙……"

"身体抱恙？可你们的言助理不是这么说的。"江菱似是疑惑，"他那时候说的明明是，周总不会见我。"

"那可能是言助理传达出了差……"刘助理是说不下去了，果断岔开话题，"很抱歉，江小姐，我也只是一个打工人，今天只是过来负责传话，周总的事，我其实也不太清楚。"

"这我知道，刘助理，我也不是要为难你，"江菱扬眉，眼中神色似笑非笑，"但是，每个公司有每个公司的规定，如果员工不按照流程办事，那公司就会乱套了。这话，也是你们言助理告诉我的。"江菱说，"我们江氏集团也有相关的规定，就算是我，也不能破坏了集团的规定，希望你能理解。"

刘助理只能点头应是："的确是这样。"

"那江小姐，我明白了。您的意见，我会如实转告周总的。"他停顿了下，"至于合作这件事，我们会通过正式途径，跟贵集团再沟通的。"

江菱微微一笑："好的，那麻烦你了。"

她拿出手机看了眼时间，又说："现在也不早了，我等会儿还有约会，就先走了。"

"……好，江小姐慢走。"刘助理有些担心地往旁边看了眼，迅速收回视线。

江菱并未察觉，朝他笑了下，踩着愉悦的步子离开了。

刘助理刚刚看的方向，有一棵高大的绿植，刚好能藏身一人。

江菱离开后，周予言从绿植后走出来。他胸前还挂着周氏集团的工作牌，上面"言彧"的名字清晰可见。他看着江菱的背影，深呼吸。

刘助理看向他，有些不解地问："周总，既然您都来了，为什么不亲自跟江小姐见面？"

"刚刚你也听到她的回答了。"周予言扯了扯领带，有些烦躁地说，"她现在估计不会想见到我。"

224

刘助理看出他的心情极差，语气也变得小心翼翼："那还要继续邀请江小姐吗？"

"按流程走？"周予言看向江菱离开的方向，嘴里溢出一声自嘲地笑，"还真是记仇。这是把之前的一切，都还给我了吗？"

刘助理看着他布满阴霾的脸色，更心惊胆战："那……"

周予言收回视线，沉声说："那就照办吧，给江氏集团发一份合作邀请函。"

"好。"

刘助理应下，看着他烦躁的神色，又忍不住问出口："但是周总，您和江小姐……"

周予言冷眼扫过来。

刘助理一个激灵，立刻闭嘴不言："我马上就去办。"

第二天，周氏集团的合作邀请便发到了江氏集团。这份邀请函自然落入了江绍钧的手中。平静了数天，他再也坐不住了，当即就将江菱喊到了办公室。这还是股东大会后，江菱和他第一次正式见面。

一见面，江绍钧便出声警告："江菱，你别以为攀上了周氏集团，就能得到什么。你以为你进了董事会，就能从我手里分一杯羹，那你就错了。"

"爸，您为什么要这样说？"江菱跟他对视着，语气十分平静，"我进董事会，只是想为您分担一点负担和压力。"

"分担负担和压力？"江绍钧冷笑，"我上次就说过了，你在集团里搞的小动作，我早就一清二楚。"

江菱却笑了："爸，您误会了。我一直以来都是向着您的。"

"向着我？向着我就跟我作对？"江绍钧并不相信。

江菱说："我跟童秘书打听公司的情况，也是为了您呀。"

江绍钧皱眉："为了我？"

"跟您作对，其实是做给您的竞争对手看的。"江菱停顿了下，"难道您希望江氏集团的股权，一直旁落在别人手中吗？"

江绍钧一顿，猛然抬头："什么意思？"

江菱解释说："我来江氏集团后，发现好些人都处处提防着我，因

225

为我是您的女儿，他们都害怕我成为您的助力。只有让别人认为我们不和，我才有机会渗入他们内部啊。"

江绍钧脸上的表情有了细微的变化，但没有说话。

"等我完全得到他们的信任，这样才能和爸里应外合。进董事会后，在某些重要投票的时候，我也可以投爸关键的一票。"江菱停顿了下，"爸，您看我进董事会之后有做什么吗？如果我真有对您异心，也不会等到现在了。"

江绍钧沉默片刻，抬头看向她，半信半疑："你说的是真的？"

江菱笑了下："周氏集团向您发出合作邀请，这不是一个很好的信号吗？既然我已经打通了周氏集团那边，那这合作，我直接跳过您去见周总不好吗，何必要通过您呢？您说是这个道理吗？"

江绍钧眯眼打量她，良久，给出他的回答："好，那我就再信你一次。"

江菱回到办公室的时候，接到了刘助理的电话。她轻扯了下嘴角，按下接听。

电话里，刘助理说："江小姐，我们发来的合作邀请，请问您收到了吗？"

"收到了。"江菱笑了下，"不过见面的时间，我来挑，可以吗？"

刘助理一顿，语气明显犹豫了："这……我还需要再和周总沟通。等他同意后，我才能答复江小姐。"

江菱说："好，那我就等你的答复。"

半小时后，刘助理的电话再次打来，她收到了答复——她提出的要求，周予言答应了。

"周总答应了？"江菱挑眉，换了只手拿手机，"他没说什么吗？"

"没有。"

刘助理一秒转了话题："那江小姐，您这边什么时候方便呢？"

"我看看啊，最近几天，我的行程已经约满了。"江菱看向办公桌上的台历，月份还停留在上月，但她连翻也没翻一下，直接说，"那就这周日上午，可以吧？"

"这周日……上午？"刘助理一愣，但反应迅速，"好的，没问题。"

江菱问："真的没问题吗？"

刘助理说："是的，周总说一切尊重江小姐的意见。"

"那你们周总还挺……"江菱笑了下，"大度的。"她停顿了下，又慢条斯理地说："看来，是我之前误会了他。"

电话那边，突然传来东西掉地的声音。

江菱似是疑惑："嗯？刘助理，你那边怎么了？"

"抱歉，江小姐，我不小心碰掉了东西，没事的。"刘助理赶紧道歉。

江菱笑笑："没事，辛苦你转达了。"

刘助理说："不用客气，这是我的本分。"

江菱："那不打扰你工作了。"

"好的，"刘助理又补充，"江小姐要是有什么问题，也可以直接联系我。"

"好。"通话结束后，江菱握着手机，嘴角不甚明显地往上提了下。

她就知道，电话那边开着免提。小助理，不，现在不是小助理的某个人，依然不老实。

收起手机，江菱将外面的梁秘书叫了进来："你去跟江总汇报一下，我跟周总约了这周四下午见面。"

梁秘书点了下头："好的，江小姐，我知道了。"她一脸疑问地退出了办公室。

办公室重归静谧。江菱靠在椅背，又想起在周氏集团那两周发生的事。

她笑了下，打开微信，发了条朋友圈："突然有点想念锦绣居的牛肉饭的味道了。"

周四上午。

江菱刚回到公司，就被江绍钧喊了过去："早上我们跟 D 国的思研科技有一个合作要谈，随行的翻译临时请假了，我记得你英文不错，你跟我一起去。"

"现在？"江菱愣了下，有些意外，"可是，江总，我下午约了周总见面。"

227

江绍钧说："不是在下午吗？谈合作也耽搁不了多久，顶多是一两小时的事，时间上并没有冲突。快到时间了，赶紧走吧。"他抬手看了眼腕表，又催促，"等思研科技那边的事谈完，我再让司机送你到周氏集团。"

"好的，谢谢江总。"话说到这份儿上，江菱也没有拒绝的理由。

她上了车，跟着江绍钧一同前往思研科技的总部。合作商谈完毕后，已经是中午时分。

而这时候，江菱却被江绍钧告知："江菱，我也没想到思研科技的CEO麦克斯会安排了饭局。那老外太热情了，我怎么也推不掉。"

他又说："周氏集团那边谁去谈都一样，我已经联系人代替你过去了。"

"没关系的，江总。"江菱面不改色，"我本来也不想去了，这正好。"

思研科技的饭局也是正常的饭局，江菱陪着江绍钧坐完了全程，这场饭局结束的时候，已经是下午三点多。半小时后，他们回到江氏集团。

大概是拿下合作案的原因，江绍钧心情很不错，对江菱也是难得的和颜悦色："今天的表现还不错，思研科技的……"

话说一半，突然被人打断："江总。"

江绍钧说："进来。"

看到来人，他笑得更愉悦："周氏集团那边情况怎样？"

是被他派去周氏集团的心腹，那人脸色讪讪："江总，我是去了，但是没有见着周总。"

江菱略略挑眉。

"没有见着？怎么回事？"江绍钧皱眉。

心腹看了一眼江菱，小心翼翼地说："周氏集团的人觉得我们在搪塞他们，因为周总约见的，是江菱小姐。"

"你说什么？"

不必他继续解释，因为刘助理直接打来电话："江总，看来贵集团也没有合作的诚意。这次合作，周总指定让江菱小姐来谈，江总却随便找一个过来，这是在搪塞我们吗？"

228

"不是，不是，刘助理，您误会了……"江绍钧只好连连道歉。

等他好不容易挂了电话，江菱才露出无奈的笑容："爸，其实我也不想去的，但是你也听到了。周总点名一定要我去，这也是没办法的事。"

江绍钧的脸色也不好看，但也只好说："嗯，这次的确是我安排得不够妥当。那你见了周总，替我跟他说声抱歉。"

"我知道的，爸。放心吧，我会安抚好周总的。"江菱笑了笑，"那我先回去工作了。"

江绍钧点头："去吧。"

江菱转过身，嘴角也随之往上扬起。

言或身份被揭穿的事，周韵宁也是几天后才知道的。

她坐在沙发上，抱着一只抱枕，眼里满是震惊："菱菱，你……早就知道言或是周予言那家伙了？"

"是。"江菱十分干脆地承认，"他告诉你了？"

周韵宁的第一反应，却是："对不起，菱菱，我不是故意瞒着你的！"

"是言……不，不，是周予言威胁我，不让我告诉你他的身份，不然就冻结我的卡。"她抱着江菱的手臂，"都是那家伙的错！你能原谅我吗？"

江菱笑了下，语气温和："我没怪你。隐瞒身份是他的事，不要将他的错揽到自己身上。"

"菱菱，你真好。"周韵宁松了一口气，感动的同时又幸灾乐祸起来，"我早就告诉过他，让他早点跟你坦白，让他不听我的话，活该！……算了算了，不说他了。"

周韵宁拿出手机，说："菱菱，我刚换了新手机，想测试一下摄像功能，我们来拍个合照怎样？"

江菱笑着说："好。"

拍完照，周韵宁把合照发到朋友圈，配字"和闺蜜度过的愉快的一天"，又故意艾特出周予言。

果不其然，半分钟后，她收到了周予言的私聊信息。

大魔头："她跟你在一起？"

周韵宁在心里偷笑，得意扬扬地回："怎么，你不知道菱菱在哪里吗？你是被菱菱拉黑还是屏蔽了？"

宁宁不屈："周大总裁，被人甩掉的滋味怎么样？"

周予言没回复。周韵宁撇了撇嘴，没再理会，将手机放到一旁。

今天是周六，难得不用上班，但外面天寒地冻，江菱和周韵宁都没有出门。江菱还有工作要处理，起来后，一直在客厅里处理工作，而周韵宁靠在沙发上看手机。屋里安静得只有敲打键盘的声音。室内暖气很足，周韵宁不一会儿就犯起困来。她的头一点一点，突然惊醒过来，一看时间，已经是中午了。

她立刻看向江菱："菱菱，也快到中午了，我们是自己做饭，还是点外卖？"

江菱说："我还有些工作没完成，中午就叫外卖吧。"

"好，那我先去……"

就在这时，周韵宁的手机震动了下。她看向手机，是周予言发来的信息。

大魔头："你下楼。"

周韵宁心里疑惑，发了个问号过去。

大魔头："我买了锦绣居的牛肉饭，你下来拿给她。"

宁宁不屈："你怎么不自己上来？"

大魔头："你下来。"

宁宁不屈："怂货！"

她关掉私聊对话框，小声吐槽了几句。

"怎么了？"江菱有所察觉，抬头看向她。

周韵宁赶紧说："没，我之前叫了外卖，但外卖小哥找不到路，我下去接一下他。"

江菱："好。"

周韵宁披上外套，迅速跑到楼下，一眼就看见站在花坛前的周予言。外面寒风瑟瑟，她下意识裹紧了身上的外套。

她走过去，往左右张望了眼，说："东西呢？赶紧给我。"

周予言将外卖递过来。

周韵宁接过，又忍不住出声嘲讽："让你早点跟菱菱坦白，你不听，现在好了吧？"周韵宁瞥他一眼，又问，"既然你人都来了，怎么不自己送上去？"

周予言沉默了下，说："她现在大概不想见我。"

周韵宁认同地点点头："哦，也对，换作我，我也不想见你。真是活该！"损了周予言一顿，周韵宁拎着外卖，神清气爽地回家了。

"菱菱，外卖到了，给。"她将其中一份饭递给江菱。

"谢谢。"江菱将笔记本电脑合上放到一旁，接过那份外卖。

她打开外卖包装袋，看到餐盒上印着的 logo，忽地一顿。

江菱抬头问："你叫了锦绣居的外卖？这家不是没有外送吗？"

"啊，这个。"周韵宁一愣，眼珠一转，说，"现在不是有跑腿业务吗？我下了个跑腿的单，让骑手帮忙排队去买。"

"噢，原来是这样。"

江菱打开餐盒，牛肉铺满饭。看着还冒着热气的牛肉饭，她无声一笑。在这寒冷的天里，坐在屋子里吃着热乎乎的饭菜，一切都恰到好处。

江菱往窗外看了眼，喊了声："韵宁。"

周韵宁抬起头，疑惑地应了声："啊？"

"今天外面这么冷，那位外卖小哥还冒着严寒帮我们排队买饭，又大老远地送到这里来，也挺不容易的。"江菱说，"你给他打赏点辛苦费吧。"

"给他打……"周韵宁迅速反应过来，应了两声，"哦哦，好。"

她放下筷子，拿过一旁的手机，又问："菱菱，你说打赏多少好？"

江菱随口说："4.19 元吧。"

周韵宁也没细想，点开周予言的私聊窗口，输入数字，给他发了个红包。

宁宁不屈："红包 4.19 元。"

大魔头："？"

宁宁不屈："菱菱让我打赏你的。"

宁宁不屈："说你冒着严寒大老远送饭过来挺不容易，给你的辛

231

苦费。"

车上，周予言紧握着手机，看着跳出来的红包，沉默不语。"辛苦费"三字再加上上面的数字，就像是对他的无声嘲讽。

"周总？"刘助理在一旁如履薄冰，连呼吸都是小心翼翼，"现在要送您回公寓吗？"

周予言收起思绪，点开某个头像发去一句话。

"不。"他冷声说，"回周氏集团。"

刘助理疑惑："回周氏集团？但今天不是……"

"有些工作要处理。"

周予言闭上眼睛，揉了揉眉心，说："这两天加班费给你算三倍。"

"……谢谢周总。"刘助理立刻识趣地改口。

小助理："江小姐，明天请准时赴约。"

江菱看着新收到的信息，微挑了下眉。这还是这么多天以来，小助理发来的第一条信息。

江菱慢悠悠地回复："言先生，你还在周氏集团吗？我以为你已经辞职去送外卖了，原来不是吗？"

关上锁屏，她将手机放到一边，看向一旁的周韵宁。周韵宁给周予言发完红包，才不管对方有什么反应，随手将手机扔到一边。她正把葱花从饭里挑出来。

有所察觉，她抬起头看向江菱："菱菱，你明天有空吗？我知道XX路新开张了一家品牌店，我们一块去吧。"

江菱说："明天可能不行，我约了人谈业务。"

周韵宁"咦"了声："明天不是周日吗？哪家公司把谈合作的时间约在周日？这个合作很重要的吗？"

江菱点头："还挺重要的。"

"这样啊，那我自己去吧。"周韵宁说着，又犯起了嘀咕，"可哪个公司会把谈合作约在周日里啊？听起来感觉有点不太靠谱。"

江菱笑而不语。

转眼间，跟周予言约定的日子到来了。周日这天，江菱一觉睡到自然醒。起床的时候，已经是早上九点多。她慢悠悠地起来，梳妆打扮好才出门。到达周氏集团，已经过了十点半。

　　周日这天，回公司加班的员工也不多。周氏集团的一楼大堂空荡荡的，只有大堂保安和前台仍兢兢业业地守在岗位上。江菱轻车熟路地走到前台，和前台小姐说明来意，然后乘坐电梯来到顶层。

　　总裁办公室外的助理办公区无人上班，静悄悄的，只有灯开着，配合静谧的气氛，白炽的灯光把办公室渲染得格外清冷。总裁办公室的门开了一条缝。江菱走过去，轻轻敲了敲门。门轻易被推开，她走了进去。办公桌后有一人坐在椅子上，正背对着她，透过落地玻璃窗看向外面的风景。听到脚步声，对方缓缓转过身来。

　　周予言面无表情地看着她。江菱这才看清楚，他原来是坐在了轮椅上。

　　他一言不发，神情冷如寒冰，宴会厅里的灯光尽数倾洒在他身上，他的眼底仿佛倒映着万千星辰。但他的眼底一片淡漠的情绪，那片星海很快沉入黑暗中，连周遭的空气仿佛也被他身上的冷冽气息感染，被冰冻起来。

　　江菱迎着他的目光，神色自若："周总，你现在终于愿意光明正大地跟我见面了吗？"

　　"你迟到了。"周予言冷声说，"距离约定的时间已经过去一小时二十六分七秒。"

　　"抱歉，路上堵车，所以耽搁了时间。"江菱微微一笑。

　　周予言嘲讽出声："堵车？大周日会堵车？"

　　"才一个多小时，周总就生气了？"江菱面不改色地走过去，将脱下的外套放到沙发上，"周总那时候可是晾了我整整半个月。"

　　周予言说："所以你这是在报复我吗？"

　　他深呼吸："我可以解释。"

　　"解释什么？"江菱挑眉问。

　　她的目光落到周予言的双腿上，意有所指地说："看来周总的腿的确不太好。"江菱又抬眸，语气调侃，"所以，周总是要跟我解释，您这腿不好的原因吗？"

周予言深呼吸一口气："江菱，你明知道我想要说的不是这个……"

"那周总要说什么？"江菱挑眉，一副耐心等他回答的表情。

周予言说："我那时候不见你，是有原因的。"

江菱走到他面前，微微俯身，跟他平视，似笑非笑地问："什么原因？"

周予言说不出口。

江菱淡笑了下，站直了身，看向一旁的落地窗："周总今天让我过来，就是要跟我谈这个吗？"

她转过身："我的时间可是很宝贵的，既然周——"

"我今天叫你过来，的确有一笔交易要跟你谈。"周予言淡声打断。

江菱回头看向他："是合作案的内容吗？"

"其实我也想告诉周总，合作案是有时效性的。上次的合作案失去了时效，再谈也没有意义了。"

周予言说："不是上次的合作案，我要跟你谈的是一笔新的交易。"

"什么交易？"

周予言沉默了下，说："只是进了董事会，你就满足了吗？"

江菱挑眉："周总这话是什么意思？"

周予言冷笑了声，眸色像一团化不开的浓墨："你当初接近我，只是为了得到我手中的股权吗？"

江菱反问："不然呢？我当初也很坦白地说了，我要见周总就是为了跟你谈交易。"她停顿了下，刻意放缓了声音，"除了这个，周总觉得我接近你，还有什么目的？"

周予言没回答，只是冷静道："你的最终目的难道不是得到整个江氏集团，坐上那个位置？"

"只凭你一个人，你以为真的可以办到吗？"

江菱不紧不慢地问："那周总觉得我应该怎么做？"

周予言说："我可以帮你。"

"帮？"江菱顿了顿，说，"周总说的'帮'，是无偿的吗？"

"不。"周予言说，"这是交易的内容之一。在商言商，既然江小姐要谈交易，那自然要用条件来交换。"

234

江菱问:"那周总的条件是什么?"

周予言看着她,面无表情地说出两个字:"联姻。"

江菱动作一顿。

周予言跟她对视,神情淡漠:"跟我联姻,我帮你得到江氏集团。"

江菱略略挑眉:"可我说过,我更喜欢自由的关系。而且,周总为什么会觉得——"她顿了顿,压低声音,"我要得到江氏集团,就非你不可?"

周予言跟她对视数秒,突然嗤笑出声:"你不是想得到我手上的股权吗?"

江菱顿了顿,收敛了笑容。

他靠到轮椅椅背上,姿态闲适:"江小姐也知道,如果要通过出售方式转让股权,程序复杂,还需要经过公示,这必然会引起你父亲和公司其他股东的怀疑。而且,我也没有理由说服周氏集团的董事会,将手上的股权转让给一个毫无关系的人。联姻就是最好的办法,我可以通过协议,让你合法共享我手上的股权。"周予言看向她,目光沉静,"这就是我的条件,江小姐觉得呢?"

江菱的声音很平静:"周总开出的条件,是不是太过强人所难了?"

"强人所难?"周予言轻哂了声,"江小姐是不是忘了一件事?"

他说着,从抽屉里拿出一份合同。江菱随意扫了眼,动作微微一滞。那是那天晚上,她被他诱哄着签下的协议。

第十二章 把 戏

　　江菱仔细地浏览合同。合同的前面几条，还算是正常的条款。越往后面，越是明显的陷阱条款。合同无固定期限，违约支付高额的赔偿金，苛刻的解约条件，还有吓人的违约责任。一份类似卖身契的合约，条款却合理合法。这份合同的确只是聘用合同，却将两人彻彻底底地绑定在一起。

　　江菱看完合同，抬头看向周予言："这份合同，你那天不是说已经销毁了吗？"

　　"周总原来是这样不讲信用的人。"

　　"谁跟你说销毁？"周予言故作停顿，"言或吗？"

　　他微微扬眉："那是言或的承诺，跟我有什么关系？"

　　江菱盯着他看了数秒，突然勾唇一笑："我的公司，在国内就是一个名不见经传的小公司，周总要我这个小破公司有什么用？"

　　周予言往后靠去，好整以暇地说："我要这公司做什么，江总不是心知肚明吗？"

　　"LX 公司，就是你对付江绍钧的底牌，你还要靠着它来入主江氏集团。"他说得一针见血。

　　江菱目光一凝，没错，这是她的软肋。

236

但尽管如此，她并未将异样情绪表露出来："真不愧是周总，能将一切算计到极致的地步。"

周予言嘴角扯开一个嘲讽的弧度："是吗？但我觉得，在算计这件事上，我还远远不及江小姐。"

像是没有听出他话里的讽刺，江菱直接转移话题："但周总今天让我过来，不是谈合作吗？"

周予言说："我说的合作内容不是已经告诉江小姐了吗？条件就放在这里，就等江小姐答应了。"

江菱微微倾身，跟他平视："周总不觉得这样的合作跟强买强卖没有什么区别吗？"

"江总，"周予言唤了称呼，"这合同，可是你以前自愿签的。如果不记得了，需要我帮你回忆一下吗？"

江菱没说话。

周予言抬眼，又似是不经意地提起："再说，你的妹妹也快毕业回国了吧？"

江菱动作一顿："周总，这是在威胁我吗？"

"不，我只是在提醒你。"他的语气一派闲适，"时间可不会等人。你只有不到一年的时间，在这之前，你要从江绍钧手上拿下江氏集团，难度可不少。"

周予言点到即止。江菱沉默不语。在他各方的围堵下，她似乎真的没有了退路。

她看着他，突然弯起眉眼笑了起来："说到底，周总就是想要'潜规则'我，对吗？真是很荣幸，我能有这样的魅力。"她俯身，故意似的问，"不过，我想知道，周总为什么一定要执着于我？"

打量着面前的男人，江菱却难以抑制内心的情绪。一段时间未见，她竟然真的有点想他。只是戏还要继续演下去。

周予言微微扬眉："就像江小姐以前说的那样，各取所需。江小姐要江氏集团，而我要人。"他声音沉哑，"这笔买卖不是很划算吗？"

江菱浅笑了下，说："的确是很划算。"

周予言直视着她："所以，跟我联姻，我能帮你拿到你想要的一切。"

"好啊。"江菱弯起眉眼笑。

她答应得爽快。周予言却有些不敢相信。原本还翻脸不认人，此刻却干脆地答应了他的条件。也不知道这朵小玫瑰又在玩什么把戏，他顿时心生警惕。

周予言微微眯眼："以前就听人说，江小姐对我一往情深。但我觉得江小姐现在是在糊弄我。"他语气很淡，"难道以前说的都是骗人的？"

"自然不是，我可是很认真的。"江菱唇角浅扬，"需要我证明给周总看吗？"

"你要怎样证明？"周予言挑眉。

"就像……"转眼间，江菱已经坐到了他的腿上，伸手去解他的领带。

周予言一把扣住她的手："你在干什么？"他的声音略沙哑。

江菱面不改色："不是周总让我证明吗？"话音落下时，却微微轻晒，人也顺势落入他的怀里。她握着他的领带，动作没停，目光下落，似是疑惑，"不过，周总的腿这样，还能行吗？"

"你可以试试。"周予言黑眸幽沉。

江菱抬眸，挑眉问："可是，周总不是没有在办公室里……的爱好吗？"

周予言面不改色："我有说过这种话吗？"

江菱似笑非笑："哦，我记起来了，那是言助理说的。"

周予言眯眼："你还记得言助理？"

"怎么不记得？不就是已经分手的前男友吗？"江菱故意似的说，语气隐隐带了几分挑衅。

周予言终于失去了耐性，直接掰过她的下巴，覆上她的唇。这朵狡猾的小玫瑰，终于再一次落入了他的手中。野火燎原，火焰迅速蔓延，寸寸焚烧，整片原野几近覆没。落地玻璃前的窗帘很快关合上。

"在想什么，又走神？"周予言不满地往她唇上咬了一口，声音沉哑如贝斯。

江菱的思绪被拉回到现实："没什么，就是想起上次跟前男友说过的梦。"

"那个梦。"周予言想起什么，眼神愈发幽深晦暗，"说的是，像现

238

在这样？"

窗帘浮动，窗外阳光在落地玻璃窗上镀上一层潋滟浮光。办公室里短暂的安静了几秒。江菱站了起来，她抓过一旁的外套和手机，光着脚走向旁边的沙发。坐到沙发上，她靠到沙发背上，双腿侧着交叠，懒洋洋地浏览起手机的信息来。周予言扣上衬衫最上端的纽扣，抬眼向沙发方向看去，眸色微暗。江菱划拨着手机屏幕，余光瞥见周予言从轮椅上站起来，向她走来。

她收回视线，语气带了几分揶揄："周总的腿现在不瘸了？"

"现在不是周总。"周予言走过来，揽过她的腰，将她圈进怀里，"前男友要跟你算分手的账。"

江菱靠在他怀里，不闪也不躲："那，前男友是不是还欠我一个解释？"

江菱瞥他一眼："为什么要瞒着我？"

周予言眯眼："你看起来，一点也不惊讶？"

江菱指尖勾过他的衣襟把玩，刚系上的纽扣又解开了。她漫不经心地说："我听过完整的故事，多少也能猜到些。车祸、腿疾，还有不好的名声……是隐患还没消除？"周予言还没说话，她又接着说下去，"至于你那些传言，我想没有人会愿意自己败坏自己的名声，所以，应该是你那位'竞争对手'散播的流言？"

周予言轻哂："真不愧是江总，一下子就把原因推理了出来。"

他又看向江菱："既然你猜到了，为什么还要我解释？"

江菱说："我想听你亲口说，那更有诚意。不过……"她一顿，"前男友之前好像没珍惜这个机会。"

周予言沉默了下："是我的错。"

"算了。反正已经是前男友，都是过去式了。"江菱又话锋一转，"有件事，我倒是想问问前男友。"

"什么事？"周予言扯回思绪。

江菱看向手机，漫不经心地说："前几天，我发了一条朋友圈，说想念锦绣居的牛肉饭。"

她一顿："结果昨天，就有外卖小哥给我送来了。"

周予言动作也是一顿："是吗？"他面不改色。

239

江菱瞥他，似笑非笑："前男友觉得这是巧合吗？"

周予言语气很淡："我怎么知道。"

"噢。"江菱意味深长地说，"那就当是巧合吧。"

她又转移话题："那还有一件事。"

"什么？"周予言的声音略不自在。

江菱问："陈颖的事是不是你做的？"

周予言："嗯。"他停顿了下，"跟君泽集团谈合作的时候，跟他们的 CEO 顺口提了一句。"

"但你是怎样说服傅以行的？他不像是好说话的人。"江菱观察着他的脸色，挑了挑眉，"你不会是，被他敲了一笔吧？"

"没有。"周予言看她的眼神带了点耐人寻味，"至于原因，你很快就能知道了。"

江菱有些不满："很快？现在不能说吗？"

"因为我也不确认事情的真实性。"周予言握着她的腰往旁边一带，沙发往下一陷，两人便倒在沙发上。他附在江菱耳边，低声说，"不过，如果江总想知道，给点利息，我可以考虑告诉你。"

江菱跟他四目相对，眼神似笑非笑："前男友这是要做什么？"

周予言握住她的肩膀，抵上她的唇："觉得被欺骗了感情，要回点分手利息，这不过分吧？"

周予言抱着她起来，伸手往旁边的墙壁一拉，打开了一扇隐形门。里面竟藏着一间休息室。门很快被关上。

半个小时后，江菱从浴室走过来。她边用毛巾擦着头发，边说："我们要联姻的事，暂时还不能让我爸知道，这是跟他谈判的筹码，不然会对我的计划有影响。"

周予言说："我知道。"

他睨向她，又似是不经意地问："那你打算什么时候跟我订婚？"

"要等到合适的时机，不过快了。"江菱笑了下，"等我当上江氏集团 CEO 的时候，我们就订婚？"

周予言深深地看了她一眼，迟缓几秒才说："可以。"

"不过，"江菱似是想到什么，又说，"口说无凭，我之前跟言或合作，也有签合同。那现在我们是不是也应该要签个协议？"

240

周予言挑了挑眉："当然。"

　　江菱也不客气，直接征用了周予言的笔记本电脑。

　　合同是江菱草拟的，但里面的条款，周予言都仔细审核过。每一条条款都公平公正，也没有存在陷阱的地方。他打印了两份合同，放心地签下了名字。江菱也不动声色地签下自己的名字，看着旁边的落款，嘴角不着痕迹地往上提了提。

　　主动权，又握在她的手中了。

　　江菱将合同收起，看向周予言，笑着说："周总，我要回去了，不送一下你的未婚妻吗？"

　　没等他说话，她的目光下落，又揶揄道："哦，我忘了，你的腿不方便。"

　　周予言面不改色地站起来："我让言或送你。"

　　江菱却拒绝："不用了，既然已经是新的开始，就不想看见前男友了。"

　　"那就这样，我先回去了，有事再联系。"江菱扔下一句，潇洒地转身离开。

　　周予言看着她离开的背影，无声一哂。

　　"周总，江小姐已经离开了。"

　　十分钟后，刘助理进入办公室，向他汇报。

　　周予言握着手机，淡淡扫他一眼，随口说："将合同收起来。"

　　刘助理走上前收起合同，看见合同上的条款，他突然想到什么，说："周总，要是江小姐只是要得到江氏集团，并不想当上江氏集团的CEO。那这份婚约，还成立吗？"

　　周予言动作猛地一顿，眼里的漫不经心顿然化作凝重。他也想到了这个问题。他和江菱签的协议约定的是，等江菱当上江氏集团的CEO后，就举行订婚仪式。要是江菱得到江氏集团，并不当CEO，只是在幕后操纵，那他们的协议是否永远不会生效？居然跟他玩文字游戏。难怪答应得这么爽快，还主动提出要签协议，那朵小玫瑰果然早有预谋。

　　"帮我约江绍钧见一面，"他冷静地说，停了数秒，又补充，"就以我的名义。"

241

"周总，您要亲自去见他吗？"刘助理有些不解，"可您现在不是……"

周予言站起身，拿起椅背上的外套："不，我要以言或的身份去见他。"

"好，我立刻去安排。"

周予言接着说："另外，将我有意要和江氏集团联姻的消息公布出去。"

刘助理问："以周氏集团的名义吗？"

"不，以绯闻的方式散播，你明白吧？"周予言回头，用眼神向他传递意思。

刘助理点头："我明白了。"

"将这个消息放出去吧，就说周氏集团有意跟江氏集团联姻。"江菱翻看着手上的文件，头也没抬地说，"最好找几个不保真的娱乐营销号发一下，粉丝不用太多，能让人注意到就行。"

方嘉铭眼神疑惑："为什么这时候公开这件事？你不是打算将这件事作为跟江总谈判的筹码吗？"

江菱停下手上的动作，抬起头朝他一笑："这的确是筹码，所以，目前只能以这种方式传播。"

方嘉铭问："那不按原来的计划推进了吗？"

江菱举了下手上的文件，说："原计划先放下。看完这份调查报告，我有了新的想法。"

方嘉铭挑了挑眉："我不是很明白，你这样做的意图。"

江菱合上文件，说："尽管周予言没说，但他之前遭遇的那场车祸，看起来并不简单。"

那场车祸，必然是人为，对方应该是对他恨之入骨。但车祸之后，周予言一直以言或的身份示于人前，对方却没有察觉。这说明，对方对他的情况并不了解。既然不是熟人，那就是竞争对手。而周予言隐瞒身份，必然是对方已经对他造成了威胁。不一定是忌惮对方，有可能是对方在暗处，一直伺机而动。

江菱分析说："也许，连周予言也不知道对方的身份，所以要引蛇出洞。"

方嘉铭盯着她看了几秒，突然一笑："能看出来，你的确很在乎他。"

"不，你错了，我不单纯是为了他。"江菱否认，"这消息传出后，必然会引起对方的注意。你试想，他要是无法接近周予言，会从什么地方下手？"她抬眸朝他一笑。

方嘉铭立刻猜到她的意图："你是想利用对方对付江绍钧？"

江菱眯眼："没错，与其自己出手，不如借用别人的手，推他一把。那时候，在幕后针对周予言的那个人也自然会浮出水面了。"

方嘉铭想了想，提出疑惑："消息公布之后，那个幕后之人，真的会出手对付江绍钧吗？"

江菱拿起手机，打开备忘录，又纠正："准确来说是对付江氏集团，毕竟，我们代表了一个整体。不过，我们得尽快了，留给我们的时间不多。"

方嘉铭想起什么："是因为你的妹妹快要毕业了？应该就是明年了？"

"不仅是这个原因。"江菱低头在备忘录上打字，"别忘了，江玮钰明年六月底就要毕业了。"她顿了顿，语气凝重，"到了那时候，江绍钧就有理由，光明正大地将集团交到他那个私生子手上了。"

江菱语气讥讽："玮钰这名字……江绍钧对他这个私生子，还真是视如珍宝。"

"玮"和"钰"都有美玉的意思，私生子的名字里包含了两个美玉，可不就是视如珍宝吗？

"所以，我们只有不到一年……"她关上备忘录，又纠正，"不，应该说，不到半年的时间。"

方嘉铭点点头："我明白了，我这就去安排。"

江菱看着手机，眼里罕见地露出温柔的神色。半分钟前，她在备忘录写下。

"11月X日，今天是工具人周总呢。"

晚上，江菱回到星沙湾的公寓。

"菱菱，你回来啦？"周韵宁刚吃完外卖，正在收拾屋里的垃圾，"今天谈业务还顺利吗？"

"还好，挺顺利的。"江菱走进屋，脱下外套随手挂到衣架上。

周韵宁跟了上去，试探地问："你今天去见的人……是周予言？"

江菱拿过一旁的杂志，翻看起来："是啊。"

"我就说，哪个傻……会把谈业务这种事放在周日啊。"周韵宁忍不住扶额，"又让他……"

她又看向江菱，眼珠子转了转："菱菱啊，你就没想过换一种口味吗？"

"什么口味？"

"你想想，你有才有钱又有美貌，为什么要吊死在一棵树上？"周韵宁劝说，"你不都把周予言甩了，都分手了就别吃回头草了。我认识很多帅哥和小鲜肉，要不介绍给你？六块腹肌那种，你应该会喜欢吧。"

"不用了。"

江菱合上杂志，笑着说："我对周总还挺满意的，暂时没有换人的打算，就先……勉强用着吧。"

"哎，那……好吧。"周韵宁把抱枕抱到怀里，揉了揉，又小声嘀咕，"真是便宜周予言那家伙了。"

像是想起什么，周韵宁又说："对了，菱菱，今天——"

就在这时，江菱的手机响了。酱酱爱吃糖的猫咪头像出现在屏幕中间，是江荨发来的视频邀请。

江菱说："是我妹妹的电话，我先去接一下。"

周韵宁点点头："嗯嗯，你先接电话，我们等会儿再继续聊。"

江菱起身回到房间，接受了视频邀请。江荨出现在视频画面里。这个时间，她那边刚好是清晨。

江荨问："姐姐，打扰到你休息了吗？"

"没，我刚回家。"江菱笑笑，温和地问，"最近忙吗？"

江荨说："还行，也不算忙，我最近都在忙毕业论文的事。"

"对了，姐姐，你下个月有空吗？"

"下个月？"

江荨点点头："圣诞节我们放半个月假，虽然我最近都在忙论文的事，但是基本不怎么去学校了。今年圣诞节我打算提前半个月回 B 市，等过完圣诞节再回来。"

"今年圣诞节，你要回来？"江菱疑惑，"怎么突然想回来？"

"是因为，"江荨停顿了下，鼓起勇气说，"正好我有个……嗯，朋友在那之后生日，我答应要回去给他提前过生日。"

江菱问："那你订机票了吗？"

江荨又点头："我订了下下周三的机票。"

"下下周三？"江菱想了下，"需要我去接机吗？"

江荨赶紧说："不用啦，姐姐你不是还要上班，我朋友……他答应过来接我。"

江菱神色凝重："那你回来要住哪里？这事不能让爸知道。你知道的，我这边有爸安排的物业监视。"

江荨："没关系的，姐姐，我有住——"

视频那边突然响起手机的声音。江荨下意识回头："啊，有电话进来了，那姐姐，我先挂了，等会儿微信上联系。"

她是用电脑跟江菱视频，手机似乎放在了不远处。

江菱点点头："好，等会儿再联系。"

视频通话结束，江菱拿着手机回到客厅。

周韵宁见她出来，随口问了句："菱菱，你妹妹找你有事吗？"

"荨荨说下个月要回来。"江菱眼里存了一丝不易察觉的担忧。

周韵宁好奇："那她要过来你这边住吗？"

"不，"江菱毫不犹豫，"你忘了，这里有我爸安排的人。"

"啊，对。"周韵宁若有所思，"那她回来要住哪里？去酒店吗？"

江菱说："这件事不急，我等会儿再跟她聊聊。"

"嗯。"

周一，江菱回到江氏集团，先去找江绍钧汇报周日和周予言见面的事。离开办公室的时候，她从以前总裁办的同事那里得知了一个消息：童佳瑶离职了。倒不是被辞退的，是她主动提出离职。江菱下意识往江绍钧的办公室看了眼，转瞬间便明白了事情的缘由。不仅是童佳瑶，陈颖也主动申请调离集团总部。她被调到了江氏集团旗下的江氏科技任职，职位表面看起来升了，但实际上是明升暗降。这一切，看似都和江菱无关。

周日那天后，接下来一周，她和周予言都没有见面。周予言也没有主动联系她，只是通过刘助理邀请她共进晚餐，但都被她以"工作忙"的理由拒绝了。

很快又一周过去。

周予言惯例问："今天电话打过来吗？"

刘助理知道他等的是谁的电话，愣了下，便如实说："周总，并没有电话打进来。"

周予言在心里冷笑，那朵无情的小玫瑰，真是利用完就跑。

刘助理又提醒："那周总，晚上的饭局……"

周予言回神，吩咐说："晚上的饭局推了，另外帮我在 Alice 西餐厅订一张桌。"

刘助理说："是，我这就去安排。"

中午，江菱接到了周予言的电话："江小姐，作为未婚妻，是不是应该陪我吃顿饭？"

江菱勾了下唇，好整以暇地说："周总，我不是让刘助理转告你了吗？我最近工作很多，实在没空，并不是故意要拒绝你的。"

周予言语气冷淡："我约你出来，就是为了谈工作的事。如果你不愿意，那就算了，我直接找你们的江总谈。"

"周总，你这是威胁吗？"江菱轻轻笑了下。

周予言淡声说："当然不，但找不到业务对接人，我就只能换人了。"

"那……好吧。"江菱挑了下眉，说，"什么时候？"

周予言说："今天晚上，下班后我来接你。"

"好。"江菱很干脆地答应下来。

等到下班时间，江菱来到跟周予言约定的地方等候。但等了将近半小时，始终没见他的人。

她心里疑惑，给周予言拨了个电话："你不是说吃饭吗？怎么还没来？"

但接电话的，却是刘助理。

"抱歉，江小姐，周总这边……"刘助理支吾了一番，才说，"周总临时有点事，让我……让我转告你，今晚的约会取消了。"

246

他的语气实在太过刻意，江菱一下子就听出了端倪："是吗？刘助理，你是不是有事瞒着我？"

"这……"刘助理似是为难，"好吧，江小姐，周总不让我告诉你。但是我想，我还是得告诉你。"

江菱追问："到底发生了什么事？"

"江小姐，周总……生病了。"刘助理语气迟疑。

"生病？"这样一个词语，出现在周予言身上，实在有些不可思议。江菱不露声色地问："你的意思是，他中午给我打完电话，才过了几小时就生病了？"

刘助理说："是的，最近有一个重要的项目要赶进度，周总每天都加班到凌晨。今天上班的时候，我就觉得他的状态不是很好。没想到下午外出谈完合作，周总就发起了高烧。"

江菱问："那他现在在哪里？"

"下午跟合作方谈完合作后，周总跟我交代了一些工作上的事以及您的事，就让我送他回公寓了。"

他停顿了下，又补充："现在周总已经睡下了，我冒昧接听了您的电话，很抱歉。"

江菱似是不解："既然发高烧了，为什么不去医院？"

刘助理愣了下，解释说："刚才在路上，我有跟周总提过的，但他觉得去医院太浪费时间，所以……"

"好，我知道了。"江菱不置可否，停了停，又问，"刘助理，你知道周予言家里的密码吗？"

周予言公寓用的是密码指纹锁，上回去他家里，她处于半醉的状态下。他输入密码的时候，虽然没有避着她，但她也没仔细留意。

刘助理赶紧说："我等会儿发到您的手机上。"

"好。"

挂了电话，江菱走到路口拦了一辆出租车，跟司机报了周予言居住的小区名字。

出租车刚启动，江菱的手机就进来一条新的短信。她点开，内容是一串数字——周予言家的门锁密码。但是这串数字……是她的生日。江菱怔了怔，握着手机，有片刻的失神。

这时候手机响了起来。有人打来电话，但来电显示却是一串陌生号码，还是本地的号码。江菱思索几秒，随后接起。来电的是一个男人，电话一接通，对方便主动报上家门："江小姐您好，我姓黄，是谢氏集团商务部的经理。下周六，我们集团将在 B 市的东泉山庄举行一场慈善晚宴，想邀请您作为特邀嘉宾出席，进行一场演出合作，不知道您有没有档期呢？"

"慈善晚宴的……演出合作？"江菱疑惑地重复。

"是的。"

江菱问："黄经理，您是通过什么途径知道我的联系方式？"

黄经理说："很抱歉，江小姐，这一点我也不太清楚。您的联系方式是我们谢总给我的。"

"是吗？"江菱若有所思。

"江小姐，那下周六那天，您能否出席晚宴？"黄经理又扯回到正题。

江菱回神，说："黄经理，非常抱歉。不知您是否有了解，'曦光杯'小提琴大赛后，我已经宣布了要停止演奏事业了，恐怕无法答应您的要求，请您再找别人吧。"

"这……"黄经理迟疑地说，"江小姐，其实我认为，进行演出合作跟您停止演奏事业并没有冲突。这次演出合作，完全是为了支持慈善事业。而且我们谢总也是您的粉丝，他很欣赏您的演奏，这一次也是他吩咐务必要邀请您。"

江菱委婉道："谢谢谢总和您的赏识，但是我已经不再接触和小提琴相关的事了。"

"这太可惜了。"黄经理顿了顿，继续说，"江小姐，您不妨再考虑下。稍后我会把邀请函给您发来，即使不进行演出合作，也希望您能前来参加，支持一下我们的慈善事业。如果您对演出合作有兴趣，请再联系我。"

"好，我会考虑的。"

挂了电话，江菱握着手机陷入沉思。谢氏集团？谢总？打开手机网页，搜索与谢氏集团相关的信息。思绪游离间，车已经到了目的地。

她先到小区附近的超市买了些食材。来到周予言的公寓，输入密码，一声轻微的提示声后，门锁开了。客厅的灯亮着，屋里却很安静，一如她之前来的那样干净整洁。

　　江菱进屋后，往卧室的方向看了眼，卧室的门似乎关着。她收回视线，走向厨房，把食材放到旁边的吧台上，拿了个小锅架到灶台上，熬上白粥，接着处理旁边的食材。处理好厨房的事情，江菱放轻脚步，进了周予言的房间。

　　房间里只开了一盏台灯，一圈昏黄的光洒在床头，光线略暗。周予言正安静地躺在床上，身上盖着被子，双眼紧闭着，眉头也紧皱着。江菱走过去，伸出手去探他的额头。但指尖还没触碰到人，手腕就被一只手扣住了。周予言睁开眼睛，在看清她的那瞬间，锐利的眼神淡化。

　　"江菱？"他的声音却异常沙哑，"你怎么会在这儿？"

　　江菱收回手，面不改色道："我听说你发烧了，过来看看你。"

　　"刘助理告诉你的吗？"周予言闭上眼，手前臂挡住眼睛，突然低低笑了声。

　　江菱问："怎么发高烧了也不去医院？"

　　"去医院？"周予言低低出声，又是自嘲地一笑。

　　"周予言？"江菱敏锐地察觉到他的情绪的不对劲，皱了下眉，心里隐隐有了担忧。

　　周予言缓缓睁开眼，看向她："江菱，你对我有过真心吗？"他的嗓音沉哑。夜色落在他的眼中，多了几分清冷和落寞。

　　江菱一怔。眼前的周予言，虚弱而又不真实，她突然有些于心不忍。

　　片刻后，她垂眸："为什么这么问？"

　　周予言定定看着她，没说话。

　　咕噜咕噜——直到房间外传来一阵沸腾的声音，拉回了她的思绪。

　　"我给你熬了粥，可能是溢锅了，我出去看看。"江菱赶紧站起身，走出房间，脚步却明显慌乱。

　　听着远去的脚步声，周予言扯了扯嘴角。他拿起一旁的手机，拨了一个号码。

　　"周总还有事？"一个冷冰冰的男声传来。

　　周予言说："傅总，今天的人情就算是我欠你的。"

　　"不用了。"傅以行冷漠的声音传来，"堂堂周总连这么点小事都处理不好，还得不择手段威胁我，真是让我大开眼界。"

周予言挑了下眉："傅总怎么好意思说我？如果做事光明磊落，怎么会让人抓到把柄？"

他略一停顿："而且我只是实话实说，难道傅总不是和……"

"是吗？"傅以行冷笑，"不过，我劝周总还是谨慎些，免得露了马脚。"

"这就无须傅总担心了。"周予言轻哂了声，"总之，作为对傅总支招的感谢。城西开发的合作，就这么定下来吧。"

"合作的事，见面的时候再详聊。"轻描淡写地带过话题，傅以行话锋一转，"周总特意给我打电话，应该不会就是为了说这件事吧？"

"真不愧是傅总。"周予言轻哂，往门外看了眼，才慢条斯理地说，"我只是想提醒一下傅总，我的未婚妻非常在意她的妹妹。如果有一天，傅总做出什么过分的事情来，我是绝对不会手下留情的。"

"未婚妻？"傅以行刻意停顿了下，明知故问，"这是什么时候的事？周总是什么时候订婚的？我怎么没听说过这件事？"

周予言默了默，说："这个消息，不久之后就会公布。"

"是吗？还未正式公布，那就说明现在还不是。"傅以行声音嘲讽，"连个正式名分也没有，周总是以什么立场来警告我的？"

周予言毫不客气地回呛："傅总不也是，连谈个恋爱都遮遮掩掩，怎么好意思说我？"

"我的事就不劳周总费心了。周总还是先解决自己的问题吧。"傅以行语气轻淡。

一瞬的静默后，周予言又说："傅总，我有个提议。"

"什么提议？"傅以行的语气已经不耐烦。

周予言说："既然我们有共同的目标，不如先暂时放下对彼此的成见，联手解决了眼前的问题？"

"你是指江绍钧？"傅以行似乎来了兴趣。

"没错。"周予言放缓的语气，"我想傅总现在也有同样的困扰。既然我们有着共同的敌人，为什么不联手？至少这时候，我们的目标是一致的。"

电话那边静默了三秒，傅以行说："你的提议，我接受了。"

周予言说："那下周见面的时候，再聊。"

"行，挂了。"

傅以行言简意赅。

手机传来"嘟"的一声，电话挂断了。

周予言也不在意，随手把手机扔到一旁，又往门口的方向看去。

在这件事上，两人很默契地达成了共识。

厨房里，江菱站在中岛台前，漫不经心地看着面前的那锅粥。灶台上的火已经调小了。锅里飘出了袅袅粥香，但也没能拉回她的思绪。

手机屏幕停留在备忘录的页面，她正在记录。

"11 月 X 日，今天是生病的周总……"

她没再写下去，关掉了备忘录，接着打开手机网页，浏览不久前搜索的结果。

谢氏集团的谢总全名谢明然，他初中毕业后，便出国留学了，七年前学成归来，却没直接接手谢氏集团，而是从谢氏集团最基层的职位做起，一步步爬到了如今的位置。搜他的名字，也没能搜出什么有用的信息，只有寥寥几篇的企业报道。

在一个小众论坛里，搜到了一则八卦："吃了一个豪门八卦瓜，震惊！某家族的继承人为了夺权，居然大义灭亲，把自己的亲爹、后妈和同父异母的弟弟送进监狱。"帖子发布的时间在五年前，正好跟谢明然毕业和任职的时间对应上。

江菱仔细将谢明然的简历研究了一遍，但没找出任何端倪的地方。谢明然这个人……他的履历看起来和周予言并没有任何交集，无论是读书时期还是工作时期。

咕噜咕噜，锅里的粥再次沸腾。江菱骤然回神，收起手机，把刚才切好的肉片下到锅里，盖上锅盖，熄火。她倒了杯热水，带着水返回房间。周予言躺在床上，闭着眼睛，眉头却紧皱着，似是难受。

江菱走过去，说："还难受吗？先起来喝杯水？"

周予言缓缓睁眼，扫她一眼，又闭上了眼睛。

这算是什么意思？江菱把水搁到床头柜上，坐到床边，问他："体温计和退烧药放在什么地方？"

"没有这种东西。"周予言闭着眼睛，声音嘶哑。

江菱又问："那存放药品的地方在哪里？"

周予言掀起眼皮，轻哂了声："你作为我的未婚妻，东西放在哪里这种事不该一清二楚吗？"

江菱沉默。这是没法子沟通了。生病的时候，人的确会变得格外幼稚、脆弱和无理取闹。她也能够理解。但这放在周予言身上，她总觉得有些违和。

江菱深吸了口气，站起身，说："既然没有，那我出去买。我给你熬了粥，就在厨房里，你先起来喝点。"

她刚转身，手腕却被握住了。江菱回头，对上周予言的目光。周予言握着她的手不放，黑眸格外深沉："江菱，你好像还没回答我刚才的问题。"

"什么问题？"

周予言说："你对我有过真心吗？"

"我已经答应跟你联姻。"江菱下意识回避他的注视，"这个问题重要吗？"

"我觉得很重要。"周予言的声音格外沉哑。

"联姻这件事，虽然你是答应了，但是我觉得你好像并不乐意。"

"周予言。"江菱迎上他的目光，很认真地叫出他的名字，"如果我不在意你，我现在就不会出现在这里。"

周予言笑了笑，说："那你今天晚上会留下来吗？"他依然没有松手，他掌心的温度好像格外烫人。

江菱注视着他，语气平静："你忘记我们之前的约定了吗？我在你这里待太久，有可能会引起我爸的怀疑。"

"我明白了。"周予言松开了手，撇开视线，自嘲般笑，"那你回去吧，不用管我了。"情绪低落，给人一种自暴自弃的感觉。

江菱弯下腰，给他盖上被子，不紧不慢地说："但是留一天还是可以的。"

周予言稍顿，又看向她，嘴角往上带起似有若无的弧度。

答应了要留下来，江菱随之起身。

"你要去哪里？"周予言又攥住她的手腕，声音沉哑，"不是说留下来吗？"

江菱回头，说："你吃过东西了吗？我出去给你盛碗粥。"

周予言："……不想吃，没胃口。"

"就算你不吃，我也要吃。"江菱说，"今天下班后，我接到刘助理的电话就直接过来了，到现在还没吃晚饭。"

周予言这才松开了手。江菱转身出了房间，回到厨房。打开锅盖，刚刚下的肉片已经熟透，粥香四溢。她给自己盛了一碗粥。粥还很热，她把粥放到餐桌上，接着去找体温计和退烧药。江菱找遍了全屋，只在客厅的抽屉里找到一支水银体温计。回到房间时，周予言已经睡下了。

他闭着眼，呼吸均匀且平稳。江菱也不好再打扰他。她握着体温计站在床边，有些犯难。周予言身上还穿着外出时的衣服，白衬衫和西装外套。大概是病得难受，一到家就直接躺到了床上。江菱思索片刻，甩了甩手上的体温计，倾身上前，掀开被子。她把膝盖压到被子上，伸手去解他的衬衫。刚解开一颗纽扣，手就被握住了。

"你干什么？"周予言皱着眉，有些不适地问，声音异常沙哑。

"给你测一下体温。"江菱没好气地说，"不然你以为要干什么？"

周予言看着她，眼神深邃："我还以为你要乘人之危。"

江菱对上他的眼，面不改色："看来，周总对自己的认知存在重大的错误。"

周予言闭上眼睛，轻哂了声："是吗？"接着又转移话题，"不是说要给我测量体温吗？"

江菱默了默，继续去解他的衬衫。这会周予言倒是配合了。

完成这一切，她再一次回到餐厅。屋里暖气开得足，餐桌上的粥还是温的。江菱吃完这顿简单的晚餐，收拾好碗筷，又回到房间取回体温计。她看了一眼，皱了下眉头——38.5℃。高烧。看来还病得不轻，不然也不会胡言乱语。

江菱带着体温计离开。周予言缓缓睁眼，不动声色地看了眼床头柜上那杯已经变温的水。余光瞥见江菱返回，他又闭上眼睛。江菱走到床边坐下，把一条沾了冷水的毛巾叠放到他的额头上，给他降温。

"你好好休息，我今晚在旁边的客房睡，有事就喊我。"

她正要起身，忽然听他问："你煮的粥呢？"

江菱回头，有些意外："你不是说不想吃吗？"

周予言说:"突然觉得有点饿,想吃一点。"

江菱说:"那你起来,我去给你盛一碗。"

周予言:"没力气,起不来。"

江菱在心里叹了口气,说:"那我扶你起来。"她说着,直接上手,拿起他的手搭到自己的肩膀上,把他从床上扶起来。

周予言也很配合,但就在他即将被扶起来的时候,他突然一个侧身,两人连带着倒在床上。她完全被他笼罩在身下。江菱有点措手不及,反应过来时,已经被周予言紧紧抱住。

"周予言?"

这一刻,两人的距离很近,她的脸完全贴到了他的胸膛上,除了传来的温度,还能清晰地听见他的心跳声。

江菱被抱得很紧,完全挣不出他的怀抱:"周予言,你干什么?"

"算了,又不想吃了。"周予言埋首在她颈间,闭着眼睛低低说,声音里充满了疲惫感,"还是再休息一下吧,等会儿还有些工作要处理。"

江菱注意力被转走,停了下来:"你现在这样子,还惦记着工作?"

周予言说:"比较紧急。"

江菱深吸一口气:"那你先让我起来。"

但周予言直接揽过她的腰,手臂将她压在自己的胸膛上:"再让我再抱一下,就一下。"他紧紧抱着她,埋首在她脖颈间,声音低沉沙哑。

听着他声音里浓浓的疲倦感,她莫名有些心软,于是停下了动作,就这样任由他抱着。安静的时候,总是很容易让人陷入了胡思乱想的情绪里。江菱回过神来时,却感觉到有潮湿的气息扑到耳边,周予言在她耳边低声呢喃。

"江菱,你当初接近我,就只是为了达成目的吗?"他声音很低,"你接近我有没有一点是因为喜欢我?"

江菱怔了怔,才回答:"周予言,你这是烧糊涂了吗?"

她停顿了下:"当初我们接近对方不都是别有目的吗?难道你忘记了吗?"

"是啊。"周予言低低笑了声,稍微用力,把她抱得更紧。

江菱沉默几秒,转移话题说:"说起来,你真正的家,我好像还没去过。"

254

周予言睁眼,眼睛黑而深邃:"你要是想去,我现在就可以带你去。"

"……还是算了。"江菱停顿了下,又说,"本来,我今天还想跟你说件事。"

"什么事?"周予言说。

江菱瞥他一眼:"但你现在这种情况还是算了,等你病好了再说。"

周予言:"……"

江菱又说:"睡吧,早点休息。"

说着,她闭上了眼睛。

周予言不肯松手,她也没辙。反正什么都做过了,折腾了这么久,她也累了,索性闭上眼睛小憩一会儿。江菱渐渐入睡,劲头也逐渐松了。

她睡得安稳,周予言内心却格外煎熬。江菱说的"要跟他说"的事,他心里很在意。更让他在意的是——眼前像是有一块美味的蛋糕,令人垂涎,但是只能看着,不能吃下肚。他现在还"生病"着,什么也不能做。

周予言看着怀里的江菱,无声地扯开嘴角,自嘲一笑:"我这算是搬起石头砸了自己的脚吗?"

也许是睡的时间太长,第二天醒来的时候,江菱的脑袋略有些发沉。记忆回笼时,她下意识看向身侧,周予言已经不在身边了。

他不是发烧了吗?烧退了吗?想起昨天睡前,他跟她说的"有工作要处理"的话,她赶紧掀开被子下床。走出客厅时,周予言刚从厨房走出来,将两盘早餐放到餐桌上。

"醒了?"

江菱走到餐桌前,往桌上看了眼:"怎么不多休息一会儿?"

他做的早餐,是面包夹火腿蛋三明治,还有两杯咖啡。

"没事,烧已经退了。"周予言生病初愈,声音略沙。

"先吃早餐。"

江菱在桌前坐下,又听他说:"下周六有个慈善晚宴,你跟我一块去?"

她抬头,一个名字脱口而出:"谢氏集团?"

"你知道？"周予言稍顿，抬起头。

江菱说："他们想邀请我出席那天的晚宴，进行一场慈善演奏。"

周予言问："你答应了？"

"还在考虑。"江菱想了想，问，"周氏集团和谢氏集团之间有合作吗？"

周予言喝了口咖啡，说："有，但是是下面部门的来往合作，具体我也不了解。"

"这样吗？"江菱拿起三明治，漫不经心地咬了口。

周予言看着她，又说："昨天本来想约你去吃西餐，没想到后来会出现意外，很抱歉，今天给你补上。"

"今天不行。"江菱回答得毫不犹豫，对面的周予言怔住。她又咬了口三明治，才缓缓解释，"等会儿我要去接我妹妹。"

"你妹妹？"周予言挑眉。

江菱说："她在 M 国留学，昨天的飞机。"

"你要去接机？"周予言动作稍顿，"你跟她约好了？"

江菱弯唇笑了下："也不是，她告诉过我时间，我想给她一个惊喜。"

周予言的眼神有些晦暗不明，他放下杯子，不露声色地说："那等会儿我送你。"

江菱抬眼："你不是生病了吗？才退烧，不要太勉强自己。"

周予言迎着她的视线，勾了勾唇角。

"你笑什么？"江菱疑惑。

周予言眼里藏有笑意："你关心我，我真的很高兴。"

等她吃完早餐，周予言问："你妹妹几点的飞机？"

江菱说："十点半左右，但不知道飞机会不会延误。"

周予言看了眼时间，站起身说："那该出发了，现在出发去机场，时间刚刚好。"

江菱点点头。

前往机场的一路上，两人都没怎么说话。车内很安静。江菱心里惦记着江荨，时不时低头去看手机。再一次抬头时，她无意间瞄到了车内的导航。前面的一段路显示红色，很长很长。

"等等，别走这条路，这边会堵——"

江菱刚出声提醒，周予言已经把车开了上去。

周予言似是才注意到导航的情况，往中控台上瞄了眼，说："刚刚没注意到导航的情况，抱歉，现在没办法掉头了。"

"算了。"江菱皱了下眉，立刻拿起手机拨打江荨的号码。刚输入号码，她突然想到江荨可能还在飞机上，又退出了拨号页面。

过了这段路，车流逐渐变得缓慢。前面果然在堵车，很快，他们的车就被堵在了车流里，完全无法前进。江菱观察着前面的路况，不时去看中控台上显示的时间。

"我打听一下前面什么情况。"周予言拿出手机，给傅以行发了条信息："傅总，麻烦速度点。"

环城公路一堵就是大半个小时，两个小时后，江菱和周予言总算到达了机场，但距离原本约定的接机时间已经过去了十多分钟。下车后，江菱边往机场大厅里赶边拿出手机，拨打江荨的电话。刚输入号码，余光便看见周予言停下脚步，往旁边的公路看去。

江菱随口问："你看什么？"

周予言很快收回视线："没什么，就是看到一个熟人。"

"熟人？"江菱下意识回头，顺着他刚才望的方向看去。

但只看见一辆黑色的迈巴赫从眼前飞驰而过，车牌号似乎有些眼熟。江菱的脑海里突然闪过一些印象碎片，那天她在投资者峰会见过这辆车，她依稀记得那是君泽集团那位傅总的专用车。

第十三章　遇　见

不过，这显然与她无关。江菱匆匆瞥一眼就收回目光，拨通了江荨的电话。响了几声后，江荨接听了电话。

"姐姐？"

江菱往出口的地方张望："荨荨，你到了吗？"

江荨似乎疑惑："啊？到哪里？"

江菱说："你不是今天的飞机吗？我现在在机场。"

江荨有些惊讶："姐姐你到机场了？怎么没告诉我？"

"想给你一个惊喜。你现在在哪里？"江菱问。

"姐姐你是什么时候到的？"江荨语气迟疑，"我……刚刚已经上了朋友的车，我那天不是跟你说过，今天会有朋友过来接机。"

已经被接走了？果然还是晚了。

"姐姐，我们正在去酒店的路上。要不，你直接过来酒店吧？"江荨提议说。

江菱回神："好，你住哪家酒店？"

"在……"江荨卡顿了下，"好像是在君泽集团旗下的——"

君泽集团？江菱敏锐地捕捉到这个关键词，听见她小声问那边，"哪家酒店来着？"

也许是对方声音太小，她并没有听到有人回答的声音。

江荨说："姐姐，酒店是我朋友订的，我也不太清楚，我查一下发你定位吧。"

奇怪的念头转瞬即逝，江菱也没多想，只是回答："好，那待会儿见。"

等她挂了电话，周予言看似无意地问："你妹妹呢？"

"不用等了，有人接了她。"江菱转过身，呼出口气，"我们回去吧。"

"有人接了？"周予言挑眉，明知故问，"男朋友？"

"不是，应该是——"江菱猛地一怔，转头看向周予言。

"你为什么这么想？"

"这年纪有男朋友不是很正常吗？"周予言说，语气稀松平常。

江菱想了想，说："应该不是，那是她在国内的朋友。荨荨这几年都在国外，要是她谈恋爱了，肯定会告诉我的。"

"是吗？"周予言笑了下，态度不置可否。

"看来是在路上堵车错过了时间。"

他停顿了下，又慢条斯理地问："那现在，是要去找你妹妹？"

"嗯，走吧。"江菱应了声，转身往外面走。

刚转过身，就看到一张熟悉的脸孔。机场出口处出现了一个年轻女人，穿着一件欧式复古呢子大衣，过膝长靴，海藻般的栗色长发及腰，戴着墨镜，拖着一只行李箱迎面走来——苏丛溪。

江菱一眼就认出了她，可她怎么会在这里？在视频事件之后，她不是宣布退圈，到国外"进修"了吗？而且，这时的苏丛溪神采飞扬，和当初被逼对着全网道歉、声泪俱下的落魄模样截然不同。

这时，一位年轻妈妈带着孩子从远处走来。她一手拖着行李，一手拖拽着调皮的儿子，一脸的焦急："好了，你不要再闹了，等会儿给你买冰糖葫芦。我们要赶不上班车了。"

她走得太急，没有留意到前面有人，从苏丛溪身旁越过的时候，一下子撞到了她的身上。

"哎呀！"一声惊呼后，双方的行李掉了一地。

"对不起，对不起。"年轻妈妈连连道歉，慌乱地收拾地上的行李。

"没关系。"苏丛溪弯下腰，主动帮年轻妈妈拿起行李，温柔一笑，"您的行李，小心拿着，不要着急，带着小孩子要注意安全。"

年轻妈妈感激不已："好的，好的，谢谢你。"

那个女人，分明是苏丛溪。但是这一刻，江菱反而有些不确定了，这不像是她从前认识的那位苏丛溪。她从前的打扮偏好清纯可爱的风格，但今天的苏丛溪妆容张扬明艳逼人，也和以前完全不同，风格有点熟悉，就好像……

"不走吗？"周予言清冷的声音拉回她的思绪。

江菱收回目光，语气轻淡："走吧。"

另一边，苏丛溪已经帮年轻妈妈收拾好行李，脸上带着愉悦的笑容，拖着自己的行李往江菱相反的方向走去。

回到车上时，江菱收到了江荨发来的酒店的地址和房间号。

Waldron 酒店，2108 室，地址就在 CBD 附近，是一家五星级酒店，也的确是君泽集团旗下的酒店。

"Waldron 酒店？那不是君泽集团旗下的酒店吗？"周予言听完江菱报的地址，状似随意地问，"你妹妹回来，怎么不住你们江氏集团旗下的酒店？"

江菱说："不是很方便。"

周予言挑眉："不方便？"

江菱收起手机："不能让我爸知道她回来了。"

周予言不只想到了什么，淡笑了声："也对。"

回去的时候，周予言特意走了近道，一路畅通无阻。一小时后，他们到达了 Waldron 酒店。

从酒店大门前经过时，车放缓了速度。江菱看向窗外，却无意间看到一道熟悉的身影。想到在机场见到的那辆迈巴赫，江菱不由惊讶："傅以行？他怎么也在这里？"

她眼尖地看见他手上拖拽着一只粉色的行李箱，那只行李箱有点熟悉。

"这里是君泽集团旗下的酒店，他出现在这里很稀奇吗？"周予言直视着前方，语气很稀松平常。

260

也对，但……未免太巧合了。江菱的注意力还停留在那只行李箱上，车已经开进地下停车场。周予言停好车，跟江菱一起往电梯的方向走。

周予言："你女朋友的姐姐看到你了。"

他面不改色地给傅以行发了条短信，又收起手机，问："你妹妹住在哪一层？"

江菱说："21 层。"

来到停车场的电梯间，周予言刚按下按键，手机就响了。他接起电话。不知对方说了什么，他皱了下眉。

江菱停下脚步，看向他："怎么了？"

挂了电话，周予言说："集团里临时有点事，需要我现在回去处理。"

江菱扫他一眼："那你先去忙吧。我自己上去就行，不用陪我了。"

"行，"周予言收起手机，目光不经意般往旁边瞟了眼，"那你有事联系我。"

江菱点点头，转身走进电梯。看着电梯门关上，周予言按下另一部电梯的按键。

江菱乘坐电梯来到 21 层，根据指示牌找到了 2108 号房间。她按响门铃，里面并没有回应。她又敲了敲门，耐心等了好一会儿，仍然没有回应。江荨不在里面？江菱心里疑惑，是还没到吗？莫名地，在酒店大门外看见的那只粉色的行李箱，又在她的脑海里浮现。

"姐姐。"就在这时，身后突然传来江荨的声音。

江菱回头："荨荨？"

江荨就站在不远处，手里拎着一袋奶茶。她似乎是赶回来的，神色还带着几分匆忙。

江荨向她走来："姐姐，你怎么这么快就到了？"

她身旁没有行李，显然并不是刚到。江菱疑惑："你去哪里了？"

"我……刚刚出去拿奶茶外卖了，回来的路上点了外卖。"江荨缓过气来，举了举手上的奶茶包装袋，示意了下。

江菱说："那进房间再说。"

"好。"江荨松了一口气似的，走上前，拿出房卡，刷开房门。

跟着她进入房间，江菱看到一只灰色的行李箱正摆在地上，顿时打消了心里的疑惑。她似是想起什么，又问："对了，荨荨，你那位来接你的朋友呢？没和你一起吗？"

　　"他……临时有事，送我到酒店就走了。等晚上他有空了，我再请他吃饭。"江荨转了转眼珠，又不着痕迹地转移话题，"对了，姐姐，也快中午了，你吃饭了吗？"

　　江菱打量着房间里的环境，说："还没有，你呢？"

　　"我也没有，那刚好，我们现在去吃吧？"江荨把手上那一袋奶茶放到桌上，回头说，"几年没回来，好怀念这边的菜。"

　　江菱眼神柔和："好。"

　　"那我们走吧。"江荨高兴地走上前挽过她的手。

　　两人离开房间，一同走进电梯。直到电梯门关上，周予言才从暗处走出来，刚好这时，旁边一部电梯在这一层停下，门打开了。他跟电梯里的傅以行打了个照面。周予言打量了他一眼，目光落到他手上那只……粉色的行李箱上。

　　"傅总，你的速度也太慢了吧？看你的样子，似乎……差一点就赶不上了？"他看着那只可爱的行李箱，嘴角挑起一抹弧度，语气带了点耐心寻味，"临时开的房间？"

　　"都拜周总所赐。"傅以行瞥他一眼，冷笑了声，然后面无表情地拖着行李箱走出电梯。

　　来到 2108 号房间前，拿卡刷开房间，拉着行李走了进去。

　　"这跟我有什么关系？"周予言跟在他身后，提醒说，"傅总，如果今天不是我好心提醒你，估计你早就露馅了。"

　　傅以行似笑非笑："那我是不是还该感谢你？"

　　周予言没接他的话，只说了两个字："聊聊？"

　　傅以行用粉色行李箱换走了房间里那只灰色的行李箱，才看向周予言，神色不虞，显然有些不乐意，但还是压低了声音。

　　"这里不是很方便，我们到别的地方再说。"

　　Waldron 酒店楼下的酒吧。

　　虽然只是中午，但酒吧里的灯光一如晚上昏暗，五颜六色的彩灯

262

摇曳，酒吧内播放的 DJ 音乐震耳欲聋。人不多，只有零星几个客人散落坐在周围的几桌，正在低声聊天。这里的背景音乐响彻云霄，就算坐在同一桌，也要仔细听才能听到对方的话，根本无需担心会有人偷听。

傅以行对侍应说："两杯啤酒。"

"好的，请稍等。"

等侍应离开，傅以行回头，神色不耐："我时间不多，要聊什么，赶紧说。"

"傅总这么急，赶着去跟女朋友约会？"周予言挑眉，轻哂了声，"但你女朋友被我未婚妻带走了，你这么着急，是要去跟空气约会吗？"

"呵，周总不也是，未婚妻都……哦，我说错了，现在应该还不是未婚妻。人都跑了。既然都半斤八两，我们也没必要再互相嘲讽了。"傅以行毫不客气地揭穿。

周予言笑了下，但不置可否："那转回正题，你们这种关系打算瞒到什么时候？傅总要知道，纸终究是包不住火的。"

"你也知道，江菱对她妹妹的重视程度，你打算用什么方法说服她？"

傅以行沉默了下，说："我当然知道。但我之前说过，这件事我有分寸，就不劳周总费心了。"

周予言并不认同："江菱的事就是我的事。我也说过，你要是做了什么过分的事，我是绝对不会手下留情。"

傅以行冷笑了一声，直接嘲讽："周总这么热心，不如先处理一下你自己的问题。连个名分也没有，就别总惦记别人的事了。说起来，你这层假身份到底要用到什么时候？"

"等到合适的时候。"周予言说。

傅以行似是早有预料，只是冷漠地"嗤"了声。

周予言进入正题："我找你出来，是想跟你聊合作的事。"

"周总是说江氏集团？"傅以行挑了挑眉，"但合作哪天不能聊？现在就找我出来，这是不是说明周总急了？"

周予言直视他，黑眸幽深："傅总难道就不着急吗？"

"至少，我没有周总着急。"傅以行语气随意，"而且，要解决这件

263

事，我不仅仅只有对付江氏集团这个办法。但是，周总就不一样了。"

他似笑非笑："周总，你说是吗？"

"是吗？"周予言眼神带着一丝威胁，"可是傅总，你别忘了，我未婚妻是你女朋友的姐姐，万一你们关系曝光……"

恰好这时候，侍应送来啤酒。

傅以行深呼吸，打断："好了，我明白了。"

他拿起啤酒杯喝了口，抬头看向对面的人："那周总有想法了吗？"

周予言却问："傅总，如果你是我，你是会怎么做？"

"我？"傅以行略一挑眉，"很简单。"他放下啤酒杯，说了六个字，"设套，做空，收购。"

周予言挑挑眉："你不觉得，这么做不会太没成就感吗？"

傅以行眼也不抬，无所谓地说："生意上的事，能达到目的就行，要什么成就感？"他调整了坐姿，好整以暇地打量周予言，"不然，周总还想怎样做？"

周予言简短地回答："釜底抽薪。"

傅以行瞬间明白了他的意图："你的意思是彻底断了江绍钧的后路？"

"没错。"周予言顿了顿，"只有这样，才能以绝后患。江绍钧这人，虽然没什么本事，眼光也不好，但是他为人保守，一次正面的袭击就会引起他的怀疑，后面要再做什么，局面就不利了。"

傅以行问："那你希望怎么合作？"

他喝了口啤酒，又补充说："君泽集团跟江氏集团并没有业务上的来往。"

"我听说，江绍钧几次想要找你们合作，都被你拒绝了。"周予言说，"时机到了，就适当抛些诱饵。"

傅以行看他一眼，缓声说："行，我知道了。"

周予言举起啤酒杯，笑道："那就合作愉快？"

傅以行举杯碰上去："合作愉快。"

"你要在 B 市待到元旦之后再回去吗？"Waldron 酒店附近的西餐

厅，刚点完餐，江菱看着侍应将餐牌收走，回头问江荨。

江荨点点头："嗯，是这样计划的。放完假回学校，完成毕业论文和答辩，就可以正式毕业了。"

江菱问："那你毕业后有什么打算？"

江荨说："我在学校里认识的一位同系学长，毕业后进入了一家4A传媒公司工作，就是那家在B市传媒圈很有名气的云海传媒。那位学长邀请我毕业后到云海传媒工作，我也答应了。"说这话的时候，她满眼的憧憬和对未来的向往。

江菱目光柔和："那挺好的。"

说话间，她们点的餐上来了。江荨拿起餐具，似是想到什么，犹豫开口。

"不过……姐姐。"她鼓起勇气说，"有件事，我想告诉你。"

江菱问："什么事？"

江荨试探地问："就是……如果，我在学校里交男朋友了，你会生气吗？"

江菱切牛排的动作一顿，抬起头："你交男朋友了？"

她不由自主地想起周予言在机场里说的话——"这年纪有男朋友不是很正常吗？"

江菱心里隐隐约约生出奇怪的预感，但还是不动声色地问："你交往的对象是什么背景？家里是干什么的？"

江荨说："是……我在学校里认识的学长。他在学校里帮过我很多忙，还帮我解决了一件大麻烦事。至于家里……他说他家里是搬砖的，可能是和房地产相关吧。"她毫无心理负担地把锅甩给傅以行。反正这话也是他自己说的，跟她无关。

是学校的学长，那就不是B市的朋友。江菱心里有了思量，也放缓了语气："之前怎么没跟我说？"

"因为还没彻底确认，所以就……"江荨有些愧疚，"对不起，姐姐。"

江菱笑了笑："你不用跟我道歉，那是你自己的人生，无论你做什么决定和选择，姐姐永远是你的后盾。"她不希望江荨涉足那个泥潭，阻拦在她们面前的荆棘，她来应付就好。她只希望江荨这一辈子都快乐健康。

江荨露出微笑："谢谢你，姐姐。"

"跟我客气什么。"江菱顿了顿，又说，"什么时候带你男朋友来，我们一起吃个饭。"

"等我毕业吧，也很快了，那时候就可以一起……"江荨反应及时，赶紧改口，"吃饭。"

"好。"江菱笑着答应下来。

吃完中饭，江菱结了账，说："走吧，我们回酒店再继续聊。"

江荨点点头，起身跟江菱离开了西餐厅。

回到酒店大堂，江菱似是想起什么，说："你那位朋友晚上有空吗？今天麻烦他来接你了，如果有空，晚上我请他吃顿饭。"

江荨一愣，赶紧说："不用啦，他晚上……"

这时，江菱的手机响了。她看了眼来电显示："我接个电话。"

"好。"江荨点点头，转头按下电梯按钮。

电梯间信号不好，江菱往外走了几步，接起电话。

电话接通，一个陌生的男生传来："小姐你好，我这边是时光酒吧，您的男朋友喝醉了，您方便过来接一下他吗？"

"男朋友？"江菱疑惑。

"是一位姓周的先生。"男人说，"是他让我给您打电话的。"

江菱想了下，说："你们的地址在哪儿？"

对方报上地址："在 Waldron 酒店一层。"

Waldron 酒店，不就是这家酒店楼下吗？周予言不是回公司处理工作了，怎么跑到酒吧里去了？

江菱心里疑惑，但还是不露声色地说："好，我这就过去。"

挂了电话，她转头跟江荨说："荨荨，我现在要去接个朋友。"

江荨立刻乖巧点头："那我自己上去。"

"好。"

Waldron 酒店。

江菱从招牌上收回目光，抬步走了进去。

进入酒吧，找到里面的侍应，她说明来意："你好，我是来找人的。刚刚你们这边有人给我打电话，说我的朋友在这儿喝醉了。"

"是的，请跟我来。"侍应带着江菱来到吧台前。

周予言正趴在吧台上，紧闭着眼睛，眉心皱着。

江菱走过去，推了推他："周予言？"

周予言缓缓睁眼，看清她时，略略皱眉，不甚清醒地说："怎么是你来了？我不是叫了刘助理过来吗？"虽然他还维持着平和沉静的模样，但连人也叫错了，看来的确是醉得不轻。

"不是你给酒保打电话，让我来接你的吗？"江菱略略皱眉，"走吧，我先送你回去。"

"嗯。"周予言起身，眼中虽有醉意，但似乎还算清醒。

江菱跟在他身侧，低声问："你不是说有工作要处理，怎么会在酒吧，还喝这么多酒？"

"是有客户要见，对方听说我在这里，临时改了见面地点。"周予言理了理领带，漫不经心地说，"就喝了几杯啤酒，没喝多。"

江菱说："可你昨天还发烧了，病还没好，怎么也不注意自己身体。"

周予言顿步，低头看着她，突然低低地笑："江菱，你是在关心我吗？"光线昏暗的环境里，他的眼睛似乎格外深邃。

江菱撇开视线，说："我们回去再说。"

离开酒吧，江菱拦了辆出租车，把周予言送回到他的家里。

门关上时，江菱刚回过神，就被周予言握着手腕抵到门上。

"你——"

只来得及说出一个字，他的吻不由分说地落了下来。这个吻来得突然，强势又霸道，也比平时要大胆，就像他突如其来的举动，完全没有给江菱反应的机会。周予言的身上满是酒气，也不知道他今天喝了多少酒。

不知道是氧气缺失还是酒精渲染的缘故，她似乎也开始醉了。她闭上眼睛，但就在这个时候，周予言停了下来。他什么也没做，只是垂眸注视着她，眼神深邃勾人。

重新接触新鲜的空气，江菱的理智瞬间回笼。她看向面前的人，微喘着气问："周予言，你这是在干什么？"

周予言低下头，手撑在门上，垂眸看她，突然低声问："江菱，我和你妹妹，哪个更重要？"

江菱顿住。

没等她回答，他便移开视线，自嘲一笑："我知道了，你就没在意过我。我这个问题，明显是多余的。"

江菱："……"

还没说完，又听他问："江菱，你是不是讨厌我？"他的声音嘶哑，像染着浓浓的醉意。

"周予言，你喝醉了。"江菱皱眉说。

"我没醉。"周予言很认真地强调。

"没醉？"江菱不相信，伸出两根手指，"那这是几？"

周予言却轻笑了声，伸手握住她的手，顺势压到她的嘴角上："就算是喝酒，也是喝醉，又不是喝坏脑子，怎么连数字都数不清？"

"你也知道？"江菱说，"那你还在胡言乱语？"

周予言低声呢喃："我没胡言乱语，我只是在说实话。"

"就算你讨厌我。"他轻吻她的唇，声音似乎哑了，"我也想得到你的全部。"

江菱很平静地问："全部？全部什么？"

周予言跟她平视，那双漆黑的眼睛，带着几分迷离，却又明亮，异常勾人："你的人和心，我都想要得到。"他的声音低沉。

江菱一瞬不瞬地跟他对视着，脸上神色没什么变化："周总，你可真贪心。"

"是啊，我这人很贪心。"周予言笑了笑。

他停了停，又问："那你呢，你有喜欢过我一点吗？"

江菱说："其实答案我已经告诉过你，如果我对你没有一点感觉，现在也不会站在这里。"

"但我想亲口听你说。"周予言将声音压得很低，"说你喜欢我。"

江菱沉默。

周予言却不依不饶："江菱，告诉我答案。"

江菱闭眼做了两下深呼吸，勉强维持着清醒的状态："周予言，你放手。"

"我不放。"周予言执拗地握着她的手，诱哄的声音带有逼迫的意味，"告诉我，你喜不喜欢我？"

江菱无奈，只得回答："喜欢。"

生病和喝醉的周予言，似乎都格外幼稚。但这时候，她对这样的他，却也格外有耐性。

得到答案，周予言并没有满意，反而得寸进尺："如果真的喜欢我，那今晚就留下来，以后每个周末都留下来。"温热的呼吸洒落到耳边，他的嗓音也低低的，蛊惑人心。他大概是真的喝多了，"可以吗？"

江菱有些维持不住表面的理智和平静，她不止一遍地告诉自己，现在的他也许不知道自己做的是什么，但是——承认吧，她就是无法抵抗这样的他。

"我们现在还不能引起江绍钧的注意，而且最近我妹妹……"江菱低声说，很耐心地跟他讨价还价。

周予言说："没关系，我们小心点就好。我会小心的，绝对不会拖累你的计划。"

这么一说，好像也没有了拒绝的理由。

"怎么样？"周予言追问。

"……嗯。"

听到她的回答，周予言牵了下唇角。然而，身上外套落地的那一瞬间——手机铃声突兀地在屋子里响了起来。

是周予言的手机。他被迫松开了江菱，深吸一口气，拿出手机，扫了眼来电显示，按下接听键，声音阴冷："什么事？"

"周总，"刘助理语气着急，"刚刚海外分部传来消息，说是 M 洲那个投资项目出了问题。"

"M 洲的项目？"周予言皱了皱眉，"这个项目的负责人是谁？"

刘助理说："是海外投资部的何总。"

"我知道了，我一个小时内到。你现在召集相关部门的人员，一小时后到会议室开会。"周予言吩咐。

"好，我这就去。"刘助理匆忙挂了电话。

江菱从他的片言只语里捕捉到关键词："你现在要回集团？"

"嗯，我去去就回。"周予言收起手机，神色凝重。

江菱提醒说："但你喝酒了，酒驾可是违法的，而且很危险。"

"我打车去。"周予言言简意赅。

"但你现在这样子……"江菱想了想，并不放心，"你先进去洗漱，换件衣服，等会儿我送你过去。"

周予言眉眼舒展，嘴角带起淡淡的笑意："好。"

他转身走向浴室，背对着江菱，嘴角微微勾起。虽然有点遗憾刚才接下来的事没能发生，不过，小玫瑰这里总算有进展。想要让她说出真心话和放下防备，还真是一件不容易的事。

江菱叫了辆车。他们到楼下时，车已经在小区外等候。

初冬时节，寒风萧瑟。小区里树木的枝丫不知何时变得光秃，外面的街道亦然。室内外气温有差异，门打开时，外面的冷风灌进，带来寒意。江菱呼出一口气。周予言注意到她的小动作，默不作声地伸出手，将她的手握进手中。

"嗯？"江菱回头。

周予言问："冷吗？"

江菱目光落到两人交握的手上，停顿了下，说："还行。"

等她回过神来时，周予言已经牵着她的手往车那边走："那赶紧上车，外面冷。"

"嗯。"江菱看着他的背影，嘴角流露出一丝笑意。

这种感觉，好像也不错。

车子启动，驶入公路。

周予言看着窗外光秃秃的街景，才想起什么："今天是工作日，你不回江氏集团，没关系吗？"

江菱反问："周总现在才想起这个问题，会不会太迟了？"

周予言挑眉，没说话。

江菱缓缓解释："我现在在投资部，没什么大动作，江绍钧一般不会管。"

她想起江绍钧派来监视她的梁秘书。江绍钧大概不知道，梁秘书已经被她收买了。

270

"而且，我今天请假了。"她好整以暇地补充。

周予言的关注点却不在请假上面："投资部？"他试探地问，"上回跟你在一起的那个男人，也是投资部的？"

江菱看向他，似是疑惑："哪个男人？"

周予言收回目光，低头整理自己的衣袖，佯作随意地说："那个戴着金丝边眼镜的，我听见人叫他'方总'。"

"你说方嘉铭？"江菱说，"他是我的上司。"

周予言没说话。

"你对他感兴趣吗？"江菱挑眉，像是想到什么，故意般说，"要不找一天，我喊他出来，一起吃个饭？你们认识认识？"

"……不用了。"

江菱看着他这模样，不由愉悦地笑出了声。

"你笑什么？"周予言语气略有些不自在。

"周总，你要实在在意，就直接说吧，何必这么迂回曲折地试探？"江菱直接揭穿，"方嘉铭其实是我的人。"

"他要是你的人，那我呢？"周予言语气不悦。

江菱迎上他的目光，笑着说："你不一样。"

"怎么不一样了？"周予言眼神一暗，黑眸深浓像是滴墨，语气有些危险。

江菱看出他的不快，笑眯眯地凑上前，压低声音说："我们是共犯啊，你忘了吗？"

这两个字显然取悦了他。

周予言眼里流露出几分笑意："嗯，共犯。"

到了周氏集团，周予言把江菱带到办公室。

"你在办公室里等等，我开个会就回来。"他打开办公室的灯，回头嘱咐，"要是觉得无聊，这里的东西随便使用，这……你应该很熟悉了。"

话里有话，江菱也不反驳，只笑了笑，顺着他的话题接下："那这次，周总不会再在监控后面偷窥了吧？"

迎着她似笑非笑的眼神，周予言轻咳了声，不自在地说："我要

271

开会。"

江菱"噢"了声。

周予言移开视线，说："需要什么，就……叫外面的助理帮忙。"

停顿了下，他又补充说："昨天本来订了座要跟你一起，晚上补上。"

"好。"

"周总，所有人已经在会议室里等候了，您可以过去了。"这时，刘助理过来催促。

"那走吧。"周予言跟着他离开办公室。

江菱看着关上的门，在办公室里转了一圈，而后坐到了周予言的位置上。她靠到椅背上，看向手机的备忘录。

"11 月 X 日，今天吃醋的周总，有点可爱?"

打上一个问号，她关掉备忘录。

偌大的办公室只剩下江菱一人，她中午没有午休，但这时并没有倦意。她查阅完手机里的未读信息，便从旁边的书架上拿了本书，翻了几页，只有些无聊，便扔到一边，用周予言的笔记本电脑浏览网上的消息。网上的八卦和新闻都勾不起她的兴趣。

刚要合上笔记本电脑，她忽然想起件事，动作一顿，随即点网页，登录上自己的微博。这个号是涉足音乐圈的时候，沈忆鸥给她注册的，一向是由沈忆鸥帮忙打理。自从她宣布暂停演奏事业后，便没怎么登陆这个微博了。这时登陆，右上角立刻跳出了大量的私信和评论提示。

"老婆，你真的要跟那个瘸腿总裁联姻吗?"

"老婆真的好漂亮，为什么不营业了?"

"呜呜呜老婆不要退圈，想老婆的第 33 天。"

无外乎都是这种评论。

但是其中有一个 ID 引起了她的注意——"用户 ZXZXXXXS"。这是系统的默认生成的 ID，后面那串字符，是注册时自动生成的。

这个 ID 在她的博文下，很认真地回复网友的评论："她不是你老婆。"

用户 ZXZXXXXS："别乱喊，再喊她也不会成为你的老婆。"

用户 ZXZXXXXS："随便喊人老婆，这是很不礼貌的。"

有网友生气地回复："不是我老婆难道是你老婆吗?"

用户回复："嗯。"

江菱似是想到什么，微微一笑，在心里默默记下这个 ID，很难想象，周予言披着马甲在网上和别人争吵的样子。她继续翻看评论，下午觉得有些饿，于是打开外卖软件，给自己点了份下午茶。

半小时过去，周予言还没回来，叫的下午茶倒是到了。从外卖小哥手上接过外卖，江菱转身往电梯的方向走去。迎面有一个女生走来，她正低头看着手中的文件，也走得仓促，并没注意前面的江菱，直接就撞了上来。

"啊"的一声惊呼后，她手中的资料掉到地上，瞬间散落一地。

"对不起。"女孩连忙道歉，接着弯腰去捡。

江菱看到那张熟悉的脸，一个名字脱口而出："苏丛溪？"

对方动作一顿，抬起头，却一脸的疑惑："我想，你……应该是认识错人了吧？"

她又微笑："我叫苏依然，不是苏丛溪。"

江菱目光不经意地扫过她手上的文件，看见上面的内容。

那是一份简历，最上面那份贴着她的照片，姓名一栏的确是"苏依然"。

"不过，你说的那位苏丛溪，我也认识，她是我姐姐。"苏依然收拾好文件，主动说，"你是认识我姐姐吗？"

"姐姐？"江菱一怔。

苏依然打量着江菱，似是好奇，突然恍然大悟般："啊！我想起来了，你就是江菱吧？"

"你认识我？"江菱不露声色地打量着她。

天真，不染尘埃，眼神是不会骗人的。苏丛溪的右眼下有一颗泪痣，但苏依然的右眼下没有；苏丛溪是单眼皮，但是苏依然是双眼皮。

苏依然弯起眉眼，笑了起来："我在国外就听说过你的名字了，你很厉害，拿过很多奖，一直是我奋斗的目标。"

"另外，我还……"苏依然看她一眼，又迅速低下头，脸上露出愧疚的神色，"我还在网上看过我姐姐和你的事，真的很抱歉。我姐姐会为了比赛冠军，不择手段地做出那样的事来，她以前做的事的确太过分了，我要跟你道歉。"

273

江菱不露声色："是她做错了事，和你无关。"

"可我和她是双胞胎，别人总是认错我们。有时候她做了什么不好的事，不认识我的人也许就觉得是我做的，认为我和她是一样的人。"苏依然苦恼地叹了口气。

江菱弯下腰，从地上捡起一份文件，递给她："清者自清，如果没有做过，为什么要担心？"

"谢谢。"苏依然连忙道谢，接过文件，"不过，你说得对，不是我做的事，为什么要怕？"似是想起什么，她一拍脑门，"啊，差点忘了，我的面试时间要到了，抱歉，我要先上去了。"

苏依然朝江菱点点头，焦急地跑向电梯。

江菱看着她小跑着进了电梯，转身返回专属电梯。回到顶层，周予言已经回到办公室。他刚开完会，看到江菱，他眼中的燥意瞬间消退。

"我以为你回去了。"他松一口气似的。

江菱走到办公桌前，把外卖放下："我手机和包都没带走，要是我回去了，会把东西都放在你这吗？"

周予言语气平静："是我关心则乱了。"

江菱笑了下，问："我叫了下午茶和点心，要一起吃吗？"

周予言目光落到外卖包装袋上："这种事直接让助理去准备就好。"

江菱说："我更喜欢自己挑口味。"

解开外卖包装袋，她似是想起什么，提醒说："周总，你该给你的微博改个昵称了。"

"什么微博？"周予言抬眸。

"用户 ZXZXXXXS，"江菱念出那串 ID，"这个是你吗？"

在她话音落下的同时，周予言脸上神色有了细微的变化。他神色微妙："你怎么知道的？"

江菱看着他，饶有兴趣地说："没想到堂堂周氏集团的 CEO，平时这么无聊，还喜欢在网上跟网友吵架？"

"那不是吵架，只是说明事实。"周予言淡道。

江菱故意问："什么事实？"

周予言注视着她的眼睛，十分认真地说："你不是别人的老婆。"

"哦，我不是别人的老婆，那是谁的老婆？"江菱又问。

周予言看她的目光幽深沉静，沉默三秒，他说："是我的。"

江菱挑眉，边解着包装袋，边漫不经心地纠正他："周总，只有领过结婚证，才有资格叫这个称呼。"

她打开外卖盒，从里面拿出一块水果挞递过去，又岔开话题："你们集团今天有招聘？"

周予言接过，问："怎么？"

江菱问："你还记得苏丛溪这个人吗？"

"她是谁？"周予言皱了下眉。

这真是"考验男朋友的死亡问题"的标准回答，但放在这一刻，江菱只感到无奈。她提醒说："'曦光杯'大赛的参赛选手，主动退赛的那一个，我记得你当时还让你们集团官博放了录像锤了她。"

周予言说："好像有点印象，她怎么了？"

江菱说："我刚刚遇到了和她长得几乎一模一样的人，但是她却说自己不叫苏丛溪。"

"一模一样的人？"周予言反应迅速，"双胞胎？"

江菱说："她也是这么说的，看上去也是和苏丛溪完全不同的一个人。我有些怀疑，苏丛溪前脚宣布退圈，远走国外，后脚这里就出现了一个和她长得一模一样的人，这未免太过巧合了。"

周予言问："她叫什么名字？"

"苏依然，她今天到你们集团应聘。"江菱说，"所以我想看看她的简历，确认一些事。"

周予言说："等我一下。"

他拿起手机，拨了一个电话："今天是不是有招聘面试？"

他又吩咐说："现在把所有今天到场的面试者的电子简历，都发到我的邮箱里。"

十多分钟后，江菱拿到了苏依然的简历。

苏依然，女，24岁，出生年月和苏丛溪在网上公布的资料一样。她从小到大都在Y国，大学毕业于Y国皇家音乐学院音乐演奏系。这份简历十分完整，没有任何能挑出毛病的地方。但是，一个音乐学院毕业的高材生，应聘的却是总裁助理的职位。

江菱抬头，饶有兴趣地说："你们最近在招总裁助理？"

"有兴趣？"周予言挑眉，"你要是想应聘，我直接让刘助理带你去办理入职手续，今天就可以上岗。"

"哦？不需要走流程吗？"江菱故意揶揄他，"周总不是最注重规定吗？"

周予言像是想起什么事来，语气带上几分不自然："特殊情况特殊考虑。而且，我当……"

"嗯，不是你说的，是言助理说的，对吧？"

"那你有兴趣来当总裁助理吗？"

"还是不了。"江菱笑了笑，"我的确对这个岗位有兴趣，不过是去掉后面两个字的。"

周予言轻哂了声："那江总的野心可真大。"

江菱迎着他的目光，笑了下："有野心，不是一件好事吗？"

"这份简历，看出什么来了？"周予言目光下落，扯回到正题。

江菱放下简历，摇摇头说："滴水不漏。"

"也许只是巧合吧。"她随手翻了一页，说，"但没有漏洞，也是最大的漏洞，等等。"江菱突然发现了什么，又仔细去看那份简历。

在简历上过往履历这一栏，写有——"受邀参加 11 月 X 日（周六）'梦洲'慈善晚宴，将在晚宴上演奏。"日期是这周六。

"'梦洲'慈善晚宴，不是谢氏集团主办的那个慈善晚宴吗？"

如果那个苏依然到 B 市，只是受邀参加"梦洲"慈善晚宴，为什么会到周氏集团应聘？

"广投简历也并不稀奇，但是……"江菱微微眯眼，"我好像有点头绪了。"

当天晚上，江菱接到了经纪人沈忆鸥的电话。她退出演奏事业后，沈忆鸥就在 LX 公司担任行政主管一职。

"菱菱，你接到谢氏集团的邀请了吗？"电话里，沈忆鸥问。

江菱说："之前接到了，他们联系你了？"

沈忆鸥说："今天'梦洲'慈善晚宴的主办方又打电话过来，问你考虑得如何。那边的演出邀请，需要帮你推掉吗？"

"沈姐，"江菱停顿了下，"谢氏集团慈善晚宴的演出邀请，帮我答应了吧。"

"好，我这就——"沈忆鸥不由惊讶，"哎？答应了？可你不是已经宣布停止演奏事业了。"

江菱说："是，但是慈善演奏，跟演奏事业没什么关系，而且我有件事需要去确认。"

"好，我明白了。"沈忆鸥说，"需要我帮你准备演出礼服吗？"

江菱笑道："嗯，那拜托你了，沈姐。"

两天后，慈善晚宴的演出礼服，通过专送送到了江菱的手中。谢氏集团主办的慈善晚宴名为"梦洲"，宣传册上简介说取自古诗词《西洲曲》中的"南风知我意，吹梦到西洲"这句诗。

这场慈善晚宴，江菱最终还是没跟周予言一起出席。周韵宁则以助理的身份陪她前行。车辆趁着夜色，缓缓驶进一处庄园。成排的路灯开出一条明亮的道路，指引宾客前往目的地——东泉山庄。这是谢氏集团旗下的温泉度假村，"梦洲"慈善晚宴今天晚上将在这里举行。今晚，东泉山庄汇集来自各地的财富新贵、社会名流、影视明星，还有受邀前来的媒体记者。慈善晚宴还未正式开始，不少人聚在展板前交谈或合照。

下车后，周韵宁一直在江菱身旁来回缠绕打量："沈姐眼光真好，她给你准备的礼裙太好看了，你穿着真像……"像开在暗夜里的玫瑰。不知为何，她的脑海里一瞬间闪过了这样的印象词。

江菱笑道："沈姐的眼光一直很不错，以前演出的服装一直都是她帮我准备的。"

今天的礼裙是酒红色的，如葡萄美酒一样优雅的颜色，裙子采用了绣花的暗纹设计，裙摆晃动时，隐隐能看见有花纹流动，裙子完美地勾勒出她的身材。裙摆轻盈飘逸，薄纱落到脚踝处。

江菱和周韵宁从车上下来时，立刻吸引了不少人的注意。有人认出了周韵宁，主动上前打招呼。周韵宁只倨傲地朝对方点点头，便挽着江菱的手走进宴会大厅。

宴会厅里，觥筹交错，衣香鬓影。这次慈善晚宴以"梦洲"为主题，会场的风格装饰以古风为主，聚集了仙鹤、祥云、流水等古风元

277

素，云雾缭绕，如梦似幻。从外国空运过来的鲜花奢侈地装点着会场。现场有专业乐队演奏古筝曲，空灵治愈的音乐声在大厅中流转。她们进来时，场中已有不少宾客。他们拿着香槟红酒，正愉快地低声交谈。

周韵宁问："沈姐今天来吗？"

江菱点点头："她来的……"

话未说完，她已经在人群中看到了沈忆鸥的身影。

"菱菱。"沈忆鸥提着一个袋子，匆忙走了过来，"抱歉，礼服那边出了点问题，给你送过去的时候有点晚了，不知道赶上了——哎，你自己准备了礼服吗？"

江菱意外："这件礼裙不是你帮我准备的吗？"

沈忆鸥皱了下眉："这不是我准备的礼裙，我准备的礼裙是深蓝色的。"她忽地想到什么，"菱菱，你的意思是你收到一条以我名义送出的礼裙？"

江菱说："我收的时候，品牌并没有特意说明，我也没留意。"

周韵宁顿时紧张起来："有人故意给你寄了这么一条礼裙？这不会有陷阱吧？"

她立刻看向沈忆鸥："沈姐，你带了备用的礼裙了吗？"

沈忆鸥连忙点头："带了，在我的车上。平时演出，我都会带一两条备选，以防万一。"

周韵宁又看向江菱："菱菱，你要不要先去把这条裙子换了？"

"不用了。"江菱淡定地拒绝。

周韵宁担忧："可是这条礼裙来历不明……"

江菱却微微一笑："没关系，我已经知道这条礼裙是谁准备的了。"

"哎？"

是周予言。江菱正要说话，眼角余光忽然瞥见有人朝她走来。周予言缓步走至几人面前，周韵宁："喂，周——"

周予言神色自若地打招呼："江小姐。"

"言先生。"江菱微笑着回应。

周韵宁看看周予言，又看看江菱，不知道两人在打什么哑谜。

一个年轻男人不知什么时候走了过来，一身笔挺的西装，身材高大，气质儒雅。

他笑着对周予言伸出手："言助理，又见面了。"

周予言跟他握了下，淡淡道："谢总。"

这个年轻男人，竟然就是谢氏集团的总裁，谢明然。

喧嚣过后，宴会厅很快恢复平静。

客套了几句后，谢明然打量周围，有些疑惑："怎么没见周总？"

"周总最近身体抱恙，无法出席，所以让我代表他参加这次晚宴。非常抱歉。"周予言回答得滴水不漏。

江菱听着这番话，略略挑眉。

"那真是可惜了。"谢明然叹息道，"希望周总早日康复。"

周予言说："多谢谢总关心，你的祝福，我会转达给周总的。"

谢明然朝他点点头，却没立刻离开，而是转向了江菱："这位就是江菱小姐吧？"

江菱立刻端起微笑："谢总你好，初次见面。"

"你好。"谢明然似乎很高兴，"很高兴你能接受我的邀请，我是你的忠实粉丝，你的每场演奏，我都有听的。你能来，我实在太高兴了。"

"谢谢。"江菱也有些意外，原以为只是那位黄经理邀请他的客套词，没想到这位谢总居然真的知道她。

"期待你的精彩演出。"谢明然停顿了下，似是想起什么，请求道，"我有一个不情之请，宴会结束后，江小姐能否给我一张签名照？"

江菱微笑："当然可以。"

"好，那我先失陪了。"谢明然转身走向其他人。

他前脚才离开，周予言后脚便走到江菱身边，站到跟她并肩的位置，用只有两人能听见的声音说："签名照，不许给他。"声音略冷，带着些许不悦。

江菱看向周予言，略略挑眉道："言先生，这样不太好吧？毕竟谢总是今天晚宴的主办方。"

周予言冷声说："你没听出他只是跟你客气一番吗？"

江菱说："只是签名照而已，我平时也会给粉丝签的。"

"对啊，菱菱可是我堂哥的未婚妻，我堂哥都没意见，你是以什么立场说的呀？"周韵宁在一旁应和，睁着眼睛说瞎话。

周予言："……"

"好了，菱菱，晚宴快开始了，我们别理这个无关要紧的人了，你等会儿不是还要演出，先去找我们的位置吧。"不由分说，周韵宁拉过江菱，带着她往里面走。

今天的晚宴位置是安排好的，座位号都在邀请函上。主办方给江菱安排的位置很不错，前排靠近舞台，视野也够清晰。

慈善晚宴即将开始时，有工作人员过来打招呼："江小姐，现在可以去后台准备了。"

江菱朝他点点头，站起身对沈忆鸥说："沈姐，我们过去吧。"

江菱前往后台的途中，遇到了苏依然。她今天穿了一件素色的旗袍，手中正提着一只小提琴盒，匆匆往后台的方向赶。

见到江菱，苏依然眼前一亮，快步向她走来，有些高兴地跟她打招呼："江小姐，又见面了。"

"你好。"江菱十分客气地回了一句。

苏依然却很兴奋，一路孜孜不倦地跟她说话："你今天也是受邀来表演的吗？"

"你等会儿也要表演小提琴吗？"

"啊，我忘了，你可是著名的小提琴家。"

江菱一直没接话，她似是意识到什么，赶紧道歉："对不起，江小姐，我的话是不是有点多？"

"没事。"江菱平静地回了一句。

苏依然却和江菱闲聊了起来："我刚回国，对国内的情况都很不熟悉。之前我还以为因为姐姐，你对我有偏见……对不起，我有这种想法太不应该了。"

"没关系的。"江菱只笑了下，继续低头浏览微博。

苏依然往她的手机屏幕上瞄了眼，顿时惊讶："啊，这是你堂弟江蕤吧？我也很喜欢他！"

江菱动作微顿，有些漫不经心地应了声："是吗？"

苏依然连连点头："对啊，我有看过他当练习生的那个节目！他的表现真的很好！我回国后，一直想见到真人呢，可惜最近忙着找工作……"

江菱不动神色地收起手机，顺着接下她的话题："那天我见到你，你是去周氏集团面试？"

苏依然点了下头，说："是啊。我以前一直生活在国外，这次回来，是想在 B 市长久发展，不过可惜……那天的面试没通过，可能是我能力太差了。"

江菱又问："你想找工作？"

"嗯。"苏依然点头。

江菱问："既然你会小提琴，那为什么不去当小提琴老师？"

苏依然有些苦恼地说："小提琴只是我的业余爱好，我也不想被这个禁锢了。我还是希望能进一些大集团，可是，我的专业好像不是很对口。"

"那……"江菱停顿了下，提议说，"要不你到江氏集团试试？"

"江氏集团？"苏依然惊讶抬头，"那不是江小姐你的……"

江菱拿出一张名片，递到她手中："我们集团最近在招总裁秘书，如果你觉得合适，可以来试试。"

"真的吗？我真的可以吗？"苏依然看着手上的名片，有些不敢相信，"江小姐，谢谢你！"

江菱笑了笑："不用客气，我只是给你一个机会。能不能通过面试，还是得看你自己。"

苏依然连连点头："你放心，我一定会努力的！"

江菱站起身，笑道："我的朋友还在等我，先失陪了。"

"嗯嗯。"苏依然点点头。

看着江菱远去的背影，她握着名片，眼神渐渐变得晦暗不明。

直到看不见苏依然的身影，沈忆鸥这才提出心底的疑问："菱菱，你为什么要给苏依然介绍工作？"

江菱弯了弯唇角，说："这不是她的目的吗？"

沈忆鸥仍有些不解："什么？"

江菱直白地说："她就是苏丛溪。"

"苏丛溪？"沈忆鸥吃惊，"她……可她不是说她是苏丛溪的双胞胎妹妹吗？"

"她只是整容了。"江菱极轻地哂笑一声，"没想到，还是一如既往的……蠢。"

沈忆鸥神色凝重："你是怎么猜到的？"

"如果她真的是在国外长大，又怎么会知道江蕤是我堂弟？"江菱往后方瞥了眼，很快收回视线，"江蕤并没有对外公布身份，知道他是我堂弟的人，那就只有……那天参加'曦光杯'决赛的人。"

沈忆鸥皱了下眉，又疑惑道："既然你猜到她不怀好意，为什么还引狼入室？"

"她整容了，改变的只是容貌，又不是智商。"江菱语气不屑，"我想知道，她的背后藏着的人到底是谁。"

"那……"

"沈姐。"江菱说，"我有个想法。"

沈忆鸥回神，问："什么想法？"

江菱漫不经心地问："你说，我接下来举办一场全球巡回告别演出，怎么样？"

"哎？全球巡回告别演出？"

江菱说："最近遇到的烦心事太多，想换个心情。"

沈忆鸥迟疑："那江氏集团那边……"

"这次演出，我计划以江氏集团的名义进行，我想我爸会同意的。"江菱笑了笑，"演出是非盈利性的，演出的门票收益将全部用于慈善事业。"她的目光不经意地落到某个方向，很快撤回，"就当是为我这几年来的演奏事业画上一个圆满的句号吧。"

沈忆鸥总觉得她话中有话，但也不好多问。她点点头："如果你确定好了，我就替你去安排。"

江菱笑道："好，那麻烦你了，沈姐。"

演出结束，江菱返回观众席上，周予言向她看来。

"怎么样？"他问。

江菱跟他目光相接，略略点头。两人之间的交流尽在不言中。周韵宁看看江菱，又看看周予言，不知道两人在打什么哑谜。

慈善晚宴结束后，谢明然又过来找江菱。

"江小姐，你今天的演出真的很精彩。"

江菱礼貌地朝他点点头："谢谢。"

他笑着说:"不知江小姐明晚有空吗?我想请江小姐吃顿饭,就当作是赔礼。"

江菱还没来得及回答,身后便传来周予言的声音。

"江小姐。"清冷的声音,听着并不客气。

江菱朝他看去:"言助理,有事吗?"

周予言没有理会谢明然,开门见山道:"周总让我转告你,请你告诉江总,星湖湾项目的合作,他同意了。过几天,他会派代表到江氏集团,跟江总商谈合作的事宜。"

江菱顿了顿,笑着回:"好的,我会转告江总的。"

周予言直视她,淡声道:"还有,江小姐上次欠我的人情,打算什么时候还?"

"嗯?人情?"江菱略略挑眉,迎着他的视线,缓声说,"那就明晚好了。"

话毕,她转头,歉然地对谢明然说:"谢总,很抱歉。我上次还欠言助理一个人情,明晚得请他吃饭,恐怕没法接受你的邀请了。"

"没关系,那等江小姐有空的时候再约。"谢明然朝她点点头,进退有度,"既然江小姐还有事,那我就不打扰了,失陪。"

等谢明然离开,江菱又看向周予言,有些不解地问:"言先生,我什么时候欠你人情了?"

周予言收回目光,面不改色道:"刚刚欠的。"

江菱挑眉:"嗯?"

周予言说:"帮你打发了一个麻烦,这不算欠我的人情吗?"

"麻烦?"江菱看他的眼神似笑非笑,故意问,"言助理,请问你是以什么立场来干涉我的私事?"

周予言瞥她一眼,从容道:"你是周总的未婚妻,周总吩咐过,让我看着你。"

江菱笑了下,向他凑近,手搭到他的肩膀上,压低声音:"那你跟我走得这么近,就不怕周总生气?"

"为什么要怕?"周予言眼神略暗,反问。

"既然不怕,那就走吧。"江菱凑上前,姿态亲密地附在他耳侧说了些什么,目光不经意地扫过某处,便转身离开。

周予言什么也没说，抬步跟了上去。

苏依然从角落里走出来，看着两人渐行渐远的身影，双手紧紧地捂住嘴巴，眼里全是震惊和不解。

慈善晚宴结束，来宾陆续驾车离开。江菱和周予言走出宴会大厅，外面比来时更冷了。夜色浓郁，将延伸的道路吞噬。闪亮的车灯短暂地驱散了宴会大厅外的黑暗，干燥的风裹挟着寒冷迎面吹来，刀子似的刮过光秃秃的树梢，卷起一阵低沉而奇怪的嗡鸣声。

两人上车后，周予言打开车内的暖气，车厢逐渐升温，很快驱散了身上的寒气。江菱的目光透过车窗，看向某个方向。

周予言瞥向她，问："发现了？"

江菱弯了弯唇，收回视线，说："嗯，在里面的时候就发现了。"

"这场宴会里的老鼠还挺多。"

"不过，今天这场慈善晚宴，收获还挺大的。"她停顿了下，看向周予言，似笑非笑，"我想，周总应该也收获不少？"

"确实。"周予言稍稍挑眉，意味深长一笑。

车子启动，很快没入夜色中，车灯也在漆黑的夜里变得虚化模糊。

驶进公路后，周予言似是不经意地提起："今晚去我家？"

"周总，今天不是周末。"江菱转过头，提醒说，"明天我还得上班。"

周予言动作一顿，仍面不改色："那我去你家也行。"

江菱不紧不慢道："我家里更不行了。上次那回，韵宁对我们就很有意见了。而且——"她略略一顿，转头看向周予言，"周总是不是忘记我们的约定？"

周予言："……我没忘。"

江菱莞尔一笑："没忘就好，小区的物业里有我爸安排的人，我们的一举一动他都会知道。"

周予言深吸了一口气，有些不情愿地说："那我送你回去。"

江菱看向他，笑了下："周总，今天的礼裙是你挑选的吗？"

"你猜到了？"周予言问，"喜欢吗？"

"还行。"江菱的语气却很随意。

周予言并不满意这个敷衍地回答："还行？"

江菱说："我的意思是，只要是你挑的，我就喜欢。"

"是吗？"周予言语气愉悦。

江菱问："不过，为什么不提前告诉我？"

周予言说："提前告诉你了，你会穿这条礼裙过来吗？"

"所以，"江菱顿了顿，"沈姐那边订的礼裙，也是你在捣鬼？"

周予言轻哂一声："我可没这么大的能耐。"

第二天，江菱是被手机的闹钟铃声吵醒的。她用完早餐，打车到江氏集团上班。昨日晚上，又一场寒流来袭，今天气温再次骤降。踏进一楼大厅，门帘阻隔外面的寒冷。写字楼里暖气开得足，不一会儿她便觉得浑身暖和起来。江菱脱下身上的外套，搭在手臂上，向电梯间走去。

今天江氏集团安排了一场招聘，此时的一楼大厅已人满为患。她经过前台时，一批面试者正在排队登记个人信息。

她穿过队伍，前台主动跟她打招呼："江小姐，早。"

"早上好。"江菱笑着朝她点点头。

忽然，人群中传来一个惊喜的声音。

"啊，江小姐！"

江菱循声望去，苏依然站在面试者的队伍里，一脸兴奋地朝她招着手。

今天苏依然穿了一条长款过膝毛衣裙，外面套了一件浅褐色羊毛大衣，戴着贝雷帽，看起来青春靓丽。

江菱朝她微微一笑："面试加油。"

苏依然赶紧点头："嗯，我会的。"

其他面试者见状，不由窃窃私语起来，前台和其他工作人员看她的眼神也有了变化。

"江小姐，那位面试者是你的熟人吗？"有同事好奇地凑过来问。

江菱说："不是，就是一个在宴会上认识的人而已。"

"是这样啊。"

江菱转身进电梯时，嘴角不着痕迹地往上提了下。

285

江菱首先去了江绍钧的办公室，跟他汇报从周予言那里得来的"好消息"。

"周氏集团同意合作了？"江绍钧刚打完电话，顿时喜上眉梢，"今天还真是双喜临门。"

"双喜？"江菱略有些不解。

"周氏集团答应跟我们合作开发星湖湾项目。"江绍钧笑道，"今天一早，谢氏集团那边也联系了我，想要寻求跟我们的合作，这不是双喜临门吗？"他缓了缓，端起神色说，"这一次，你做得不错。"

谢氏集团这么快就忍耐不住了。

江菱表面不动声色，笑着应下："谢谢爸，不过这是我应该做的。"

她又不着痕迹地转移话题："对了，爸，我打算举办一场巡回告别演奏会。"

"巡回演奏会？"江绍钧一愣，顿时皱眉，"什么时候，要多久？"

江菱说："可能要大半年时间吧。"

"大半年？"江绍钧一听，想也没想就拒绝，"这不——"

没等他把话说完，江菱便道："结束的时候，可能是明年八九月的毕业季。"

不知道哪个词触碰到江绍钧的敏感点，他一顿，似是想到什么，喃喃道："毕业季啊……"

江菱仿若未觉，一本正经地跟他说起巡回演奏会的计划："对，这次巡回演奏会，我打算以公司的名义进行，所有获得的收益将以公益的名义捐出。一方面，对外宣布我退圈的消息；另一方面，可以以江氏集团的名义做慈善，以此扩大我们集团的影响力。"

"爸，你觉得怎样？"她又询问江绍钧的意见。

江绍钧点点头，有些漫不经心："我觉得还行。"一顿，他又说，"但是你去巡回演奏会了，那集团这边要怎么办？你别忘了，你还是公司的董事。"

江菱说："董事会的投票权，我已经授权给我的律师代为行使了。"

"律师？这事你怎么不跟我商量一下？"江绍钧不满。

江菱不紧不慢道："这也是避免引起其他高层的怀疑，如果我直接

286

授权给你，我们'关系不和'的事，不就暴露了吗？这对为你争取下届董事会的选票不利。而且，我已经跟律师沟通过了，让他全力配合爸的工作。"江菱解释说。

江绍钧像是被她说服，脸色稍有缓和："这样啊……"

江菱又笑道："对，爸你要是有需要，可以直接联系他。"

"行。"江绍钧点点头，似是勉强。

"那爸，我的巡回演奏会……"

江绍钧挥挥手，说："你放心去办吧，这里有我看着。"

"谢谢爸。"

江绍钧答应了。江菱得到满意的答案，便离开了他的办公室。

她回到投资部，方嘉铭也得知了这件事："怎么突然想着开巡回演奏会？"

江菱往外看了眼，意有所指："我待在这里，也不方便让某些人放开手脚做事。"

停顿了下，她又说："我不在的这段时间，这边的事，就拜托你了。"

"我会的。"方嘉铭抬了抬眼镜，心领神会，"等你凯旋。"

江菱冲他一笑，一切尽在不言中。

看起来，江绍钧也不知道江荨回国的消息。那正好，八九月的毕业季，就是江绍钧的私生子江玮钰大学毕业的时候。而到那时候——阴沟里的老鼠，也要彻底露出它的"庐山真面目"。

江菱回到办公室，抽空给江荨发了条信息，约她一起见面吃饭，并告诉她巡回演出的事。

巡回演出这事决定得突然，也来得及，巡演规划、场地预订、宣传推广、门票预售……这些必要的前期准备，都需要时间。幸好沈忆鸥对处理这方面的事情已经轻车熟路，很快便给江菱打点好一切。

B市国际机场。

巡回演奏会的第一站，是S市。江菱订的是头等舱机票。头等舱有专属的VIP通道，跟普通经济舱分开。一路并不拥挤，畅通无阻。江菱出示登机牌，登上飞机。

"这边请。"空乘带领她来到她的座位。

287

"谢谢。"

江菱坐下后，便拿起面前一份杂志翻看起来。几分钟后，一道身影在她旁边的座位落座。

她以为是沈忆鸥，下意识喊了声："沈姐——"

一抬头，她就愣住了："怎么是你？"

周予言面不改色："我去出差，不行吗？"

"当然行，"江菱似笑非笑，"但是，周总，这个座位已经有人了。"

周予言慢条斯理地说："我知道，我刚刚在登机入口遇到沈姐，跟她调换了座位。"

江菱略略挑眉，问："沈姐不介意吗？"

周予言看向过道旁："你问问她？"

江菱才发现，沈忆鸥就坐在过道对面的位置上。两道视线不约而同落到了沈忆鸥身上，她压力陡增。

"这个，"沈忆鸥赶紧说，"当然不介意，周总您请坐。"

周予言转头，朝她一笑。

江菱也无话可说，靠到了座椅上，开始跟他进行没营养的对话："你要去 S 市出差？"

周予言："对。"

江菱问："要去几天？"

周予言答："七天。"

七天，那不正好是她要在 S 市逗留的时间。江菱心里有了思量，但表面仍不露声色。

很快，飞机起飞。他们乘坐的这班飞机正值中午，飞机起飞不久，空姐便推着餐车开始派餐。用完午餐，江菱拿出眼罩，对周予言微微一笑："我睡一下，到了喊我。"说着直接戴上眼罩，睡了过去。

周予言沉默了下，轻扯嘴角，似乎对她这种小把戏感觉无奈。

两个小时后，飞机准点抵达 S 市的机场。

下飞机，周予言随同他们一起离开："你们住的酒店是在星光大道附近吗？"

江菱停下脚步，看向他，直接揭穿："既然一早就调查得一清二楚

288

了，周总何必再虚与委蛇？"

　　周予言挑挑眉，说："行，既然都在那儿，那就一起过去吧。"

　　"好。"江菱也没跟他客气，干脆利索地答应下来。

　　周予言目光下落，看向她手上的行李："那需要我帮忙吗？"

　　"好呀。"江菱直接将手上的小提琴盒扔到他的手中。

　　沈忆鸥愣了下，跟上江菱的脚步，有些紧张地在她身后小声说："菱菱，让周总……这样不是太好吧？要不还是让我来拿吧。"

　　江菱走在前面，头也没回："没事，他喜欢，就让他提着吧。"

　　没人注意到，她的嘴角悄然无声地往上提了提。

　　巡回演奏会如期举办，第一站之后，便是 H 市的第二站。一站接一站，转眼间便过去了数月。这几个月江菱几乎跑遍了全国各地，国内的巡回结束后，她又开启了国外的巡回。国外的第一站，是 F 国首都。

　　这天刚到达酒店，江菱就接到了方嘉铭的电话。

　　"江氏集团那边怎样了？"

　　话音刚落，江菱便感觉到有人从身后搂住了她。她僵住，那人霸道而强势地搂紧了她，紧接着一个吻落到她的脖颈上。温热的触感在她脖颈上带起一片战栗感，江菱呼吸一窒。

　　"一切还算正常，江总跟谢氏集团进行了深度的合作，最近和谢氏合作的项目都陆续推进了，江总在这些项目里投入了大量的资金……"

　　方嘉铭似是察觉到什么，疑惑道："江学妹？"

　　江菱回神，强行按捺住异样的情绪："没事，你接着说。"

　　方嘉铭接着道："而且不仅如此，除了集团之间项目的合作，江总还私人和谢氏集团的谢总合作了一个投资项目，投出了大量的个人资金。"

　　"个人资金？大概有多少？"江菱问。

　　"据我的了解，差不多是全部。"

　　江菱若有所思："是吗？那就拜托你继续盯着他们。"

　　她刚说完这话，在她腰间的那只手又开始不安分地作乱。江菱皱眉，回头瞪周予言一眼。周予言挑了挑眉，直接低头，吻住了她，声音也被他尽数吞没。

"唔——"

江菱用眼神警告他。但是他没理会，箍在她腰上的手臂力道收紧，他强硬地把她困在怀里。

方嘉铭疑惑："怎么了？"似是想到什么，他说，"是现在不太方便吗？"

好不容易找到喘息的间隙，江菱说："没，没事，苏依然怎样了？"

方嘉铭停顿了下，接着说："苏依然刚转正不久，就已经达到了童佳瑶在江总心目中巅峰时期的地位。江总好像还挺看重她的，有什么重要事情都会交给她处理。"

周予言轻笑了声，从身后搂住她，轻吻她的耳根。

"是吗？"江菱深呼吸一口气，没好气地拍掉周予言的手，说，"意料之中的事。"

但刚拍掉，他的手又环了上来。她索性无视，任由周予言在她身上作乱。但周予言却得寸进尺，直接把她抱到床上。

方嘉铭问："江总现在很信任苏依然，不担心吗？"

江菱说："不用担心，这正好。"

似是想起什么，她又问："对了，跟周氏集团合作的星湖湾项目呢？"

方嘉铭说："这个项目目前进展比较缓慢。江总的心思目前都在谢氏集团的项目那边，这边的资金不是太足，推进也比较缓慢。"

江菱一笑："这也正常，毕竟大量资金……"她终于忍耐不住，压低声音对周予言说了句，"你够了。"

声音虽小，但毕竟对着话筒，电话那边还是听见了。

方嘉铭像是猜到什么，便说："既然你现在不方便，等你有空的时候，我再打来。"

"好，有什么再联系。"

挂了电话，江菱深呼吸一口气，回头看向一直在捣乱的"罪魁祸首"。

"周予言！"

"我在。"周予言还恬不知耻地应了声。

江菱无奈："你到底想干什么？"

周予言挑眉："我听见他叫你江学妹？你们以前是一个学校的？"

290

"一个大学的，怎么了？"江菱问。

"没什么。"周予言说，语气淡得听不出真实情绪，"想知道星湖湾项目的进展，为什么不问我？"

"你成天跟着我跑，你会知道项目的进展？"江菱反问。

周予言轻哂："你又是怎么知道，我并不知道进展？"

这几个月，在全国乃至世界各地，她总是能"偶遇"前来出差的周予言。近期，他索性连"偶遇"也不制造了，直接跟着她世界各地跑。

江菱深呼吸："周总，身为集团总裁，总是消极怠工，这是非常错误的行为。"

"江总不也是吗？"周予言躺在她的腿上，把玩着她的头发，语气随意。

"这哪里一样？"江菱纠正，"我现在也是在工作。"

周予言一本正经地说："周总身体不便，目前在家里休养。公司里的事务，都是交给言助理处理的。"

江菱问："那言助理呢？"

周予言说："言助理正在出差。"

"哦。"江菱简直无话可说。

看着她一脸无语的表情，周予言嘴角无声地牵了下。他起身，搂过她，在她额头上落下一吻："放心，今晚不为难你。坐了这么久飞机也累了吧？你睡吧，我看着你。"

"……嗯。"

江菱背对向他，闭眼入睡，偷偷弯起唇角。其实，有他在身边的时候，也挺安心的。

F 国的行程结束后，便是 D 国……又辗转了数月，终于到了最后一站——M 国。正值盛夏，灼人的热浪席卷，即使是 M 国也不例外。

周予言看着前方的路牌，问："这里就是你妹妹念书的地方？但她现在已经毕业回国了吧？"

"对。"江菱打量着周围，"但既然来到了，就顺便过来看看。"

周予言语气随意："那有点可惜，不然能找她出来聚一聚。"一顿，他又说，"先去酒店吧，晚上再出来也不迟。"

291

江菱想了下，同意了他的提议。

到达酒店，江菱刚放好行李，接到了周韵宁打来的电话："菱菱，大事不好了！"

"什么不好了！"江菱疑惑。

周韵宁心急如焚："你妹妹，你妹妹……"

江菱心里升腾起极为不好的预感，但还是耐心地说："我妹妹怎么了，你慢点说，不要急。"

周韵宁说："我听说，你爸逼迫她跟傅家联姻，她带着户口本跑掉了。"

江菱越听越觉得糊涂："跑掉了，那不是好事吗？"

周韵宁十分着急："但问题是现在外面都在传，江家二小姐为了逃避联姻，和一个工地搬砖的工人结婚了，你爸气得说要跟她断绝关系，这事在圈子里都成了笑话。"

"结婚？"听到这里，江菱就坐不住了。

周予言拦住了她的去路："你要去哪里？"

江菱毫不犹豫："我妹妹那边出了问题，我要回国。"

"但现在回国，你之前的布置就要前功尽弃了。"周予言淡声提醒。

江菱顿步，迟疑下来。

周予言走上前，慢条斯理地开口："我发现，面对你妹妹的事时，你总是格外冲动。"

他一顿："一点也不像我认识的江菱。"

"是吗？"江菱的神色很快恢复如常，抬眼对上他的视线，"那周总认识的江菱是怎样的？"

周予言没答，只是说："你再好好想想，捋清楚这件事，是不是有必要回去。"

江菱沉默下来，仿佛在回忆。结婚的对象……是工地搬砖的工人？这听来不可思议。但……她记得，江荨似乎曾经跟她提起过跟她交往的男朋友。

——"是我的学长。"

——"他说，家里是搬砖的。"

也许，是误传。

"算了，这也许不是一件坏事。"江菱呼出口气，冷静下来，"荨荨做出这样的决定，一定有她的理由，我应该相信她的选择。"

"你先歇歇，我去帮你打听一下这件事。"周予言站起身，走向露台。

看着外面的风光，他微微眯眼。

傅以行，你真是好样的。

M国的巡演为期半个月，这半个月，江氏集团还维持表面的平静，但实际上却已经暗潮汹涌。这一切，都在江菱掌握之中。

这天巡演结束后，方嘉铭如往常一样打来汇报电话。

方嘉铭说："江总把江玮钰安排进集团当实习生了，还亲自带着，好像生怕别人不知道他的身份一样。"

"这的确是江绍钧会做的事。"江菱淡笑了下，"我爸那边的情况怎样了？"

方嘉铭说："最近，江总投资的项目出了问题。我打听到，似乎是项目的资质存在问题，江总投入的资金都被套牢了。这几天他人都不在办公室，似乎是去寻求解决方法了。"

江菱说："是吗？那看起来，时机快成熟了。"

果不其然，几天后，江菱就接到了江绍钧打来的电话。这还是巡演这段日子来，她第一次接到江绍钧亲自打来的电话。

"爸？"

江绍钧客套了两句，便直入主题："江菱，你打算什么时候回国？"

江菱说："爸，不是告诉过你吗？等最后一站巡演结束，我就回国。"

江绍钧语气略沉："你不能提前回来吗？"

江菱迟疑："爸，是出了什么事吗？"

江绍钧没答，只是压低了声音："你现在手头上有多少流动资金？有一千万吗？"

"流动资金？"江菱似是惊讶，"爸，发生了什么事？你为什么需要这么多流动资金？"

"这你就别管了……算了，想来你也没有，先这样吧。"江绍钧语气不耐烦，很快挂了电话。

江菱也不着急，三天后，江绍钧再次打来电话。

"江菱，你尽快回国，我有事要跟你商量。"江绍钧的语气十万火急。

江菱惊讶："爸？发生了什么事？这段时间，是不是……"她猜测，"集团出了什么问题？"

江绍钧说："你就别多问了，尽快回国，等你回来再说。"

江菱缓缓道："好，我会尽快安排的。"

"赶紧的！"江绍钧再三催促，才挂掉电话。

通话结束，江菱又一个电话打到了方嘉铭那里。

"出了什么事？"

方嘉铭说："江总为了填补跟谢氏集团的投资项目的窟窿，私自挪用了集团的资金填坑，被发现了。现在董事会正在商量该如何处理这件事。"

江菱问："谢氏集团那边的反应呢？"

"谢氏集团直接撤资了。"方嘉铭停顿了下，"而且，因为江总的失误的决策，星湖湾项目一直停滞不前。星湖湾项目是周氏集团的重点开发项目，这有可能会累及周氏集团。"

这时，笔记本电脑传来收到新邮件的提示声。

江菱点开，有些悠闲地问："那集团里那只小老鼠呢？"

有人往她的邮箱发了一封匿名邮件，是几个视频，不长，只有几百兆大小。她点开其中一个视频。

又听方嘉铭说："那位苏秘书，好像在谋划什么。"

不必他说，她已经从视频里得到了答案。苏依然——不，应该说是苏丛溪。她也算是厉害，竟然在这么短的时间里，把江绍钧和江玮钰父子玩得团团转。

江菱关掉视频，站起身，转过身，面向旁边的全身镜，对镜子里的人微微一笑。时机成熟，是时候回国了。

大结局

手机铃声不厌其烦地响着，已经是第八遍了。

江菱刚伸出手去够床头柜上的手机，手腕就被人握住，强行拉回到被窝来。

她翻身看向身侧的人，语气无奈："周予言，你够了没？"

"没有，"周予言低声说，"再睡一会儿。这几天你没怎么休息好，昨天又睡得晚，那些破事先不用管。"

江菱没好气："我昨天睡得晚，到底是谁的错？"

迎着她不满的目光，周予言喉间溢出一声低笑，又搂过她，低头在她额上落下一吻，轻声道："好，好，是我的错。"

"……"这语气，听起来不以为耻，反以为荣。

江菱最终还是接了电话。

电话那边语气激动，甚至用了命令式的语气："江菱，现在马上回家一趟！"

回国后的第三天，江菱才正式跟江绍钧见面。

江宅。

一楼的客厅里，文件凌乱地堆放在沙发和地面，茶几上的烟灰缸里堆满了烟头，似乎许久无人清理。

江绍钧将一份报纸甩到茶几上，责怪道："不是让你尽快回来吗？既然回国了，为什么不第一时间回家？"

"著名青年小提琴家江菱现身 B 市'梦芽'慈善晚宴，演奏自创曲《童心有梦》，身体力行助力慈善。"这是一篇三天前的报道。

江菱不动声色地从报纸上收回目光，看向面前的人。现在的江绍钧，完全没有了过去的意气风发。他面容憔悴，头发凌乱，眼里泛着红血丝，还有重重的黑眼圈。

"怎么不说话了？"江绍钧不满地提高了声音。

江菱才面不改色道："爸，这几天我有去公司找你的，但总裁办的同事告诉我你出差了，我以为你不在 B 市呢，想等你回来再联系你，原来你在家里？"

江氏集团里的一举一动，早在她的掌握之中。她早就知道，谢氏集团的项目出事之后，江绍钧像个窝囊废一样整天躲在家里。

江绍钧沉默了下，呼出一口气，语气有所缓和："算了，你回来了就好。"

"不过，这是怎么回事？"

江菱对他的情绪变化仿若未觉，接着刚才的话题问："爸，这几天，你怎么没去上班？"

江绍钧动作一顿，接着用力将烟头摁在烟灰缸里，深呼吸一口气，才迟缓地说："谢氏集团的项目出了问题。"

这件事，江菱早便知道。但她还是露出惊讶的表情，追问："谢氏集团的项目？这是怎么回事？"

江绍钧说："项目在审批的环节被卡住了，我们投入的资金被套牢了，现在谢氏集团要撤资。这一块亏空太大，如果不尽快想办法填上，恐怕会给集团带来难以估计的损失。"他隐瞒了部分事实。

江菱也很配合："那爸，你想到办法了吗？"

"我要是想到办法，还需要让你回来吗？"江绍钧来回踱步，烦躁道。

江菱默了下，似是想起什么又问："那跟周氏集团的星湖湾项目呢？就算没有了谢氏集团的项目，不是还有周氏集团吗？星湖湾的项目才是重点，如果完成了，那么给我们带来的收益也是可观的，完全无须理会亏损项目带来的损失。"

"我当然知道！"她这么一问，江绍钧似乎更烦躁了，"周氏集团不知从什么地方得到了风声，也突然要撤资。"

"周氏集团也要撤资？这时候撤资，对他们也是很不利的，他们为什么要这样做？"江菱适时地露出惊讶的表情。

江绍钧气愤道："这我怎么知道？要是我早知道，现在也不用——"

"爸，你先别急。"江菱低声劝慰，"你联系过周氏集团那边了吗？"

江绍钧深呼吸，稍微冷静了下："联系过了，他们一直说负责人在出差，没法见我，谁知道他们是不是在糊弄我！"

江菱略略挑眉。这倒是没有糊弄，负责人的确一直在出差，这点她可以作证。

但她只是说："爸，你别急，这件事我们一起来想办法，慢慢来。"

"我知道，我知道的。"江绍钧拼命强调，"江菱，你不是跟周总很熟悉吗？你帮我联系他，看看事情有没有转机。"

"周总吗？"江菱微微犹豫，"其实，爸，我们也算不上很熟的关系……"

江绍钧着急："你还犹豫什么！这种关头了，难道你要眼睁睁看着集团倒闭破产吗？"

"这么严重吗？"江菱立刻说，"行，我现在就联系他。"

她说着，立刻拿出手机拨通周予言的电话："周总你好，我是江菱……"

她简单地说明了意图，语气小心翼翼。江绍钧一直在旁边紧盯着她，连呼吸都屏住。

等她挂了电话，江绍钧便迫不及待地问："江菱，周总怎么说？他答应了没有？"

江菱抬起头，摇摇头说："周总说，等明天到江氏集团，再跟我们详聊。"

江绍钧眼里燃起了一丝希望，整个人却虚脱似的跌坐到沙发上："还能聊，那就好，那就好……"

江菱走到他身边，又轻声劝慰："爸，我看你状态也不是很好，你赶紧回去休息吧。等明天，我陪你一起回集团。"

江绍钧转头看向她，喃喃道："好，你说得对，我现在就回去休息。"

目送他返回楼上的背影，江菱轻勾起嘴角。还能聊的确是一件好事，只是将要付出的代价，就不知道他能否接受。

第二天，江菱陪同江绍钧回到江氏集团。九点半，周氏集团一行抵达会议室。

"江总，周氏集团的代表到了。"

江绍钧赶紧到门口迎接："周总，欢迎——"

看到周予言一行出现在会议室门口的那一刻，他整个人都愣住了。

"你不是——"

周予言走进会议室，走到他对面的位置坐下，神色自若地看向他："江总，想来我们也不是初次见面，你为什么要这么惊讶？"

刘助理适时地介绍："江总，这位是我们周氏集团的 CEO，周予言先生。"

周予言微笑："我平时对外隐瞒身份，是出于一些私人原因，希望江总能保守这个秘密。"

"当然。"江绍钧回过神，赶紧点了下头，但还未从这个事实中回过神。

江菱关上会议室的门，走到江绍钧身边，低声提醒说："爸。"

江绍钧这才反应过来，赶紧挤出一个笑容："周总，我们直接进入主题吧？"

周予言略点头："江总的请求，我昨天也听江小姐说过。我们之前相信江氏集团的实力，才会答应跟你们合作。但是，没想到这是一个错误的决策。因为江总的原因，星湖湾的项目一直停滞不前，这给我们集团带来了不少的损失……"

江绍钧着急道："周总，之前的确是我们的失误，但是我们真的非常有诚意。总之，希望你再给我们一次机会。"

"项目对我们虽然有损失，但是现在撤退，还有挽救的余地。"刘助理适时地开口，"这是我们集团评估过的最优方案，江总觉得你还有什么方法，可以比这个方案更合适？"

"这，这……"

江菱及时阻止："爸，您别急，让我来。"她抬起头，说，"如果周总决定要撤资，那早就这么做了，不然今天也不会到这里来，听我们说这些废话。"

周予言挑了挑眉："我是想来看看，江总和……江小姐有什么理由可以说服我。"

江菱问："周总要怎么样，才答应不撤资？"

周予言淡笑了下，目光扫过江绍钧："至少让我看到你们的诚意。"

江绍钧福至心灵，立刻说："无论周总什么条件，我都可以答应，只要在我的能力范围之内。"

周予言沉默了下。

"行，那江总不妨看看我的条件。"

他看向刘助理。刘助理点点头，走向江绍钧，递过去一份文件。

江绍钧接过，看了起来，猛地愣住，难以置信地抬头："这个条件——"

周予言轻敲桌面，漫不经心道："江总，我帮你解决这个烂摊子，我要你手上的股权，不过分吧？"

江绍钧的脸涨成了猪肝色："可是 50% 的股权这也太——"

"只是股权，不是实权。"周予言的语气有了几分不耐烦，"如果你们给出的东西对我而言完全没有价值，我为什么要接受？"

他又看向江绍钧："你还能安稳地坐在现在这个位置上，我觉得这是一笔合适的买卖。"

江绍钧动了动唇，没有说话。

周予言说："如果江总不放心，我可以再加一个会让你满意的条件。"

"什么条件？"江绍钧问。

周予言："我希望跟江小姐联姻。"

"联姻？"江绍钧一愣，这出乎了他的意料。他看向江菱，江菱也怔住，似是对这个条件很意外。

周予言的目光漫不经心地扫过两人："如果联姻，股权在我手上，江总应该会放心些？"

江绍钧仍没有回答。

周予言站起身："既然江总没什么诚意，那就——"

"等等！我答应！我答应！"江绍钧迫不及待地开口。

周予言停下脚步，淡笑了下，目光转向江菱："江小姐的意见呢？"

江绍钧看向江菱，目光含了几分警告："江菱。"

江菱似是经过千般的挣扎，垂下眼睑："好，我答应。"

江绍钧松了一口气，直到签下"丧国条款"，他仍然有些回不过神。

周予言让刘助理收起文件，心情愉悦道："我希望两周后就和江小姐举行订婚仪式，希望江总好好准备。"

"我会的。"江绍钧露出会心的笑容，"江菱，你送一送周总。"

"好。"江菱不露声色转身，看向周予言，微笑，"周总，请。"

周予言朝她点点头，跟着她离开会议室。

前往电梯间的路上，江菱压低声音："周总，这和我们之前说好的条件不一样。"

"对。"周予言直视前方，面不改色说，"我临时改了条件。"

江菱仍保持着微笑："周总，你这么做，好像有些无耻了吧？"

周予言淡笑了下："既然是交易，那当然要争取对我方最优的条件。江小姐，你说对吗？"

"挺对的。"江菱微微一笑，从善如流道，"既然周总希望，那就订婚吧。"

进了电梯，周予言说："中午一起吃饭？"

江菱说："行，我跟我爸说一声。"

江菱给江绍钧发了条短信，跟着周予言的车离开。

上车后，周予言问："想去哪里？"

"你决定吧。"

江菱看着窗外的风景，兴味索然。

"去 House 餐厅。"周予言也没再继续问，跟司机报了一家餐馆。

车开上公路，平稳地驶进主干道。

行驶了一段路程，司机透过倒后镜看到一辆一直紧追不舍的白色小车，便提醒说："周总，后面有一辆车一直跟着我们。"

周予言只瞥了一眼，便收回目光："不用管，接着开。"

"好。"司机收回视线，接着开车。

"老鼠出现了？"江菱回过神，看向他。

周予言靠到座椅上，轻松地勾了下唇："嗯，要开始灭鼠行动了。"

谢氏集团，总裁办公室里。谢明然正在跟人打电话。

"周予言出现了？"他眯眼，勾着唇冷笑了下，"我猜得果然没错。藏了这么久，这个缩头乌龟终于肯现身了吗？"

苏依然小心翼翼地端上泡好的咖啡："谢总，您的咖啡。"

谢明然心情不错，挂了电话后，只说了句："放下吧。"

苏依然放下咖啡，察言观色，有些好奇地问："谢总，您怎么知道周予言一定会出现？"

谢明然勾了勾唇角："他心上人的公司出问题，他怎么可能会坐视不管？明知道江氏集团那个草包总裁是个坑，也要跟他合作星湖湾的项目。"他的目光阴鸷，"所以这时候，他必然会现身——"

就在这时，他的手机又响了。

"喂？"

话音刚落，电话那边便着急出声："谢总，糟了！那个司机被抓了，我们的事败露了！警方那边已经知道了——"

"你说什么？"

谢明然一怔，猛地反应过来，低骂了一声："该死的！上当了！"

"谢总，发生什么事了？"苏依然看着他逐渐阴沉的脸色，心里莫名有些慌乱。

谢明然挂了电话，转头瞪向苏依然，怒骂："苏丛溪！你这个蠢货！你被人监视了，难道你就没发现吗？"

"什么，我？监视？怎么会？"苏依然条件反射后退了一步，有些茫然，"那，那谢总，我们现在要怎么办？"

谢明然又低骂了一声："该死！赶紧的！马上帮我订去 E 国的机票——"

话未说完，门突然被人用力推开。秘书慌慌张张地跑了进来："谢总，不好了，谢总！外面——"

301

他的话还没说完，几名身穿制服的警察已经越过了他，走进办公室将谢明然包围起来。

他们出示证件之后，说："谢明然是吧？你涉嫌故意杀人罪，请跟我们走一趟。"

谢明然只是沉默，什么也没说，神情平静地跟着警方离开了。

偌大的办公室只留下苏依然和秘书。苏依然看着被带走的谢明然一干人，整个人都陷入了六神无主的状态。

到达目的地时，那辆一直尾随的白色小车不知什么时候不见了踪影。

中午时分，又是工作日，高档西餐厅里的顾客向来很少。点完餐，侍应收走餐牌。

周予言抬眼看向江菱，状似不经意地问："订婚仪式，你喜欢什么形式？"

江菱托着下巴在看窗外的街景，有些漫不经心地答："我无所谓，你安排就好。"

"无所谓？"周予言挑眉。

"我在想一件事。"江菱收回视线，迎上他的视线，"你这是打算公开身份了吗？言或这个身份，你打算怎么圆？"

周予言说："对外就说，'言或'是我的亲戚，所以我们长相相似。现在他被派去海外开拓市场了。对内……这就无须担心，我会处理好。"

江菱稍顿："你这个解释，可真是敷衍。"

"是吗？"周予言只是一笑，不置可否。

吃完午餐，周予言将江菱送回到江氏集团。

目送江菱走进江氏集团的办公大楼，刘助理问："周总，您这么做，不怕江小姐反感吗？"

周予言轻描淡写道："在商言商，交易的事，从来没有反感一说，只有接受和不接受。"

他一顿："再说，不是还有后招。"

刘助理看着他浅淡不及眼底的笑，唯有保持沉默。

巡演结束后，江菱开始恢复了正常上下班的状态。算起来，今天才算是她回国后的第一天正式上班。

去茶水间泡了杯咖啡端进办公室，江菱打开电脑，浏览网上的新闻。在一个不起眼的角落，大数据给她推送了一则消息——"谢氏集团 CEO 谢明然昨日被警方带走调查，或涉嫌谋杀案。"

这位谢总平时行事低调，这条爆炸性的新闻也没引起多少人关注，连评论也寥寥可数。

"我们见一面吧。"

午后休闲时刻，江菱却收到一条信息。她只看了一眼便放下手机，没有搭理。

十多分钟后，对方开始锲而不舍地给她发信息。

"我手上有些东西，你一定很感兴趣。"

"你不来，你绝对会后悔。"

江菱仍然没回复。

对方通过彩信给她发来了几张打码的照片。江菱一一浏览完毕，又拿了瓶牛奶，掀开瓶盖喝完，才放下空瓶子，慢悠悠地回复："好啊，在哪里见面？"

对方终于停止了轰炸式的信息骚扰，很快发来了地点和时间："下午两点，时光咖啡馆。"

时光咖啡馆就在 CBD 附近，走路过去也不远。半个小时后，江菱来到约定的地点。

江菱走进时光咖啡馆，这个时间没什么顾客，她一眼就看到坐在最里面一桌的苏依然。苏依然一副惴惴不安的模样，不时向周围张望。看到江菱，她迅速收回目光，拿起桌上的咖啡喝了口，掩饰自己的尴尬。

"苏依然？"江菱走向她，有些疑惑，"约我出来的是你吗？"

"是我，"苏依然很干脆地承认，"江小姐很意外吗？"

"我听同事说，你这几天没来上班？"江菱在她对面坐下，一脸关切地问，"你这段日子，是遇到什么困难了吗？"

苏依然抓紧了手上的包包，忍着怒火："收起你这副假惺惺的表情吧！既然收到我发的信息，你还装出这么虚伪的模样，算什么？"

江菱挑了挑眉，停顿片刻，才问："那苏小姐给我发那些照片是什么意思？"似是想到什么，她又问，"之前我邮箱里的视频也是你发给我的？"

苏依然直接承认："没错，是我发给你的。"

"你也看到了吧，你爸对我做的那些事。"她压低了声音，"我手上还有你爸挪用公款的证据。"

江菱动作一顿，惊讶出声："挪用公款？这不可能，我爸怎么会这样做。"她一脸不相信的表情，"而且，你不过是一个小小的秘书，怎么会知道这种事？"

"你不相信？那就亲眼看看。"苏依然冷笑了声，将一份文件扔到桌上。

江菱犹豫了下，拿到手上，翻开看了起来，越看脸色愈发凝重："你怎么会有这种东西？"

苏依然语气得意："没想到吧，这才不过几个月，你爸就这么信任我。这些事都是由我经手的，我当然要留一份作为备份。不仅挪用公款，还有其他的……你爸做过所有的事，我这里都有证据。"

江菱合上手上的文件，冷静地看向她："那你想得到什么？"

"我要一个亿！"苏依然将声音压低很低，"然后你得帮我离开 B 市，保我全身而退，我就当什么也没发生过。"

"一个亿？"江菱重复，慢条斯理道，"苏小姐，如果我不答应呢？"

苏依然威胁说："你要是不答应，我就报警，将你爸挪用公款的事公之于众，到时候，你还能是高高在上的江家大小姐吗？"

"那……好吧。"江菱不甚在乎地说，"你尽管报警。"

苏依然的笑容还没露出，就僵住了嘴角："你，你说什么？"她瞪圆眼睛，一脸难以置信。

江菱举起手上的文件，微笑："我还得感谢你，我早就怀疑我爸挪用公款，本来还在苦恼该怎么找到证据，没想到你就及时送上门了。"

"你——"苏依然如鲠在喉，一句话也说不出来。

江菱喝了口柠檬水，又风轻云淡地道："还有，我是该叫你苏依然，还是该叫你——"她故意一顿，"苏丛溪？"

"你！"苏依然眼睛睁得更大，眼里满是惊惧，"你说什么？我没听懂。我怎么可能会是苏丛溪？"

"别装了，你这种不入流的小把戏，我早就看穿了。"江菱压低声音，"你的出国记录和整容记录，我这里也有，你要看吗？"

　　"你怎么会知道的？"苏依然震惊。她忽地反应过来，"你早就知道了是不是？你一直在看我的笑话对不对？"

　　苏依然的情绪激动起来，从座位上一跃而起："江菱，你也别想好过，我就算是……是……顶多是鱼死网破！"她扬高声音，"别以为我不知道，你脚踏两只船！你一边钓着周氏集团的周总，一边又和周总的助理打得火热，你觉得这件事要是曝光，你那'小提琴女神'的形象还能保持吗？"

　　江菱没搭理，只是轻描淡写地说："那你知道，协助他人挪用公款，会判多少年？"

　　苏依然，不，苏丛溪瞬间哑了声。

　　"江菱，你等着瞧！"她恨恨地瞪江菱一眼，抓起旁边的包落荒而逃。

　　江菱端起咖啡，喝了口，才从手袋里拿出一支录音笔，按下暂停键。

　　在来时光咖啡馆跟苏依然见面前，江菱就已经报了警。苏丛溪前脚刚跑出咖啡馆，后脚就被埋伏在周围的警察抓住了。江菱将录音笔交给了警方，便功成身退。苏丛溪进局子后，整个人都崩溃了，警方几乎没怎么询问，她就将全部事实给交代了。

　　至于江绍钧这边，江菱也没刻意瞒着，故意让人将风声透露。转眼间，江氏集团内部也收到了消息——江绍钧涉嫌挪用公款。有人举报，相关部门自然要派人过来调查。

　　不等江绍钧找来，江菱便主动找上门去。

　　"爸，外面怎么都在传你挪用公款？"总裁办公室里，她看着江绍钧，十分冷静地问，"你是不是还有事情瞒着我？"

　　"江菱！你这是什么态度？什么挪用公款？我没有！"江绍钧脸色煞白地否认。

　　"爸，到了这时候，你为什么还瞒着我？"江菱语重心长，"这么重要的事，你之前怎么不跟我说？我还能帮你想办法，现在调查的人就要到了，也没有了挽回的余地。"

　　江绍钧跌坐到桌上，面如死灰："我，我也不想的，我本来只是想着……江菱，江菱一定要帮我！"

"你是我爸，我当然会帮你。"江菱有些难以置信，"不过，你真的挪用了集团的资金？"

江绍钧一脸焦虑："我只是想着，等赚一笔后就把钱填回去，哪知道会发生这样的事！所有资金都被套牢了，连我个人投入的资金也……"

江菱看着江绍钧，神色凝重，久久不语。良久，她叹了一口气："爸，你也真是糊涂了。你自己做这事也算了，怎么把江玮钰也牵扯进去？"

"玮钰？"听到江玮钰的名字，江绍钧稍稍回神，有些意外地抬起头。

江菱语重心长："他才刚毕业，你难道不知道，这件事会给他带来多坏的影响吗？这会直接影响他未来的前途。"

"你……"

江菱说："这段日子，我仔细想过了，再怎么样，江玮钰毕竟也是我弟弟。"

"爸你以前说得对，我们有着同样的血缘关系，以后我和荨荨即使嫁人了，也还得靠他帮扶。要是他出了什么事，我们必然也会受到影响，这不是我愿意看见的。"

若是平时，江绍钧听到她这番话，必定会感到高兴，但此时的他，只有满心的着急。

"江菱，那你快帮我想想办法！董事会本来说不再追究这件事，但是为什么这件事会被捅出去？那群董事现在还想暂停我的职务，我现在还能怎么做？"

江菱似是在思考，半晌，神色凝重道："爸，我有一个主意，不知道你能不能接受？"

"什么主意？"江绍钧迫不及待地问。

江菱平静地说出她的解决办法："让我暂代江氏集团的CEO一职。"

"你说什么？！"江绍钧反应激烈。

江菱温声劝道："爸，你别激动，先听我说完。你要被调查的消息传出后，相信现在集团里的某些人已经蠢蠢欲动了。"她不急不缓地说，"谁也不知道，你不在这段日子集团里将会发生什么。与其要面对未知，不如先下手为强。"

"你的意思是……"江绍钧稍微冷静了些，但看她的目光仍有戒备。

江菱说："你将实权移交给我，我暂时帮你管理集团。"

没等他接话，她又说："只是暂时。本来还有江玮钰的，但他现在也被牵涉到事件中了。不然，我也不太想接这个摊子。"

"这……"江绍钧仍有犹豫。

江菱又适时地加了一把火："难道，爸你就忍心江氏集团旁落到外人的手中？"

"这我当然知道。"江绍钧神情烦躁，语气里带了几分不信任，"我要是将集团交给你，你确认你能坐稳这个位置？"

江菱说："爸，你忘了周总吗？我和周总快要订婚了。周总现在是我们集团的大股东，有周氏集团的助力，我相信集团的高层和董事也不会有什么意见。"

江绍钧似是想到这层，沉思片刻，才说："那你弟弟要怎么办呢？"

"江玮钰的事，那就更简单。"江菱说，"爸，你可以先将他送出国，暂避一段时间风头，等其他人遗忘得差不多了，再让他回来。"

江绍钧若有所思。

"你的事，我会帮你请最好的律师，另外，我还会请周总帮忙。我跟你保证，等调查结束后，我会让你看到完好无缺的江氏集团。"她语气真诚。

江绍钧沉默许久，最终说了一句："……好。"

得到答案，江菱微微一笑："爸，谢谢你信任我。"

江绍钧被警方带走调查一事，在 B 市的圈子内引起了不少的轰动。他的职务也被暂停了。不少高层也被牵涉其中，短短数天内，江氏集团内部发生了大变动，江氏集团新任 CEO 是——江菱。

这一周，江菱忙着处理江氏集团的事，她和周予言整整一周都没有见面。周予言遭遇车祸，这件事，她从刘助理口中得知时，已经是三天后。

"怎么回事？"江菱心里一紧，大脑有一瞬间的空白，"无端端，怎么会出车祸？"

刘助理说："虽然谢明然已经被抓了，但是他还有同伙。他之前已经联系了几个亡命之徒，对方的消息并没有同步，所以就依照计划行事了。"

他一顿："还好司机及时发现，周总只是受了小伤。"

"小伤？"

刘助理"嗯"了声："左腿骨折，但不严重，养一两个月就能好。"

他管这叫小伤？江菱差点被气笑，也不废话，直接问："那周予言现在在哪里？"

刘助理没隐瞒："在华锦医院。"

江菱神色凝重："出了这样的事，怎么不早点告诉我？"

"周总也是不想让您担心。"刘助理赶紧解释。

"好了。"江菱深呼吸一口气，"先不说了，我这就过来。"

通话结束，江菱立刻放下手上的工作，前往华锦医院。

周予言正在病房里看文件，他住的 VIP 病房是独立套间，私密性好。旁边的桌上放着一瓶红玫瑰。窗户打开，有风吹来，枝叶微动。阳光透过窗户投进来，肆意洒落到室内。

看见她进来，周予言放下手上的文件，掀开被子。

江菱赶紧走上前，阻止了他："受伤了，就好好躺着，别乱动。"

看到他安好无事，她才松下一口气。

周予言坐在病床上看她："你怎么来了？"

江菱的心情平复下来后，也有闲心打量他："原本你是装的，但现在看来，你真的要坐几个月轮椅了。"

周予言低笑了声："我受伤了，你就这么的……幸灾乐祸？"

"我只是在说一个事实。"

江菱在他的床边坐下，似是想到什么，半开玩笑道："你现在看来也不方便，下周的订婚仪式，还能出席吗？如果你不方便，那就往后延期？"

话音刚落，她的手就被握住。江菱抬头，迎上他深邃的目光。

"你想都不要想。"周予言幽深的眸中，有着比黑色还浓烈的情绪，"我只是腿受伤了，又不是不能出席订婚仪式。"

江菱静默几秒，旋即一笑："好吧，我也就是开个玩笑。"

她移开目光，看到他的床边放着一只平板，上面还停留在一则新

308

闻的页面——"江氏集团高层变动，江菱出任新总裁"。

周予言松开手，慢条斯理道："江总，还没恭喜你，得偿所愿。"

"谢谢。"江菱迎着他的目光，也笑着说，"多亏了周总的帮忙。"

周予言轻笑了声。

江菱没再继续这个话题，而是跟他聊起正事："那个谢明然，到底是怎么回事？"

周予言敛了笑容，说："据谢明然交代，他这么做，是因为他的妹妹。"

"妹妹？"江菱不解。

周予言缓声说："嗯，谢明然有一个妹妹，但是他妹妹在高三那年自杀了。谢明然在妹妹的遗物里找到一本日记本，据说，那本日记里写满了我的名字，并且还诉说了她的疯狂爱意。所以他觉得，是我害死了他的妹妹。"

江菱疑惑："你认识谢明然的妹妹？"

周予言摇摇头："据说跟我一个高中，但我并没有任何印象。"

"就算知道，又怎么能怪在你的头上？"江菱听完，只觉得无比荒唐。

"这只是他的说法罢了。"周予言不置可否一笑，"其实还有一个猜测。"

"谢明然这人，偏执、傲慢、自大、好胜、疯狂。除了这次的事，警方还查出他曾设局引诱他的继母和弟弟吸毒。所以，谢明然为了达成目的，可以不择手段。他的骄傲，绝不容许有人压他一头。"

江菱想起在论坛上看过那些豪门八卦，不由皱眉："你的意思是，他觉得你抢走他的风头，就因为这样，要除掉你？"

周予言说："我跟他有过数次交锋，好几次从他手中抢走了项目，他记恨上我，也正常。"

"商业竞争，有输有赢也正常。"江菱低声说，"他这种做法的确太过偏激了。"

周予言用手揉揉眉骨，低低笑了声："算了，别说他的事了。他的想法，我不想知道，也不想理会了。"

看出他的疲惫，江菱说："你先休息会儿吧，我在这里陪你。"

"好。"

周予言躺下休息。江菱没看手机也没玩游戏，从包里拿出一本诗集，坐在他身旁安静地阅读。周予言很快入睡。房间里很安静，江菱目光离开手上的诗集，下意识看向面前的人。

周予言睡着的时候，模样格外安静，清冷的五官褪去了平日的锐利感，竟莫名有些温和。江菱看着他恬静的睡眼，心底有种释然的感觉。

最初的时候，接近他，不过是存了利用的心思。她开始以为，她只是在演戏。演戏太深，容易入戏，到最后，几乎连她自己也相信了。但这种演出来的感情，不知道什么时候变了味。到底是演戏，还是真实，她开始分辨不清。不知道什么时候陷进去的，而且越陷越深。好几次，她有了退缩和放弃的念头。

直到这一刻，她终于确认了。她算是栽了，栽在了自己安排的局中。原本以为自己是局外人，哪知道，她早已成为了局里之人。

算了，就算是这样，那又如何？他又何尝不是？他和她一样，都是同类人，最初的相遇，并不纯粹。而现在，他们已经彻底捆绑在一起，再也没有解绑的可能。江菱看着手上的诗集，嘴角露出一丝微笑。

周予言醒来的时候，发现江菱就这样趴在他的床边睡着了，她的手里还拿着那本未读完的诗集。

外面阳光落到她的发梢上，仿佛有小精灵在跳跃。金色的纱幔也覆盖了她手上的诗集。翻开的那一页，有一片玫瑰花瓣。周予言目光落到那一页上，黑眸里盛了夜色，浓如墨。他轻勾唇角。

这是一首诗——

　　　　它却因此而沉得更深，以便
　　　　像电光般把自身中存在的深渊照亮。
　　　　……
　　　　受到诱惑的蝴蝶，孤独的花枝，
　　　　那秃鹫和那湍急奔流的冰溪，
　　　　暴风的怒吼——一切都是为了荣耀你。

这是他骄傲的小玫瑰。
玫瑰与秃鹫——
坚韧的玫瑰，傲慢的秃鹫，
一切都是为了荣耀你。

番外　结婚

　　周予言出院后，江菱和他的订婚宴也到来了。

　　订婚宴一切顺利，除了宴会开始前，江绍钧前来闹事的小插曲，以及……江菱无意中得知妹妹江荨的结婚对象竟然是傅以行的事。

　　房间里，江菱很平静地问："你早就知道我妹妹和傅以行之间的事？"

　　"……是。"

　　"早到什么时候？"江菱又问。

　　周予言沉默片刻，还是如实说："他们在大学谈恋爱的时候。"

　　"这样啊。"

　　但出乎意料，江菱什么也没说。

　　"今天也很晚了，早点休息吧。"她用轻松的口吻说，似是没什么所谓，转过身，去整理床铺。

　　她这般轻描淡写，周予言反而更坐立不安了。冷静、理智、不轻易让情绪外露。这的确是平时的江菱，可也是最危险的她。

　　周予言看着她，努力维持表面的平静："可你不是有话要跟我说？"

　　"我有什么话要跟你说？"江菱略略挑眉，像是疑惑。

　　周予言压低声音："你不是说回家再跟我算账吗？"

　　江菱只是一笑："今天也折腾一整天了，你也累了，好好休息。"她停

311

顿了下，又补充，"有什么明天再说。"说着，放下手上的杯子，转身出门。

"你去哪里？"周予言皱了下眉。

江菱头也没回："我去书房，还有些工作要处理。"

周予言赶紧站了起来："菱菱，你什么时候可以给我名分？"

江菱回头，略有些疑惑地挑眉："名分？我们不是订婚了吗？"

周予言眼中的情绪似翻涌的波澜："我说的不是这个，你知道的。"

江菱撩起头发，露出纤长的颈部，只笑了下："那你是指什么？"

周予言冷静道："我指的是，结婚。"

"结婚？"她停顿了下，似笑非笑，"哦？周总还拘泥于这种表面形式吗？"

"这并不是表面形式。"周予言纠正。

"但我不是已经答应你，跟你订婚了吗？"江菱轻轻笑了下，看他的眼神耐人寻味，"周总，做人可不能太过贪心。"

周予言："……"

自那天后，江菱和周予言近一个月没见面。两人似乎冷战了。江菱也无暇理会，因为近日，网上出现了许多和她相关的流言。微博上，有营销号发帖，暗指某集团新任 CEO 为达目的不择手段，为了坐上 CEO 的位置"大义灭亲"，连亲生父亲也不放过，甚至要把父亲送进监狱。

看着江菱关掉网页，一旁的方嘉铭问："江总不意外吗？"

"意料之中。"江菱轻蔑地笑了下，"他最近一直明里暗里搞小动作，还想截胡我们谈好的合作。在网上撒播谣言，也是他惯用的手段了。就现在这种情况，他还有闲钱买水军，看来这些年他从江氏集团弄走的资源也不少。"

"难怪江总这几年频繁到 A 市出差。"方嘉铭若有所思。

"嗯。"江菱微微颔首，"他早就以'江玮钰'的名字在 A 市注册了一家投资公司。这些年来，他一直用江氏集团的资源帮扶江玮钰的公司，他早就为自己的私生子铺好了后路。"她顿了顿，又话锋一转，"不过，无所谓了。江绍钧正在取保候审期间，最近一段时间，他也没法离开 B 市，正好方便了我们。"

方嘉铭点点头："那网上的谣言需要处理吗？"

江菱说："暂时先不用，我要看看他的目的到底是什么。"

方嘉铭问："那江绍钧安插在集团里的眼线，也不用处理吗？"

"不用。"江菱合上了文件，双腿交叠，嘴角轻勾起，"我倒想看看，江绍钧要是知道，他早就被他的眼线出卖了，会有什么想法。"

很快，一则知名投资公司高管被逮捕的消息，引爆了整个投资圈——"浩丰投资高管朱有才等人涉嫌侵吞公款、非法占用和诈骗等罪名，被警方采取刑事强制措施"。这事传出后，引起了广泛的舆论。

投资方倒台，受投资的公司或多或少都受到影响。首当其冲的是B市老牌的传媒公司云海传媒——经过数轮融资，浩丰投资成了云海传媒最大的股东。传媒圈的大地震，B市传媒圈的标杆云海传媒宣告破产了。

在沸沸扬扬的讨论中，还藏了一则不起眼的新闻——"江氏集团前总裁出轨网红，疑似婚变，新公司陷入资金危机，东山再起失败？"

这段时间，江绍钧倒是来集团找过江菱，甚至气得在集团大堂大放厥词，但直接被保安打发走了。他只得悻悻离去。很快，江玮钰名下的公司便宣告破产。

接到这个消息的时候，江菱正在 LX 公司里。她挂了电话，神色平淡若水："有时候，我真怀疑我和荨荨是不是他亲生的。"

"别气了，就把他当成陌生人就好。"周韵宁反方向坐在椅子上，手搭在椅背上，又问，"对了，他最近还有到你们那边闹事吗？"

江菱说："他的案子也快要开庭了，估计也没心思再过来折腾。"

近段时间，江绍钧完全销声匿迹。确认他已无东山再起的可能，江菱也不想再理会他的事。

"那就好。"似是想起什么，周韵宁又说，"对了，菱菱，下午我要去医院一趟，就不跟你去云霄酒店了。"

"好。"

与此同时，周予言接到了一个电话。

电话刚接通，刘助理着急的声音传来："周总，您最近让我关注江绍钧和江玮钰的动态，最近江玮钰终于出现了，他……"

"那江菱呢？现在在哪里？"

周予言听完，脸色再度变了。来不及细想，他收起了验孕棒，吩咐说："立刻备车，过来星沙湾接我。"

挂了电话，他边匆忙往外面赶，边拨打江菱的电话。

"对不起，你拨打的电话已关机……"

Sorry……

转眼间，刘助理的车已经到了。

周予言迅速上车，沉静吩咐："去云霄酒店。"

今天下午，江菱要出席一场酒店品牌峰会。在 B 市云霄酒店举办。

"江总，这边请。"

与会地点在二楼大宴会厅，从电梯出来，有一段比较长的走廊。这时走廊中间的位置放着一只折叠梯，有装修工正在忙碌，修理顶部的灯具。一排装修工具、木板木材靠在墙边。走道位置被他们占了大半，剩下的通道只能勉强够两人同时通过。一行人停在了装修的位置前。

"很抱歉，江总，最近酒店在做翻新装修。"酒店负责人歉然道，"这边请。"

江菱点点头，跟随他从通道经过。

咔嚓，咔嚓。穿过通道的那一瞬间，头顶突然传来异样的声音。顶上一盏水晶灯摇摇欲坠。听到响动的声音，江菱下意识抬头。

"江总，小——"负责人回头，脸色一变。

只听到一声惊惧的叫声，轰——

眼前一道黑影闪过，江菱便被人扑倒在地。骤然落地，背脊传来一阵剧痛，还未反应过来，一声巨物落地和炸裂的声音传入耳中。但下一刻，她就被人完全护在怀里。她只看见了无数的碎玻璃在大理石地板上疯狂跳跃，其后便是接连不断的恐慌喊叫声。连带着靠在墙边的木板木材，也跟着往地面砸去。现场完全混乱了。在距离她几步之遥的地方，数盏水晶灯跌落到地面。天花板距离地面有三四米高，从上面跌下，只能是粉身碎骨的下场。

江菱怔然了好几秒才回过神。她稍稍抬头，对上面前人的视线。是周予言。他跟她对视着，比夜色还要冷冽的眸中，盛满了复杂和后怕。

看到周予言，江菱大脑有一瞬间的空白。玻璃灯在身旁爆裂开来，他用身体护住了她，碎落的玻璃似乎划破，鲜血浸染了雪白的衬衫衣袖。

"予言？"江菱双手发颤，"你没事吧？我，我这就叫救护车。"

"我没事。"周予言忍耐着疼痛，轻声安慰她，"别担心。"

负责人第一时间冲了过来，怒斥道："还愣着干什么？赶紧叫救护车！""医生呢？有医生吗？""赶紧喊人来处理！"……现场乱成一团。

在负责人的安排下，他们被带到一个房间里。酒店方派来了医护人员，替他们处理了伤口。

"江总，周总，真的非常抱歉，"负责人再次道歉，"两位先在这里休息，我们会查清楚事故的原因，并给两位一个交代的。"

处理好周予言手上的伤，负责人领着医护人员和其他工作人员离开。刘助理很有眼色地跟着大队后面，顺便帮他们关上了门，将空间留给两人。房间里有片刻的安静和沉默。

江菱缓过神，看向周予言手臂上包扎的纱布，声音略有颤意："痛吗？"

"没事，小伤。"周予言轻描淡写。

江菱抬头，却对上他深邃的眼神。

这时候，她才想起正事："你……怎么会来这里？"

周予言说："我接到消息，说江玮钰突然现身。我担心他对你下手，所以就赶过来了。"

"那怎么不给我打电话？"江菱一愣。

"我打了，但你的手机关机了。"

"关机？"江菱有些诧异，她拿出手机，的确是关机状态。

"可能是误触了关机键……"

她话未说完，他突然轻叹了声。

"算了，无所谓了。"周予言伸手抱住了她，有些释然地说，"谁让我这么在乎你呢？"

"你在说什么？"江菱一顿，微微侧头，心里疑惑。

周予言低声道："你不想结婚也好，我们维持这样的状态过一辈子也好，我都尊重你的决定，我只希望你永远平安健康，这样就够了。"

江菱一阵怔然。

静静地在他的怀里，感受着他的体温，她突然开口："予言，我们结婚吧。"

315

周予言一愣，过了好一会儿才反应过来，有些不敢相信："你……说什么？"

"我说，我们结婚吧。"江菱重复，看着他，笑了笑，"你不愿意吗？"

"不，我很愿意。"周予言的眼神变得柔和，声音是一贯低沉，但带着笑意。

这突发事故实在蹊跷，酒店第一时间报了警。警方很快查明了真相，并迅速逮捕了嫌疑人。

原来是江玮钰买通了酒店的维修员工，对过道的灯做了手脚。公司破产后，江绍钧又即将面临牢狱之灾，江玮钰没了依靠，对江菱怀恨在心。江绍钧似乎早料到他会有这么一天，给江玮钰留了一笔巨额现金，给他这个儿子留一条后路。但江玮钰满心要报复江菱，他打听到江菱今天会到云霄酒店，便买通了酒店的维修员工，才有了今天这一出。

一切尘埃落定。

民政局。登记员看了眼周予言手臂上缠着的纱布，再次跟两人确认："你们是自愿登记的吗？"

"是的。"

"是的。"

江菱和周予言不约而同地回答。听到对方的回答，两人又相视一笑。

从民政局出来，他们手上拿了两个新鲜出炉的红本本。

江菱看着始终嘴角上扬的周予言，问："你在笑什么？"

周予言笑道："我只是在高兴，我们的关系终于合法了。"

以进为退，原来真的有用。

他嘴角弯了弯，朝她伸出手："走吧，我们回家。"

"好。"她握上他的手，将手机塞回到口袋里，嘴角也不着痕迹地弯了下。

江菱的手机备忘录里，最新一则写着——

"×月×日，今天是以为自己隐藏得很好的周总。不过算了，看在他受伤的分儿上，就迁就他一回吧。"